杀虫队队员 著

不息

END ON THE TENTH DAY

十日终焉

江苏凤凰文艺出版社

图书在版编目（CIP）数据

十日终焉. 不息 / 杀虫队队员著. -- 南京：江苏凤凰文艺出版社，2024.6（2025.6重印）
ISBN 978-7-5594-8538-0

Ⅰ. ①十… Ⅱ. ①杀… Ⅲ. ①长篇小说－中国－当代 Ⅳ. ① I247.5

中国国家版本馆CIP数据核字（2024）第058858号

十日终焉·不息

杀虫队队员 著

责任编辑	周颖若
特约编辑	子　川
责任印制	杨　丹
出版发行	江苏凤凰文艺出版社
	南京市中央路165号，邮编：210009
网　　址	http://www.jswenyi.com
印　　刷	上海中华印刷有限公司
开　　本	880毫米×1230毫米 1/32
印　　张	11.5
字　　数	350千字
版　　次	2024年6月第1版
印　　次	2025年6月第12次印刷
书　　号	ISBN 978-7-5594-8538-0
定　　价	48.00元

江苏凤凰文艺版图书凡印刷、装订错误，可向出版社调换，联系电话025－83280257

我看到了——
生生不息的激苛！

尾声
地蛇·少数与多数
>>> 351

第6关
强大的回响
>>> 307

中场休息
我叫舒画
>>> 261

第5关
地羊·四情扇
>>> 175

中场休息
我叫韩一墨
>>> 161

迷城篇
前情提要
>>> 001

第 1 关
乔家劲 · 破万法
>>> 003

中场休息
我叫肖冉
>>> 029

第 2 关
叛乱日 · 猫队
>>> 055

第 3 关
"生生不息"的激荡
>>> 087

第 4 关
重启 · 余念安
>>> 111

游戏名称：欺诈仓库

门票两颗道。

第一人先进入，观察仓库内的所有物品；
第二人五分钟后进入，也观察仓库内的物品。
之后二人分别取走一样物品，并经两次观察后，

猜测对方所取走的物品。

若两个人都猜对，则每个人获得一颗道。
若两个人都猜错，一颗道都没有。
若是两个人一错一对，错的人获得四颗道。

猜对的人没有奖励。

is no reward
those who
ess correctly.

在短暂地回到现实世界后,齐夏再次回到面试房间,之前的队友也都回来了,但这一次,他保留了上一次的记忆,他还发现李尚武似乎也保留了记忆。在经历和上一次相同的游戏后,齐夏以为事情变得简单了,然而,从人羊身上搜出来的一份合同让他更加摸不着头脑。

从面试房间出来后,齐夏看到了上一次的那个天堂口少年金元勋。这一次,齐夏带着队友顺利加入了天堂口。作为新成员,他不得不遵循天堂口的规定按照楚天秋的安排参加游戏,结果在人龙游戏中,他和队友互相残杀,他隐约感觉这场游戏是楚天秋做的局,可楚天秋矢口否认。通过蛛丝马迹,齐夏得知明面上的楚天秋是许流年假扮的,而真正的楚天秋正在暗中谋划着什么……

END ON THE TENTH DAY

第 1 关

乔家劲·
破万法

一阵微风从天台上吹过。张山的身体咔咔作响,他双手一撑,竟然顶着几百斤的巨石起来了,动作轻松得如同在清晨掀开棉被一样。巨石从张山身上脱离,坠入了深渊,砸断了一部分麻绳,蛮横地掉入了地底,发出了撼天动地的声音。

乔家劲浑身微微一震,他身上的石头竟如同蒲公英一般被风吹散了。

二人同时站起身,肩并肩站在了一起,他们身上散发出无比危险的气息。

潇潇见状慢慢后退了一步。刚才那两声钟响是什么意思?眼前的两人回响了吗?这两个人本身就有着极强的格斗能力,若是再加上回响……

"老孙!"潇潇回头给了老孙一个巴掌,"你给我醒醒!"

这一巴掌打得非常重,老孙露出迷离的眼神,看起来也恢复了些。

"啊?怎……怎么了?"老孙茫然地问。

"来麻烦了!准备动手!"

老孙回过神,发现先前被控制住的二人此刻已经好端端地站在眼前了。"他俩咋没事啊?"他甩了甩头,"放心……交给我……"

他死死地盯着乔家劲,试图给自己增加心理暗示:"这个男人动不了……他是长在石头中的怪物……他动不了……"他一遍一遍地默念之后,乔家劲的身旁开始浮现异样。

乔家劲没在意,只是慢慢伸出了手,冷冷地说:"喂,不要出老千,过来和我堂堂正正地决胜负。"

话音一落,他的四周不停地出现闪光的斑点,斑点似乎想在他的手脚之间汇集,可总是会在马上聚集成功时,又如同蒲公英一般飞走。

"怎么回事?"老孙不可置信地看着乔家劲,"你怎么还没有长出石头?"

"我说过了,堂堂正正地对决吧。"

"你可以无视回响?"潇潇稍微愣了一下,感觉眼前的情况有点熟悉。

她在上一轮亲自前去游说齐夏的时候,曾经杀死过眼前的花臂男。当时,她在自己的汤碗中加入了大量的甲硝唑,让齐夏三人暂时无法动弹,可当她将带有钉子的木板敲在这个花臂男的头颅上时,齐夏莫名其妙地可以活动了。当时的她以为齐夏足够强大,居然可以无视回响,现在看来强大的不是齐夏,而是这个痞子——他在弥留之际似乎放出了一丝回响的力量,但他还未来得及听到钟声就死去了,所以不能保留记忆。

"原来最危险的人是你……"潇潇的眼神冷峻下来,"真是可怕……"

张山此时缓缓走上前去,绕开了乔家劲,站到了潇潇面前。乔家劲感觉张山的身上似乎有风吹出来,他的气势也变得很奇怪。

"没必要跟这个女人废话……"张山往前一步,抡起自己的拳头狠狠地打向潇潇。

潇潇见状赶忙沉住一口气,调动自己的全部信念使出"嫁祸"。

咚!

沉重的闷响声传来,潇潇原地没动,张山却远远地飞了出去。这个飞行的幅度非常骇人,足足飞了七八米才重重地砸在地上。众人只在电影中才看到过如此夸张的飞行。

潇潇的额头上慢慢流下了一丝冷汗。这是什么力道?若是刚刚的"嫁祸"没有成功,现在她必死无疑。

"哈哈哈!"潇潇回过神来,指着远处的张山表情扭曲地大笑道,"搬起石头砸自己的脚!"

她知道就算是张山这种人物,被这种力道的攻击反噬也必死无疑。

"活该,你——"还不等她说完,张山就拍了拍自己身上的尘土站了起来。他的胸口被打塌了,可此时正在肉眼可见地迅速复原。

"一拳不行就两拳。"张山若无其事地再次走上前去,"看看你能挡住几拳。"

"我丢[①]……"乔家劲还是忍不住爆了粗口,"大只佬[②],你这是……"

"小心,别误伤了你。"张山冲乔家劲摆了摆手。

乔家劲很自然地退到了一边。

[①] 粤语中比较常见的口头禅,可以表示骂人、惊讶或感叹等。
[②] 粤语,意为大块头。

说罢,张山再次挥出拳头,这拳头在空中极速飞出,竟然响起了炸雷声。

"你这一拳下去死的不是我……"潇潇大喝一声,"而是那个痞子!"

砰!

乔家劲动都没动,只见张山的拳头落在潇潇身上的时候,他的身上爆发出无数闪光的白点。

潇潇又愣住了,她感觉自己明明"嫁祸"给了那个痞子,可他居然也没事。

"两拳不行就三拳。"张山说,"你尽管'嫁祸'出去,看看最后是谁倒霉。"

潇潇赶忙四下看了一圈,桥上一共就四个人,这拳头能"嫁祸"给谁?!"嫁祸"给老孙?!他若是死了,自己岂不是更危险?

"老孙!'原物'!"潇潇喊道。

"好、好!"

见到张山再次走上前,潇潇被吓得连连后退。老孙赶忙伸出两只手,朝着张山挥舞着,他闭上眼,嘴中念念有词:"压死你……压死你……漫天飞舞的全都是石头……把你压成肉泥……"

"喂!"乔家劲大喝一声,"我是不是叫你不要出老千?!"

一语过后,无数白色光点从天上如大雨一般落下,将整个场地渲染成璀璨的星河。虽然声势非常浩大,可那些闪光中连一块石头都没有。

"啊……我的天……"老孙不可置信地睁开双眼,他本以为天空之中会落下大片的石头,却未料想映入眼帘的全都是白色的光点,"这都是什么东西?!"

"老孙!"潇潇再次大叫一声,声音已经嘶哑了。

老孙立刻扭过头,又向潇潇伸出了手。他嘴中念叨了几句,片刻的工夫潇潇的身上就布满了石头铠甲。

张山没有理会老孙,反而将整个上身弓了起来,然后用尽全身力量挥出一拳。潇潇紧闭双眼,再次调动自己的信念,可是张山的拳风呼呼作响,让她根本无法静下心。

闷响再次传来,这一次飞走的不是张山,而是潇潇。

无数石头四溅。潇潇如同一颗子弹笔直地飞了出去。由于众人此刻正站在天台上,四周并无建筑遮挡,潇潇横跨了十几座矮楼之后又重重地掉在了很远处的街道上。如此重创,不可能有人活得下来。

"真是犀利①……"乔家劲点点头。

本以为张山还会继续向老孙出手,没想到,他却慢慢地喘起了粗气。

"喂,大只佬……你没事吧?"

张山胸口不断起伏着,没多久的工夫,远处再次传来了一阵钟声。

回响消失了。

"我没事……只是有点累……"他苦笑了一下说,"好像有点用力过猛。"

"没关系,接下来的交给我。"

现在的桥上只剩老孙一个敌人了。

"你……你们……"老孙自知无论如何都斗不过眼前二人,现在他的回响起不了作用,接下来还有什么胜算?

"石头人,刚才你为什么不给那个大只女石头?"乔家劲问。

"啥玩意?"老孙一愣。

"刚才我和大只佬都动不了……大只女有机会杀死我们的。"乔家劲微笑一下,"结果你没给她石头。"

"潇潇问我要石头我没给她?"老孙皱了一下眉头,"这咋整的?不……不能吧……"

"你人还不坏,我不准备杀掉你。"乔家劲活动了一下脖子,问道,"你的大佬死了,你不准备换个码头②吗?"

"换个……码头?"老孙眉头一皱,"哥们儿……你知不知道自己在说什么?"

"或许是我说多了。"乔家劲点点头,"你看起来能力很强,精神也算正常,却非要跟着一群疯子……"

老孙听后慢慢地低下头,说:"我们的最终目标有冲突,就算加入了天堂口,我也不可能替你们干活儿。"

"不是加入天堂口。"乔家劲摇了摇头,"而是加入我。"

"加入……你?"

一旁的张山听到这句话也微微一怔。

---

① 粤语中"犀利"表示厉害。
② 黑话,意为换个帮派、组织。

"石头人，我没有和你开玩笑。"乔家劲对老孙说，"骗人仔只靠我一个人是不可能成功的，他需要人手。"

　　"这……"老孙听后默默低下了头沉思着，他既没有答应也没有拒绝。

　　"不急，你慢慢考虑。"乔家劲说，"你走吧，游戏已经结束了，没必要送死。"

　　老孙听后看了一眼乔家劲，又看了一眼张山，而后点点头，转身走下了桥。见到老孙离开，张山也在一旁问道："乔家劲……你什么意思？"

　　"什么叫什么意思？"乔家劲问道。

　　"既然加入了我们，不就是加入了天堂口吗？"张山一脸不解，"你和齐夏要离开组织吗？"

　　"我不知道。"乔家劲说，"我从未说过自己要加入天堂口，我只说过要跟骗人仔合作。他若在我就在，他若离开我就离开，就这么简单。"

　　张山的面色慢慢凝重了起来，他知道乔家劲和齐夏是不可多得的人才，他们俩比任何人都适合留在天堂口。现在乔家劲已经获得了如此强大的回响……能够放他们走吗？

　　"大只佬，我们去触碰旗子吧。"乔家劲说，"这一场游戏要结束了。"

　　张山收回思绪，点了点头，按照规则，只有一方的存活人员全部通过了独木桥，并且同时触碰到对方的旗子，游戏才可以结束。

　　"走吧。"

　　张山跟着乔家劲，二人一起来到了桥的另一侧。老孙已经进入电梯离开了此处，再也没有人能够阻挡他们了，可当他们二人同时用手握住旗子时，远处的地虎却没有任何反应。

　　"喂！"张山等了一会儿，高声叫道，"这样就可以了吧？"

　　地虎冷冷地看向二人，依然没有说话。

　　"怎么回事？"乔家劲也有点愣，"这就算赢了？"

　　"不对……"张山眉头一皱，"如果一切都是按照规则进行，游戏却没有结束的话……只能说明我们还有队友活着！"

　　"功夫妞？！"

　　乔家劲也忽然想到了什么，如果说潇潇掉下深渊能够再次回到桥上并不是一种回响的话，只能说明这个游戏掉入深渊也不会死，潇潇是凭她自己的本事爬上来的。下面交错的麻绳可以减小下坠的速度，能够让人在落地时依然存活。

二人同时想到了这一点，同时抬起眼来看向对方。

"糟了……"乔家劲微微思索了一下，李香玲是跟那个叫罗十一的男人一起掉入深渊的，而罗十一应当是这三个人当中最心狠手辣的那一个。

"大只佬，你在这儿等着。"乔家劲再一次回到了桥上。

"你要做什么？"张山问。

"我得下去看看！"乔家劲说，"如果放任不管，功夫妞可能会被那个出老千的人渣打死。"

"可你怎么下去？"

"我跳下去。"乔家劲说。

"跳……"张山愣了愣，"要是摔死了怎么办？！"

"那个大只女瘸了一条腿都能爬上来，我又怎么可能摔死？"

张山还想说点什么，却发现此时并没有其他的办法了。现在想要赢下游戏只有两个办法：一，李香玲过桥；二，李香玲死。

如果真要在这种时候选择的话，一般人会选择哪一种？乔家劲的行动已经证明了一切。

"那……你自己小心。"张山说。

乔家劲点了点头，又低头看了看脚下的深渊。方才压在张山身上的石头掉了下去，砸断了许多麻绳，此时往下跳的话危险性很高，但他无论如何也不能让自己的队友被对方活活打死。

"我不想在游戏中再失去队友了。"乔家劲的脑海中浮现出了甜甜划破自己脖颈的瞬间，"那种感觉太让我难过了。"

想到这里，他深呼一口气，毫不犹豫地纵身跃下。

张山一脸紧张地来到深渊旁边向下望着，却发现乔家劲好像一只猴子——他并没有直接落下去，反而双手抓住了一根麻绳挂在了上面。在确定好了掉落路线之后，他荡起自己的身体又飞向另一根麻绳，就这样从一根绳子换到另一根绳子，荡秋千似的向下荡去。

直到乔家劲的身影完全消失，张山才慢慢松了一口气。

"真是个爱逞强的年轻人啊……"他无奈地摇了摇头。

乔家劲用了差不多三分钟的时间才慢慢地靠近底部，这里的光线很暗,眼睛一时半会儿无法适应。

他仔细看了很久才找到先前掉落的大石头,然后翻身一跃松开了握住绳子的手,落在了巨石上。

"奇怪……"他放低身形,环视了一下四周的环境,这里连半个人影都看不见。此时只有浅浅的一束光从正上方落在了巨石上,除了这一小片区域,四周仿佛沉没在海底一般漆黑。

"喂,功夫妞!"乔家劲大喝一声,"你在这里吗?"

一语过后,回音阵阵,两处方向传来了沙沙的脚步声。

"原来如此……"乔家劲跳下了巨石,投身到了黑暗中,"因为这里很黑,所以你们二人谁也不敢轻举妄动,是吧?"

四周并没有人回应,乔家劲心中有了一股不祥的预感。他知道李香玲应该伤得不轻,否则也不可能在见到队友的时候一言不发,现在需要尽可能地保证她的安全。

"皮衣男,你听到我的声音了吗?"乔家劲继续大叫着,"我在明你在暗,你怕什么?尽管来打我啊。"

一阵轻微的脚步声再次传来,乔家劲敏锐地捕捉到了,他不再说话,反而轻轻挪动着身形,朝着那阵脚步声走了过去。

"喂!你要是不来打我,我可就去找你了。"

慢慢地,乔家劲感觉那人已经近在咫尺,可他并不确定黑暗中的人是李香玲还是罗十一,于是只能将双手慢慢举起,这样无论对方是谁,自己都可以第一时间扼制对方的动作。

黑暗中,乔家劲感觉自己的右手好像碰到了什么东西,他面色一冷,直接朝那人抓去,却感觉自己抓住了一条纤细的手臂。

"啊!"一个女人低声叫了出来。

乔家劲赶忙扶住她,来到了对方身边。

"功夫妞?"乔家劲低声道,"别怕。"

"乔哥……"李香玲惊魂未定地呼了口气,低声回道,"你吓死我了……"

"你还好吧?受伤了没?"

"我身上有几个伤口在流血,现在已经没力气了……"李香玲说,"那个男人太狠毒了……"

"交给我吧,你先处理一下伤口。"乔家劲说。

乔家劲伸手拍了拍李香玲的肩膀,他感觉有些奇怪,李香玲好像变高了。他又仔细感受了一下,发现自己拍完李香玲肩膀的手很是黏稠。

"你……"乔家劲面色一沉,"你到底受了多重的伤?"

"皮外伤……"李香玲有气无力地说,"别管我了……你要小心那个男人……"

"好……"乔家劲点点头,"刚才到底发生什么了?"

李香玲深呼一口气,说:"本来这里中央放着一张桌子……上面有一根蜡烛和一把钥匙,我们二人为了抢夺钥匙扭打了起来……可没想到石头从天而降,不仅压住了钥匙和蜡烛,更让这里变得漆黑无比……"

乔家劲感觉李香玲正在变得虚弱。

"先别说话了……"乔家劲说,"情况我都知了,剩下的交给我,有什么事回去再说。"

他面色冰冷至极地转过身,不再隐瞒自己的脚步声,反而径直走向了另一侧。那里也曾隐隐传出脚步声,现在想来,定然是那个人渣藏身的地方。

"喂。"乔家劲叫道,"不是看起来风头很劲吗?打完了女孩儿就躲起来了?"

不远处,漆黑的角落里传来了低沉的声音:"痞子,我认输了,我不跟你打。"

"不行。"乔家劲摇摇头,"如果你把我打伤了,我可以接受认输。可你打伤的是我的队友,现在我是报仇,报仇不接受认输。"

"你别逼我!"罗十一躲在角落,声音颤抖地说,"你若是逼我,我会一次一次追杀你们俩的……"

"我怎么会逼你呢?"乔家劲往前迈了一步,"我知道你受了伤,既然如此,我放放水,让你两条腿。"

罗十一愣了一下:"你说什么?"

乔家劲回答道:"我说得不明白吗?我不用腿,现在开始我站在这里不动,也不会使出踢技。"

"你在看不起我吗?"罗十一问。

"是啊,我蛮看不起你的。"乔家劲点点头,"我不是很喜欢欺软怕硬的人。"

"你会后悔的……"罗十一虽然放出了狠话,却依然在暗处没有现身。

011

"我再让你一只右手。"乔家劲将右手背到了身后,"右手我也不用了,这样行吗?你能出来打吗?"

"你……"罗十一在暗处思忖了很久,不知道在思索什么。

"我两只手都不用了!"乔家劲冷喝一声,将双手都放在了背后,"衰仔①!我让你四肢,现在敢不敢出来打?!"

"你在侮辱我吗?!"

罗十一终于现身了。他靠近之后,乔家劲借着从头顶传来的微弱光芒,才看清他身上的伤势有多么骇人。

李香玲和他果然经历了一场恶战。

他满脸是血,两只手似乎也受了伤,正在不停地颤抖,他一瘸一拐地走上前来,手中还握着一块从地上捡起来的石头。

"你别以为我受了伤就能赢我……"罗十一露出了狞笑,"我若真发起狠来,你就算是回响者也不可能占到便宜。"

"我绝对没有小看你的意思。"乔家劲点点头,"况且我说话算话,绝对不用四肢,手和脚但凡动一下都算你赢。"

"这可是你说的!"罗十一手中拿着石头就要冲上来。

乔家劲此时却继续冷冷地开口说:"但公平起见,你也不能出老千。"

话音一落,罗十一的身上忽然亮起了淡淡的光,这阵闪光如蒲公英一般散落开来,照亮了整个深渊。

"啊!"罗十一忽然发出撕心裂肺的惨叫声,片刻之后嗓子就沙哑了起来。

他痛苦地跪在地上,一会儿捂住额头,一会儿捂住双手,一会儿又捂住腹部,从游戏开始到现在他所受过的所有疼痛同时迸发而出。他咳嗽了几声之后喷出一大口鲜血,随后慢慢扑倒在了地上。

"浑蛋……你……"罗十一艰难地抬起头看向乔家劲,"你这是什么能力?你个浑蛋在想什么?"

"我也不知道这是什么能力。"乔家劲摇摇头,"我心中什么都没想,只是想要一场堂堂正正的单挑。"

"你太可怕了……你……"罗十一咳着血,竟然慢慢地没了动静。

这个男人活活疼死了。

---

① 粤语,意为臭小子、倒霉的孩子。

"扑街仔①……"乔家劲说,"下次见面你来杀我试试看,我等着你。"

乔家劲走上前去伸手摸了一下罗十一的脖颈,确定对方咽气了之后赶忙跑到李香玲身边。

"功夫妞……"他有些担忧地问,"你怎么样?"

"我没事……"

"走,我带你上去。"乔家劲说着就抓起了李香玲的手臂。

"不……别……"李香玲苦笑一声,"我就先不上去了……"

"嗯?"乔家劲愣了一下,"你说什么傻话呢?你准备在这里安家?"

"嘿嘿……"李香玲有气无力地笑了一下,"我出了点问题,不太好走……"

"什么?"乔家劲明显感觉不对,他愣了一会儿,伸出手摸到了一根竖起的木头。

"我的运气真是太差啦……"李香玲笑着说,"巨石落下的时候打碎了桌子……桌腿正好向我飞了过来……"

"别……别开玩笑了……"乔家劲说,"你……"

"我的右臂被钉在了墙上……"李香玲活动了一下身体,尽量让自己好受一些,"就算拔下木棍我估计也要死了吧……"

"你还未回响,别说什么死不死的。"乔家劲顺着桌腿想要找到李香玲受伤的位置,"功夫妞,这次咱们三个人并肩作战,赢得非常漂亮,你要是敢忘掉的话我饶不了你。"

"山哥……他还好吗?"李香玲又问。

"好着呢。"乔家劲点点头,"那大只佬现在估计能一拳打死熊……"说完之后他就感觉不太对,"我丢,功夫妞你别瞎问,你像是在交代遗言一样,我这就带你出去。"

乔家劲终于找到了李香玲伤口的位置,是右侧大臂,这根桌腿很细,没有伤到骨头,只是戳穿了肱二头肌。

"还好……并不是致命伤……"乔家劲瞬间放下心来,当务之急就是处理伤口,"功夫妞,你刚才说钥匙在哪里?"

"别白费力气了,乔哥,钥匙在巨石下面……我们挪不走那块巨石的……"

"巨石?"

---

① 粤语中骂人的话,也可以用于自嘲。"扑街"意指人扑倒在街上,含倒霉的意思。

013

乔家劲回过头，沉思了一会儿，走向了那块巨大的石头。他把手慢慢地放在了石头上，却发现自己双手上全是李香玲的血，一时之间难以静心。

"拜托……让奇迹再发生一次吧……"他嘴中念念有词，不断回想着刚刚战斗时的状态。

"这里本来就没有石头……"乔家劲默默念叨着。

可惜石头一动不动。

"扑街……"乔家劲流下冷汗，"我丢，给我出现啊……那像星星一样的奇迹！"

他发现自己越是用力，就越感受不到那阵奇迹，脸上慢慢浮现出绝望的表情。

李香玲就要被挂在这里，活活等死吗？

"别……别这样……不要再有人死去了……"

一语落地，巨石震动了一下，霎时间碎裂成无数光点，如同黑夜的萤火虫一般飘散。

铛！

同一时刻，钟声再次响起，乔家劲感觉自己的耳边清净了很多。他长舒了一口气，借着白色光点散发出的光芒低头看去，果然有一把金属钥匙。

"太好了！"

他捡起钥匙四下一望，微弱的光芒此刻正照耀着不远处的木门。

"功夫妞……我现在要带你走……"乔家劲说。

"乔哥……"李香玲咬了咬牙，"算了，我现在是累赘。"

"并肩作战的队友永远不是累赘。"

乔家劲此时也看清了李香玲的样子，她身上确实受了不少伤，但大多是皮外伤，最严重的莫过于右臂，她似乎是在跳跃的时候被击中的，右臂此时高高举起，将她整个人都挂在了石壁上，难怪刚才他觉得她变高了。

"可你要怎么把我放下来？"

乔家劲慢慢地走过去，看了看现在的情况，李香玲距离她身后的石壁差不多三十厘米，此刻她几乎是悬空的，想想就很痛。

"我说过，我练过咏春。"乔家劲回答道。

"咏春？"李香玲不太明白，"咏春里面有提到过这招吗？"

"不，你理解错了。"乔家劲走到李香玲背后，一手出掌，一手握拳，分别放在了桌腿的正面和背面，"我练咏春的时候，发现了一个很好玩的事情。"

"什么？"

"如果力量足够巧妙，我可以很轻松地摧毁木桩。"

咔嚓！他双手一振，使出寸劲，李香玲身后的木棍在一瞬间应声折断了。

"咦？"李香玲甚至没感觉到疼痛，整个人就从石壁上掉了下来，正好被乔家劲接住了。

乔家劲将李香玲放到地上，然后去一旁打开了木门，木门外面是向上的楼梯。

"走啦，功夫妞。"

李香玲看了看乔家劲那清澈的双眼，心头有种奇妙的感觉，这双眼睛让她心跳得有点快。

"走啊。"

"哦，好……"

齐夏一脸复杂地在大厅里来回踱步，刚才的几次钟声他全都听到了。为什么这次的钟声这么响？是谁回响了？乔家劲回响了吗？那个用石头的疯子为什么灰溜溜地走了？

"嘿，齐夏。"一个轻柔的声音在门外响起。

齐夏回头一看，看到江若雪来了。他没说话，面色平静地坐了下来。

"怎么又不理我？"江若雪苦笑一下，"每次我都被你无视。"

"道不同，不相为谋。"齐夏摇摇头，"你来接你的队友回家吗？"

"不是，我只是来看看你。"江若雪坐到了齐夏身边，"不过话说回来，我们见过好几次了，我哪一次让你感觉我们道不同了？"

齐夏刚要说话，可仔细一思索，发现事情确实有点意思。他第一次见到江若雪是在地狗的送信游戏中，她作为敌方的间谍却没有掀起波澜，更是在阿目三个人想要杀死他的时候发动了因果的能力，让其中一人撞死在了章律师手中的玻璃上。说实话，那一次是江若雪救了他。

第二次见到她是昨天，她曾多次出言劝阻潇潇那个疯子，只可惜潇潇疯得太厉害了，并不听劝。如果江若雪没有自称极道，齐夏感觉她就是一个很正常的参与者，甚至人还不错。

"你和潇潇毕竟是一起的。"齐夏说，"正常人不会跟她一起行动的。"

"我也没说过我是正常人。"江若雪伸了个懒腰，说，"本来我是来接潇潇他们回去的，现在想想应该是接不到了。"

"为什么？"

"因为回响的人数太多了。"江若雪伸出纤细的手指算了算，"刚才应该有五个人回响了吧？张山回响的概率是六分之五，太高了。"

齐夏听后又沉默了起来，他猜不到江若雪在想什么。正在此时，不远处的木门后传来了窸窸窣窣的声音。齐夏慢慢站起身，看向了木门，随着细微的推门声，乔家劲和李香玲钻了出来。

"我丢？"乔家劲没心没肺地笑了一下，"这么巧啊，骗人仔，还有……那个谁。"

见到李香玲的伤势，齐夏面色一沉，赶忙走了上去："你怎么样？"

"我没事……"李香玲笑了一下，"现在应该是没事。"

齐夏打量了一下李香玲的伤势，那根木棍戳穿了她的手臂，但没伤到骨头。按理来说这不算什么致命伤，只是在这终焉之地……她接下来几天的日子估计会非常痛苦地度过。

"我以前练枪法的时候也被扎到过，很快就会好啦……"李香玲面色轻松地笑了笑。

江若雪双手环抱，慢慢地站了起来。片刻之后，她抚摸了一下自己的下巴。

铛！

钟声在远处响起，齐夏三人一愣。齐夏回过头来，一脸谨慎地盯着江若雪："你要做什么？"

"要你管？"江若雪笑了一下，上前去拉住了李香玲的手臂，轻声开口说，"小妹妹，你要厘清这件事当中的逻辑关系。"

"逻……逻辑？"

"这根木头并没有伤到你的骨头，只伤到了你的皮肉，况且你以前受过类似的伤，这次也一样，很快就会好起来的。"江若雪说完又摸了摸李香玲的头,"所以不要担心,好好养伤吧。"

"咦?"李香玲慢慢瞪大了眼睛,她感觉自己的右臂忽然之间没有那么痛了。江若雪趁机将手放在了木棍上,迅速拔了出来。丝丝血迹从李香玲的手臂上流下,但伤口并不大,看起来只是个皮外伤,应该几天就会愈合了。

"你……你不是极道吗?"李香玲不解地问。

"是啊。"江若雪点点头。

"我不明白……"李香玲看了看齐夏和乔家劲,然后对江若雪说,"我们不是敌对的吗?你为什么要帮我?"

"不需要你明白。"江若雪将木棍丢在一边,轻笑了一下说,"我们极道做事什么时候需要你们理解了?"

乔家劲此时也检查了一下李香玲的手臂,发现伤势确实好了大半。

"那个谁,你蛮犀利的啊。"乔家劲开心地说。

江若雪无奈地叹了口气,说:"得了,现在我是彻底接不到他们三个了,没什么事我就先走了。"她再次伸了个懒腰,转身就要离去。

"等下……"乔家劲说,"那个大只女和皮衣男估计是没救了,可是石头人中途退出了,你应该还能找得到他。"

"石头人?"江若雪点点头,"行,我知道啦。"她背过身去向众人挥了挥手,而后消失在街道上。

齐夏回过神来,又看了看乔家劲和李香玲,这二人身上全都是血迹,应当受了不少皮外伤。

"怎么样?我们赢了?"齐夏问。

"啊!"乔家劲忽然叫了一下,"你不说我差点忘了!现在还未赢呀!"他赶忙带着李香玲回头去按电梯,"大只佬还在上面傻兮兮地等我们呢,功夫妞你快跟我上去。"

…………

张山正坐在蓝色旗帜旁边等待,看起来一脸的担忧。

"大只佬!"乔家劲下了电梯之后高兴地叫了一声,"我把功夫妞带来啦!"

张山听后赶忙站起身:"太好了!"

齐夏也跟着走出了电梯,游戏马上就要结束了,他仍然有问题想要问地虎。

乔家劲和李香玲按照规则，一前一后通过了独木桥，然后和张山一起触摸了旗子。

游戏结束。在旁边站了半天的地虎此时才终于动弹了起来。

"红色方全部摸到了蓝色方旗帜，游戏结束。"他从怀中掏出了一个布包，扔给了三人，"带着那个没交门票的人，滚吧。"

"这态度真是不讨喜。"张山无奈地摇了摇头，然后回头看了看李香玲，"小李，受伤了？"

"嗯……但是伤得不重。"李香玲笑了一下，"说起来真是不可思议，极道的人帮了咱们。"

"哦？"

李香玲将刚才遇到江若雪的事情和张山一五一十地说了一遍，而齐夏此时慢慢走近了地虎。

"做什么？"地虎没好气地问。

"我怎么才能见到她？"

"谁？"

"天羊。"

"我怎么知道？！"地虎一把推开齐夏，径直往电梯走去。

"喂！"齐夏抓住了地虎粗壮的胳膊，感觉像是抓住了一块石头，"这对我真的很重要……我愿意拿任何东西交换……"

地虎听到这句话，慢慢停了脚步。他仔细盯着齐夏的双眼看了看，想要骂两句，可是齐夏曾说的那句话又浮现在他耳中。

——这世上的道路有很多条，而每个人都有属于自己的那条路。

地虎沉默了半天，开口说："据说成为天的生肖可以自由地出入终焉之地，所以我不知道天羊在哪里。"

齐夏的眼神慢慢暗淡下来："果然如此吗？果然……她真的骗了我？"

"哼。"地虎冷哼一声，"我又何尝没被骗？！"他的虎爪慢慢地握成了拳头，他自言自语地说，"明明是之前说好的事……结果一件都没有兑现……我真的傻，居然相信羊……"

"什么？"齐夏愣了愣，"她也骗了你？"

"哼。"地虎再次冷哼一声，"被骗了是我自己的事，和你有关系吗？"

齐夏听后眉头一皱，忽然计上心头，说："你看……既然你也被骗，我也被骗，为何我们二人不站在统一战线？"齐夏感觉自己好像疯了，他正在试图跟一只虎头人联手。

地虎听后一把抓住了齐夏的衣领："你算老几？"他从上而下地打量了一下齐夏，"一个没有回响的普通人妄想跟地级站在统一战线？！你凭什么？！"

磅礴的杀气迸发而出，地虎似乎要吃掉齐夏。

"好……"齐夏慢慢地伸出手，试图稳定地虎的情绪，"你冷静点，是我异想天开了……"

地虎忽然之间失落起来，他松开了手，慢慢地转过身去，低沉的声音再次响起："滚吧。"

四个人修整完毕，此时需要马上回到天堂口，毕竟每个人的身上都受了伤，虽说不致命，但若不赶紧处理的话，接下来的几天定然不会好受。

离开了地虎的场地，众人花了差不多一个半小时才回到天堂口。楚天秋就像昨天一样，正站在院子里向外张望。

"喂！"齐夏叫了一声，"有人受伤了，叫人来接一下。"

"啊？"楚天秋一愣，"好的……我马上去叫人。"

没一会儿的工夫，天堂口内跑出了五六个人，将三个伤者纷纷带了回去，齐夏还在其中见到了赵医生的身影。

"还好……"齐夏跟赵医生说，"幸亏你没出去，快帮他们看一下吧，每个人都是一身的伤。"

"好……但这毕竟不是我的专长。"赵医生为难地说，"只能尽我所能了。"

他把三个人带到了专门给伤者准备的教室中，给他们粗略检查了一下伤势。目前看来，伤势最轻的应该是张山，他虽然看起来浑身都是血，但是根本检查不出任何伤势。其次是乔家劲，他双手双腿上的皮肤有大面积的挫伤，看起来就像是用一块粗糙的石头把皮肤给抹开了一样，这种伤口虽说不致命，但受伤者会感受到超乎想象的疼痛。情况最差的应当是李香玲，她有几处肋骨骨折，外加手臂挫伤、左脚扭伤，右臂肱二头肌有不算严重的贯穿伤，虽然都不致命，但接下来她只能静养，不再适合参与任何游戏了。

齐夏听后点了点头，跟赵医生交代了几句之后正准备出门，却忽然愣在了原地。

伤者专用房间……他回头看了看李香玲，脑海当中有什么东西一闪而过。他自言自语道："静养？"

乔家劲也看出齐夏的表情不太对，疑惑地问："骗人仔，怎么了？"

"没事……"齐夏面色一冷，心中已经有了打算，"你们好好养伤吧，我去给你们拿点吃的。"

他面色阴冷地打开了房门，嘴中喃喃自语："原来是这样……和张山一样，李香玲也活不过今晚了。"

齐夏回到自己的教室，打开门后发现韩一墨坐在里面，此时他正在一脸微笑地看着天空，那微笑分外诡异。见到有人进来，韩一墨立刻收起了表情，转头看向齐夏："你回来了？"

齐夏微微皱了皱眉头，说："是，我来拿点食物。"

"哦，我帮你啊。"韩一墨站起身，从地上拿起了几个罐头，又拿了几瓶水，"给你。"

齐夏盯着韩一墨的双眼，默默接过了他手中的东西。

"你刚才……在看什么呢？"齐夏问。

"我在看天。"韩一墨笑着说，"这里的天空会让人入迷。"

"是吗？"齐夏顺着窗口向外看去，外面是暗红色的天空和土黄色的太阳，那太阳外圈有着丝丝黑线，正从外圈向内圈蔓延。

"你见过这样的天空和太阳吗？"韩一墨慢慢地转过身，面带笑容说，"那太阳一点都不刺眼，仿佛一颗黄色的球，我找不到任何的文字可以把它描述出来。"

"这里奇形怪状的东西满街都是，我也见怪不怪了。"齐夏面无表情地说。

"不是怪……是美……"韩一墨说，"它飘在天空上……让我感觉非常美。它就好像……我说不出来，但我好像在哪里见过它。"

"我看你是太闲了。"齐夏叹了口气，说，"你之前不是说过你有小说没有完结吗？可以趁这个机会构思一下，回去后你就可以在网上发表出来。"

"小说……"韩一墨微微一愣，"对，小说。齐夏，你知道吗？每一部小说里都会有一个救世主。"

"是吗？"齐夏不痛不痒地答了一声，"我很少看小说，所以不了解。"

"齐夏，你就是我的救世主。"

"我是救世主？"齐夏思索了一会儿，他感觉韩一墨有好几次都把他叫作救世主，不由得有些心烦，"我只是曾经救了你一命，没必要上升到这么高的高度。"

"哈哈哈哈！"韩一墨笑了一下，"是了是了，不好意思啊，我用词不太准确。总之谢谢你救了我。"

齐夏总感觉有些奇怪，韩一墨之前看起来是一个非常正常的年轻人，他虽然有些胆小，但至今没有做出让人疑惑或者让人厌恶的事情。可他今天的表现为什么这么反常？他被终焉之地影响了吗？

一阵脚步声在走廊上响起，听起来像是有什么人正在狂奔。

"出事了出事了！有没有管事的？！"一个男人在门外喊着，齐夏听出那是老吕的声音。

教室中的人稀稀拉拉地走了出来，见到满头大汗的老吕此刻正在焦急地找人，他浑身都湿透了，仿佛他刚刚下过水。

"楚天秋呢？那个姓齐的小子呢？"他声音颤抖着大叫道，"有没有聪明人能帮帮忙？"

齐夏打开门走了上去，迎面见到楚天秋也过来了。

"怎么了？"楚天秋问。

"那个明星……"老吕不断地拍着自己的胸口，试图让自己的呼吸顺畅一点，"云瑶……云瑶出事了！"

齐夏和楚天秋的面色同时一愣。

"她怎么了？"齐夏问道。

"她被困在游戏场地中了……"老吕说，"我的娘啊……我从来没见过这种情况……那个兔子不准备放她走……"

"什么？"齐夏眉头一皱，抬眼望了望楚天秋，可楚天秋看起来也是一脸疑惑。

"兔子？"楚天秋问道，"人兔？"

"是啊！"老吕用力地点点头，"真是太奇怪了……你们不是说昨天把那个兔子赌死了吗？为啥今天那里还站着生肖啊……"

楚天秋听到这句话之后面色大惊，赶忙说："老吕，齐夏，你俩跟我来，其他人原地解散。"

"原地解散？！"众人听后面面相觑，根本不知道情况，难道当务之急不是前去营救云瑶吗？

齐夏深呼一口气，跟着老吕来到了楚天秋的专用教室中。

"把门关上……"楚天秋有些失神地说。

"到底怎么了？"齐夏说，"需要我出谋划策吗？"

"不……先等一下……"楚天秋扭头看向老吕，"你先说说到底发生什么事了。"

老吕说，他今天和云瑶组成一队前去攻略人级游戏，在经过一处人兔的游戏场地时，云瑶愣住了，因为她清清楚楚地记得这个位置，昨天，有人在这里赌死了人兔，可是那个生肖分明站在建筑门口，好似什么都没有发生一样。

"这是怎么回事？"云瑶感觉很不理解，"赌命死掉的生肖怎么可能复活？"

老吕和她一起上前询问了人兔的游戏，那个人兔声音非常难听。根据人兔的描述，云瑶发现这个游戏规则没变，一切都跟她听说的一样，只是生肖复活了。

老吕说，他根本不明白云瑶为什么会那么吃惊，本来就是一些疯子，他们死了还是活了都尽量不要去招惹，可云瑶像着了魔一样不肯走。

"后来呢？"楚天秋问。

"后来她就执意要去参加那个游戏……"老吕有些慌张地说，"可是据我观察，那个游戏根本没有生路啊！"

"什么？"齐夏此时皱了皱眉头，"你说她自己留在了那里？"

"是啊……"老吕点点头，"我被绑在鱼缸里，可是我逃出来了……她没法逃啊！"

齐夏思索了一下，问："她是不是被手铐铐在了一旁？"

"对啊！"

"手铐的钥匙呢？"齐夏问。

"问题就出在这儿了！"老吕都快急哭了，"房间里根本没有手铐的钥匙！云瑶的运气真的是很好，她连续丢了好几次木棍击打鱼缸，木棍每次都能弹回她的手里，她就这么生生地击碎了鱼缸……我能逃出来，可她不能啊！"

"嗯？"齐夏的眉头都快扭成一股绳了，这件事不论怎么听都很诡异，"那个生肖就这么让你走了？"

"是啊！"老吕点点头，"那个生肖说我逃出来了，可以走了……可是云瑶那丫头咋办啊？！"

齐夏还想问点什么，楚天秋却缓缓说："我知道了，你先去休息吧。"

"休……休息？"老吕一愣，"啥意思？你们不救她？"

"我会安排的。"楚天秋伸手拍了拍老吕的肩膀，"你先回去，剩下的事交给我就行。"

老吕狐疑地看了看楚天秋，又看了看齐夏："你们别仗着自己聪明就见死不救啊。"

"放心。"楚天秋儒雅地笑了一下，"云瑶是咱们的人，我们会尽力的。"

老吕听后将信将疑地点了点头，然后又打量了楚天秋一番，这才离开教室。

"齐夏……"楚天秋说，"其实有件事一直瞒着你没说，"

"什么？"

"昨天早上，你队友带回来的人兔面具被偷走了。"楚天秋回答道。

齐夏听后瞬间有点生气。

"许流年，你真的不适合当首领。"齐夏直言不讳，"该说的话一句不说，不该说的话你满嘴都是。"

为什么云瑶一心要去人兔的游戏里一探究竟？为什么她会像着了魔一样？全都是因为她继承了天堂口虚假的意志。她真的想要赌死所有的生肖，可如今生肖在她面前复活了，如果不搞清楚这个问题，她的信念会彻底崩塌。

齐夏转身就要推门出去。

"你要去哪儿？！""楚天秋"问。

"我去救人。"

"没必要！""楚天秋"说，"你也应该知道吧？那个人兔是我们内部人员冒充的，八成是有谁对云瑶不满才出此下策，这种私人恩怨你要怎么解决？你就算把她们俩都带回来了也没法解决。"

齐夏听后微微顿了一下，回头说："许流年，你们不想要云瑶，我要。就算人命是棋子，这盘棋你也不能乱下。"说完，他推开门走了出去，留下"楚天秋"孤零零地站在原地。

"说我不适合做首领……""楚天秋"的眼神慢慢地暗淡下来，

023

"这些命令明明是楚天秋安排的……"

一个念头在许流年的心中不断盘旋：楚天秋是不是错了？这样不顾队友的死活……大家真的能够逃出去吗？

齐夏在走廊上碰到了来回踱步的老吕。

"老吕，你跟我来。"齐夏朝他喊。

"啊？"老吕听后一路小跑着跟了过来，"齐小子，你们有计划了？"

"嗯，你跟我去救人。"齐夏一边说着话一边来到了伤者专用的教室中。他推开门，看了看里面的情况，说："赵医生，你给他们处理好了吗？"

"差不多了。"赵医生擦了擦额头上的汗，"怎么了？"

"你跟我出去一下。"齐夏又扭头看了看张山，"张山你也来吧。"

躺在一旁的乔家劲听后感觉不太对，他翻身而起，开口问道："怎么了骗人仔？出事了？"

"你好好养伤。"齐夏说，"事情不大，我来处理。"

齐夏知道这一次不能带乔家劲去，因为他有可能会拦住自己。

赵医生和张山互相望了一眼，只得跟着齐夏出了门。

齐夏带着三人快步走出了校园。

"怎么了？"赵医生不解地问，"我们要去参与游戏吗？"

"不……"齐夏摇摇头，开口问，"赵医生，我想问你个问题。"

"什么？"

"在你心里，肖冉是什么？"齐夏问。

这个问题把赵医生问蒙了。

"你……这么问是什么意思？"

"这次循环，你从一开始就很袒护肖冉，我想知道是为什么。"齐夏问，"你喜欢肖冉吗？"

"我……"赵医生为难地低下了头，小声说，"齐夏，我感觉我欠她的。"

"欠她的？"

"是……"赵医生点点头，"上一次虽然你阻拦了我，但后面几天，我还是和肖冉那个了……"

"嗯，我能猜到。"

赵医生的面色看起来非常难看："这种感觉……别提多难受

了,我好像把肖冉当成了一个工具、一个跳板,我是在借用她让自己获得力量……你明白那种感觉吗?"

齐夏听后慢慢地摸了摸下巴,说:"可肖冉也同意了吧?"

"嗯?"赵医生一愣。

"看你们俩的样子,她不像是被逼的,反而也有所求。"

"是……"赵医生点点头,"肖冉曾经说:'赵哥,我从小就喜欢脑科医生,出去的话记得多联系我……'她确实有所求,但对我来说……"

"我明白了。"齐夏叹了口气,"我只是想知道你的立场。"

"可是你忽然问这个做什么?"

齐夏停下脚步,回头盯着赵医生的双眼,回答道:"肖冉不能留,我准备除掉她。"

当齐夏、赵医生、老吕和张山来到人兔的场地时,那只兔子正站在门外踱步。她穿着一件不合身的西装,戴着浮肿的面具,看起来有些怪异。见到眼前四个人同时出现,她明显愣了愣。

"云瑶呢?"齐夏问。

兔子顿了一下,问:"谁是云瑶?"

她的声音非常难听,若没猜错,她正在压着自己的嗓音,使她听起来像另一个人。

老吕可听不下去了,大叫一声:"你别装傻啊!跟我一起来的那个丫头呢?"

"她还没通过我的游戏呢。"兔子慢慢地靠近身后的屋门,"你们别乱来。"

齐夏从上而下打量了一番这只兔子,面露一丝惋惜。

"你闯祸了。"齐夏说,"肖冉,你正在害死自己。"

兔子浑身一怔,失声说:"什……什么肖冉?我不是肖冉……"

这句话让张山和老吕都摸不着头脑,却让赵医生露出了异样的表情。

"肖冉?!"他上下打量了一下眼前的人兔,发现她的身高好像的确比之前的兔子矮,现在的身材像极了肖冉,"你……你怎么戴上兔子面具了?!"

"我说了我不是肖冉!"兔子大叫一声,"我……我是人兔……"

众人都直勾勾地看着她,像在看一个小丑。

"好,人兔。"齐夏点点头,"我要参与你的游戏。"

"什么?"兔子一愣,"现在?现在不行……"

"让开。"齐夏说,"你已经活不成了,没必要把云瑶也带走。"

"笑话……我活不成?!"兔子狞笑道,"我现在是游戏的裁判啊!我是兔子啊!我怎么可能活不成?"

见到她执迷不悟的样子,齐夏无奈地叹了口气。这个女人在刚才这段时间内,掏出哪怕一丝真心,下场都不会如此。

老吕在旁边站了半天,总算是听明白了。

"齐小子……你是说眼前这个丫头……是冒充的?!"他不可置信地问。

"没错。"齐夏点点头,"不用顾忌那么多了,把她拉开,我们去救云瑶。"

老吕听后二话不说就冲上前去,直接拉住了兔子的胳膊把她拉到一边:"你个小丫头片子怎么不学好呢?!"

"啊!你干什么?谁让你动我了?!"兔子大叫一声,"你们别乱来啊!"

齐夏沉了口气,走上前去想要推开房门,却发现房门纹丝不动。他透过房门的玻璃窗口往里面看去,里面的布景和之前他听说过的描述没有什么不同,一旁是破碎的鱼缸,云瑶此刻正被铐在另一旁的铁柱上动弹不得。让人揪心的是,破碎的鱼缸此时依然在向外溢水,这个房间是全封闭式的,里面的积水已经快要没过云瑶的脖子了。云瑶被铐住,根本不能直起上身,应该用不了多久就会溺水而亡。

"喂!"兔子此时跑了过来,满眼惊慌地说,"现在游戏还没结束,你们要中途破坏游戏吗?"

破坏游戏……齐夏慢慢皱起了眉头,虽然肖冉在虚张声势,但她确实提醒了自己。

现在她戴着这个面具,到底算不算生肖?她设计的游戏,到底算不算游戏?如果这样简简单单地戴上面具就可以成为生肖的话,那齐夏确实不能贸然解救云瑶。他会破坏规则,强行中断游戏,从而引来上层人物。

可是云瑶能等吗?

齐夏看了看那只兔子的双眼,沉默了半天,开口说:"我们认输。"

"认……认输？"那只兔子似乎没想到齐夏会给出这个答案，一时之间不知道该怎么办了。

"是的，我们认输。"齐夏点点头，"你不是人兔吗？人级的游戏输了就会损失道，你收几个道？我现在就给你。"

兔子思索了一下，说："你不是很聪明吗？我不接受认输，你想办法救她吧，救不了就等死。"

齐夏再次看了一眼屋内的情况，转头问道："那你不把我放进去，我怎么救她？"

"怎么？像你这么聪明的人，不进去就救不了人吗？你在外面救啊！"人兔讥笑着说。

众人此时都有些为难，他们互相看了对方几眼，纷纷思考着对策。

可齐夏似乎胸有成竹，他对兔子说："其实我早就猜到了，钥匙不在屋内，而在屋外，是吧？"

"屋外……"兔子忍住讥讽，开口问道，"屋外的哪里？"

"很简单，这附近有一个枯萎的灌木丛。"齐夏指了指路旁那干枯的灌木说，"钥匙就放在那里。"

"噗……"兔子愣了几秒，最终被这句话逗笑了，她捂着自己的肚子，笑得前仰后合，"哈哈哈哈哈哈！齐夏，丑陋啊！你言之凿凿地说出了一个错误答案的样子真丑陋啊！"

"丑陋？"齐夏面无表情地问，"怎么丑陋了？"

"什么钥匙在屋外，什么灌木丛，真的笑死人了！"她捂着自己的肚子说，"齐夏，你也有今天……钥匙早就被我掰断丢掉了！你们就看着云瑶死吧！"

听到这句话，众人面露难色，可齐夏微微扬起了嘴角。

"肖冉，你犯规了。"

话音一落，一个高挑的身影陡然在半空中出现，他赤裸着身体，皮肤苍白，身上披着一件用羽毛做成的披风。

这个身影吓了众人一跳。

"我说……"高挑身影缓缓地说话了，"原来你设计的游戏没有破解之法？"

看着这如神明一般飘浮在半空的男人，肖冉扑通一声瘫坐在地。

这个人的眼神既不像警察也不像恶霸,像个高高在上的神。

"你……你是谁?"

"我即是朱雀。"男人笑着落到肖冉背后的地上,慢慢将她扶了起来,然后从身后轻轻地抱住了她,"我说……我一直在看着你呢,本以为物色到了一个不错的兔子,可你怎么能不给参与者留活路呢?"

肖冉感觉身旁的这个男人通体冰凉,身上散发着一股腐烂的气息。

"如果游戏是必死的消息传开了……还有谁会参与游戏?生肖们的名誉怎么办?"朱雀慢慢地嗅着肖冉身上的味道,说,"肖冉,你错过了成为'万相'的机会,真是太可惜了……可惜啊……"

朱雀慢慢地伸出手,摘下了肖冉的面具抛到了地上,身体贴着她的后背,把脸和她靠在一起,看着眼前的四个男人,在她耳边说:"乖,跟他们四个人告个别吧,要不然没机会了。"

肖冉忽然之间露出惊恐的神色,转过头看着眼前的男人,声音颤抖着问:"哥……你……你需要女人吗?我什么都可以做的……"

END ON THE TENTH DAY

中场休息

我叫
肖冉

我叫肖冉。

我说谎了。

我怎么可能陪着一个孩子等家长？我傻了？

但那又怎么样？我问你，我说谎了又怎么样？真是有意思，这世上难道还有没说过谎的人吗？

面对一群凶神恶煞的陌生人，跟他们掏心掏肺的人才最奇怪吧？我又不蠢，我自然知道要怎么做。

读书的时候，我和一群姐妹正在厕所里招呼新转来的外地姑娘，刚要拿着烟头烫她胳膊的时候，她却忽然冲上来把我扑倒了。

我这辈子都没受过这种惊吓，一个外地转来的，她凭什么动我？

看见她凶狠打我的样子，我身旁的姐妹居然没有一个人敢上前阻拦，那时候我的心很凉。

这次的招呼不欢而散。

接下来的几天，事情的发展有些奇怪。我发现外地姑娘没有被孤立，渐渐地，有很多姐妹和她交了朋友，反而没有人理我了。

这是凭什么？我们的闺密情谊呢？

思考了一整夜，我才终于明白了这个道理：谁更狠，谁就有朋友。

但我要如何变得更狠？

然后，我上了曲哥的摩托车。

曲哥是学校门口的风云人物。他整天都带着很多跟班在我们学校门口闲逛，他们总是把摩托车停在一边站在那里抽烟，曲哥臃肿的身材和满是褶子的光头，使他站在人群中显得格外显眼。

我记得他们时不时会问一些过路的学生要钱，整个学校里没有一个人敢招惹他。这不正是我最好的目标吗？

当我坐上曲哥的摩托车时，我发现学校门口的学生们都在看我。

他们在羡慕我。我能够认识社会上的人，可他们不行。

我太聪明了，一下子就想明白了这个道理。

那天晚上我们玩得很开心，曲哥找了很多兄弟和我喝酒，我喝了很多，居然不需要花一分钱，看来曲哥真的把我当成妹妹了。

曲哥让我晚上陪他，我想都没想就答应了，但这个过程有些难受，我不愿意再次回想。

第二天，曲哥带着他的兄弟帮我好好地出了一口气。那个外地姑娘，那些我曾经的闺密，在他们的招呼下纷纷管我叫姐，现在的感觉比昨晚舒服一万倍。

这就是惹我肖冉的下场！

从这一天起，我就是学校里的王，没有任何人敢招惹我，也没有任何人敢不听我的话。

这就是我要的感觉。

只可惜，快乐的时光都是短暂的。当看到我的毕业考成绩只有182分时，我知道我完蛋了。

那天我回家，平时整天吵架的老男人和老女人都在家里愁眉不展。

"小冉……你说你以后该怎么办？"那个老女人哭着对我说，"你说你这辈子该怎么办？"

"怎么了？"我没好气地反问道，"反正我也不想上学了，我准备去跟曲哥做生意。"

那个老男人听到这句话狠狠地拍了一下桌子："你放什么狗屁？！"他恶狠狠地对我说，"我早就让你不要跟那个曲强来往，他是什么好人吗？你才多大啊！他连自己都养不活，怎么可能带着你做生意？"

"要你管？！"我也怒气冲冲地盯着他，"曲哥可比你们强多了，你俩除了在家吵架以外还有什么用？"

"你……你……"老男人伸手指着我，浑身颤抖不已。

我也不再理会他，摔门离去。以后的日子我不准备回家了，我准备和曲哥过日子。

那个暑假，我天天跟曲哥待在一起，我吃他的用他的花他的，他没有任何怨言，只是到了晚上会玩命折腾我。

我什么都不用付出，却可以得到很多东西。

我本以为那个十平方米的出租屋应该就是我接下来的全部人生了，可我还是错了。

曲哥被抓了。他因故意伤害和抢劫罪被判了六年。

我在出租屋里又住了半个月，直到房东来催房租时，我才发现自己一分钱都没有。我的快乐人生结束了。

我不能住在街上，于是只能回到家里。

老女人没有怪我,她只是看着我一直哭。她说他们俩借了很多钱打点关系,让我可以去镇上的一所学校继续读书。

她说接下来的日子只能靠我自己了,一定要让我学个手艺,下半辈子不至于饿死。

她说这说那,说得我心烦意乱。

我难道表达得不清楚吗?我不想上学了!可我实在是没有地方可以去了。

曲哥的跟班如鸟兽散,一个都联系不上,我没有钱,没有住的地方,更没有可以保护我的人。

开学那天我还是去了学校,因为老女人说只有我来上学,她才会给我钱。

我的专业是幼师,这三年让我无比痛苦,因为同学之间攀比的居然不是谁更有势力、谁认识更多社会上的人,她们只比谁的手机更贵、谁的化妆品好用。可那些东西我都没有,我的破手机已经用了四年了。

"你叫什么名字?"我同桌的女生问我。

"肖冉。"

"我叫陈婷。"那女孩儿笑着说,"你也喜欢小孩子吗?"

"喜欢……小孩子?"

这是什么诡异的问题,我怎么可能喜欢小孩子?我这辈子最讨厌的就是小孩子。

"算是吧。"我假笑着点点头。

"小朋友们就是很可爱啊,从小我就想当幼儿园老师,我觉得这份工作很适合我。"

陈婷看起来很开心,我却感觉她很恶心。她在装什么好人?

很快,她掏出手机来给我分享她弟弟的照片,不断地介绍着她弟弟有多么可爱,此时我才明白她真正的目的。

她是在炫耀手机。我真是太聪明了,总是能够瞬间看透事情的本质。

我假装配合地应了几句,课间休息的时候,趁着陈婷上厕所,我将她的手机从桌洞里拨到了地上,然后趴在桌子上装睡。

果不其然,贵的手机就是脆弱,当陈婷看到手机屏幕碎掉的时候,她显得格外伤心。

我一边安慰她一边露出笑容。活该啊,谁让你在我面前炫耀?

"都怪我自己不小心……"陈婷一脸懊恼地说,"新买的手机都能掉地上,我怎么这么笨呀?"

是的,你当然笨了,你居然来招惹我。虽然我没有曲哥护着了,但要对付你们这些蠢货依然绰绰有余。

这痛苦的三年时光对我来说真是一种深度折磨,我不仅要学专业的育儿知识,甚至还要学习钢琴和绘画,看着那些蠢货学得如此卖力,我只感觉一阵反胃。

怎么会有人喜欢这些东西?画得再好有什么用?别人会怕你吗?钢琴弹得再好又怎样?能赚到钱吗?

看来她们的人生就这样了,可悲、可怜。

我和她们有着本质上的区别,我清楚地知道自己需要什么。一个强大的男人可以让我省去无数的努力,既然曲哥不在了,我需要再找一个男人。

我和学校门口的混混们认识了一下,但说实话,他们都太胆小了。

强大的男人格外难找,我只能选择了另一条路,那就是有钱的男人。无论是律师、医生还是老板,只要他们有钱,那就是我的目标。无论是名牌化妆品还是昂贵的手机,只要他们有钱,那就等于我有钱。

我在手机上下载了很多交友软件,开始挑选我的猎物。

不得不说,这件事比我想象中的简单太多了,只要我主动相约,那些老男人根本抵抗不住诱惑。

我赚到了很多钱。

班里那些蠢货拼死拼活地学习知识,到头来还要替别人打工,这样想来她们实在是太惨了。我短短一个月就能赚到这么多钱,又何必去打工?

我终于买到了化妆品和手机。化妆品可以让我变得更漂亮,然后再用新手机拍成美美的照片,我又可以继续赚到更多的钱。

三年的时间很快就过去了,班上的同学大多在孤立我,我知道她们只是嫉妒,因为我的化妆品根本用不完,手机也经常换新的。就算我用眉笔在纸上画画,就算用粉底涂在墙上玩,我也不可能把我的化妆品送给她们,毕竟我和她们不是一路人,我会拥有比她们更好的生活。

这三年我没有划破她们的脸已经算是给足了她们面子。接下来的人生，我和她们老死不相往来，我也根本不需要她们接纳我。

毕业以后，我有了更多的时间挑选猎物，可我渐渐地发现这样并不是一件好事。不知是什么原因，大多数男人只会约我一次，他们给的钱远远不够我的花销。

为什么我是学生的时候可以约到那么多人，可现在不行？又为什么，我约到的都只是一些穷鬼？他们甚至不想给钱，以为这是在谈恋爱。

我肖冉是什么人物？一分钱不花就想跟我谈恋爱？

思考了三天，我得出了答案：是身份啊！

我现在的身份不太好，我是一个无业游民，这样一来，我岂不成了专门的特殊从业者吗？别逗了，我跟那些出来卖的可不一样，我受过教育，我比她们高贵得多。可我应该给自己弄一个什么身份呢？

思来想去，我回到了家中，我告诉老女人我想成为一名幼师。

她又哭了。真的很奇怪，每次我有新的想法，她都会哭。她拉着我的手，说我长大了，说一定满足我的愿望，就算砸锅卖铁都可以。

可我没想到他们俩真的砸锅卖铁了，家里的房子被他们抵押了出去。据说我的学历太低了，如果想进幼儿园，必须要花钱打点。这对我来说无所谓，反正花的不是我的钱，只要我能有个名正言顺的身份，接下来的事情就好办得多。

给园长交了十万块钱之后，我顺利成了一名幼师。我还在这里见到了我的同桌陈婷，只不过她和我的身份不太一样，她被派到这所幼儿园实习，可我已经是正式员工了。

这就是我和她的区别。

她不如我聪明，无论什么事情都选择最远的一条路，而我不同，我会走捷径。

"肖……肖冉？"陈婷见到我的时候表情很复杂，沉默了一会儿，她还是露出了释然的微笑，"真没想到能够在这里遇到你，你果然很喜欢小孩子啊，最终还是成了一名幼师。"

"是啊。"我假笑着点点头，"我们都一样呢！"

上班第一天，我和陈婷被分到了同一个小班，我是主要管理老师，她负责协助。

我不明白这群叽叽喳喳的孩子到底有什么尊贵的，居然需要我来照顾？

　　第一天吃午饭时，我坐在讲桌旁玩手机，顺便将自己的资料改一下，我需要马上告诉他们我是哪个幼儿园的老师，让我的资料看起来充满诱惑。没过多久，陈婷推门进来，仅仅瞟了一眼就露出了不悦的表情。

　　"哎！"她愣了一下，"肖冉，小朋友吃饭你怎么不管啊？"

　　"吃饭需要管什么？"我头也没抬，漫不经心地问。

　　陈婷叹了一口气，赶忙撸起袖子朝着小朋友们走了过去。

　　我抬头一看，那些烦人的孩子大多不会用勺子，饭粒和菜汤洒得到处都是，还有一个小孩子连吃都不吃，一直坐在座位上哭，真的烦死了。

　　"好啦好啦……"陈婷摸着那个正在大哭的小男孩儿说，"不要哭啦，告诉老师你叫什么名字？"

　　小男孩儿呜呜呀呀，说出了听不懂的话。

　　"你叫陈蓦然吗？"陈婷笑着说，"你不哭的话，老师就告诉你一个秘密。"

　　小男孩儿抽了几下鼻子，果然停止了哭声："什……什么秘密？"

　　"老师我也姓陈的！"陈婷慢慢地把勺子拿起来，放到了小男孩儿手中，"你知道吗？在所有姓陈的人里面，大家吃饭都不哭啦，所以你也要赶快改掉呀。"

　　小男孩儿呆呆地望着陈婷，没有说话。

　　"不信的话你仔细想想，你的爸爸是不是也姓陈呢？"陈婷的声音非常温柔，班上的很多小朋友都安静下来听她讲话，"你爸爸吃饭是不是也不哭？身为一个小小男子汉，你要学会自己吃饭，这样才能长得和爸爸一样高呀。"

　　"嗯……"小男孩儿露出委屈的表情，认真地点了点头。

　　恶心。我摇了摇头，真是恶心。

　　不得不说陈婷装得非常认真，她看起来对每个孩子都很好。

　　那天，叫陈蓦然的小男孩儿拉在了裤子里，我被恶心得要死。我让他穿着肮脏的裤子在教室里罚站，并且安排所有的小孩儿轮流参观他、笑话他，他敢惹我，这是他应得的。

　　可是陈婷来了之后，二话不说就把小孩儿抱起来带到了卫生间，不仅用温水给他洗了身体，还把那条沾满排泄物的裤子洗干净了。

我时常在想,她有必要做到这种地步吗?就算讨好了这些孩子又有什么用?他们会给你钱花吗?

几天之后,我发现我错了,讨好这些孩子真的有用。

一个孩子的爸爸忽然找到幼儿园里,给我和陈婷一人送了一条漂亮的金项链。他说老师很辛苦,这只是一点点心意。还不等我俩说什么,那个爸爸便匆匆离去了。

还有这么好的事?连觉都不用睡,我就可以收到金项链?怪不得我父母就算抵押房子也要让我成为幼师,他们早就想到了这一点吗?这可真是一笔稳赚不赔的好买卖啊!

陈婷说什么都不收,翻出了孩子入学时登记的住址,把项链寄了回去。真是傻啊,这是我们应得的。我不管她收不收,总之我很满意。

当她将项链寄回去了之后,那个爸爸似乎也明白了什么,从此只送我一个人礼品,完全无视了陈婷。这都是陈婷咎由自取。

从那以后我更聪明了,我每天都送孩子们去幼儿园门口,然后记住每个孩子家长开的车。那些从豪车上下来的孩子,天生就应该被好好对待,而那些被自行车送来的孩子,根本不应该出现在我眼前。

家长对我好,我就对他们的孩子好,这都是相互的,不是吗?要不然我身为一个陌生人,凭什么全心全意地照顾他们的孩子?

很快,一部分家长明白了我的心意。

整整一年的时间,我感觉我又回到了人生中最快乐的时候,我想要什么就可以得到什么,那些用不到的东西我就挂到网上卖掉,很快我就从家里搬出来,自己租了房子。这种感觉太美妙了,我抛弃了两个拖油瓶,努力让自己活得更加精致。

可有一天……园长把我叫到了办公室。

这个中年女人的表情非常严肃,我看着她就想吐。

"你是不是收了家长的礼?"她问。

"没有呀……"我笑了一下说。

中年女人叹了口气:"你要知道,你能够来到这儿也不容易,你妈妈甚至给我下跪了,我希望你能静下心来好好干,这次是初犯我不深究,你把东西给人送回去,这事就算了。"

"嗯?"我装作听不明白,"我真的不知道,园长,您要我把什么送回去？"

"已经有人跟我举报了，你好自为之吧。"她继续说，"若是下次再让我听到类似的事情，你就准备回家吧。"

我虽然气得发抖，但还是挤出一丝笑容，说："好的园长，我知道了。"

能够举报我的还有谁呢？孩子家长？不可能，他们应该知道惹了我会有多么严重的后果，我会把气全都撒在他们的孩子身上。

如此想来只有一个人了，那就是陈婷。她居然敢坏我的好事吗？

我真的不明白，老天爷为什么对我这么不公平！每次我感觉到幸福的时候，总会有人出来打乱我的生活。他们就见不得我幸福吗？

这整个幼儿园里的老师都让我恶心，她们假装把所有的心思都放在孩子身上，居然让我成了异类。她们到底在装什么？

这世上怎么可能有人全心全意地去照顾别人家的孩子？

我准备给陈婷个教训，她不让我好过，我也不可能让她好过。

我拿着一把美工刀把陈婷叫到了厕所里，准备好好地质问一下她，如果她敢承认举报了我，我就划烂她的脸。

"怎么了肖冉？"陈婷看起来很累，她刚哄完几个孩子睡觉。

"为什么举报我？"我问。

"举报你？"陈婷很明显疑惑了一下，"我举报你什么？"

"别装了！"我非常生气地说，"我收了家长的东西，园长是怎么知道的？"

"嗯？"陈婷慢慢皱起了眉头，"肖冉，你收礼的事情班上三十多个孩子的家长都知道，谁都有可能是举报人。"

"没这个可能。"我摇摇头，"他们不敢招惹我，否则我会让他们的孩子吃不了兜着走的。"

陈婷越听越生气，不禁开口质问道："肖冉，我真的很想问问你，你把这些小朋友当成什么了？人质吗？"

"人质？"

"你靠威胁这些孩子来收取家长的报酬，这样还算是个老师吗？"陈婷的声音越来越大，吵得我心烦意乱，"你如果这么讨厌这些孩子，为什么选择这个职业？那些孩子把你当成可以依赖的人，你又回报给他们什么了？"

"我……"我没想到陈婷居然有这么大的脾气，一时之间语塞了，"我选择什么职业和你有什么关系？"

"是，你选择什么职业和我没有任何的关系，但你不准再去虐待那些孩子。"陈婷从口袋中拿出手机，怒气冲冲地翻出了一张照片，那是一个孩子腿上的淤青，"珊珊的腿被人掐青了，这件事你知道吗？"

"我不知道。"我把头扭到一边，感觉很可笑。是我掐的又怎么样？有证据吗？

那个叫珊珊的小崽子家里穷得要命，难道还能对我不利？

"我警告你，肖冉，你如果让我逮到现形，我绝对会报警。"陈婷凶巴巴地对我说，"你如果讨厌这个职业，请马上辞职，你现在的所作所为会毁了孩子的一生。我们是他们人生中的第一个导师，应该全心全意地带给他们爱护和照顾，而不是虐待。"

"你……"我咬着牙，竟然一时之间不知该怎么反驳她。

"你若是继续这样下去，举报你的人只会越来越多，你等着被辞退吧。"

搞什么？她一个实习生，凭什么敢这么跟正式员工说话？我是讨厌这个职业，可我为什么要听她的？

见到她怒气冲冲地离去，我手里的美工刀都要捏碎了。

报警？我横行霸道了那么久，从来没有人敢拿报警来威胁我。

可不得不说我有点害怕，我从来没跟警察打过交道。难道我也会像曲哥一样被抓进监狱里吗？

接下来的日子我更难熬了，我没办法收礼，就算打骂孩子也要背着陈婷。平时我每当遇到不顺心的事情，就会第一时间给班上的孩子们点颜色瞧瞧，可是现在呢？我畏首畏尾的。

我怎么可以活得这么窝囊？

那天午休我用手机搜了搜，我想知道"警察都抓什么样的人"，结果有点出乎我的预料——警察的职位这么方便，他们居然不是想抓谁就抓谁，而是要抓犯法的人。

网上都说警察对普通老百姓的态度很好，毕竟他们是人民警察。既然如此，我也没什么可怕的了，毕竟我也是普通老百姓啊。我没做过什么伤天害理的事，我只是想过更好的生活罢了。

我正望着手机出神，忽然收到了一条信息，是之前送我金项链的那位爸爸发来的：肖老师，您现在忙吗？

我不假思索地打下了"不忙"两个字，想了想，又删掉了。

——有点忙，怎么了？

大约一分钟后，他回复了：这两天送您的东西都被您退回来了，是不是有什么问题？今晚方便请您吃个饭吗？

看到这句话，我慢慢露出了笑容。男人终究是男人啊，我竟然在不经意之间使出了一招欲擒故纵。我爽快地答应了他的请求，并且盛装出席。

我选了一件非常低胸的超短裙，又化好了精致的妆，我有预感，我的好日子又要来了。

这个家长平日里开的车就很豪华，标志是P字开头的一段字母，我不会念，但听说叫怕拉什么还是叫没拉什么的，总之很贵。

他开车带我到了镇上唯一的西餐厅。落座之后，他掏出了一个精致的小盒子，里面是一块手表。

"肖老师，有点打扰您了，这点东西请您笑纳。"他笑着对我说，"我平日里工作非常忙，小豪的事情还得麻烦您多照顾一下。"

我笑着将手表拿了过来，在手上试戴了一下："你不要这么客气嘛哥，我本来就是老师，这是我们应该做的。"

"是……这我知道……"他的面色有些为难，"不知道为什么，我最近看到小豪不是很开心的样子，想来想去，您是陪他时间最长的人，如果有什么情况的话还得麻烦您第一时间和我说。如果您能全心全意照顾小豪的话，我也可以放心工作了。"

我思索了一下，抬头问道："哥，如果你想让我全心全意照顾小豪的话……这确实有点为难。"

"嗯？"那个男人抬起头，仿佛没懂我的意思。

"班上三十多个孩子呢，我的精力有限。"我笑着说，"您给的东西确实很好，但我只能说我会尽力。"

男人挠了挠头，看起来明白了我的意思，但他依然很为难。

"那个……我来得匆忙……准备的东西不是很多，不知道您介不介意给您转账？"

"那怎么行呢？"我又被他逗笑了，"我是老师，哪能又拿你的又花你的？"

"这……"男人被我说愣了，他也不知道该怎么办才好。

此时才是我出手的机会。

"哥……你想不想跟我深入交流一下？"我问道，"如果我把你当作自己人的话，自然会照顾小豪了。"

那男人听后慢慢坐直了身体，靠在了椅背上。他的表情明显变了,此时看起来有些纠结。

"肖老师……您……你……你还干这个?"

"嘻,哥,你这说的叫什么话?"我伸手拍了拍他的手背,"我只是不想白拿你的钱,而且我想和你更进一步,这样对我们都好啊。"

眼前正襟危坐的男人过了几秒之后,忽然露出了轻蔑的笑容。他是个大老板,他肯定可以理解的,这只是一场交易而已,我和他各取所需,这样谁也不欠谁的。

我们在镇上的酒店开了房,结果就像我说的,连老天爷都看不得我好。

那天晚上遇到了警察查房,我又被举报了。他们亮出证件,跟我说"有热心群众举报,酒店里存在非法交易"。

可是他们冤枉我了,我能够清楚地说出身旁男人的姓名和年龄,我手机里也存着他的电话,我甚至知道他的家庭住址。我怎么可能是那种出来卖的贱货?我们顶多算是偷情。难道偷情犯法吗?

看着那群警察的样子,我不由得感觉很生气,他们凭什么冤枉我?

"不好意思女士,是我们误会了。"

警察关上门就想走,可我怎么会善罢甘休?

"站住。"我说,"一句'不好意思'就可以了吗?你们警察都是这么办事的?"

"嗯……"那几个警察转过身来,露出为难的表情,"那你想怎么样?"

"我想怎么样?那得问问你们啊。"我把双手抱在胸前,"你们这就准备走了?要是抓罪犯的时候,你们一枪打死了人质,说句'对不起'就可以走了吗?"

"你!"一个看起来很年轻的警察似乎有点不服,刚要说什么的时候却被一旁年长的警察拉住了。

"妹子,真的对不起,但我们有我们的职责,既然有人举报,我们不可能坐视不理的。"那中年男人说话还算客气,"今天打扰了你们确实是我们不对,如果你还有意见的话,可以去派出所举报我们,这是我的警号。"

果然如此啊,因为我是普通老百姓,所以人民警察必须为我服务,这就是我和那些出来卖的女人的区别。

我又数落了他们一顿，才终于放他们回去。

解气啊。这种感觉太解气了。

这些趾高气扬的警察也不过如此。

我扭过头，想再续前缘的时候，却发现那个男人眼神之中的轻蔑更强了。

"我没兴致了，改天吧。"他一脸低沉地穿上了自己的衣服，开门走了。

我呆呆地站在原地，有些摸不清状况。

到底发生什么了？思考了半天我都思考不出答案，我只知道，我的幸福又没了。

想要赚点钱真的是很难。靠着幼儿园每个月两千出头的工资，我什么时候才能买得起包？

又沉寂了差不多一年，曲哥出来了。他出来之后第一时间找到了我，让我请他吃顿饭。虽然我不是很想花钱，但我怕他打我，思考了半天还是去了。

我和他在街边的餐馆点了几个小菜，几瓶啤酒。

"为什么不来看我？"他头也没抬地问我。

"嘻……曲哥，我不是不想去，只不过监狱那么远，我一没车二没钱的……"

"行了。"他喝了一大口酒，抬起头来对我说，"肖冉，你想不想挣钱？"

我发现他的眼神比六年前更可怕。

"挣钱……"

"我有办法让你挣不少钱，现在就看你愿不愿意干了。"曲哥沉声说，"我在里面认识了不少朋友，也知道了不少搞钱的路子……"

我小心翼翼地盯着曲哥看了半天，问："需要我干什么？"

"听说你现在管着一群孩子是吧？"曲哥问。

"是……"

"你挑个合适的孩子，聪明点的，过两天带出来给我。"他说，"给我之后你就不用管了，我给你三万块钱。"

"就这样？"我感觉这件事有点太容易了，仅仅是带出来一个孩子而已，为什么会给这么多钱？

"没错，就这样，你有消息了就联系我。"他吃完了饭，又剔干净了牙，在我将信将疑时对我说，"对了，今天我没地儿住，带我去你家。"

"啊……我……我家？不……不太好吧？"

他瞪着一双眼睛，猛地抓住了我的手腕，说："肖冉，你不会要跟老子分手吧？你知道老子多久没碰过女人了吗？"

"怎……怎么会呢？"我慌乱地笑着，"我家里都收拾好了，就等你回来呢……"

那天晚上曲哥很粗暴，我却完全不敢反抗。他的眼神充满了杀气，我很害怕。

我可以跟警察大呼小叫，却不敢惹有这种眼神的人，他好像真的会杀了我。

第二天，曲哥离开了，不知道去了哪里。

我回到幼儿园，感觉有些难办，虽说我现在整天跟孩子打交道，可是要怎么名正言顺地把一个孩子带出去？

"肖老师……"一个小孩儿的声音在我身旁响起，让本来就心烦意乱的我更加烦躁。

"说！"我扭头一看，那个叫珊珊的小女孩儿此刻正拿着一颗非常便宜的硬糖，颤颤巍巍地举到我眼前。

"肖老师……我能不能……把这颗糖送给你？你以后不要再打我了……"

听完这句话，我真的很火大。我一把将她推倒在地，感觉她真是给脸不要脸。她如果不来招惹我，我又怎么会打她？我好端端地坐在这里，她却偏偏要拿着这么便宜的糖送给我，这不是在找打吗？要不是旁边这么多小孩儿坐在那里看着我，我都想活活打死她！

珊珊看起来很害怕，但她没哭，只是坐在地上发抖。此时又有一个老师开门进来，我甚至都记不得她的名字。

"咦？"她一眼就看到了倒在地上的珊珊，赶忙去把她扶了起来，"小朋友，你怎么摔倒了？"

"宋老师……我害怕……"珊珊钻进了那个女人怀里。

"不怕不怕，和老师说说，到底怎么了？"她从地上捡起那颗硬糖，问，"老师送你的糖怎么不吃？"

"我不吃……我不想吃……"珊珊紧紧地抱住了那个宋老师。

我觉得真恶心，这个姓宋的女人明明不管我们班，却来我们班上送孩子糖果。这是想取代我的地位？

此时陈婷也进来了，看到这一幕之后赶忙俯下身来查看珊珊的情况："珊珊，你怎么了？"

珊珊没有说话。

"陈老师……"宋老师见到陈婷进来之后也面露担忧，"珊珊看起来吓坏了……"

还不等她说完，陈婷的面色就沉了下来。陈婷站起身咄咄逼人地问我："肖冉，你又干了什么？"

"我什么也没干。"我没好气地说，"你瞎吗？没看到我在这里坐着？"

陈婷看起来非常生气，她不再理会我，反而回头问其他的孩子："有谁看到刚才肖冉老师做了什么吗？"

那群孩子瞪大了眼睛，谁都不敢说话。过了很久，一个叫陈蓦然的小男孩儿才举起了手："我看到肖老师把珊珊推倒了……"

"是啊是啊……"很多孩子纷纷附和道。

陈婷听到这句话，回过头一把就将我从椅子上推了下来。

"啊！"我被吓了一跳，"你干什么？！"

"肖冉，你给我听好了，我不管你和园长是什么关系，从此以后只要有孩子在你面前哭了，那就一定是你的问题。"陈婷恶狠狠地说，"你不想照顾他们我没意见，但我希望你以后离他们远一点。"

宋老师也在一旁抱着珊珊唉声叹气，她没有关心弱小的我，反而去安慰陈婷。

"好了陈老师……别为这种人生气了。"她拍了拍陈婷的后背，"小心吓着孩子们。"

可笑，太可笑了。明明是珊珊自己来招惹我，居然让我离她远一点？真的是太强人所难了。

不过也正因为这次摩擦，我有了主意。珊珊家里就一个年迈的奶奶，父母都在外面打工，她就是我最佳的目标。只要把她带给曲哥，我就能有三万块。

那可是整整三万块啊！我工作一年才能赚到三万块啊！

珊珊应该自豪一些，因为按照她的家庭情况来说，她永远不可能这么值钱。

我给曲哥发了信息，告诉他我有了目标。

接下来就是我的计划了。我先是找到了陈婷，给她道了歉，我说我当时有些着急,把珊珊推倒纯属无意之举,希望她能原谅我。

天真的蠢货就是好骗,她居然相信了我。

"肖冉,我也不是要针对你,我真的希望你对孩子好一些。"陈婷皱着眉头说,"虽然我们同时面对很多个孩子,可对于每一个孩子来说,我们就是他们的全部。"

"是的是的。"我懊悔地点点头,"我以后再也不会对他们那么差了。"

宋老师也在办公室里意味深长地看着我,这个女人似乎并不好骗。

"肖老师,你真的是无意推倒珊珊的吗?"宋老师问道,"你看到她倒地了,为什么不把她扶起来?"

"我当时太心急了,没有想到。"我叹了口气说,"你们可能不会相信我,我只能用行动来弥补了,今天让我亲自送珊珊回家吧。"

宋老师站起身,从上而下地打量了我一番,开口说:"肖老师,我听说你在这儿工作了快两年,从没送过孩子回家,今天怎么大发慈悲了?"

"这正是为了表明我的态度……"我苦笑着说,"我会改过自新的。"

两个蠢货最终还是答应了,她们毕竟还是没有我聪明啊!

今天放学就只有我和珊珊。

当老师和孩子们都陆续离开幼儿园的时候,我找到了珊珊——这个被我打了几十次、掐了无数次的小女孩儿。

"珊珊,我来送你回家。"我笑着对她说。

她看到我时浑身一怔,像是看到了妖魔鬼怪。

"肖……肖老师……"珊珊把头深深地低了下去,"我想让宋老师或者陈老师送我回家……"

我微笑着凑到她面前,对她说:"小崽子,我劝你别给脸不要脸,你要是不同意,老师就只能掐你大腿了。"

珊珊浑身发着抖,眼里噙着泪,想哭又哭不出来。

"乖,老师带你回家。"我拉起了她的手。

我几乎全程拖着她前行,这女孩儿一点都不配合。出了幼儿园后我转过几条小巷,前往和曲哥约定好的地点。

"肖……肖老师,这不是我回家的路……"珊珊有些害怕地说。

"放心,我是老师,不会害你的。"我死死地攥着她的手,把她往小巷里带。

曲哥开了一辆面包车等在那里,他身旁还有几个凶神恶煞的男人。见到我过来,他们纷纷下了车。

"曲哥,这是你说的人?"一个刀疤脸开口问。

"嗯。"曲哥点了点头。

"这……是个女娃娃啊。"

曲哥听到这句话,脸色也不太好看。

"肖冉,你是不是傻?"曲哥恶狠狠地说,"你带个女娃娃来做什么?"

"我傻?"我愣了一下,"你也没跟我说要男孩儿还是女孩儿啊,这事能怪我吗?"

"行了别吵了,女娃娃也能值几个钱,这是咱出来之后的第一单,还是小心为主吧。"曲哥将珊珊拉上了面包车,然后掏出钱包,数了三千块钱给我。

"三千?"我愣了一下,"曲哥你开什么玩笑?不是三万吗?"

"三万是男娃娃的钱,女娃娃就值三千。"

他头也不回地就要上车,我却被气到了。

"不行!"我一把拉住了曲哥,"你没提前说!你只说三万!把剩下的钱给我!"

"你放手!"曲哥拨弄着我的手臂。

"我不放手!"我大喊道,"要是不给我的话,我就喊人了,让这里的街坊邻居都听见!"

"我去你的!"

曲哥一巴掌扇在了我的脸上,把我扇倒在地,他们则开着那辆破旧的面包车扬长而去。

我在地上愣了好久,直到附近的街坊邻居围了过来。

"丫头,你怎么了?"一个老太太问。

"刚才谁在这里大喊大叫?出什么事了?"

人群叽叽喳喳地嘈杂起来,我却忽然计上心头:"快报警!有人抢孩子啊!"

一语过后,众人皆惊。

…………

我被带到了派出所,他们给我做了一份笔录。

原先下班回家的陈婷和宋老师也来了,她们听说珊珊被抢走,担忧的表情都挂在了脸上。

装,还在装。你们和珊珊非亲非故,到底有什么可担忧的?

"肖冉,你把珊珊怎么了?!"陈婷一现身就抓住了我的衣领,"她已经很可怜了,你还不肯放过她吗?"

几个民警赶忙上前拦住了她:"这位女士,您冷静一点。"

"我不需要冷静!"陈婷指着我,对在座的几个警察说,"警察同志们,不管珊珊遭遇了什么,这件事绝对和这个女人脱不了关系!我对天发誓!"

"陈婷,你够了。"我站起身来,表情也很愤怒,"我都说了孩子是被抢走的,当时很多街坊邻居都看到了,他们不仅抢了孩子,而且还打了我。"

"你胡说!"陈婷看起来气得不轻,而宋老师却在一旁思索着什么。

没过多久,宋老师转头问一个警察:"珊珊是在哪里被带走的?"

"是在老南街东头。"一个民警说。

"老南街?"宋老师皱着眉头看向我,"珊珊家走漾江中路就能到,你怎么去了老南街?"

"漾江中路?我第一次送珊珊回家,所以不认识路,走错了。"我回答道。

一个民警敲了敲桌子,说:"肖冉女士,我希望你不要有任何隐瞒,所有人都希望赶紧把孩子找回来,你如果撒谎的话,搜救工作很难进行。"

"我真的没有撒谎。"我摇了摇头,"那些人抢了孩子还打了我,他们好多个男人,我根本反抗不了。"

我心中暗自得意,他们不可能找到任何的证据,给曲哥打电话的记录我也删除了,我做得毫无破绽。

宋老师回头对民警说:"警察同志,你们不觉得很可疑吗?肖冉迷路了,恰好出现在那里,而那里偏偏有人贩子。"

"你说的这些我们都考虑过了。"一个警察拿着一份文件摆了出来,"可是现场有证人证明,说亲耳听到了肖冉对那些人贩子喊'要是不给我的话,我就喊人了'之类的话,说明她试图和人贩子斗争过，另外也有人亲眼看到了肖冉被打。"

宋老师听后也沉思了起来，片刻之后，她一字一顿地说："会不会肖冉跟那些人贩子本来就是一伙的，她说的那番话只是在要钱？"

我不得不说我小看了这个女人。

"你们不如先把她抓起来，我感觉早晚能够审问出孩子的下落。"宋老师说。

警察听后，慢慢地抬起头，说："我们办案要讲证据，抓人同样也要讲证据。根据目前的情况来看，小巷当中没有监控，肖冉是不是同谋还有待调查，你们只能先回去等消息，我们的当务之急是进行道路封锁排查，尽快将孩子找到。"

他们又问了一些无关紧要的问题，最终让我走了。

我和陈婷、宋老师一起出了门，正巧见到一个蹒跚的老太太向派出所走来。

她身上有一股很难闻的老人味，令人恶心。

"老师，你们是珊珊的老师吗？"那个老太太含着泪问。

"啊……"陈婷忽然露出一脸内疚的表情，"您是珊珊的奶奶？"

"对不起……"老太太忍住心中悲伤的情绪，抓着陈婷的手居然俯身道了个歉，"我家孙女给老师们添麻烦了……真的对不起……我家孙女……"

"不麻烦不麻烦！"陈婷赶忙扶起她，"大妈，珊珊走丢了是我们的责任……我们一定会把她找到的。"

"哪位是肖老师？"老太太又问。

那两个女人同时看向了我。

"肖老师……"老太太上前抓住了我的手，"我听珊珊说她总是惹你生气……你千万别怪她……她给你们添了这么大的麻烦，真是对不起……"

幼儿园老师真的是个不错的身份，我把她的孙女卖掉了，她居然还要跟我道歉。是啊，你是该和我道歉，为什么你家的孩子是个女孩儿？这让我少赚了很多钱。

况且……这事也不能怪我，你们如果不这么穷的话，我会对你们很好的。

"大妈，您不需要跟她道歉。"陈婷拉着老太太说，"我带您去见警察,有什么事您都可以说出来。"

她意味深长地看了我一眼:"您有什么说什么,我们早晚会把坏人抓到的。"

她们转身进了警局,我可没那个耐心。我回到家中,躺在床上数了数钱,三千块钱,不多不少,是时候给自己添点精华乳和眼霜了。最近我生了很多气,必须要好好保养才行。

我翻了翻手机,准备在闲暇的时候多物色几个目标,于是我去网上搜了搜当今社会最赚钱的几个行业,一个新鲜词出现在我的视线里——心理咨询师。

网上都说心理咨询师非常赚钱,昂贵的咨询师一个小时的咨询费高达好几千。

我很快有了主意,找到了距离这里很近的一家心理咨询工作室,物色了里面那个年轻有为的男性咨询师,加了他的联系方式,和他聊了起来。

心理咨询师不愧是专业陪人聊天的职业,和他聊天非常舒服。我告诉他我因为对孩子照顾不周而受到很多人的指责,他也对我发出了盛情邀约,说可以免费帮我诊断一次。

他怎么会那么好心?他只是看到了我朋友圈里那些露骨的照片罢了,但这也正是我想要的。

三天后的晚上,我在和那个心理咨询师约第二天见面时,忽然被一阵急促的敲门声吓到了。

"谁啊?"

嘭嘭嘭!

"谁?"我一直问,门外的人一直不说话,我有点慌了。

嘭嘭嘭!

"你再敲我就报警了!"

"报个屁的警,我!"曲哥低沉的声音传了进来,"给我开门!"

我浑身一怔,不免有些害怕。他来干什么?他不知道警察正在找他吗?

思考了几秒钟,我慢慢打开了门。

"怎么了?"我问。

"进去说。"他二话不说把门推开,直接进到了房间里。

"曲哥……"我有些生气了,"你知道现在情况多危险吗?

你想被抓,我可不想,那个女孩儿……"

话还没说完,曲哥就扔过来一个信封。我打开看了看,是两沓钞票,应该有两万元。

"肖冉,我找到了不错的买家,他们村子里的人有钱,孩子需求量大,你有没有兴趣再搞一单?"

我简直不敢相信,这一次居然能收到两万多块钱。

"再搞一单……"我有些犹豫,"曲哥,你知道现在是什么节骨眼吗?"

"最后一次。"他点起一根烟对我说,"这次给你五万块钱,之后咱们两清。"

我本想义正词严地拒绝,可是"五万块钱"四个字太动听了。

"曲哥,六万块钱。"我说,"这次我给你挑一个聪明的小男孩儿,保证买家喜欢。"

"别得寸进尺,这个钱需要跟很多人分,给你六万我不好交代。"曲哥把烟灰弹到地上,眼神冰冷至极,"就五万,行还是不行?"

我看着他的表情,微微咽了一下口水,说:"就六万,一分都不能少。"

"臭婊子……"曲哥咬了咬牙,"你想死?"

我挤出一丝笑容:"曲哥,现在警方正愁找不到证据呢,你不会希望被举报吧?"

"咱俩是一条绳上的蚂蚱。"曲哥沉沉地说,"你要是举报了我,自己能跑了吗?"

"我是被胁迫的啊。"我笑了笑,"我又打不过你,所以只好听从你的安排了。"

"你……"曲哥瞪着我,思索了一会儿,说,"好,六万就六万。"

"这一次我要一手交钱一手交人。"我说。

"你怎么光想好事?"曲哥吸了一下鼻子,"我们得把货物出手才能有钱,怎么可能见面就给你钱?"

"那不在我的考虑范围内。"我摇摇头说,"我只负责把人带出来,所以我把孩子交给你们的时候,我的工作就结束了。"

曲哥掐灭了手中的烟,挪动着肥胖的身躯站了起来,然后伸手掀起了我的上衣。

"肖冉,你这么自作聪明,早晚会把自己害死的。"他说。

我毫不客气地直接脱下了上衣,说:"曲哥,漂亮的女人就是危险的毒药。"我慢慢地抓住了他的裤子,"你早就深陷其中了,是吧?"

"呵。"

…………

第二天,曲哥又在天没亮时离开了,我也照常来到了幼儿园。

我决定了,这单成交之后,我便离开这个地方,随便去哪里都行,拿着手上这八万块钱好好打扮一下自己,重新钓几条大鱼。现在我有了本钱,应该可以出入有更多上流人士的场所了。

临近放学时,我又提出要送孩子回家,这次我选中的目标是陈蓦然。这个孩子也很好下手,听说他的妈妈脑子里长了东西,正在医院里准备手术,现在他爸爸忙得不可开交,哪有时间顾及孩子?

陈婷非常严肃地拒绝了我,她一口咬定我跟人贩子有关系,所以说什么都不可能把孩子交给我。

"我说陈婷,你好好想想……"我假笑着对她说,"就算我真的是人贩子的同伙,又怎么可能在这么短的时间里连续作案?"

她思索了一会儿,说:"那也不行,你给陈蓦然的家长打个电话,让他们来接。"

"好好好……"

我真是太聪明了,我早就想到会是这个情况了。我打开了手机通讯录,翻到了陈蓦然爸爸的电话,在陈婷面前晃了晃,然后拨了过去。

接电话的是曲哥。

"请问是陈蓦然的爸爸吗?"我问。

曲哥顿了顿,说:"怎么了?"

"不好意思,能不能请您放学的时候来接一下孩子?"我笑着问道,"到时候我在门口等您。"

"知道了。"曲哥沉声回答道。

"把电话给我。"陈婷说。

我摇了摇头,将电话递了过去。

"喂,您好。"陈婷拿过电话说,"您是陈蓦然的父亲?"

"嗯。"

"麻烦您到时候一定要准时来接陈蓦然,现在幼儿园附近有人贩子出没。"陈婷说,"另外您记一个电话吧,这是负责我们幼儿园拐卖案子的民警,如果您来不了,请给民警打电话,民警会负责送孩子回家的。"

陈婷给了曲哥一个电话号码。

"好,我知道了。"

挂掉电话之后,陈婷又扭头对我说:"肖冉,我会让警察时刻注意学校门口的监控,若你敢带孩子离开,我绝对不会放过你的。"

"放心、放心。"我笑着点点头,"我说过我和那些人贩子没有勾结。"

我马上就要甩掉曲哥了,又怎么可能和他勾结?

放学时,我拉着陈蓦然的手站在学校门口,静静地等待着。

我已经跟曲哥交代过了,他只要将孩子抢走的时候把钱扔给我,我依然没有嫌疑。只不过我感觉今天学校四周的气氛有些奇怪,好像有很多人都在看着我。

他们是在羡慕我吗?

我盯着远方的崇圣寺三座高塔,虔诚地许了个愿:我希望菩萨能保佑我这个可怜的女人,保佑我永远发财。

今天做完这一单,晚上再去见见那个心理咨询师,想想就是发财的一天啊。

"张队,我查到了。"一个年轻女警一脸严肃地对着身边的中年男人说,"那个叫肖冉的女老师确实有重大作案嫌疑,犯罪嫌疑人曲志强在进入监狱之前和她有密切的社会关系。"

"马上派人去幼儿园盯住肖冉。"张队点点头,"一组调出肖冉家附近的监控,二组去查肖冉近期的通话记录,看看曲志强出狱后有没有跟她接触。"

"是!"

没一会儿,两组民警都有了消息。

"张队,监控显示曲志强出狱之后确实出现在肖冉家附近过,他在那里住了一夜,第二天清晨才离开。"

"张队,肖冉近期曾多次和同一个陌生号码通话,我们怀疑那个号码的主人就是曲志强。"

张队点点头，刚要下命令时，他的手机响了起来。

按下接听键，对面是个女人的声音："您好……您是张队长吗？"

"我是，您哪位？"

"我叫陈婷，是珊珊的老师……"

"哦，陈老师，我记得您，什么事？"

"那个……"陈婷支支吾吾地说，"今天肖冉又要执意送小孩子回家，我有些担心……"

陈婷将自己的顾虑一五一十地告诉给了张队长。

"陈老师，情况我知道了，您放心吧。"

挂掉电话之后，张队长面色极其严肃地回过头，对众人说："一组二组跟我走，三组去开车，四组盯梢，今天人贩子有可能再度出动，我们早点去部署。居然敢拐卖孩子，是时候把他们一网打尽了。"

…………

曲志强开着车在街上慢慢悠悠地前进，为了掩人耳目，这次他没有开面包车，反而换了一辆黑色的轿车。他需要等待幼儿园里的老师学生们离去，才可以大摇大摆地去拉走那个孩子。

靠近幼儿园之后，曲志强发现今天的幼儿园似乎放学很早，四周都没有什么人了，仅有的几个小商贩此时也不再吆喝，一个比一个沉默。

"曲哥……"正在开车的"刀疤脸"问，"接下来怎么办？直接把孩子抱上车？"

曲志强眺望了一下远方站在幼儿园门口的肖冉和那个小男孩儿。

"老疤，你车技怎么样？"曲志强问。

"刀疤脸"思索了一会儿，回答说："虽然我没驾照，但是开了很多年车，车技很好。"

"好。"曲志强指了指肖冉，"给我撞死她。"

"撞死她？""刀疤脸"有些为难。

"怎么了？你不敢？"

"也没有什么不敢的。""刀疤脸"无奈地叹了口气，"撞死她很容易，但是你得多分我五千块钱，毕竟要修车。"

"哈哈哈哈！"曲志强大笑道，"没问题！我给你一万，你给我狠狠地撞死她！"

一个卖报纸的小商贩看着那缓缓驶来的黑车，低下头小声说："六点钟方向发现可疑车辆，请A组确认身份，完毕。"

"A组收到，完毕。"

没一会儿，对方回复了："A组确认车内人员为犯罪嫌疑人曲志强，完毕。"

卖报纸的小商贩点了点头，切换了一下对讲机的频道："各组注意，犯罪嫌疑人曲志强在六点钟方向的黑色轿车中出现，开始收网。"

一语过后，附近大量的警方开始看向那辆黑色轿车，可下一秒，那辆黑色轿车加速冲着幼儿园门口开了过去。

…………

怎么还没来？我有些着急地站在原地。今晚我约了心理医生，这个姓曲的真能耽误时间。

就当我等得不耐烦时，忽然见到远处驶来了一辆黑色轿车。那轿车开得非常慢，看起来不太正常，难道是曲哥的车？我的钱来了？

我拉着陈蓦然刚要上前，那辆轿车却忽然加速朝我驶来。我还没反应过来是怎么回事，短短一瞬间，四周又冲上来很多人。那些人喧闹着、叫喊着，不断冲着我和那辆黑色的轿车说着什么，可我什么都听不进去了，因为我看到远处崇圣寺三座塔居然开裂了。

紧接着，巨大的声响接踵而至，整片大地都晃动了起来。眼看着那辆黑色的轿车就要撞到我，我赶忙抱住陈蓦然向旁边一闪——他可是我的六万块啊！

全世界都可以去死，"我的六万块"可不能去死！

没想到地震的时候跟我想象中的不一样，大地不是上下跳动的，而是左右晃动的。我没站稳，直接摔了个狗吃屎。好在我没事，"六万块"也没事。

等会儿地震过去了，我就可以拿他换钱了。

可我刚刚一愣神的工夫，又看到那辆黑色轿车倒着压了过来，它似乎一心要置我于死地。

我被撞了，什么都想不起来了。

…………

我来到这个所谓的终焉之地已经整整三天了。

这里好臭啊，比我认识的那几个老男人还要臭。接下来的日子该怎么办？那个叫齐夏的人看起来很厉害，但是他不吃我这一套，说什么自己结婚了，所以不喜欢别的女人。

真是恶心。

我约过那么多已婚的男人，他们都高兴得很，你又在跟我装什么？因为自己长相不错，就跟我装，这样的男人最难搞了。还有那个该死的赵海博，本以为他是个医生，让他占点便宜，出去就能给我钱花，可是我被那个云瑶揍的时候，他居然退缩了！

我一定要杀了云瑶……可是我该怎么办？她身边总是围绕着齐夏和那个混混，我没法下手，到底有什么办法可以让云瑶心甘情愿地送死？

正在出神的时候，我忽然看到了昨天带回来的兔子面具。我的天……这不就是最好的手段吗？我如果假扮成兔子……她不就会来送死了吗？

想到这里，我拿上面具，连夜翻出了学校，然后趁着漆黑的夜色向那个兔子的场地摸去。

没想到这个鬼地方虫子还不少，一到了晚上虫子的叫声震天响，那些虫子窸窸窣窣的，仿佛就在我的耳边。但也无所谓啊，只要我赶到兔子的场地，把她的尸体处理好，那个逃生游戏就变成我的了。

接下来我就装作兔子，等着别人过来送死。来的最好是云瑶，这样我就可以报仇了。我真是太聪明了，总是能够找到做一件事的捷径。

所以……云瑶，你能识破兔子是我假扮的吗？

啊！她来了她来了！她还带着一个胖胖的老男人，那不会是她的姘头吧？真是丑陋啊云瑶，长得人模狗样，结果却跟个老男人一起行动？

放心，我现在就让你死！

我叫肖冉。

我要开始说谎了。

END
ON THE
TENTH DAY

第2关

叛乱日·
猫　队

"你问我……缺不缺女人？"朱雀听到这句话，眉毛微微动了一下，露出了意味深长的笑容。

"你……你让我干什么都行……哥……"肖冉的脸上荡漾着非常难看的微笑，"什么样的服务我都会……能不能不要杀我？"

"嚯！"朱雀皮笑肉不笑地惊讶了一下，"肖冉，你知道吗？我制裁了数不清的人，还是第一次听到这种求饶的话。"

肖冉哆哆嗦嗦地伸出手，拉住了朱雀那苍白的手臂。

"哥……我……我不是在求饶啊……我是想和你成为自己人啊……"肖冉不知是在哭还是在笑，"我以前根本不知道当生肖有规矩……我……我就是犯了个小错……你没必要的啊……"

"啊！"朱雀忽然大叫一声，吓了在场的众人一跳，肖冉更是直接坐到了地上。

朱雀慢慢露出笑容，说："肖冉！我想到了！"

"想……想到什么了？"

"我可以让你自己选啊！"朱雀笑着说，"现在我手上有两条路，一条是生，一条是死，你要怎么选？！"

他慢慢地将自己的左手和右手握起拳头，举到了肖冉面前。

"彻底地死亡……和彻底地活着，你选哪个？"朱雀看起来非常兴奋，他蹲下身，一脸期待地看着肖冉。

听到这句话，齐夏面色变了。这是一道送命题。他给众人使了个眼色，众人纷纷向后退去。

眼前的朱雀很明显是超越生肖的存在，几个人里只有齐夏记得自己见过朱雀，谁也不知该怎样应对。张山皱着眉头，心中慢慢盘算起来，自己若是有一天要被这个怪人追杀……回响能对他生效吗？

"彻底地……活着？"肖冉颤抖着问道，"是什么意思？"

听到这句话，朱雀本来还带着笑容的面庞直接失去了表情："肖冉，我让你选，没让你问。"

"啊！是是是……"肖冉慌忙地点点头，"我……我选择彻底地活着……"

齐夏无奈地摇摇头："她输了。"

"什么？"一旁的赵医生一愣。

只见朱雀听后立即露出了开心的表情："好！好！肖冉，我可以让你永远都活着！但作为交换，你的理智我就拿走了啊！"

说罢，他的手就在肖冉的额头前挥了挥。惊恐的表情慢慢消失了，肖冉露出了一张格外冷淡的脸。

没多久，她面无表情地站了起来，然后呆滞地看了看齐夏，走上前来问道："哥，你要女人吗？我是幼儿园老师，你给我钱就行。"

齐夏慢慢往后退了一步。他知道"永远活着"的意思就是这个人不会随着终焉毁灭，反而会永远留在这里，变成一个彻头彻尾的原住民。她不仅失去了出去的机会，并且还丧失了所有的理智，她不能成为"万相"也不会变成生肖，会一直靠本能活在这里。

见到齐夏没理她，她又走到张山身边："哥，你那么壮，需要加钱，加钱我就跟你回家。"

张山也往后退了一步。

齐夏叹了口气，或许对于肖冉来说，这就是咎由自取的结局了吧。

"没人要我吗？"肖冉眨了眨眼，"那我先回教室了，我可是老师。"

她缓缓地推开众人，向着远处走去。

赵医生似乎想跟她说点什么，但话到嘴边还是没有开口。

"哈哈！"朱雀大笑道，"今天积德了啊！竟然没杀人！"

齐夏慢慢地看向他，他太疯了。彻底地活着和彻底地死去这个问题一旦抛出来，肖冉的结局就已经注定了。无论作为原住民还是犯规的生肖，她永远都不会出现在面试房间中了。

齐夏回过神来，问朱雀："现在这个游戏还算数吗？"

"哦？哦！"朱雀点了点头，又摇了摇头，"游戏已经不在了，场地荒废。"

"快去救人。"齐夏低声对张山说。

张山赶忙点点头，跑到了房门面前开始撞门。可是门里全都是水，阻力非常大。

朱雀此时盯着齐夏看了看，面色忽然阴冷起来："呀……我才发现，这不是齐夏吗？"

齐夏料到朱雀不会轻易放过自己，索性也不再逃避，开口问："我也才发现，这不是朱雀吗？"

"齐夏……你怎么会在这里呢？"朱雀讥笑着问。

"我想在哪里就在哪里。"齐夏回答说，"你想让我去哪儿？"

"太可悲了啊齐夏，太可悲了。"朱雀脸上的表情非常得意，"你根本不知道自己为什么会出现在这里，身为一个不能回响的凡人，太可悲了啊。"

"你怎么知道我不能回响？"齐夏心知肚明，能够和朱雀交谈的机会少之又少，他要尽可能地套出对方的话。

"哈哈哈哈哈哈！"朱雀被齐夏逗笑了，"你在硬撑什么？"他走过来拍了拍齐夏的胸膛，问，"准备用这副不堪一击的躯体去见天龙吗？你有几条命和他赌？"

齐夏的脑海中快速思索着接下来要说的话，他只怕一步错步步错，如果谈话的方向偏颇了，对方可能会直接离去。

"那依你说……我该怎么去见天龙？"

朱雀听后再度露出讥笑的表情，伸手指了指地上那肮脏的人兔面具："戴上它啊，一步步地积累人命，从而强化自己的身体，这样你才能登上巅峰啊，我的好齐夏。"

齐夏听后咬了咬牙："你在耍我吗？我若戴上了生肖面具，最终下场也只是天龙的一条狗。连强化身体的条件都是和天龙签订合同，我又怎么可能登上巅峰？"

"噗……"朱雀苍白的脸上颊露出癫狂的笑容，"哈哈哈哈哈！齐夏，真不愧是你啊！明明已经成了这般模样，你却还在装。我可是朱雀啊！你的骗术能骗过我吗？"

齐夏皱了一下眉头，这一步还是错了。朱雀虽然疯，但他并不笨。

"齐夏，你就在这里腐烂吧。"朱雀在众人的注视中慢慢地飘向了天空，"就算所有人都出去了，你也只能在这里腐烂。你给我记好了，因为你是齐夏，所以你只能死在这里。"

这句话齐夏曾经听过一次，可现在再听却有了新的感受。

"朱雀，我到底得罪了谁？"齐夏问。

"得罪了谁？"朱雀越飘越高，声音也渐渐缥缈起来，"得罪了天龙还不够吗？"话音一落，他整个人倏地消失了。

"我得罪了天龙？"

通过这一次的见面，齐夏对整个终焉之地的事情有了一个大体的推断，但现在不是梳理的时候，当务之急是救出云瑶。

张山还在用力地撞门，这扇铁门比想象中的更加坚固，再加上房间中的积水，阻力大到难以想象。众人向着门上的玻璃窗往里一看，积水已经没过了云瑶的额头，她现在正在把头用力仰起来，艰难地呼吸着。

张山当机立断，伸手砸向玻璃窗，可是这鬼地方的所有玻璃窗似乎都是定做的，坚硬无比。

"张山。"齐夏叫道，"别向里撞，向外拉。"

"往外拉？"张山愣了愣，"可是这扇门是向里开的……"

"你抵抗不了里面那些积水的力量，那就顺势而为。"齐夏说，"往外拉，拆了它。"

张山听后立马明白过来，只见他点点头，然后双手抓着门把手，一只脚踩到了左侧的墙上，整个人向后倒去，没多久，他的另一只脚也离开了地面，现在如同站在墙上一样，双腿双臂同时发力，向外拉扯着这扇铁门。他胳膊上的血管根根暴起，整个人居然憋红了脸。

"我……干……"

齐夏和老吕也赶忙凑了上去，拉扯着张山的胳膊。

嘎吱——巨大的响声之下，这扇铁门居然开始变形了。

"你俩先走！"张山说，"太危险了！"

老吕听后赶忙点点头，过来拉了拉齐夏："齐小子，撤！"

齐夏赶忙闪到一边，他感觉队伍里好像少了个人，扭头一看，赵医生早就跑到十米开外了。

"云瑶！抓住手铐！"齐夏向屋内大喝一声。

张山强悍的肉体力量将铁门生生撕开了一个大口子，下一秒，房间内大量的积水灌涌而出，铁门也终于支撑不住，和张山一起飞了出去。

屋内的云瑶庆幸刚才有人喊了一句"抓住手铐"，否则在这巨大的水流拉扯下，她的手腕极有可能脱臼。她死死地抓着手铐，任由那巨大的水流从自己身上涌过，片刻之间便感觉身上的压力减轻了不少，现在好歹能够正常呼吸了。

几个人待到水流结束，前去把张山扶了起来，然后一起来到了屋内。

云瑶看起来有点虚弱，长时间的精神压抑让她身心俱疲。

"哟……"云瑶苦笑了一下说，"怎么这么大阵仗？"

"云丫头！你差点死了啊！"老吕大叫一声，"那兔子耍赖皮，差点要了你的命！"

"怎么会呢？我运气好得很……"云瑶咳嗽了几声，"我都把你救出去了，又怎么可能死在这儿？"

齐夏知道她在逞强。

老吕说云瑶丢了好几次木棍，木棍每一次都弹回了她的手中，听起来明显是个赌博，好在她赌赢了。她根本没有回响，哪来的好运？

张山上前检查了一下云瑶的手铐，发现这是很正规的警用手铐，不可能徒手打开，既然如此要怎么把她带走？他思考了一下，很快就有了主意。手铐既然打不开，那么把拴住手铐的铁管折断不就好了吗？

他再次伸出粗壮的双臂，握在了一旁的铁管上。紧接着他咬住牙，瞬间青筋暴起，眨眼的工夫竟然将铁管掰弯了。

在众人诧异的目光之下，张山将这根铁管来回弯折，发出了巨大的金属噪声。很短的时间内，这根铁管就出现了裂痕，没几下便直接应声而断。

云瑶的手铐也从断裂的这一侧滑了出来，她看了看拴在手上的手铐，毫不在意地把它视为套在手上的手镯一般。

"漂亮不？"云瑶晃了晃自己的手臂。

"怎么样，能走吗？"张山把她扶了起来。

"没问题……"云瑶点了点头，"我得赶紧回去换衣服了……要不然会感冒的。"

老吕脱下了外套，给云瑶披在了身上。

"谢谢。"云瑶笑了一下，"那个人兔呢？"

"别提人兔了。"老吕摇摇头，"是个小丫头片子冒充的啊，她可真有想法，想通过这个方法来搞道吗？关键时刻还挺聪明的……"

"冒充？"云瑶听到这两个字竟然松了口气，"冒充的就好……是肖冉冒充的吗？"

齐夏忽然有些同情云瑶。她以为生肖是冒充的，所以天堂口赌死所有生肖的计划依然可以执行，可当她知道他口袋中的《生肖飞升对赌合同》的时候，又该做何感想？

这里的生肖是源源不断的，就算是肖冉这种普通人，一旦她自愿戴上面具,只要接下来的行动合理合规,那她就真的是人兔了。

换言之,天堂口带领参与者不断地和生肖赌命的话……终焉之地的参与者会越来越少,而原住民和消失的人会越来越多。总有一天,这里会只剩下生肖和原住民。当这一天来临时,不可能有人集齐三千六百颗道,也不可能有人出去,那才是真正的终焉。

云瑶掏了掏耳朵里的积水,又问道:"楚天秋呢?他这个'心机男'怎么不来救我?"

"嘻,别提了!那个楚小子跟我说什么一定会尽力,结果连来都不来!"老吕骂骂咧咧道,"这都是啥人啊?我还以为我够自私了……"

"老吕,不要挑拨离间。"齐夏面无表情地说,"我猜楚天秋这么做一定有他的道理。"

张山在一旁皱了皱眉头,他感觉这句话好像是齐夏故意说给云瑶听的。到底谁在挑拨离间?

"云瑶,你别多想。"张山自知嘴笨,说不出什么漂亮话,但此时不说点什么确实不妥,"楚天秋作为咱们的领路人,肯定不能轻易露面的……"

"张山。"云瑶叫道,"我怀疑现在的楚天秋是别人冒充的。"

"啊?"张山、老吕和一旁的赵医生同时一愣。

张山愣了很久才开口问道:"冒充?什么意思?"

云瑶没说话,只是慢慢走出了屋子,众人也跟了上去。

"喂,云瑶,你说话。"张山叫道。

云瑶走了三步,又停了下来,回头问道:"张山,你这次为什么要加入天堂口?"

"我……"张山思索了一下,说,"因为楚天秋知道我的一切,他知道那些只有我才知道的秘密,所以我相信他认识曾经的我。"

云瑶听后表情更加黯然。这说明什么?说明假的楚天秋极有可能认识原本的楚天秋。在云瑶的记忆中,只有一个人可以做到这一点。

可这是为什么?

"齐夏,你早就知道了?"云瑶问。

"我不知道。"齐夏摇摇头。

"我还没说是什么事……你就说不知道?"

"你没说，但我能猜到。"齐夏面不改色地说，"所以我不知道。"

"哼……你这个骗子。"云瑶不痛不痒地骂了一句，"你们这些人真是可怕，事情都已经荒谬到了这种地步，居然还像没事人一样。"

"荒谬？"齐夏慢慢抬起头来看了看天空，"云瑶，你看这太阳荒不荒谬？"

众人纷纷抬起头，看着那诡异的土黄色太阳。

"你说这天空、这楼房、这些居民荒不荒谬？"齐夏苦笑一声，"最不可能变荒谬的东西都开始变荒谬了，被这里困住的人还能正常吗？"

云瑶望着天空沉默了许久，又开口问："齐夏，你有把握逃出去吗？"

"我没有逃出去的把握，只有逃出去的决心。"齐夏回答道。

"你的方式是什么？"云瑶问。

"集道。"齐夏说，"经历了这么多事，我发现只有集道才是真理。"

"极道？"四个人同时向齐夏投来了异样的目光。

"别误会。"齐夏摇摇头，"我是说收集三千六百颗道，我可不是那群疯子。"

云瑶沉默了一会儿，点点头："我知道了。"

…………

五个人回到天堂口的时候，天色已经渐晚，楚天秋依然站在校园中向外张望。

见到云瑶回来，他瞬间露出笑容："回来啦？"

云瑶假笑了一下，说："是，我没事。"

她没有再理会楚天秋，反而径直走向教学楼。

"怎么了？"楚天秋问其余人，"云瑶受伤了吗？"

"没……没有……"张山的面色不太自然，他盯着楚天秋仔仔细细地看了一番，却看不出任何的破绽。

"那就快回去休息吧。"

几个人纷纷点头离去了，只有齐夏留了下来。

"齐夏，发生什么了吗？"楚天秋问。

"当然。"齐夏点点头，"你对云瑶见死不救，他们都知道了。"

"什么?"楚天秋皱了皱眉头,"对她见死不救?这件事只有我和你知道。"

"是啊,我告诉她了。"齐夏点点头,"你也没有让我保密。"

"什……什么?"楚天秋瞬间露出不自然的神色,"齐夏,你有什么目的?"

"我的目的很单纯的。"齐夏挠了挠头,"我想让他们反你。"

"你……"眼前的楚天秋可从未想到齐夏居然会毫不隐瞒地说出自己的计划,"你要让他们反我?!"

"小点声。"齐夏挥了挥手,"让别人听见了可不好。"

楚天秋压低声音,满脸愤怒地问道:"为什么这么做?!"

齐夏思索了一会儿,说:"我也没有什么固定的想法,就是想看看你的能耐。"

"可你不是跟楚天秋合作了吗?""楚天秋"问,"你们就是这样合作的?"

"许流年,跟我合作的人是楚天秋,可你是你。"齐夏说,"咱们是三个独立的人。"

"可你如果真的让他们反了我,天堂口岂不是会遭受重创?""楚天秋"问。

"这对你有什么好处吗?既然你要收集道,自然要借助我们天堂口的力量……"

"不不不……"齐夏赶忙摆摆手,"许流年,你听我说。"

"楚天秋"顿了顿,开口道:"好,你说。"

"正如我所说,你、我、楚天秋是三个独立的人。"齐夏摸了摸下巴,说,"我可以和楚天秋合作,自然也可以跟许流年合作。"

"什么?"

"许流年,你不觉得很冤枉吗?"齐夏说,"楚天秋在幕后,而你在台前,无论你做了什么事,他永远都是受益者,而你永远都是挡枪者。天堂口的人要怨恨也只会怨恨你,极道的人想要杀也只会杀你,最后他不一定会成功,但你一定会牺牲。"

"你……""楚天秋"慢慢地皱起了眉头,他感觉齐夏说的话虽然听起来是非常明显的挑拨离间,但确实有一定的道理。

"那些害死队友的选择……分明是楚天秋的主意,可是大家都在骂你。我问你,要是你的话,你会怎么选?"齐夏说,"现在你才是天堂口真正意义的领路人,你希望队友去死吗?"

"齐夏。""楚天秋"说，"你是一个很难让人相信的人。我远不如你聪明，所以更不敢相信你，我害怕你会把我拖入地狱。"

齐夏点了点头："你不相信我是对的，毕竟我是个骗子，我的话你只能信一半。"

"既然如此，我又要怎么跟你合作？""楚天秋"问。

"我和你的目标是一致的。"齐夏说，"我的目的是集道，所以我不希望失去队友，活下来的回响者越多，我离出去也就越近。"

"集道……""楚天秋"默默低下了头，"你知道这是一条多么难走的路吗？天堂口迄今为止都没有集齐三千六百颗道……"

"那是因为楚天秋的本来目的就不是集道，他的心思没有放在这里。"齐夏意味深长地说，"他想成为'万相'。"

眼前的"楚天秋"听后默默低下了头，看来他早就知道了这个答案。

"以你对他的了解，他若成了'万相'，会放这里的人走吗？"齐夏说，"他在成为'万相'之前都无视人命，之后又怎么可能珍惜你们？"

"我……可我……""楚天秋"还想说什么，可他的大脑已经混乱不堪了。

"许流年，如果你能平息我给你制造的困难，我会高看你一眼，并且和你合作逃出这里。"齐夏说，"就算人命是棋子，这盘棋你也不能乱下。"

"你……"

"这盘棋，只能由我齐夏来下。"

齐夏在傍晚时刻，拿着今天的收入来到了学校食堂。他向童姨购买了五个罐头、五瓶水。这些东西每样都价值一颗道，若是不参与游戏，光拿着最初通过面试房间的四颗道，恐怕他们现在连口水都喝不上。

可就算去参加那些人级游戏，普通人一天可以赚到几颗道？运气好的话，一天能赚三五颗。可食物就那么多，天堂口的人最后不是饿死就是战死，这是注定的结局。

齐夏刚要走，又看到了一旁的罐装啤酒，他拿起一罐问了问，这破玩意居然要四颗道。

"唉……都快养不起了。"

齐夏拿着食物和啤酒回到教室，韩一墨，林檎和赵医生正在里面休息。

"我拿了点吃的。"齐夏将罐头和瓶装水放在了桌子上。

三个人跟他道了谢。这时乔家劲也回来了——他的手脚包着厚厚的绷带，但整个人看起来非常精神。

"搞什么？"齐夏皱了皱眉头，"你去病房躺着，我把饭给你送过去。"

"我丢，骗人仔，你第一天认识我吗？"乔家劲找了把椅子坐了下来，"这也叫伤？我需要养？"

"随便你。"齐夏摇了摇头，将一罐啤酒随手扔了过去，"早知道你伤好了，这东西都不该买。"

乔家劲接过啤酒，思索了几秒，整个人忽然虚弱起来："哎哟……其实我感觉我……头很晕……"

"得了得了，别装了。"齐夏坐到了乔家劲身边，说，"跟我讲讲今天的比赛吧，你回响了吗？"

讲到这个，乔家劲顿时来了精神，把几个人聚在一起，一五一十地讲起了今天所发生的事情。

地虎的游戏过程可谓是跌宕起伏，乔家劲一度以为他们要输了，好在他跟张山获得了回响，最终击败了对方。

听完乔家劲的讲述，齐夏感觉有些值得留意的地方。

一是乔家劲的回响居然可以作用给其他人！齐夏不经意地扭头看了看韩一墨，如果这个条件真的可以达成，韩一墨的能力将直接上升一个档次。"招灾"如果能够作用给敌方，那岂不是升级版的"嫁祸"？

可仔细一想，韩一墨的"招灾"跟潇潇的"嫁祸"还是有着不小的区别，潇潇的回响发动失败了顶多自己受伤，可韩一墨的回响若是失败了，他必然会死。若他知道了这一点，便会始终顶着巨大的心理压力，回响的失败概率也就变高了。

二就是那个叫作罗十一的男人。他似乎是独立在极道之外的雇佣兵，根据乔家劲的描述，此人收了报酬，甚至不惜舍弃自己的性命也要达成目的。可在终焉之地，什么样的报酬才可以让对方卖命？

"乔家劲,你说他的回响叫什么?"

"叫'不知道疼'。"乔家劲十分笃定地说。

"嗯……"齐夏眨了眨眼,"你确定这是他自己报出来的名号吗?"

"这……"乔家劲尴尬地笑了一下,"他好像确实报过名号,但是我忘了。"

"叫'忘忧'。"林檎在一旁开口道。

"忘忧?"乔家劲听后赶忙点点头,"对,就叫这个名字。你怎么知道?"

"我……当时在显示屏前面,正好看到了。"林檎回答说。

齐夏默默念了一下这两个字,感觉有点奇怪:"'忘忧'就是不知道疼?那这个名字未免太不贴切了。"

乔家劲回忆了一下那个男人说的话,开口道:"好像不只是忘记疼痛,那个男人自我介绍的时候说所有不好的感觉都接收不到。"

听到这句话,齐夏脸色慢慢变了:"忘……忧?!"他一脸诧异地看向林檎,而林檎也忽然想到了什么。但是这怎么可能?这个人会和齐夏的悲伤有关吗?

"那个人死了吗?"齐夏问。

"嗯,死了。"乔家劲叹了口气,露出了无奈的神情,"虽然我没动手,但他确实因为我而死了。"

齐夏思索了一会儿,又转头问林檎:"下次能找到他吗?"

林檎微微点了点头。

"好……"

"另外还有那个石头人。"乔家劲说,"我有预感,他不是个坏人,说不定会站在咱们这边。"

齐夏听后看了看乔家劲,感觉这个情况是自己预料之外的。

"你收小弟了?"齐夏问。

"不是小弟,是兄弟。"乔家劲笑了笑,"那个人蛮厉害的。"

"那……李香玲呢?"齐夏话锋一转。

"功夫妞?"

"你觉得李香玲怎么样?"齐夏问。

"不错啊。"乔家劲点点头,"功夫妞比我想象中的犀利多了,骗人仔你知道吗?她一个人拿着一根石棍,在一瞬间撂倒了对面三个,要不是对面出老千,功夫妞那时就赢了啊……"

"可是她要死了。"齐夏说。

"对,当时她差点死了。"乔家劲点点头,"我为了救她,从那个桥上一点一点往下……啊?"

齐夏认真地盯着乔家劲的双眼,又重复了一次:"李香玲活不过今晚了。"

"你……你讲咩呢①?"乔家劲略微愣了一下,"我看过功夫妞的伤势,她没有致命伤的……"

此时的赵医生三人也听到了齐夏的话,不免有些疑惑。他们住的天堂口已经算是终焉之地最安全的地方了,难道还会有什么危险吗?

齐夏叹了口气,说:"你们还记得天堂口的宗旨吗?当时金元勋非常认真地和我们说过天堂口不养闲人。接下来的日子里李香玲不能参与任何游戏,只能在病房养伤,她会白白地浪费药品和食物,如果我没猜错,天堂口应该会在今晚杀掉她。"

"什……什么?"乔家劲有些不解地看了看齐夏,"骗人仔……你怎么会有这么可怕的猜测?"

"因为张山上一次就不明不白地死掉了。"齐夏一脸严肃地回答,"身为天堂口的三号人物都可以毫不犹豫地舍弃,更不必说像李香玲这般小人物了。"

乔家劲的面色不太好看,过了一会儿,他噌地站了起来,奔着教室门走去。

"'拳头'。"齐夏叫道,"要去做什么?"

"我去救人。"乔家劲回答,"功夫妞跟我并肩作战过了,是我的战友。"

"你只有一个人,如何与整个天堂口为敌?"齐夏问。

"我……"乔家劲顿了顿,"骗人仔,不是还有你吗?我不是孤身一人,我们有两个人。"

"好,既然你把我当成自己人,那我告诉你一个计划。"齐夏说,"赵医生、林檎、韩一墨,这个计划也需要你们配合。"

众人听到这句话,都一脸严肃地坐了过来。

…………

乔家劲慢慢推开了病房的门,张山已经不在这里了,只有李

---

① 粤语,意为你讲什么?"咩"表疑问。

香玲拿着一本破旧的武侠小说在看。

"乔哥?"李香玲看到乔家劲后瞬间露出笑容,她把书本合上,整理了一下头发后又坐直了身体,"你来啦?"

"嘿,功夫妞。"乔家劲慢慢坐到李香玲身边,"你在看什么?"

"一本不怎么好看的武侠小说。"李香玲笑了笑,将书本递了过去,"你看过吗?"

乔家劲瞥了一眼书的名字,摇了摇头。

"这本书讲的什么?"乔家劲漫不经心地问。

"可会扯啦……"李香玲不好意思地笑了笑,"一个江湖上的大侠,长得又帅武功又好,总是上演英雄救美的桥段,书中所有出现的女子都倾心于他,总有人问他'你婚配了吗?'。"

"哈哈。"乔家劲笑了笑,他从没看过这么能扯的小说。

"你婚配了吗?"李香玲说,"乔哥,你说是不是很逗?"

"嗯,是挺逗的,然后呢?"

"你婚配了吗?"李香玲又说。

"我婚……啊?"他抬起头盯着李香玲,却发现这个姑娘脸颊有点红。

乔家劲吓得赶忙站起身来,满脸都是错愕:"咩……搞咩?"他手足无措地看着李香玲,"功夫妞,我是不是误会了什么?"

"当……当然……"李香玲尴尬地笑着,眼神之中却有一丝小失落,"乔哥,我就是给你讲书中的故事呢!你想哪儿去啦?"

"哦,嘻。"乔家劲这才放心地坐下来,"那是我不好,我听错了。"

"就……就是嘛……"

二人沉默了一会儿,李香玲扭头看了看窗外漆黑的夜色,又问道:"乔哥,你来找我有什么事?"

"没事。"乔家劲摇摇头,"有人要杀你,我来保你。"

"哦,那……啊?"李香玲一时半会儿没反应过来,"有人要杀我?!"

"嘘,别喊。"乔家劲把一根手指放在嘴唇前,"功夫妞,你相信我吗?"

"嗯……"李香玲小心翼翼地点了点头。

"你就尽管放心休息,有我在这里,不会有事的。"乔家劲一边说着一边在另一处躺了下来,看起来格外放松。

远处传来了窸窸窣窣的虫鸣，房间里很安静。火堆渐渐熄灭了，两个人谁都没有去点火，只是静静地躺在房间的两处角落中。

李香玲根本无法闭上眼睛。她并不担心有人来杀她，她只是很好奇——乔家劲究竟是个什么样的人？为什么他明明有着满背的文身，却不惹人讨厌呢？

只是一起经历了一场游戏而已，可这个男人真的很奇怪，竟然让自己的心境全乱了。

"乔哥，你睡了吗？"李香玲非常小声地问。

乔家劲没有回答，李香玲只得悻悻地闭上了双眼，感觉自己有些唐突了。

时间渐渐逝去，整个教学楼的篝火都开始慢慢熄灭。听着窗外窸窸窣窣的声音，李香玲竟然有些打瞌睡了。来到终焉之地已经第四天了，这是她第一次感觉安心。

不知道过了多久，李香玲感觉自己的手臂有些痒。她迷迷糊糊地睁开双眼，看到一个黑影正站在一旁抚摸她的手臂。虽说有些半梦半醒，但她知道这个房间中只有自己和乔家劲。可她还是感觉很奇怪，她曾经触碰过乔家劲的手掌，他的手非常地热，这只手却格外冰凉。

"乔……哥？"李香玲轻声叫道。

那黑影没有说话，只是摸着她的手臂，好像在寻找着什么东西。

"喂……"李香玲有些害怕了，"你……你是谁？"

还不等对方回答，李香玲看到黑暗中有另一个身影站了出来，然后抡起一把椅子直接丢向了窗户。

哗啦！

巨大的响声传来，房间的玻璃居然被砸了个粉碎。李香玲眼前的黑影明显吓了一跳，转身就要逃走，可乔家劲早就等在门口了。

下一秒，窗外忽然射进几道光柱，显然是有人拿着手电筒正往房间里照着。李香玲也瞬间看清了眼前的黑影，是楚天秋，他手中还拿着一支脏兮兮的注射器。

"天秋仔，你要做什么？"乔家劲笑着问道，"来探望病人吗？"

远处拿着手电的人也缓缓走了过来。楚天秋扭头一看，顿时露出了不安的神色，云瑶、张山、齐夏、林檎、赵海博、韩一墨……这群人似乎是专程在这里等他一样。

"你……你们……"

还不等楚天秋说话，乔家劲立刻冲着走廊大声吼道："快来人啊！事情不好啦！"

仅仅片刻的工夫，各个教室都骚动了起来，众人纷纷披上衣服探出头来。当楚天秋回过神来的时候，他几乎被整个天堂口的人包围了。

齐夏缓缓走上前，略带深意地看着眼前的楚天秋。

"你在做什么？"齐夏问。

"我来探病。"楚天秋面不改色地说。

"哦？且不说你为什么半夜过来探病……你手里的注射器又是怎么回事？"

"这个……"楚天秋低头看了看注射器，"只是一些抗生素，防止伤口感染的。"

"我劝你想想清楚再说。"齐夏从身后拉过来一个穿白大褂的男人，"我们队伍里可是有医生的。"

楚天秋见状，微微眨了下眼。齐夏知道自己的目的达到了。

许流年，这次你究竟要怎么解决？

此刻天堂口的众人面色都很沉重，楚天秋感觉不太妙。

"介意让我们检查检查你手里的针筒吗？"齐夏问。

张山和云瑶的面色也很难看。当韩一墨和林檎找到他们的时候，他们完全不相信对方说的话，"楚天秋会在今夜杀人"这件事无论怎么想都是无稽之谈。可他们嘴上虽然说着不相信，最后却还是过来了。

疑惑的种子已经在众人的内心种下了，可谁也没有料到它会在今晚绽开如此鲜艳的一朵花。

齐夏将教室的窗子拉开，然后从外面翻了进来。

看着楚天秋的眼神，齐夏略微有些失望。这道题对于许流年来说……恐怕太难了。

现在唯一的解决办法就是许流年现出真身，告诉众人自己只是个冒牌货，这个做法不仅能够稳住天堂口的众人，更能保下"楚天秋"这三个字的名誉。否则从下一个循环开始，一切都会变得难以控制，无论是真实的楚天秋还是冒牌的楚天秋，都会在今夜同时丧失统治力，天堂口也会随之解散。

齐夏心中暗道：许流年……你会自断一臂，弃车保帅吗？

云瑶也从窗外翻了进来，面色阴冷地问："楚天秋，你半夜过来到底要干什么？"

楚天秋抬起头看了看云瑶和齐夏，又看了看一旁的李香玲，一言不发。

"难道真像齐夏说的……你要杀人吗？"张山站在窗口外一脸不可置信地问他。

见到越来越多的人围了过来，楚天秋居然露出了一丝不可察觉的笑容。齐夏敏锐地捕捉到了这一幕，也跟着扬了下眉毛。

难道事情还有转机？

"我说过了啊……"楚天秋笑着说，"我是想给李香玲打一下抗生素，以免她伤口感染。"

他将手上的针筒抛给了不远处的赵医生："虽说给你检查没有什么问题，可是普通人能够分辨得出氰化物和抗生素吗？"

赵医生接过针筒，发现里面是一些看起来有些浑浊的白色液体，明显是在普通的生理盐水中混入了药物。这东西确实如楚天秋所说，既有可能是致人死亡的氰化物，也有可能是注射用的头孢类抗生素。

"怎么样？"齐夏皱着眉头问赵医生。

赵医生顿了顿，慢慢按动注射器，然后用小拇指在针头处抹了一滴液体，接着用大拇指将液体擦开，放在鼻子下小心翼翼地嗅了一下。瞬间他就皱起了眉头。

"一股子臭烘烘的青霉素味……"赵医生叹了口气说，"若是氰化物，大概率是苦杏仁味。"

楚天秋见状，略带赞许地点了点头："我收回刚才的话，你不算普通人。"

"所以针管里真的是抗生素？"张山不解。

"可我还是不太明白……"云瑶皱着眉头问，"你只是要给李香玲一剂抗生素，为什么要半夜偷偷摸摸地过来？这太不合理了。"

楚天秋微笑了一下："既然你们大家都在这里了，我也没什么可隐瞒的了……"

他慢慢地走到一旁坐下，继续说："你们也知道，天堂口的所有资源都很紧缺，在这种每天都会有人受伤的情况下，我没有任何理由将这么珍贵的抗生素拿出来使用……这必然会遭受到很多人的反对。所以我思来想去……只有一个办法可以救李香玲，那就是我偷偷拿着抗生素来给她注射。这样就没有任何人会知道这件事，就算李香玲痊愈了，你们也只会认为她的身体素质好。"

齐夏听后摸了摸下巴，心里道：有意思。

许流年似乎忽然变聪明了，可这不是很奇怪吗？张山在第二天猝死的消息，是上一次循环时脱离了天堂口的老吕在无意间透露给齐夏的，他们的相遇是一个完全的巧合，并且老吕在说完这个消息之后，当天就死亡了。

也就是说楚天秋并不知道齐夏已经知道张山在上一次死亡的事，既然如此，他又是怎么提前猜到今晚齐夏会带领众人围守在这儿的？他明明有心杀人，却拿着抗生素在深夜摸了过来，他是什么时候想到的计划？

"各位，我知道你们不相信我。"楚天秋摇了摇头，"那位医生，你可以把针筒还给我吗？"

赵医生听后，看了一眼齐夏，齐夏默默地点了点头，于是他将针筒抛了回去。

楚天秋接过针筒，然后撸起了自己的袖子将注射器插了上去。在众人的注视之下，楚天秋足足给自己注射了三分之一的量。

"现场能人异士不少，你们应该知道……若这是氰化物，我现在必死无疑了。"

他将针筒拔了出来，放在一旁的桌子上，然后对众人继续说："说到底……今晚只是个闹剧，虽然是闹剧，但也说明了很多问题……"

楚天秋慢慢地站起身，随手拿了一个打火机，又找了几张废纸，将篝火重新点燃了。

"我们天堂口现在非常不团结……"他面色沉重地说，"因为有人想从内部瓦解我们。我楚天秋从来不害怕那些游荡在终焉之地的疯子，可害怕挑拨离间的小人。有一个人才来到天堂口，结果就做出了很多令我伤心难过的事……"

齐夏听到这句话，面色有点疑惑：难道楚天秋要在这里将黑锅甩给我吗？

这不是一个聪明的做法。在场的众人并不是完全站在了他这一边，如果事情真的发展到分庭抗礼，对他来说弊大于利，就算能够顺利渡过这次的难关，也必然有一些人会离开天堂口。

既然如此……他准备将黑锅抛给谁？难道……

"坏了！"齐夏猛然瞪大了眼睛。

只见楚天秋坐在熊熊燃起的篝火旁，面带微笑地说："这个挑拨离间的小人叫许流年，她现在正藏在天堂口的某处，我希望你们把她找到，我们一起问个明白。"

楚天秋果然弃车保帅了吗？但这一次，弃的是真正的车，保的是真正的帅。

难怪眼前的楚天秋能够想到如此周密的计划……难道是本尊登场？

可是齐夏依然有些不解，如果楚天秋毫不畏惧地派人去找许流年，那只能说明一个问题——没有人能够找得到许流年，这个人已经被他杀了。可他为什么会做出这个决策？难道是因为自己跟许流年提出了合作，所以才激起了他的杀心？

不论怎么想，眼前的事情都透着一股诡异。

云瑶慢慢地走上前去，开口说："天秋……你在开什么玩笑？你说许流年？"

"没错，就是她。"楚天秋点点头。

"她怎么可能是才加入天堂口的人？"云瑶满脸震惊地说，"小年是我们的队友啊！"

此时一旁的童姨也露出了不解的表情，她也记得许流年这个人，听说是和楚天秋、云瑶来自同一个房间的参与者，只不过消失很久了。

"云瑶，我们有多久没有见过许流年了？"楚天秋往篝火里加了一些废旧木头，"仔细想想，就算我们曾经是队友，可你又怎么保证她现在不是极道者？"

"这……这怎么可能？"云瑶瞪着眼睛说。

楚天秋不再理会云瑶，反而对围观的众人说："各位，许流年在两年以前确实是我们的队友，你们当中的一些人还与她并肩作战过，可我怀疑现在她的身份已经转变了，她回到了天堂口，并且冒充了我。"

众人听后都露出了震惊的表情。

"前几天我一直被她关在学校的仓库中，由于我的回响契机很特殊，所以根本不敢忤逆她，只能听之任之，她每天会来跟我讲述最近发生的事，然后再问问我的计划。"楚天秋继续说，"这也导致前些日子我们损失了很多队友，虽然这不是我做的，但我也给大家道个歉。"

云瑶听后开口问："那你是怎么逃出来的？"

"我……"楚天秋冲着云瑶笑了一下，"不知道她今天怎么了，给我送完食物之后忘了锁门，让我侥幸逃脱了。"

"原来是这样……"张山喃喃自语，"原来都是那个叫许流年的人干的……"

齐夏慢慢皱起了眉头，虽说这件事楚天秋应对得不错，可他总感觉很奇怪，就像是一盘棋刚刚开始，齐夏仅仅只走了一步卒，对方却立刻选择弃车保帅。这个反应会不会太过应激了？

"战友们。"楚天秋站起身，一步一步向门口走去，"我逃出来的第一件事并不是来见你们，而是锁上了学校的大门，然后拿着抗生素前来救人。现在学校大门有人看守，按理来说许流年绝对跑不了，我们今晚是抓住她的最好机会。要注意，这个人的回响是'化形'，她有可能会变成自己熟悉的人，目前看来她对我和云瑶很熟悉，变化的成功率很大，所以我和云瑶一起行动，不给对方可乘之机。只要你们见到单独的楚天秋或者云瑶，都可以直接抓住。"

众人听后纷纷点头答应。

"既然如此，今晚大家就辛苦一些，先不要休息了。"楚天秋对众人说，"抓住许流年才是当务之急。"

他给众人分了组，让大家分别去学校的各处寻找许流年，但唯独没给齐夏指派任务。

"我呢？"齐夏问。

"你和乔家劲在这里保护伤者吧。"楚天秋说，"我们找到许流年之后会通知你们的。"

齐夏和乔家劲互相看了一眼，没有反对。众人很快离开了教室，拿着手电筒四散而去。

齐夏慢慢坐下，心中不断回想着这整件事情。

"实在是太奇怪了……"齐夏念叨着。和一个疯子下棋，要怎么预测对方的棋路？

"骗人仔……你没事吧？"乔家劲在一旁问。

"没事。"齐夏摇摇头，"我只是有很多事想不明白。"

时间一分一秒地过去，齐夏越来越烦躁，他总感觉自己忽略了一件非常重要的事。可那到底是什么？

"又来了……这种超出预料的感觉……"齐夏皱着眉头。

下一秒，远处忽然响起了钟声，将房间内的三个人都吓了一跳。

齐夏向窗外看了看，虽然不知道具体时间，但可以肯定是在午夜时分，此时不可能有人参加游戏，那这阵钟声……

"极道的人打来了！"外面有人大喊道，"全员备战！"

霎时间，整个天堂口内一片混乱，齐夏只能听到嘈杂的脚步声和喧闹声，接着又是阵阵钟声。

"极道打来了？"齐夏一脸不解。

这合理吗？林檎说过，极道并不是一个有计划有预谋的组织，他们居然打来了？

齐夏顺着窗外看了看，果然发现有人从大门口闯入，远远望去，来者有二十几人，他们举着火把，身穿黑色衣服，显然是一个组织的。

李香玲感觉非常不安，她捂着自己的胳膊爬了起来，然后看了看窗外的情况。

"他们在杀人……"

虽说黑夜中的视线并不好，但也能够明显地看到远处发生了暴力事件，一个年轻的天堂口成员刚刚走到大门处，忽然就被几根木头贯穿了。

李香玲捂住自己的嘴巴，然后翻身下床，寻找可以防身的器具。

远处的钟声在不停地响起，配合着呐喊声和厮杀声，更有些许爆炸声和枪声，吵得人心烦意乱。

"我丢……"乔家劲向窗外瞟了一眼，"骗人仔，这到底是什么情况？"

"不知道。"

齐夏摇摇头，走到篝火旁边迅速将火焰扑灭了。楚天秋刚刚亲自点燃了这堆篝火，极有可能是在用火光作为标记给对方指明目标，毕竟此时的学校中只有这个房间亮着，这样怎么看都太可疑了。

"这个房间不能待了。"齐夏谨慎地说,"'拳头',你带上李香玲,我们马上转移。"

"好!"乔家劲没问原因,直接伸手扶起了李香玲,将她的手臂搭在自己的脖子上,然后打开门小心翼翼地向外瞥了一眼,"没人。"

几人刚要走,忽然听到了汽车引擎的轰鸣声。

他们疑惑地回头看去,只见窗外一辆破旧的轿车从学校里冲破大门了开出去,然后头也不回地消失在了远处的道路上。

"有人开车跑路了?"乔家劲问道。

"别管了,先走。"

三个人趁着夜色来到了走廊上,此时教学楼的正门处和操场中有着大批敌人,根本不可能逃脱。

"骗人仔,往哪儿走?"

"总之先远离战场。"

林檎和韩一墨躲在走廊上一堆翻倒的桌椅后面——他们被人堵住了去路。

"喂喂喂!出来啊!"远处那个穿着黑色风衣的男人大喊道,"出来让我看看是不是我们要找的人。"

林檎听后面色阴沉至极,她慢慢地探出头想要看看对方是谁,可下一秒就瞥到一个黑色的小东西朝着她飞了过来,吓得她赶忙缩了回去。

轰隆!那个小东西突然在桌椅上炸开,霎时间震得二人东倒西歪。

"这是什么东西?"韩一墨震惊地捂住了头,"怎么会这样?"

一颗燃着火焰的石头慢慢地滚到了林檎眼前,她伸手摸了摸,触感滚烫。

"就是它带来的爆炸……"林檎忽然想到了什么,赶忙高声问道,"请问是猫吗?"

远处的众人果然停止了进攻,领头的男人思索了一下也高声问道:"那里是谁?报个名号。"

林檎躲在掩体后,将双手慢慢举了起来,让对方能够看得见自己的手掌。

"极道万岁。"林檎说。

这句话把一旁的韩一墨给说愣了。

"幸会。"领头男人不痛不痒地说了一句，"极道也是我们的大客户，阁下再报个回响，若是熟人的话今天就不纠缠了。"

林檎听后慢慢点了点头，激起了远处钟声。

"我是'激发'。"林檎说，"在场有人认得我吗？"

"激发"一出口，远处的众人变了变脸色。

"极道者林檎？"领头人试探性地问了一句。

"是。"

"对不住，刚才得罪了。"领头男人挥了挥手，让身旁的人收起了家伙，"我是猫的宋七，我们以前见过一面。"

林檎点点头，慢慢站起身来："幸会……"

在确认了林檎的样貌之后，宋七将手上的石头也放到了口袋里："林檎，我们今晚的任务是血洗天堂口，你对我有恩，为了不违反规定，给你三十秒逃跑时间，三十秒后将一视同仁。"

林檎听后微微皱了下眉头，说："对方给了多少？我愿意加价。"

"林檎，这次的价码太高，整个终焉之地只有他出得起。"宋七摇摇头说，"还剩二十五秒。"

"这里有一个非常关键的人物，他不能死。"林檎不肯放弃，继续劝说，"至少现在不能死！他有希望会毁掉这个地方！"

宋七眨了眨眼，感觉有点可笑："林檎，我记得你明明是极道没错啊，现在怎么在帮着外人毁掉这里？"

"我……"林檎不断想着对策，感觉这次应该是没有希望了，"宋七，我想出去。"

宋七听后无奈地摇了摇头："还剩五秒。"

林檎慢慢失落起来，她说："宋七，我们不能失去希望，这里的所有人都不能……"

"三。"

"算我拜托你……那个人真的……"

"一，抱歉。"

话音一落，宋七便从口袋中掏出一小块石头弹了过来，那石头在接触到林檎的脸颊时忽然发出了剧烈的爆炸。还来不及发出惨叫，林檎的脑袋就开了花，她的身体慢慢地瘫软了下来，正躺在韩一墨眼前。

看着面目全非的林檎,韩一墨的眼睛慢慢瞪大了。这到底是什么情况?!

"你们一个一个的,不是救世主就是有隐藏身份……明明我才是主角啊……"他浑身颤抖着,怎么都想不明白现在的处境。

在主角对一切一无所知的情况下,怎么会面临这么大的危险?难道剧情不应该慢慢展开吗?!那些应该来拯救自己的前辈呢?!那些奇遇呢?!

"喂……林檎……你快起来,你不是有隐藏身份吗?"韩一墨有些惊恐地叫道,"有隐藏身份的人怎么可能忽然就死啊?你不应该救我吗?"

可是林檎明显失去了生机,完全不可能再站起来了。

"后面那个,自己出来吧,今晚没人能走。"宋七继续叫道。

韩一墨怎么可能出去?就算知道活不了,他也不想送死。可是那个人的能力太诡异了,仿佛不管丢出什么东西都可以引发爆炸……

"爆炸?"韩一墨在如此紧张的情况下竟然走神了。他忽然想到自己书中的一个人物,也是在死亡的时候发出剧烈爆炸,和敌人同归于尽了,他开始担心自己死亡的时候也同样会引发爆炸。

"不出来是吧?"宋七有些忌惮韩一墨,毕竟他不知道对方的能力,只能站在远处又丢出一颗小石头。他本意是炸毁韩一墨藏身的桌椅掩体,可没想到小石头这一次居然阴错阳差地从桌椅板凳的空隙之中穿了过去,正好落在韩一墨身旁。

"哎!"韩一墨扭头一看,身旁是一颗冒着热气的小石子,顿时大惊失色,可还没等他跑远,他的大腿就被炸得血肉模糊了。

"啊——"一声撕心裂肺的惨叫传来,韩一墨的大腿焦黑一片,冒着浓烟。

"这不对啊!"韩一墨撕心裂肺地叫道,"这不对啊!谁能来救我啊?!我的救世主……齐夏……齐夏!"

可是根本没有任何人回应他。

"吵死了……"宋七摇了摇头,"这状态……难道你没有回响?"他回头冲着身后的人招了招手,"解决他。"

几个身穿黑衣的男人走了上去,拿着手中的武器干净利索地解决了韩一墨。

…………

齐夏、乔家劲和李香玲躲在二楼的教师办公室中，感觉非常不安。就在几秒之前，三个人还听到有人撕心裂肺地喊着齐夏。

"到底发生什么事了？"齐夏皱着眉头从门缝里向外张望，"刚才是韩一墨……"

"骗人仔……"乔家劲思索了半天终于站了起来，"你觉得我们藏在这里，有多大的概率活下来？"

"不足百分之一。"齐夏回答道。

那些人早晚会找到这个房间的。

"所以我准备加入战场。"乔家劲将上衣脱下来，随意地抛在了地上。

李香玲一愣："乔哥……你……"

"等到天堂口的人都死掉时，我们想反抗也没有机会了。"乔家劲说，"现在加入战场我们还有存活的机会。"

齐夏知道凭一己之力不可能拦住乔家劲，只能点了点头。可李香玲此时伸手拉住了乔家劲的胳膊："乔哥……别去……"

"嗯？"乔家劲回过头看着她，"功夫妞，放心，我有一手。"

"我有不祥的预感……"李香玲含着泪说，"你能不能留在这里？"

"不……"乔家劲摇摇头，"还有很多人等着我去保护。"

他推开门左右环顾了一下，将门关上之前低声说："骗人仔、功夫妞，除非我过来敲门，否则你们俩谁都不能出来，知道了吗？"

楚天秋和云瑶此时正开着轿车加速行驶在道路上。

"楚天秋……你做什么？"云瑶不解地问，"你没有看到天堂口被人攻占了吗？！"

"我看到了，但我们解决不了。"楚天去扶着方向盘，目视前方说，"这些人的目的是血洗天堂口，你和我留在那里只会白白送死。"

"你……"云瑶愣了愣，"你是不是知道些什么？"

"哈哈，当然了。"楚天秋说，"今天晚上，我、许流年、齐夏三个人各有自己的目的，并且都安排了自己的计划。我没想到的是我们三个人都假装中计，在对方的计谋中上演计中计，真是精彩啊……"

云瑶听后依然是一头雾水，许流年居然真的回来了？她不仅出现在这里，甚至还谋划了什么行动？

"到底是什么意思？"云瑶问道，"你们三个人的目的什么？"

楚天秋思索了一会儿，回答说："我的目的自然不必说，是希望齐夏获得回响。至于许流年的目的嘛……"他沉默了一会儿，"不知道我猜得对不对，她好像在向谁证明自己，也有可能是想废掉我……她拜托今晚由我出面杀死李香玲的时候，我就感觉不太对。"

"什么？"云瑶再一次瞪大了眼睛，"她让你出面杀死李香玲？"

"我思索再三，只觉得这件事有蹊跷，所以将氰化物换成了抗生素。"楚天秋大笑道，"看来小心驶得万年船果然没错啊，许流年这个贱女人居然敢把歪主意动到我头上。"

云瑶顿了顿，开口问："那齐夏的目的呢？"

"这个就更难琢磨了……"楚天秋单手扶着方向盘，摸了摸自己的下巴，"有没有可能是齐夏在物色另一个合作伙伴呢？假如今晚的计是齐夏给许流年出的难题，那么一切都解释得通了……"

云瑶虽然坐在封闭的车中，却感到阵阵寒意。这三个人在不知道对方会做出什么决策的情况下，居然都布下了各自的陷阱。

"你说你要让齐夏获得回响……那你的布下了什么计策？"云瑶问。

"就是血洗天堂口啊。"楚天秋回答道。

"什么？"云瑶慢慢瞪大了眼睛，"那些来犯者……是你安排的？"

"是啊，花了不少钱呢。"楚天秋点点头，"今夜有猫出动，天堂口一命不留。"

"楚天秋，你疯了吗？！"云瑶瞪着眼睛说，"天堂口有一大半的人没有获得回响啊！"

"云瑶，我不是疯了，而是开窍了。"楚天秋脸上露出诡异的微笑，"那些人已经死了很多次，再死一次也不痛不痒，可是齐夏不同。齐夏能力强悍，可惜精神状态并不稳定，我预计三五次循环之后，他就会彻底疯掉，再也不可能获得回响了。"

云瑶皱着眉头，没有说话。

"所以我要跟时间赛跑，最多三次循环，我要测试出齐夏回响的契机。"楚天秋笑着说,"以前我真是大错特错了……我总以为齐夏回响的契机是悲伤,可是我看了所有的记录,发现还有一种状态齐夏从未有过啊!"

"是什么?"云瑶小心翼翼地问。

"是心安啊!是满足啊!是感到幸福啊!哈哈哈哈哈!"

楚天秋大笑着,一路撞开了道路上的蝼蚁,挡风玻璃上霎时间染上了一片鲜红。

云瑶听后慢慢睁大了眼睛:"我明白了……所以你把李香玲留在了那里……你在拿天堂口所有人的命赌博……"

"哈哈哈哈哈!"楚天秋大笑道,"李香玲的回响如此弱小……可偏偏能在此时发挥巨大的能量!她的契机'遭遇战火'已经达成了,接下来就是见证齐夏回响的时刻!"

"那……你要带我去哪儿?"

"当然是去屏幕前。"楚天秋打开了雨刷器。

"你为了能够顺利离开天堂口……点名要我一起。"云瑶说,"但是为了抹除你今天所做的事情……你会杀我灭口,对吧?"

"你小看我了,云瑶。"楚天秋摇摇头,"杀你没有意义,我只是怕我已经疯了,会在屏幕上看到奇怪的东西,所以要拉着整个天堂口最正常的你和我一起。"

二人来到了广场前,楚天秋将车子的远光灯打开,照亮了附近的一大片区域。

那屏幕上密密麻麻写满了字,楚天秋眯着眼睛看了半天,才终于露出了笑容:"你看,云瑶,我做到了,李香玲没有让我失望。"

屏幕上最后那行小字写着:我听到了"显灵"的回响。

"太好了……太好了!"楚天秋仰天大叫道,可下一秒,他的脸上忽然涌现出难过的神色,紧接着一弯腰,呕吐了起来。

"哕……"楚天秋呕吐了半天,才长舒一口气擦了擦嘴,"果然……今天的晚餐不够精致吗?"

云瑶微微打了个寒战,她分明在楚天秋的呕吐物里看到了一块指甲。

……………

李香玲坐在教室中,听着门外的喊杀声慢慢流下了冷汗,一些不好的回忆开始涌现出来。

"齐……齐哥……"李香玲叫道,"你找机会跑吧……不用照顾我了。"

齐夏依然安静地盯着门缝,然后小声回道:"你别误会了,我不是为了照顾你才留下的,现在跑出去无异于送死。"他露出了一脸担忧的神色。

刚刚乔家劲出门没多久,一楼就传出了剧烈的爆炸声,现在齐夏已经不知该如何是好了。刚才开车出去的人大概率是楚天秋,这场袭击极有可能是楚天秋本人策划的,他准备放弃整个天堂口的队友,可他的目的是什么?

齐夏猜不到。既然如此,他只能完全违背楚天秋的意愿,尽量不让对方的目的达成。

楚天秋让他待在屋里,所以他转移了阵地,可楚天秋还说过要他照顾伤者。

那自己是不是该和李香玲分开?齐夏心想。

对,当你无法知道对手想要什么的时候,只能先去思考对手不想要什么。齐夏思索了一会儿,正准备回头说话,却一下子愣住了。

李香玲身后站着一个身穿白衣的女孩儿,她面容甜美,长发过肩,此时正在对着齐夏微笑。

"安……"齐夏嘴唇微微动弹了一下,"余念安?"

李香玲听后一愣,赶忙回头看了一眼,可她的背后空空如也,什么都没有。

"什么安?"她疑惑地问。

"安……你真的在这里?"齐夏一步一步往前走,瞳孔不断地颤动着。

他感觉自己的思绪非常奇怪,他好像混乱不堪,但又似乎明白了一切。这种感觉游离在清醒和癫狂之间,只差最后的一根弦没有崩断。

"夏,你怎么还不回家?"余念安开口说。

"家……"齐夏眨了眨眼,慢慢露出了愧疚的笑容,"我回到家……可是你不在那里了……"

李香玲见到齐夏这副样子吓得连连后退。

"齐……齐哥……你怎么了?你别吓我啊……"

她不停地回头看去,自己的背后明明什么都没有,可是齐夏不仅对着空气说话,甚至还对着空气笑,这也是她第一次见到齐夏笑。

"我怎么会不在家里呢？"余念安继续问，"夏，你说，我不在家里……又应该在哪里？"

齐夏慢慢睁大了眼睛，好像明白了什么："你是说……你在这里……所以这里就是家……"

"是啊，夏……"

"原来我……到家了……"

看着齐夏那渐渐失去光芒的眼神，李香玲实在是忍不住了，她忍着一身的伤痛，飞身起来一脚将齐夏踹翻在地。

"齐哥！你不要被这个地方影响了！"李香玲喊完之后就感觉自己断掉的肋骨更痛了，"哎呀，疼……"

莫名其妙挨了一脚，齐夏并没有生气，反而赶忙站起身来寻找余念安的身影。他太需要余念安了，余念安是他的信念。

可几秒之后，齐夏就发现了端倪。刚刚那一脚踢得恰到好处，居然让他从失神当中醒了过来。

余念安怎么可能忽然出现在这个房间中？她的样子简直不像人，反而像个幽灵。

齐夏狠狠地抽了自己一个巴掌，他感觉自己疯了。

"齐哥……你没事吧？"李香玲问。

"我好多了。"齐夏站起身，甩了甩头，然后一脸严肃地问，"李香玲，你的回响是什么？"

"嗯……"李香玲尴尬地笑了一下，"我不知道，只是大家都说我的回响没什么用……"

"是吗？"

齐夏知道，若李香玲的回响是见到一个想念之人的幻象，那对其他人来说确实没有什么用，可这对于自己是致命的。在得知那只是一闪而过的幻象之后，齐夏感觉自己的大脑要爆炸了。

一种极度悲伤的感觉开始让他痛得天旋地转，但很快他就止住了对余念安的思念，反而开始专心应对眼前的情况。

"李香玲，我得出去看看，你自己藏好，把门锁上。"齐夏说。

"啊？你也要走？"李香玲一脸担忧地说，"齐哥，外面真的很危险啊……"

"没关系……"齐夏捋了捋思绪，慢慢地将门打开了。

如果楚天秋的目的是杀了自己，和李香玲待在一起反而会害了她。

还不等齐夏走出门去,忽然一个身影冲了过来,将他推入门里——是一身鲜血的乔家劲。

"齐夏!我丢……"乔家劲说,"外面太危险了……要小心啊!"

他转过身,让齐夏一惊。

乔家劲仿佛经历了一场爆炸,整个左臂都有烧伤的痕迹,而右边的肩膀上还有一个枪眼,想必是经历了不少苦战。

"到底什么情况?"齐夏问,"是谁打过来了?"

"好像不是极道……"乔家劲盯着门外小心翼翼地说,"那群人都穿着黑色衣服,好像在找什么东西……"

齐夏隐隐地感觉自己可能是他们的目标。

"而且林檎、韩一墨都死了。"乔家劲懊恼地说,"我没有找到云瑶和张山他们,不知道他们死了没。"

"是吗?这么说的话……事情难办了……"齐夏眯起眼睛,表情格外沉重。

"没有什么难办的……"乔家劲一脸严肃地看着外面,"放心,只要有我在,一切都会没事的。"

"哦?"齐夏看了看他,"你准备做什么?"

"我带你们走。"乔家劲小心翼翼地推开了门,"现在从二楼到一楼出口处的通道我已经肃清了,只要我们在援兵赶来之前溜出教学楼,那就没事了。"

齐夏摸着下巴思索了一会儿,说:"可是我们有伤者。"

"我来照顾李香玲。"乔家劲低声说,"再不走我们就真的没机会了。"

"好。"齐夏点点头,将李香玲扶了起来,对乔家劲说,"带路吧。"

"嗯。"乔家劲小心翼翼地向门外看了看,低声说,"待会儿看我的手势行动,敌人的数量太多了,我们小心为主。"

"我知道,一切都听你的安排。"齐夏虽然嘴上这样说着,却默默地朝着一把椅子走了过去。

"现在没人,快走!"乔家劲回过头来刚要说话,齐夏却抢起一把椅子狠狠地将他击倒在地。

在李香玲一脸震惊之下,齐夏伸手将门反锁,然后骑在乔家劲的身上掐住了他的脖子。这一下砸得确实不轻，乔家劲看起来整个人都有些晕乎乎的。

"你在找死吗？"齐夏咬着牙问，"居然连乔家劲都敢冒充，你把他怎么了？！"

"喀喀……"身下之人咳嗽了几声，瞬间变成了许流年，"你……你怎么会知道？"

李香玲瞪大了眼睛，她完全没有看出刚才的乔家劲是别人冒充的。

"你以为学个'我丢'就能变成他了吗？"齐夏略带愤怒地说，"什么林檎、韩一墨、李香玲、张山、云瑶，乔家劲可从来没喊过这些人的名字，更是从来没有叫过我齐夏。"

"嘿……嘿嘿……"许流年狞笑着说，"看破了也无所谓……齐夏，我找到证明自己能力的办法了……"

"是吗？"齐夏依然掐着许流年的脖子，恶狠狠地问，"你准备怎么向我证明自己？"

"我决定在今天晚上杀掉你，让你进入下一个循环。"

"许流年……"齐夏皱着眉头说，"你不见棺材不掉泪吗？现在被扼住喉咙的人是你。"

"无……无所谓……"许流年痛苦地笑了笑，"在这终焉之地无论是谁，只要你有所防备，想要杀你的成功率都很低……可我要证明我偏偏能做到。"

齐夏皱着眉头："我不在乎你在想什么，我只想问问你把乔家劲怎么了。"

"他怎么样根本无所谓……"许流年慢慢露出了癫狂的表情，"楚天秋比我想象中的还要疯……哈哈……今夜他要让这里所有的人都死……"

"你又何尝不疯？"齐夏顿了一下，最终还是松开了掐住许流年脖子的手。

"别做无用的挣扎了。"齐夏说，"你若现在和我们一心，我们还有希望逃出去。"

"不……"许流年躺在地上，慢慢地从口袋里掏出了一把小刀，"我意已决……只有在这里杀死你，才能让你明白我有几分能耐。"

"齐哥小心！"李香玲见到对方拿出了武器，本想跑上来支援，可她忘记自己的脚踝扭伤了，仅仅跑了三步就摔倒在地。

可齐夏反应也不慢，立刻伸手抓住了许流年的手腕："喂！我说够了！听不懂吗？"

"我不想再装下去了。"许流年笑着说，"我不想成为任何人的棋子……我只想做我自己。"

她将手中的小刀慢慢对准了齐夏，可齐夏死死地抓住她的手腕。

"别挣扎了。"齐夏说，"你自己都说过，在我有防备的情况下一般人不可能杀死我。"

"所以你以为这就是我的能耐？"许流年微笑着将手中的匕首翻转了过来，竟然对准了自己的胸膛。

齐夏微微一皱眉头，不太理解对方的做法。下一秒，许流年握着齐夏的手，将这把刀子送入了自己的心窝。

"喀……"她大口咳嗽了一声，喷出了一口鲜血。

"你……"齐夏慢慢瞪大了眼睛，"你疯了？！"

"齐夏……"许流年露出了满是鲜血的牙齿，"你觉得这招妙不妙？"

齐夏感觉许流年的另一只手摸了摸他裤子的口袋，紧接着就没了动静。

"什么？"看着失去生机的许流年，齐夏感觉一头雾水，她口口声声说着要杀死他，却直接自裁了。

李香玲从地上爬了起来，疑惑地看着这一幕。她也清清楚楚地看到了许流年将刀刃倒转，然后插进了自己的心窝。

"齐哥……你没事吧？"李香玲问。

齐夏失神地站起来，这种被动杀人的感觉说起来是第一次体验，难免心境有些动荡。

"我……我没事……"齐夏一语过后，整个房间却忽然抖动了起来。

下一秒，一个像人一样的东西陡然出现在半空之中，将房间内的二人吓了一跳。

"大胆……"那个人低声说。

第 3 关

"生生不息"的激荡

齐夏和李香玲同时抬头看去，却发现房间上方悬浮着一个女人，她的头发长到难以想象，像是衣服一样披在了身上，此刻不仅看不见她的皮肤，更看不见她的面容。

"神兽……"齐夏愣了愣。

半空中的女人伸出一只手，将面前的头发缓缓拨开，露出苍白冷峻的面容。她看了看齐夏，然后重复了一次："大胆……"

齐夏只感觉背后一寒，仅仅是被这个女人盯着看就已经冒出冷汗了。

"你是在说我吗？"齐夏壮着胆子问道，"我哪里大胆？"

"谋道害命，犯规。"女人冷冷地说。

"谋……"齐夏一惊，瞬间想到了什么。他赶忙伸手一摸，自己的口袋里赫然多出了一颗小圆球，这应该是许流年在死亡时塞到他口袋中的道。

"等……等一下……"齐夏罕见地有点慌乱了，"人是自裁的，道也是她塞给我的，怎么能够算作我犯规？"

"大胆。"女人再次冷喝一声，"人死在你的身下，道存于你的口袋，犯规。"

"浑蛋，这也太不讲道理了……"齐夏咬着牙说，"你们只看表面的吗？如果这样都算作我犯规，那这个方法可以杀死终焉之地的任何人。"

天空中的女人顿了顿，仿佛在理解齐夏说的这番话，片刻之后，她又吐出两个字："犯规……"

齐夏脸上露出愤恨的表情，指了指身旁的门："就在这扇门之外，两队人正在开战，死伤无数……你却只在乎我犯不犯规？"

"齐夏，死。"

见到她油盐不进，齐夏心凉了一半。他已经见过三个神兽了，白虎和朱雀虽然疯得厉害，但勉强可以维持简单的沟通，可眼前的这个女人看起来已经失去正常的思考能力了。

现在该如何？一个可笑的念头出现在齐夏脑海之中——逃跑？身为一个普通人，要在一个像神一样的疯子面前逃跑，生存的概率能有几分？

"骗人仔！"一个莽撞的声音在门外响起，他推了推门，却发现门从里面锁住了。

"我丢,骗人仔、功夫妞,你们还在里面吗?"门外的人问。

齐夏面色严肃地看了看屋门,又回头看了看李香玲,说:"你跟那个傻子说,这次打不过,一定要逃跑。"

"齐……齐哥……这到底是——"

齐夏弯下腰,从许流年的身上拔下了匕首。他知道自己必死无疑了,既然横竖都是死……有没有可能跟眼前这个女人拼一把?

"喂,你是哪个神兽?"齐夏问道。

"吾即是玄武。"女人缓缓地落到地上,她的头发也铺满了地面,"放下兵器,接受制裁。"

"呵……"齐夏冷笑一声,"都已经沦落到这种鬼地方来了……我还要听你摆布吗?"

齐夏毫不畏惧地一步一步走上前去,眼中已经渐渐有了怒火:"你们这些杂碎……把余念安从我的生命中抹除了,还想让我以为她是天羊……"

玄武慢慢抬起了眼睛:"大胆。"

齐夏一步一步走上前,右手举起了匕首。

玄武冷冷地看了齐夏一眼,也举起了自己的右手,她轻轻一握,一个东西就出现在了手中。

那是一根手指。

齐夏愣了一下,只感觉自己的左手一片冰凉,他低头一看,自己的左手食指居然被切掉了,断裂的位置此刻正散发着剧痛,却没有喷出血液。他缓缓地抬起手左手看了看,发现自己的手指明显是被什么东西切断的,截面清晰可见,可里面的血液像是被锁住了,一滴都没有流出来。

"奇怪的力量……"齐夏冷笑一声,"太荒谬了,你们这些人到底是什么怪物?"

"大胆。"玄武又一握手,另一根手指被她捏在了手中。

齐夏只感觉眼前的人根本不需要触碰自己,便可以从远处一根一根地折断自己的手指,这种感觉痛苦至极。

"浑蛋……"齐夏的左手微微颤抖着,虽是一滴血都没有流,他却感受到了撕心裂肺的疼痛。

玄武听后将手中的两根手指像垃圾一样扔在了地上,然后掀开了挡住面庞的长发。

齐夏发现这个女人竟然在笑。

"你不怕？"她问。

"怕？"齐夏笑了一下，"我现在准备杀了你，你说我怕不怕？"

"杀了我？你说杀了我？！"玄武点点头，她所有的头发都跟着她脑袋摆动的幅度晃动着，"好，太好，来杀我，快来杀我……"

齐夏咬着牙，跑了两步上去，直接将匕首刺进了玄武的胸膛，可这一刺的手感很不真实，他感觉自己是把刀插进了沙袋中。

"我死了吗？"玄武问。

齐夏狠了狠心，将手中的匕首狠狠地转了一下。他之前就死在这一击上，就算他无法敌得过玄武，也必然要让她难受至极。

可正如刚才的感觉一样，这一刀的手感太怪了，这玄武并不像人，反而像是一棵草。她的身体非常容易被贯穿，内部又好像是空心的。

"我现在死了吗？"玄武顿了一下，又问道。

齐夏被她问得后背发寒，而远处的李香玲也在瑟瑟发抖。这个女人太诡异了。

齐夏知道这可能是自己唯一的机会，现在只能将所有的方式都试一次。他拔出刀子，瞄准了玄武的脖子，又刺了过去。还是一样的手感，虚无缥缈。

"哦？"玄武愣了一下，"这样就能死吗？"

齐夏咽了下口水，将匕首慢慢拔了出来，却发现那女人的脖子上有清晰可见的刀口，却没有一滴血液。

"我为什么没死？"玄武问。

"我……"齐夏感觉自己应该是疯了，"是的……你为什么没死？"

"啊？！"玄武忽然露出了非常夸张且失望表情，"你杀不死我？！"

齐夏彻底没办法了。这个人被刀子插入了脖颈，居然还若无其事地站在这里，她到底是个什么东西？

"还有没有办法了？"玄武失声吼道，"你快想办法啊！！"

"我……我……"齐夏第一次在终焉之地感到恐惧。

"刺眼睛怎么样？"玄武问。

"眼睛……"齐夏愣了一下。

"对！对！"玄武点了点头，然后举起了自己的右手，"就是这个东西啊！"

话音一落，她的手中出现了一枚眼球，那眼球还在左右转动，似乎连它自己都没想到会出现在这里。

"啊——"齐夏痛苦地捂住了眼，一阵剧痛让他差点失去了意识，"你这个疯子……"

他的汗毛根根立起，这种感觉真的是太可怕了。

"哦！对不起！"玄武吓得赶忙将眼球扔到了地上，"我下手有点重，但你还不能死，你得杀了我啊！"

齐夏抬起头来，瞪着空洞的左眼，然后狠狠地将匕首插在了对方的眼睛上。这一招果然奏效了，玄武居然哀号了一声。她感受到痛了。

齐夏没留手，将匕首拔出来，然后朝着同一个地方又刺了过去。可奇怪的是，这一次却没有哀号了。

玄武失落地抬起头，她眼睛上还插着一把匕首，看起来非常恐怖。

"奇怪……"玄武眨了眨眼，她在眨眼的时候眼皮划过匕首，被分成了两半。

李香玲恐惧地捂住了双眼，这一切真的是太吓人了。

"我以为我会很痛，结果没有。"玄武呆呆地说，"眼睛也不行吗？"

齐夏咬着牙将匕首拔了出来，此刻玄武的眼球上有两道黑洞洞的刀口，可她依然没有受影响，她就像商场中的人形模特一样虚假。

"要不……刺我的胃？"她嘴中念叨着，手中赫然出现一个红彤彤的东西。

齐夏也在此时喷出了一口酸水，他知道自己的胃也没了。

可这玄武的手段非常独特，无论造成什么样的伤口都丝毫不会流血，哪怕这个伤口在自己的体内。

齐夏跪在地上，感觉自己的生命进入了倒计时。

"喂！"门外的乔家劲大喊道，"骗人仔，你是不是在里面啊？！快开门啊！"

齐夏知道无论如何也不能开门，否则乔家劲也会被这个女人杀死。

"要不然……肺？"玄武将胃丢在地上，又握住了一片肺叶。

"怪物……"齐夏感觉自己的呼吸变得困难无比，"你这个怪物……"

玄武露出了一脸失望的表情，她蹲下身，从长发中伸出苍白的胳膊抓住了齐夏的头发："你说……我到底怎么才能死？"

"喀……"齐夏咳出了一口鲜血。

他抬起头来刚想说什么，却忽然发现李香玲站在了玄武背后，手中举着椅子。

"不！不要！"齐夏大吼一声，吓了李香玲一跳。

"齐……齐哥……"李香玲一脸惊恐地看着他，"你做什么？"

"别送死……"齐夏痛苦地说，"就这样看着就好，她不会对你出手的……"

"可是……"李香玲慢慢流出了眼泪，"齐哥，我们本来就会死在今晚……"

"那也不能被这个怪物折磨至死……"

齐夏再次站起身来，拿着匕首又刺向了玄武。

哐！

乔家劲开始撞门。

事情真的太诡异了，他明明能够听到齐夏和李香玲的声音，可就是没有任何人来给他开门。

"骗人仔！功夫妞！！"乔家劲满头大汗地叫着，"到底怎么了？快开门啊！！"

此时猫的人听到了响动，开始从一楼向这里聚集，他们渐渐地将乔家劲围了起来。

宋七拨开人群往前走了一步，他记得眼前这个花臂男——刚刚他现身了很短的时间，却扭断了六个人的胳膊，更可怕的是，他并不是回响者，只是用了蛮力而已。

"兄弟。"宋七叫道，"报个名号吧。"

乔家劲慢慢转过头来，眼神冰冷地看着这群人："报个名号？"

"是啊，虽然我们杀了很多不知道名字的人了，可我想知道你的名字。"

"砵兰街阿劲。"乔家劲冷笑一声说，"你可以叫我乔爷，也可以叫我大佬。"

"有意思。"宋七看了看乔家劲身后的房门，问，"还有人在里面吗？"

乔家劲没有回答，反问道："你们为何不去别处看看？如果执意要进这扇门，你这群兄弟得死一半。"

"是，我相信你能做到。"宋七点点头，"可就算我们全死了，这一单任务也必须完成。"

"那就是没得商量了？"乔家劲活动了一下脖子，"谁准备第一个上？"

几个穿着黑色衣服的男人也活动了一下筋骨，朝着他走了过来。

乔家劲知道这些人的能耐，刚才他躲在暗中观察了一会儿，发现这群闯入者全部都是回响者，并且都是像罗十一那般适合战斗的回响者。除此之外，眼前的所有人都经受过格斗训练，一招一式非常标准。

"真是烦恼……"乔家劲感觉脑子有点乱。为什么这个地方的人都这么不讲道理呢？一言不合就打打杀杀，他在街上那么多年也没见过这种场面。

他现在想唤起白天使用过的奇迹，可不知是体力不支还是头脑混乱，连一丝一毫奇迹的痕迹也捕捉不到。

"骗人仔……我只能再拼最后一把了……"

…………

齐夏呆呆地站在原地，他脚下是他的器官和断掉的手指，他感觉自己的体重轻了一半，整个人的意识也开始模糊了。

可他没死，他知道自己的心脏和大脑还在，所以一时半会儿死不了。

"杀了我吧……"齐夏喃喃自语，"动手吧……"

"咦……"玄武又一次露出了非常夸张的表情，"你不是要杀我吗？怎么成了我杀你了？"

"别折磨我了……"齐夏绝望地说，"我认输了……"

"别呀！"玄武尖叫着站起身来，"你不能放弃啊！"

"求你了……"齐夏感觉自己的意识已经不清楚了，他浑身都在痛。

那些被摘掉的器官已经停止了工作，此刻各种创口在他的体内跳动，他知道自己活不成，可没想到连死都这么难。

"齐哥……"李香玲手足无措地站在一旁,完全不知如何是好。

眼前的玄武身上已经满是伤口,可她如同一只没了刺的刺猬,依然活蹦乱跳。

"快点杀了我……"齐夏的眼神已经死了,"我累了……"

他慢慢地抬起头,却发现余念安正站在玄武的身后。

"安……"齐夏慢慢露出了笑容,挪动着轻盈无比的身体慢慢走了过去。

"夏!"余念安有些担忧地看着齐夏,"你怎么了?看起来很累,这一次工作很辛苦吗?"

齐夏笑着笑着就哭了:"是,这一次的工作特别辛苦……"他哽咽着说,"我真的好累,我以为再也见不到你了……安……"

自从进入终焉之地开始,齐夏自始至终都保持着冷漠。他就像一台机器,不断规避着所有的错误,小心翼翼地朝最优的线路前行。他所有的程序都绷得很紧,总是怕行差踏错。可这样的一个人却在此时号啕大哭:"安……你到底在哪里?"

"夏,我就在家里。"余念安担忧地说,"我买了你最爱吃的花生,你回家来,我等着你。"

"家……"

"夏,我们回家吧?"

"嗯……"齐夏痛哭道,"安……你带我回家……带我走吧……"

玄武疑惑地看了看自己的身后,不明白眼前这个男人在做什么。可下一秒,她忽然感觉房间微微震动了一下。李香玲也感觉不太对,好像有什么巨大的东西在活动。

还不等两个人反应过来,一声响彻云霄的钟声炸裂开来,巨大的冲击波直接让她们二人扑倒在地,只剩齐夏还站在那里。房间的玻璃也在这一阵剧烈的钟声中震动个不停,眼看就要碎裂,而门外正在打斗的众人也被这一阵钟声震得东倒西歪,竟无一人能够站稳。

李香玲过了好久才爬起来,趁着玄武还不能动,她第一时间跑去查看齐夏的状况,却发现对方虽然站在这里,但已经没有呼吸了。

…………

楚天秋和云瑶站在屏幕前，看着屏幕上那如同弹幕①一样的回响，谁都没有说话。

过了很久，楚天秋才开口说："云瑶，打个赌吧。"

"你要赌齐夏会不会回响？"

"不。"楚天秋摇了摇头，"我要和你赌齐夏的回响有几个字。"

"几个字？"

"我赌三个字。"楚天秋说，"齐夏绝对是终焉之地的人中龙凤……我曾经的推断不会有错。"

楚天秋话音一落，整个巨钟都开始晃动了起来，他的脸上慢慢露出了笑容，可下一秒笑容就僵住了。这个巨钟的摆动幅度太过骇人了！

"不……不好……"楚天秋拉着云瑶喊道，"快！去车里！"

二人当机立断上了车，关闭了所有车窗。楚天秋正准备挂上倒挡退后一些的时候，撼天动地的钟声炸开了。二人赶忙捂住耳朵，感觉整个地面都在震动，汽车的挡风玻璃也在这巨大的震动之下出现了裂痕。

楚天秋艰难地抬起头看了看屏幕，发现一行巨大的字体出现在屏幕中央，遮住了其他所有的回响。可几秒钟之后，第二阵钟声又响起，巨大的文字就此消失不见。

钟声散去，二人终于从痛苦中脱离出来。愣了一会儿，楚天秋声音颤抖地开口问："刚才那是什么东西？"

云瑶也震惊至极。

"云瑶，我一定是疯了吧，为什么屏幕上会写这句话？！"楚天秋露出了难看的笑容，"幸亏我把你带来了，你快说说你看到的是什么啊！"

云瑶微微咽了下口水，她也觉得自己疯了。刚刚楚天秋还在赌齐夏的回响有几个字，可屏幕上写的那句话真的是回响吗？

幸亏他们二人一齐在此见证，否则任谁也不会相信，这数年以来只显示回响的屏幕居然写着：我看到了"生生不息"的激荡！

齐夏做了个梦。他梦到自己在一条长长的走廊里，一步一步地向前走着，走廊两侧有无数的木门，随着他的脚步缓缓打开。生肖们纷纷从木门里走出来，站在门边看着他，他们既不说话也

---

① 比较常见的网络词，指观看视频时弹出的评论性字幕。

没有动作，只是目光追随着他。

齐夏的脚步没停，就这样一直向前走去。沉重的脚步在腐朽的地板上踩踏出刺耳的声音，这条路似乎永远都没有尽头。

"怎么回事？"齐夏无力地喃喃自语。他感觉自己的眼前很模糊，一股股腐烂的臭味灌进他的鼻腔，如果是做梦，为什么会嗅到气味？

"我在哪里？"他茫然地看着周围的生肖，却止不住自己前进的脚步。

这条路……快走到头了吗？

"醒醒。"一个声音在齐夏耳边响起，"客人！醒醒！"

齐夏猛地睁开眼，倒吸了一大口凉气。可看清楚了眼前的情况之后，他又默默地倚靠在座位上，露出了释然的表情。

这一次的循环结束了。

齐夏苦笑一声，这一次的经历对比上一次来说进步很大。毕竟上一次死在第四天，这一次死在第五天凌晨。多么可笑？十天一次的循环，他却根本坚持不到十天。

"小伙子你咋了？你不会嗑药了吧？！"身旁的出租车司机有些慌乱地问。

齐夏没回答，只是扶着自己的额头看向窗外的光景。他有些迷失了方向，记忆也开始出现了错乱。他明明记得自己正在被玄武折磨，可为什么他在那里看到了余念安？

是幻觉吗？还是说……余念安真的在终焉之地？

凉风中带着秋季独有的味道吹进齐夏的鼻腔，让他感觉自己还活着。无论脑海中的弦在终焉之地绷得多紧，今天都可以休息了。

可是他到底该去哪里呢？去济南？回家？如果这是一个没有余念安的世界，那他更想回到终焉之地。

正在他出神的时候，口袋里的手机振动了起来。

知道齐夏电话号码的人不多，八成是骚扰电话。可当他拿起手机时，上面的备注却让他慢慢地瞪大了眼睛。

A！

"安？！"齐夏愣了一下，然后慎重地按下了接听键。

"喂？"

电话那头问："夏，你到了吗？"

是余念安的声音,她的声音总是像秋日里被风划过的水,能够让齐夏瞬间安心。

"我……我……我到了?"

"你怎么啦?"余念安笑着问道,"你到济南了吗?"

"啊……我……"齐夏的瞳孔不断地颤动着,身体也在微微发抖。

他现在只有一个念头——那就是确认自己是不是疯了。他咽了下口水,缓缓地说:"安,我不知道现在到哪里了……我让司机师傅和你说话……"

接着他就把手机慢慢地递给了一旁戴着墨镜、皮肤黝黑的司机。

"哎!什么?我?!"司机一愣,"小伙子,我这是在高速公路上呢,你这样很危险啊。"

"和她说话!"齐夏眼神冰冷地说。

"干……干啥啊?"司机似乎被齐夏吓到了,"行行行,我接还不行吗?"

大汉接过电话,大声道:"喂!"

"您好,师傅,你们到济南了吗?"

"哦,快了啊嫚儿①,再有十分钟就下高速公路了吧。"大汉嚷嚷道。

"那您一定慢点开,注意安全。"

"得了,放心吧。"

齐夏此时正一脸震惊地看着大汉——他能够跟余念安交谈!余念安不是幻觉!

挂掉电话之后,大汉依然大大咧咧地说:"哎,小伙子,媳妇查岗?"

齐夏看着手机,心情十分复杂。他顿了很久,扭头说:"师傅,返程吧。"

"啊?"司机一愣,"返程?"

"我不去济南了。"齐夏摇摇头,"我之前一直都错了,我从来就不该去济南。"

"小伙子……你……"

"钱我照付,打表,一分不少。"齐夏坚决地看着窗外,他

---

① 山东地区方言,意为小姑娘。

只想马上回家见到余念安。

"那行吧……"

司机在距离最近的高速路口下了桥,然后掉转了方向朝青岛开去。这一路上齐夏一言不发,他害怕又像上一次一样,出租车会在高速公路上排起长龙。

可让他意外的是,一切都非常顺利,车子很快就开回了青岛,司机将齐夏送回了小区。

齐夏按照计价器显示的价钱付了款,然后站在楼下抬头看。他有些紧张,就算是参与地级游戏,他也未曾这么紧张。

余念安在家里吗?会不会在自己推开门的瞬间,屋里依然没有她存在过的痕迹?

齐夏在楼下站了足足五分钟,在心中做好了一切最坏的打算,才迈开沉重的双腿向楼上走去。若不做好心理建设,齐夏感觉这一次他会完全崩溃。他已经开始接受余念安消失这件事了,他只希望命运不要一次一次地耍弄他。

三楼的高度并不高,尽管齐夏有心拖延,也还是来到了房间门口。他颤巍巍地从口袋中掏出钥匙,插进了门锁。

"不要耍我……求求你们了。"齐夏咬着牙说,"你们怎么折磨我都可以,但不能用余念安耍弄我……"

他的声音越来越小,动作也慢慢停了下来。他根本没有胆量打开这扇门。

齐夏再睁开眼时,双眼含满了眼泪。他要崩溃了。如果结局再次走向绝望,身为一个人类要怎么才能活下去?

咔嗒。

门把手转动了一下,门竟然自己打开了。

余念安手里拿着一个平底锅当作武器,小心翼翼地探出头来:"谁?谁呀?"

齐夏盯着眼前的女孩儿,震惊得难以言表。

"夏?"余念安愣了一下,手上的平底锅也垂了下去,"你吓死我啦!我还以为有小偷呢,你不是在济南吗?"

齐夏再也忍不住泪水,冲上前去拥抱了余念安。

她的声音,她的笑颜,她头发的味道,她身上的温度,一切都是真的。

"安……"齐夏哽咽着,咬着牙说,"能见到你真好。"

余念安有些错愕，她伸出手，轻轻地抚摸着齐夏的头："怎么了？夏，这几天很辛苦吗？"

"是……不不……"齐夏用尽全身力气拥抱着余念安，"能见到你，就算下地狱都不辛苦。"

余念安关上房门，将齐夏带到了沙发旁，扶着他慢慢坐下。他就像着了魔，一直盯着她看。

"夏，你到底怎么啦？"余念安握住齐夏的双手，"有什么事你要跟我说，不要让我担心。"

"我没事。"齐夏摇摇头，"我这辈子从来没感觉这么好过。"

"你总是这样。"余念安叹了口气，在齐夏身边坐下，这个单人小沙发能够让他们紧紧依偎在一起，"你喜欢把所有的事都压在自己的心里，时间久了会出问题的。所以你跟我说说吧，到底发生什么事了？"

"我……我做了个很可怕很可怕的噩梦。"齐夏眼神黯然地说。

"可怕的噩梦？"余念安有些担忧地摸了摸齐夏的脸庞，"梦到妖魔鬼怪了？还是梦到变态杀人犯了？"

"对我来说那些都不叫噩梦。"齐夏摇摇头，"安，我梦到我把你弄丢了。"

"噗。"余念安被齐夏逗笑了，"把我弄丢啦？那你怎么不去找我？"

"我找了。"齐夏慢慢地捂住自己的额头，感觉心中万分难受，"我找不到你……我就像投身了无间地狱，经历无数惨剧，可我不知道该去哪里找你……"

"好啦好啦……"余念安有些担忧地抱住齐夏，感觉他真的是累坏了，"你不要瞎想啦，我一直都在这里，哪里都没去啊。"

齐夏闭着眼睛，依偎在余念安的怀中，只感觉自己的全世界都回来了。

"夏，你饿不饿？"余念安问。

"我……"齐夏明明已经很多天没吃过像样的东西了，可他只要一看到余念安的眼睛，便感觉一切都好，根本不需要吃饭。

"我去做点东西给你吃。"余念安像照顾小孩子一样拍了拍齐夏的脑袋，"等我一会儿。"

余念安站起身，从墙上取下围裙，然后进了厨房。齐夏见到她离开自己的视线,感觉有些慌乱,也快步来到了厨房。

余念安果然在,她就在厨房里,哪里都没去,此时她正准备洗菜。

"你怎么啦?"余念安笑着问,"怕我给你下毒?"

"不……不是……"齐夏摇摇头,"我只是怕我疯了,我怕现在的你是我的幻觉。"

余念安听着听着就皱起了眉头。她放下手中的菜,走过来,气鼓鼓地掐了齐夏的胳膊一下。虽然很痛,但他面带微笑。

"你个臭夏,疼不疼?!"余念安佯装生气地问。

"疼。"齐夏点点头。

"我是个幻觉,我能把你掐疼啦?"余念安嘟着嘴转过身去,"不帮我做饭就别在这儿添乱啦,出去等着!"

可是齐夏哪里肯离开?他只想静静待在余念安身边。

见到齐夏这副样子,余念安也只能摇了摇头,说:"夏,要不这样吧,你猜猜我要给你做什么好吃的,你要是猜中了,我就让你待在厨房里。"

齐夏现在满脑子都是余念安,哪里还管她要做什么饭菜?他不假思索地随意说:"豆芽菜和烧茄子。"

余念安洗菜的手微微一顿,然后她不可置信地回头说:"我明明在洗小葱,你怎么猜到是豆芽菜和烧茄子的?"

"嗯……"齐夏无奈地笑了一下,"只能说明我们心有灵犀。"
…………

余念安将两个小菜端了出来,齐夏狼吞虎咽地吃干净了。不知道是终焉之地的罐头吃得太多,还是余念安的手艺太好,齐夏感觉自己从来没有吃过这么好吃的东西。余念安做豆芽菜不用醋,反而放辣椒和小葱;做烧茄子不用老抽,反而喜欢放几勺糖。这两个小改动完全拿捏住了齐夏的胃。

他感觉自己和余念安真的非常契合,虽然余念安是第一次做这两个菜,却偏偏都是他喜欢的口味。

吃完了饭,齐夏渐渐地感觉到不安。就算眼前的生活再幸福,明天正午时分,那场毁天灭地的地震依然可能会来临,然后打破他所拥有的一切。

究竟要逃到哪里才能离开终焉之地?一想到终焉之地,那里诡异荒诞的场景又浮现在了齐夏脑海中。

天堂口的屠杀最后怎么样了？乔家劲、李香玲他们应该听了他的话，活下去了吧？

"咚咚咚。"一个轻柔的声音在一旁说。

齐夏一顿，然后扭头看向身边一脸坏笑的余念安，也笑着问："门外是谁？"

"原来齐夏在家啊！"余念安哼了一声，"吃完饭也不刷碗，我还以为齐夏不在家呢。"

"我错了。"齐夏欣慰地笑着，他已经知足了。

假设他的人生永远都这样，他也知足了。他决定从这一刻开始，每次一进入终焉之地便第一时间自裁。什么三千六百颗道，什么逃离，什么极道，什么天堂口，统统去死吧。他甘愿永远不停地过这一天，这样的日子对他来说足矣。

齐夏刷完了碗，不经意间看向了卧室的方向，忽然想到了什么，整个人愣了愣。他走过去慢慢推开门，然后愣在了原地。

一股毛骨悚然的感觉瞬间席卷了全身，卧室里没有床，映入眼帘的只有一张桌子和一把椅子。他慢慢瞪大了眼睛，感觉脑袋有点痛。

见鬼了，床呢？！

这个屋子里住着余念安，可是没有她睡觉的地方。

齐夏慌忙地回过头，发现余念安正在客厅里擦桌子。她没有消失，可屋子里没有床，一股诡异的感觉在他心中慢慢燃起。

"哦，对啦！"余念安慢慢走了过来，不好意思地笑了笑，"夏，我犯了个错，我说出了你可别笑话我呀。"

"什……什么错？"

"我前些日子不是从网上买了张床吗？"余念安摸了摸自己的脑袋，"我看快递说今天送到，于是我上午就找了个收废品的把咱家床给扔掉啦……可是快递那边出了问题，说明天才能送到……所以今晚只能打地铺了，嘿嘿……"

听到这句话，齐夏沉沉地松了口气。

"原……原来是这样啊。"他露出了释然的微笑，"没关系的，安……如果只是这样……没关系的……"

时间来到下午，虽然余念安一直就在身边，但齐夏始终揣着不安的心情，毕竟有的事他曾经怀疑过，现在就算亲眼得见了也无法打消顾虑。

余念安和天羊……到底有没有关系？

他从卧室的衣橱里拿出了自己那件破损的衬衫，这件衬衫的胸口处缝着余念安亲手缝的卡通小羊。

"怎么了，夏？"

"安，你当时为什么要给我缝这只小羊？"齐夏直言不讳地问。

余念安盯着齐夏，像在看一个傻瓜，她说："夏，你说有没有可能……我之所以会给你缝小羊，是因为你的衣服破了？"

"不是这个意思。"齐夏摇摇头，"为什么一定是羊？"

"因为家里只能找到这个补丁……"余念安有些委屈地说，"你不喜欢羊吗？也对，羊可能有点太可爱了，下次给你缝个小恐龙吧。"

听到余念安这么说，齐夏心头的阴霾一扫而空。是啊，为什么他不相信余念安，要去相信一只虎？他和地虎总共见了一次面，说了几句话，可余念安整整陪伴了他七年。

"安，我又不是个孩子。"齐夏摇摇头，"况且以后衣服破了不要缝补了，我们买件新的就行。"

"嗯……"余念安点了点头，"我这不是想省点钱嘛。"

说到钱，齐夏的面色又暗淡了下来。他从自己的口袋中默默掏出了那张皱巴巴的彩票，今天是领奖的最后一天了。

"安，我不得不和你道歉。"齐夏说。

"什么？"

"我已经骗到那个人渣的钱了。"齐夏说，"本来可以用他的钱让我们过上好日子……可最终还是失败了。"

余念安听后微微愣了一下："骗？"

"是，我没有办法了。"齐夏摇了摇头，"我想让那个人渣遭到报应，所以只能用骗。"

余念安听后深深叹了一口气，说："夏，你之前跟我制订暗号，就是因为你要去诈骗？你害怕警察会找到我？"

"对。"

齐夏曾经告诉余念安，若他问她"你昨天喂鱼了吗？"，她必然要回答"喂了，喂得少"，除此之外所有的答案都是错的。

"夏，你为什么不明白呢？"余念安有些失落地低下头，"我不想报复谁，我只想和你安安稳稳地生活，我能够待在你身边，这比任何事情都要重要。"

"我……"

余念安说出的答案和齐夏心中所想一模一样。

"所以我才要向你道歉。首先我没有遵从你的意愿，其次我没有让你过上好日子。"齐夏懊恼地说，"这两件事都让我痛苦不已。"

余念安沉寂了一会儿，开口说："夏，我又何尝不痛苦？我不希望你为了我而成为一名诈骗犯，那样我余生都会难过至极的……"

"你放心。"齐夏拍了拍余念安，"虽然这是我第一次诈骗，但是警察大概率是不会找到我的，我做得很漂亮。"

"夏，以后的日子不管怎样，只要我和你能够快乐地生活下去就够了。"余念安的眼里透着光，"别的事我什么都不想管了。"

"我懂了。"齐夏应了一声。

"虽然这世上的道路有许多条，每个人都有属于自己的那条路，但我不希望你走上这条道路。"

齐夏点点头，将手中的彩票拿到眼前看了看，撕了个粉碎。或许正像书中所说，每个人的运是出生时就注定的，齐夏若是拿到了这二百万，他就会失去余念安。如果真的是这样，他情愿这张彩票永远化作灰烬。

两个人迎着初秋时分午后温暖的阳光来到了天台。他们依偎在一起，看着天空，聊着过往，从他们相遇到相爱，齐夏每抛出一个画面，余念安就能说出当时的种种。她所描述的每一个场景都和齐夏记忆中的分毫不差。她一直都把他放在心上。

二人一直聊着天，一直到夕阳将远处的天边染了色。

"夏，你知道吗？"余念安低声说，"如果时间能停在这一刻就好了。"

"是啊。"齐夏点点头，"如果能永远停在——"话还没说完，齐夏微微愣了一下。他看了看这暗红色的天空，以及远处那土黄色的夕阳，一时之间居然语塞了。

明明是夕阳时分，却莫名地像终焉之地。

"停在这一刻……"

时间随便停在哪一刻都好……可为什么一定要停在这一刻？

若齐夏没有去过终焉之地，永远的黄昏对他来说自然是极美的风景，可他毕竟见识过那如同地狱一般的凄凉之地，这红色的天空、土黄色的太阳偏偏会让他联想起腐臭与鲜血。

"腐臭……"齐夏皱了皱眉头。他似乎是在终焉之地待了太久，现在在现实世界也能闻到腐臭的气味了。

当夕阳完全坠入地平线，余念安已经倚靠在齐夏的肩膀上睡着了。齐夏伸手感受了一下夜晚寒凉的风，俯下身将余念安抱了起来，然后回到了家中。

他把余念安放在沙发上，然后拿出几床被子在地上铺了一个简单的小床。安置好了余念安之后，他坐在身边看着她熟睡的面庞，慢慢露出了安心的笑容。

他尝试着躺下来，躺在余念安的身边，然后将她轻轻拥入怀里。他已经有很久很久没有躺下睡觉了，这种放松的感觉让他身上的每一个毛孔都慢慢舒张开来，血液也开始淌过全身。

他多久没有体验过这种感觉了？大概七年了吧。

齐夏不记得自己是怎么睡着的，只是感觉脑海中紧绷的所有压力全都在慢慢释放。

他又做梦了。他梦到那条长长的走廊，两侧此时正在慢慢地走出生肖，他们正看着自己，那眼神中既没有恭敬也没有轻蔑，反而都像有话要说。

这条道什么时候才能走到头？

"咚咚咚……"一个轻柔的声音在耳畔响起。

齐夏慢慢睁开了双眼，发现外面是漆黑的夜色，而余念安正坐在他身边，面无表情地看着他。

"安？"齐夏愣了愣，"怎么了？"

余念安没有回答，只是盯着齐夏的双眼，缓缓地说："咚咚咚。"

齐夏皱着眉头慢慢坐起来，伸手抚摸了一下余念安的脸庞："安，哪里不舒服吗？"

余念安依然没有回答，思索了一会儿之后，重复道："咚咚咚。"

虽说心中一万个不解，但齐夏还是试探性地问："门外是谁？"

可这一次，余念安却没有说出"原来齐夏在家啊"这句话，反而盯着齐夏的双眼一字一顿地说："门外不是我。"

"什么？"齐夏感觉有些摸不着头脑，"安，你在……梦游吗？"

余念安不再看齐夏，只是慢慢地躺了下来闭上眼睛，好像什么都没有发生一样。没一会儿呼吸平缓了起来，她仿佛又睡着了。

齐夏有些担忧地慢慢拍着余念安的后背，试图让她更有安全感。

可能这些日子自己一直不在家，余念安太累了吧。

"放心，安，我哪里也不去，就在这里陪你。"齐夏慢慢抱住了她。

⋯⋯⋯⋯⋯⋯

"咚咚咚。"

齐夏猛然清醒过来，发现余念安又坐在一旁。窗外此时依然漆黑一片，朦胧中只能看到余念安那双亮晶晶的眸子。

"安……你……"齐夏慢慢坐起身子，心中有一股不安的感觉。

"咚咚咚。"余念安说。

齐夏盯着她的眼神，发现她的眼里面似乎有泪水。他问："究竟出什么事了？"他想搞明白余念安这么做的动机是什么。

"咚咚咚。"可余念安似乎只会说这一句话。

齐夏沉默了半天，还是开口问："门……门外是谁？"

"夏，门外不是我。"

齐夏清清楚楚地看到余念安的眼角有一滴眼泪，这滴泪水在黑夜中泛着微弱的光，滑过她的脸庞后滴落下来。

说完这句话，余念安闭上双眼慢慢躺下。

她又睡着了。可齐夏无论如何也睡不着了。

余念安和他在一起七年，从来都没有哭过。他曾发过誓，有生之年都不会让余念安的眼泪落到地上，可这一次他食言了。

余念安看起来非常难过，那眼神像含了一把刀子，在他的心中刻满了绝望。

一阵阵腐臭开始在房间内蔓延，让齐夏感觉非常不真实。这是只有在终焉之地才能闻到的气味，为何会出现在现实中？

四周实在是太黑了。

齐夏根本分不清这里是现实还是终焉之地，他只能慢慢地抱住了余念安，尽可能平复自己的心情。

时间一分一秒地过去，大约一个小时之后，齐夏感觉余念安的身体动了动。

他轻轻地松开手，然后亲眼看着余念安坐了起来。她睁着一双眼睛，扭头看向齐夏的方向，说："咚咚咚。"

齐夏也缓缓坐起身子，一个不安的念头开始在齐夏心中萌芽。如果一切真的如他所想，这将是此生他所遇到的最恐怖的事情。

"门外是谁？"齐夏声音颤抖着问。

余念安顿了顿，然后低声说："门外不是我。"一语过后，她流下了痛苦的泪水。

齐夏也在这一刻崩溃了，看着余念安再次躺下睡去，他的眼泪止不住地喷涌而出。

原来是这样吗？她很痛苦，但她无法抵抗。她知道说出"咚咚咚"的人并不是余念安，她也知道自己不是自己。

余念安不应该存在，可她却躺在这里。她为什么会躺在这里？是什么原因让她出现了？

"我的回响到底是什么？"齐夏蜷起身体，在黑夜中紧紧地抓住了自己的头发，他整个人的信念和坚持如同一栋坍塌的大楼，此刻正从底部开始碎裂崩坏。

为什么余念安今天做的菜，会和齐夏猜测的一模一样？

为什么她做出的口味会完全符合自己的预期？

为什么她回忆的那七年会和自己记忆中的分毫不差？

为什么她身上有终焉之地独有的气味？

这样看来不是太明显了吗？

齐夏整个人都在微微颤抖，眼前的余念安既不是真的也不是假的，而是他创造出来的。

她是回响的杰作，产生于自己的信念，自然会和自己的想法完全一致。齐夏身上的颤抖越来越剧烈，他开始怀疑一切。如果眼前的余念安是被创造出来的……那么真正的余念安又在哪里？

"不……不对……"

问题似乎又回到了起点……余念安到底存不存在？如果她不存在，这七年的记忆又是哪里来的？

齐夏甚至为了余念安，以身犯险去诈骗了一个人渣，难道这一切都是他臆想出来的吗？！

"别开玩笑了……"齐夏摇了摇头。

他知道自己一定和余念安一起生活过，那段记忆太过真实了，真实到刻骨铭心。这世上没有任何人为了别人而活，可他不同，他始终感觉自己在为了余念安而活。

若这世上没有余念安，自己的信念又从何而来呢？那七年的光景……

林檎的声音此刻又在齐夏耳畔响起："齐夏，我至少有七年的时间没有听说过终焉之地有你这号人物。"

齐夏皱了皱眉头，感觉思绪有点明朗了。七年的时间里，他没有一次走出过面试房间。那会不会……自己当时根本就不在房间里？所以他才没有带领众人逃离，所以终焉之地的所有人都没见过自己，也没有见过乔家劲、李警官他们。

"我……当时和余念安在一起？"这个大胆的想法在齐夏心中冒了出来。

通过之前和朱雀、白虎的交谈，他知道自己曾把终焉之地搞得天翻地覆，甚至有可能逃出来了。他猜他逃脱回现实世界，可房间中其他的人没有，然后他邂逅了余念安，在现实世界中度过了七年。

可是七年之后不知发生了什么，让他再度回到了终焉之地这个该死的地方，迫使一切重新来过。

"这太合理了……"齐夏喃喃地说。

除非有一个人的记忆保存了七年以上，否则根本不可能知道齐夏以前发生过的事情。齐夏感觉自己在癫狂与理智之间找到了一个奇妙的临界点……他好像只差压垮骆驼的最后一根稻草就会坠入彻底疯狂的境地。

齐夏站起身，来到窗边看着深夜的街景。深夜的街上看起来有些冷清，几辆亮着"空车"的出租车驶过，提醒着齐夏这里是比终焉之地更加血淋淋的现实世界。这里的夜晚没有爬墙而过的蝼蚁，却有着最纯粹的人性。

齐夏望着空荡的街景，眉头一皱，又做了一个大胆的假设。真正的余念安……会不会也随着地震进入了终焉之地？

这个念头一冒出，窗外有一辆车子驶过，刚好按了一下喇叭，让齐夏浑身一震。

"没错……"齐夏眯起眼睛，感觉自己的假设方向很正确。

毕竟进入终焉之地的人不计其数，根本算不出数量，余念安可能也在其中，甚至有可能在终焉之地中远离自己的另一座城市里，可最终由于某些问题她没有出来，所以现实世界抹除了她的存在。

再往下想……事情就有些恐怖了。

若是每十日一次循环,余念安为什么没有出来呢?因为她平步青云,真的成了生肖?抑或是她行差踏错……永远留在了那里?如果非要从这两个情况当中选择一个,齐夏当然希望余念安就是天羊,至少她还活着,至少还有希望把她救出来。

从这个角度解释的话……一切都合理了。地虎所说的话……还有那些神兽字里行间透露出来的线索,仿佛都可以在此处慢慢连接起来了。

天羊余念安,与消失的七年。这两件事必然有着非比寻常的联系,这也是齐夏目前能够找到的全部答案。但是这个答案的成立条件非常苛刻,需要齐夏至今为止得到的线索全都是真的。只要有任何一个人说了谎,或有任何一个人是疯子,这个答案便会像从底部腐烂的大树一样全面瓦解。

"夏,你早就醒了?"余念安的声音忽然响起。

站在窗边的齐夏听到余念安的声音,慢慢地回过头,眼中充满了冰冷和绝望。

不知何时,天亮了。

"怎么了?"余念安盯着齐夏,有些不解地问,"没睡好吗?"

"没事。"齐夏摇摇头,"安,我饿了,咱们吃早餐吧。"

"嗯……"余念安站起来,轻轻点了点头,"我去给你做早餐。"

半个小时后,两个人挤在单人餐桌前,吃着简单的培根与煎蛋,谁都没有说话。一夜的思考让齐夏的思路通透了很多,但也让他濒临崩溃。

目前的情况竟然越发棘手起来了。他知道余念安本人有可能还在终焉之地游荡,所以今天他不准备带眼前的替身出去,而是要在这里静静地等待地震。

他要主动寻找余念安。

这一次循环,他的目标是天羊。

"安,虽然感觉很对不起你,但今天能不能陪我在家待着?"齐夏问。

"对不起我?"余念安笑着问道,"在家待着有什么对不起我的?我宁愿你每天都在家呢。"

齐夏感觉非常别扭,他好像在亲手杀死余念安。他要让自己经历地震后万无一失地回到终焉之地。

可自己的推测是不是太大胆了？仅仅因为几个细节，就断定余念安不是余念安？真的余念安，和创造出来的余念安……到底有什么不同？

是……她们或许完全一样。可尽管这样，齐夏也不想要被谋划的人生，他只要最初的余念安。

那个忽然出现在他生命中，如同阳光一般的女孩儿。

那个会在自己烦闷时绞尽脑汁讲笑话的女孩儿。

那个磕到了手脚怕自己担心，咬着牙不叫出声的女孩儿。

那个总是爱拿着简单的智力问答，装作高深样子考验他的女孩儿。

那个说出"咚咚咚"的女孩儿。

……

只要她，别人都不行，差一个眼神都不行。

齐夏和余念安挤在沙发上，静静地看着电视上人来人往的画面。

"夏，你知道吗？"余念安面无表情地盯着电视问。

"我知道。"齐夏说，"这世上的道路有许多条，而每个人都有属于自己的那条路。"

"嗯。"余念安点了点头，"夏，不管你要走哪条路，我都会支持你。"

"我知道。"齐夏的眼神又暗淡了下来，"安，我会跨越千山万水找到你。"

"找我？"余念安苦笑了一下，"夏，我就在这里。"

"是，我知道。"齐夏的眼中开始慢慢渗出泪水，"因为我没法控制住自己的念想，所以你才在这里。"

"夏，不管你要去哪里找我，只要我能感受到你的想念，就一定会来到你身边。"余念安的眼中也充盈着泪水，可她不知道自己为何如此难过。

这句话也让齐夏的思绪往崩溃的边缘又迈进了一大步。

是啊，若自己的回响是创造余念安，那自己能够找到真正的余念安吗？只要想念，就会相见。

他只能在不触发任何回响的前提下去冒险，去见天级生肖，否则余念安就会像梦魇一般，反复出现在他的身边。

他甚至不知道用回响创造出来的人算什么身份……她会跟着终焉一起消散吗？假如她不会消散，那终焉之地在被尸体填满之前，会遍地都是余念安。

　　所以他不可以让自己回响。

　　更让齐夏担忧的是，这看起来是一趟异常艰苦的旅程，若是在没有回响的情况下不幸丧命，之前所有的线索就会灰飞烟灭，一切重新来过。

　　这是一场豪赌。

　　地震来临时，齐夏坐在沙发上静静地搂着余念安的肩膀。整座楼都摇晃了起来，墙壁上渐渐出现裂缝，山呼海啸的声音接踵而至。

　　远处出现玻璃破碎的声音，无数个裂缝出现在天空之上，洒下亮闪闪的星星。

　　"安，对不起……"齐夏一脸心痛地说。

　　"没事……"余念安摇摇头，"夏，只要你在我身边，无间地狱我也愿意去。"

　　"不……"齐夏咬着牙说，"我不会让你留在无间地狱的……我要你留在我的身边。"

　　天花板陡然开裂，一大块石头砸下，齐夏下意识地将余念安护在怀中。在这世上，他只为了余念安笑，也只为了余念安哭。

　　他绝对不可以弄丢余念安！

END ON THE TENTH DAY

第 4 关

重启·
余念安

一个老旧的钨丝灯泡被黑色的电线悬在屋子中央，闪烁着昏暗的光芒，可房间内的气氛却不再静谧了。随着桌面中央的座钟嘀嗒作响，圆桌旁边的九个人慢慢睁开了双眼。

除了章律师和甜甜，每个人的眼神都跟上次不同。

乔家劲有些担忧地环视了一圈，直到看到一张张熟悉的面孔，这才放下心来。

齐夏也抬起头，看了看自己的战友——除了肖冉，一个不少。看起来乔家劲应该没有犯规，他没有主动招惹玄武，这样最好了。

齐夏放眼望去，先和乔家劲互相点头示意，又和李警官、林檎对了一下眼神，最后看了看赵医生跟韩一墨。

大家都在，他有些安心。

可现在房间里的问题人物有三个，首先是章律师和甜甜，她们没有回响，仍然是初来乍到的状态。然后是曾经的第十人，现在的第九人——那个两次被打碎头骨的年轻人。

众多回响者都慢慢地望向那个人，除了齐夏和赵医生之外，其他人都不知道肖冉去了哪里，只知道现在房间中只有九个人了，那么这个年轻人还会死吗？

只见那个年轻人就像前两次一样，依然露出诡异绝望的微笑，呆呆地望着齐夏。站在一旁的人羊眼神也与上次不同了，那双泛黄的双眼在腐烂和绝望之中居然掺杂了一丝欣喜。

根据合同，他要让房间里的人全部消失，并且坚持三个循环，现在已经开始有人消失了，对他来说这是个好兆头。

铛！

又是一阵钟声响起。

齐夏皱了皱眉头，这是"替罪"发动了？可是……现在这个情况有必要发动吗？

"早安，九位，我想我还是有必要给你们说明一下情况。"人羊缓缓地开口说，"我是人羊……"

第一句话还未说完，人羊就愣住了——他开始发抖，害怕得不能自已。

一个白衣身影不知道何时出现在了房间中，她没有坐在圆桌旁，更没有被限制住行动，此时正在站在阴暗的墙角好奇地四处打量着。

"咦？"她疑惑了一声，"这……是哪里？"

众人听到这个声音，纷纷疑惑地扭头看去，那个身影也从阴暗的角落中走了出来："怎么这么多人呀？"

见到她的瞬间，齐夏只感觉脑海中的弦在这一刻崩断了。压死骆驼的最后的一根稻草终究还是如此不讲道理地来了。

可压死骆驼的稻草从来都不是最后一根，而是每一根。

"夏，你也在这里？"余念安笑着问，"我刚才不是走在街上吗？怎么一扭头来这里了？"

"安……"

林檎此时慢慢瞪大了眼睛。这个女孩儿就是……齐夏整天挂在嘴边的余念安？怎么可能？！就算她真的在终焉之地，又怎么可能出现在谁都不能动弹的面试房间中？！

众人的表情纷纷复杂起来，眼下的情况未免太诡异了。

"夏，这些人是谁？"余念安来到齐夏身边，扶着他的肩膀问，"你们坐在这里干什么？"

林檎扭头看着齐夏，心说不妙。

齐夏的眼神不对，他正在怀疑自己，他要崩溃了。

"安……你……你果然在这里？"齐夏感觉自己的头脑非常混乱，他明明没有回响，可是余念安出现了。

那……是不是可以说明眼前的余念安是真实的？

齐夏总感觉有哪里不对，可是脑海中大量的信息和线索此时全都冲撞在了一起，让他的思绪混乱不堪。

"啊——"齐夏面容有些扭曲地惊呼一声。

他知道哪里不对了！这个房间现在有十个人！按照人羊以前的做法，他会杀死房间中多出来的那个人……

这绝对不行！

他慌忙地看向人羊，却发现人羊并没有对余念安下手的意思。人羊连续退后了好几步，慢慢掏出了手枪。

"合同第3.3条，面试开始时全员都不可行动，若乙方见到有人走动，请立即远离走动之人，确保自身安全后，请马上自裁……"人羊颤颤巍巍地拿起手枪缩到一旁，对准了自己的心脏。

"不好！"林檎大叫一声，"事情要失控了！"

众人自然明白林檎的意思。现在游戏还未开始，若人羊自裁了,那后面该如何进行?众人要如何走出房间?

"乔家劲!"林檎叫了一声。

乔家劲立刻心领神会,此时人羊正退到他身边,若能夺下人羊的手枪,一切就还有转机。只可惜乔家劲双腿不能行动,现在只能探出身子迅速出手,大拇指插到了手枪的扳机下面,紧接着握住了手枪朝反方向一扭,手枪便脱了手。

幸亏人羊没来得及反应,否则以乔家劲的力量根本没法正面抗衡强化过的生肖。

人羊见到手枪被抢走,瞬间慌了神:"你还给我!"

"不不不不……"乔家劲慌忙挥着手,"羊头仔,你先别死好不好?你先念题目啊!"

"还给我!"人羊大吼一声,精神仿佛也要崩溃了,他在面试房间已经待了很久,从没想到这条合同能够生效。

可乔家劲拿着手枪左右闪躲,根本不给他拿枪的机会。

人羊恨不得现在就打死这个花臂男。

　　合同2.4条:乙方承诺会给参与者建立正确的世界观,并保证能够正确引导参与者进行游戏,期间乙方不得滥杀无辜、公报私仇。

人羊自知不能杀人,于是再度伸手抢夺手枪。

"喂!条子[①]!"乔家劲手疾眼快,直接把手枪抛给了桌子对面的李警官。

李警官看过合同,自然知道人羊不能轻易杀人,于是接过手枪的瞬间便取下了弹夹,紧接着将枪身扔给了韩一墨。

"人羊!出题吧!"李警官也着急地说,"既然你无论如何都会死,不如先让我们逃离这里!"

见到众人齐心协力地耍弄自己,人羊彻底崩溃了。他放弃了手枪,慢慢地向后退,退到离众人很远的角落中。在众人不解的目光中,他伸出两根手指,接着狠狠地戳向自己的双眼。

一声惨叫传出,他的双眼血肉模糊了。他没有停手,反而又从口袋里掏出什么东西插进了自己的耳朵。

这个行为把众人看得惊心肉跳。

[①] 黑话,通常是反派人物对警察的一种蔑称。现实生活中请勿模仿使用!

做完了这一切，人羊戴着沾满鲜血的面具抱住自己的双腿，静静地念叨着："合同 3.5 条，若自裁失败，请尽可能破坏自己的双眼以及听觉，在面试房间之中安静等待救援，甲方将派出专人让乙方进入下一个循环。"

接下来该怎么办？

众人面面相觑，一旁的章律师和甜甜更是被吓得不轻。

这到底是怎么回事？这些人又在做什么？

"我丢……"乔家劲也彻底没辙了，"现在该怎么说？我们坐在这里等死吗？"

林檎和李警官同时看向齐夏。事情已经棘手到这个地步了，只能希望齐夏有主意了。可齐夏此时表情有些呆滞地拉着余念安的手，静静地望着她。

"安……手这么凉，会冷吗？"

"不会的。"

"余念安……"林檎皱了皱眉头，感觉一切事情的起因应该都在眼前的余念安身上了。

"给我枪。"她扭头对李警官说，"只剩一个办法了……"

乔家劲看到林檎的眼神，瞬间感觉不妙。

"心理医生……你要玩火吗？"他有些担忧地低声说，"你如果杀了那个靓女……骗人仔不可能放过你的。我感觉那之后的事情比现在还要难办啊……"

"可是他要疯了！"林檎说，"我不管他会不会恨我，当务之急是让他清醒过来！否则他会和这个余念安永远生活在这里，变成原住民的！"

李警官跟韩一墨对视了一眼，同时想到了事情的严重性。

韩一墨将枪身抛回给了李警官，李警官重新组装好，然后利索地打开了保险，丢给了林檎。林檎此时憋了口气，慢慢地举起手枪，将枪口对准了不远处的余念安。

不管眼前的余念安是什么东西，她看起来至少是个正常的人。正常人被杀死，自然会在下一个循环复活。

"对不起了，余念安……"

林檎拿起手枪刚要开枪时，一个声音却在余念安身旁缓缓响起。

"林檎，把枪放下。"

众人一愣，发现说话之人正是齐夏。

"什么？"

齐夏转过头，用一双冰冷的眼睛看着林檎："我叫你把枪放下。"

"你……"

众人也发现齐夏给人的感觉不太对，通常他做的每件事都有他的逻辑，可此时居然在意气用事。

"齐夏，如果不杀死她，你就会——"

"杀了我的余念安根本没有用。"齐夏冷冷地转头看了看缩在一旁的人羊，又说，"你们拿枪指着余念安，不就是想让我出个主意吗？"

齐夏的话一针见血，林檎不禁动摇了——为了借用齐夏的头脑，自己居然要亲手杀死他最重要的人。

"你们这群自私自利的人。"齐夏面带不悦地扫视了一圈屋内的众人，"为了让我出个主意，居然敢拿枪指着余念安来要挟我，是吧？"

乔家劲听后感觉不太舒服："骗人仔，你怎么会这么想我们？"

"你说得对，情况就是这样。"林檎不加掩饰地说，"如果拿枪指着余念安就能知道对策的话，和你沟通反而更方便了。"

齐夏盯着林檎的眼睛看了一番，缓缓地说："不要指着余念安，把枪放下，我告诉你们对策。"

林檎听后，慢慢地将举枪的手放了下来。

"很好。"齐夏点点头，"就像我说的，杀死我的安不会有任何作用，当务之急是让人羊自裁。"

"什么？"林檎一愣。

"把枪扔给人羊。"齐夏说，"就像他刚才说的，合同规定，若他自裁失败，会有更高层的人物出现亲自击杀他，那时我们就危险了。"

这一句话给众人提供了新的思路。

齐夏又解释道："余念安出现在了房间中，我们房间有可能会被视为犯规，若是高层人物在这里杀死我们，对我们来说损失更大。"

听到这个对策之后，众人又互相望了望，毕竟他们知道齐夏的城府，虽然听起来很有道理，但这句话是真是假根本无法推断。

"我没打算骗人。"齐夏说,"每次人羊死后我们就可以自由行动了,若你用仅剩的一颗子弹杀死余念安,那我们依然会被困在椅子上,只能坐在这里等待鱼叉来临。"

他虽然眼神有些呆滞,可说出来的话逻辑依然非常清楚,让人不得不信服。

"他说得对。"李警官点点头,"我也看过那份合同……"

虽然众人不知道李警官所说的合同到底是什么,但看起来人羊正在按照合同上的规定行事。

林檎思索再三,还是决定采纳齐夏的策略,在众人的目光注视之下,将手枪丢给了人羊。

人羊虽说听不见也看不见,但能清晰地感觉到一个沉甸甸的东西掉到了自己怀中。他低头一摸,正是手枪。

"太……太好了!"人羊抬起头来,瞪着两只流着血泪的眼睛兴奋地大喊道,"我能死了!我终于能死了!"

下一秒,他便举起手枪对准了自己的心脏,毫不犹豫地扣下了扳机。巨大的枪声在密封的房间里反复回荡,随着人羊的惨叫声一起渐渐消失。

众人此时能够起身了。章律师赶忙站了起来,退了几步之后狠狠地摔在了地上。甜甜见状赶忙去把她扶了起来。

"你没事吧?"甜甜问。

"这……这地方是怎么回事?"章律师有些慌张地看着眼前的众人,"你们都在干什么?!你们互相认识吗?你们都不因为有人在眼前自杀而震惊吗?"

李警官慢慢走到章晨泽身边,开口说:"章律师,你先冷静一点,一会儿我会告诉你这一切的缘由。"

"你怎么知道我姓什么?"

乔家劲也来到甜甜身边,语气温柔地说:"靓女,待会儿危险,你要躲在我身后,出了房间我会把事情都告诉你的。"

甜甜有些警惕地看了看乔家劲,眼前这个男人看起来痞里痞气的,他文着花臂,开口第一句话就是"靓女",很难相信他不是坏人。

林檎走到人羊的尸体身边,翻了翻他的口袋,果然有一沓 A4 纸和几支笔。没多久,又在他的口袋中翻出了身份牌。她想了想,回头将身份牌和纸笔分给了众人,开口说:"虽然第一次见到这种情况，但我们保险起见还是先写下人羊的名字吧。"

众人每个人都领到了一张"说谎者"，然后又都在纸片上写下了人羊的名字。

此时的韩一墨紧张兮兮地盯着房间中的第十人，直到见他写下"人羊"二字才放下心来。

下一刻，房间果然开始变化了。墙壁和天花板上出现了许多空洞，第二轮游戏开始了。

齐夏将余念安拉到一旁坐下，然后看了看那个第十人——他是个面色苍白、头发蓬乱的小伙子，他的脸上依然挂着笑容。若不是因为余念安出现，齐夏会想跟他好好聊聊的。

可这一次不行了。齐夏有了新的计划。他俯身到余念安身边，开始和她一起转动桌子，其他人也陆续加入。

接下来的游戏说难不难，说易也不易。毕竟房间内有十个人，想要精准地分配九个人的逃生资源，会有些捉襟见肘。好在一直等到人蛇来临，众人全都活了下来。

齐夏和余念安抓住了同一块桌板，此时正在半空中摇晃。

"久违了，各位。"人蛇缓缓地打开门走进屋子，"我是人蛇……"

话还没说完，他整个人都怔住了。那天花板上分明挂着十个人！这是什么诡异的情况？

整条走廊的所有房间全都是九人一组，这个房间却是十个人存活？！

"有那时间震惊，不如赶紧提问。"齐夏说，"我们不想一直挂在这里。"

人蛇过了许久才定了定心神，开口说："好……好吧……我有一个有趣的问题，只要你们三次之内能够说出答案，我就会拉下旁边的拉杆，让你们九……让你们十个人落地。"

众人没有说话。

人蛇也不再废话，说："有兄弟二人特别喜欢飙车，每次都将车子开得飞快，他们的父亲虽然担心，但根本阻止不了他们。这一天，父亲想了个好办法，对兄弟二人说让他们再进行一次比赛，但这一次的规则略有不同，谁的车子晚到达终点就算谁赢了，赢的人会得到自己的全部遗产。本以为这个办法会让他们二人停止疯狂地飙车，可未料想到的是，比赛当天二人依然将车子开得飞快。请问这是为什么？"

众人听完这个问题，自然地都看向了齐夏。

可齐夏像什么都没听到一般，一只手抓着桌板把手，一只手抱着余念安，此时正在低声说："安，别怕，很快就没事了。"

"嗯。"余念安小声地点头应道。

林檎和李警官面面相觑。说到底，这个面试房间最困难的游戏并不是前面的三关，而是眼前人蛇的第四关。不知出于什么原因，他每一次都会提出新的问题，而他的问题偏偏又是众人能否活下来的关键。

见到齐夏迟迟没有答题的意思，李警官决定自己来猜，毕竟齐夏没有理由一直帮助众人。

"李警官……"林檎小声说，"你有答案了？"

"我根本就不知道我的算不算答案，只能用刑侦的思路去猜测了。"他跟林檎说了一下自己的想法，一旁的章律师和韩一墨听后也觉得这个答案比较靠谱。

"既然你们都同意，那我就先猜了……"李警官深呼了一口气，对远处的人蛇说，"人蛇，我有答案了。"

"请答题。"

李警官顿了顿，组织了一下语言说："我认为那笔遗产有问题，极有可能是来路不明的钱财。由于继承了这笔钱就有可能会被捕，所以兄弟二人反其道而行之，都想把烫手的山芋给对方。"

人蛇听后微微摸了摸下巴，小声嘟囔了一句："是这样吗？"

众人见到他的反应都有些不解。

过了一会儿，人蛇摇了摇头，说："应该不对，这个答案比较牵强，你们再考虑考虑吧。"

"我丢……"乔家劲忍不住了，"什么叫应该不对啊？我觉得这个答案应该对，你也考虑考虑吧！"

"这……"人蛇听后果然低下了头，又慢慢思考了起来。

林檎皱着眉头看了看乔家劲，现在的状况有种傻子克高手的感觉。可是这一招真的能克到对方吗？

过了许久，人蛇又抬起头，说："我仔细思索过了，确实不对，这太牵强了。题目里面根本就没有提到遗产不合法，况且能够称之为遗产的，无论如何也是一大笔钱啊，所以只能算作错误答案。"

"呃……"这次轮到乔家劲不会了，"你个蛇皮人还蛮机灵的……这都唬不到你吗？"

众人此时又陷入了两难的境地。

齐夏依然在低声和余念安说着话，完全不理会几人的窘境，不知他是故意为之，还是真的不想参与。

"会不会他们给对方的车子动了手脚？"一旁的甜甜忽然低声开口说，"如果他们将对方的刹车都改成了油门呢？他们都想要遗产，又都想要飙车的话，只能让对方的速度比自己快了。"

"哦？"李警官此时微微一愣，觉得这个答案也有几分正确，"有道理……只要对方刹不住车子，那不管自己开多快都会获得遗产……"

韩一墨和章律师还是感觉这个答案有点不妥，可他们实在想不出更好的答案了。

"试试吧。"众人商议之后，将这个答案也告诉了人蛇。

"是这样？"人蛇听后又慢慢吸了口气，"听起来倒是符合逻辑……可我怎么还是感觉哪里怪怪的？"

"别想了！"乔家劲大声说，"我刚才考虑过了，这个答案是对的，你再不拉拉杆就犯规了。"

"啊，这……"人蛇看起来非常为难。

众人都开始感到手臂酸痛，他们挂在天花板上足足有五分钟的时间了，若这人蛇再思考一会儿，接下来，众人只能摔死了。

"我觉得还是不对。"人蛇摇摇头，"你们再想想还有没有别的答案吧，没有的话我就走了。"

这句话让众人彻底没了主意。

"齐夏，你要看我们死吗？"林檎扭头问道，"你是不是早就知道答案了？！"

齐夏此时才慢慢抬起头来，眼中带着一丝绝望。

他缓缓地开口问："假设有一天我不在了，你们要怎么才能活下来？"

短短的问题让众人都噤了声。什么叫不在了？！

齐夏低下头，对远处的人蛇说："我来说答案。"

人蛇见到齐夏开口，很明显兴奋了起来："好啊！"

"已知二人很喜欢飙车、双方都想要遗产，又根据题目得知谁的车晚到谁就赢，所以最好的解决方法是二人交换车子，他们开着对方的座驾，如此既能畅快地飙车，又可以让速度快的人获得遗产。"

人蛇听到这个答案之后，终于从怀中掏出了小本子："原来是这样……妙啊！妙啊！"

十个人缓缓地落了地，人蛇刚要说什么，齐夏却拉着余念安直接推开木门走了出去。

"哎！"人蛇一愣，"齐夏，我还没和你告别啊。"

齐夏头也不回地向前走着，这条长长的走廊就像梦中的一样。众人也纷纷跟了出去。

"喂，骗人仔，你怎么那么着急？"乔家劲在身后问。

可齐夏没有理任何人，只是自顾自地带着余念安前进。他来到人龙面前，人龙刚要说话，却被他打断了。

"不用解释了。"齐夏说，"把道给我身后的人吧。"

他推开人龙走出门去，还好，已经有人守在这里了。

那人长着一张楚天秋的脸，许久不见的金元勋站在他的身边，正在警惕地看着四周。

见到齐夏和另一个陌生女人从天而降，楚天秋微微愣了一下，但他很快就管理好表情，走上前来亲切地打着招呼。

"齐夏。"

"久违。"齐夏冷言说，伸手搂住了余念安，"你是哪个楚天秋？这次怎么说？"

"我是我。"楚天秋顿了顿，"这次我来找你，是专程来恭喜你的。"

"恭喜我？"齐夏不冷不热地说，"为什么？"

"你是我见过的最强者。"楚天秋说，"几天前，整个终焉之地都为你震颤了。"

"是这样？"齐夏露出了一丝冷笑，"所以你自导自演了一场屠杀。"

"对呀！"楚天秋也开心地笑着，"齐夏，你也知道，在这个鬼地方虽然我和你合作了，但我们可以为了自己的任何想法而随时背叛对方，这并不会影响什么。"

"你说得对。"齐夏点点头，"托你的福，我也找到了不得了的东西。"

"哦？"楚天秋扭头看了看余念安，"我听童姨说过你的事……所以……"

121

楚天秋刚要说什么，忽然感觉思路有点堵塞。

这个女人就是齐夏消失的妻子？他找到自己的妻子了？还是说……这是"生生不息"的产物？可这一次齐夏并没有回响，这个女人是怎么出现的？

他吸了口气，又看向齐夏，发现齐夏的眼神好像有点呆滞——齐夏似乎不想考虑这个问题。

"果然快疯了吗？"楚天秋苦笑一下，"幸亏我在你疯了之前找到了答案。"

"既然恭喜完了……接下来呢？"齐夏问，"你来邀请我们去天堂口吗？"

"当然啊！"楚天秋笑着走过来握住了齐夏的手，"你可是我在终焉之地最好的合作伙伴啊！"

齐夏的其余队友也慢慢从虚空之中降临，李警官的手中还握着四个道，众人一眼就看见了楚天秋。

"呀，大家都来了啊？"楚天秋笑了笑，扫视了众人一番，这里的人大多他都见过，唯独那个脸色发白的小伙子。

"哦？"楚天秋很快就明白了原因，随后点了点头，"你们这都能逃出来，真是厉害啊。"

面色苍白的男人见到楚天秋，慢慢收起了笑容，眼中带着一丝轻蔑。

"呀？这不是狼心狗肺的天秋仔？"乔家劲皮笑肉不笑地说了一声，"又来找人给你卖命？"

"哪里的话呀？太过奖了。"楚天秋弯起一双笑眼，"说起来我还要谢谢你和李香玲呢，你们居然把天堂口守下来了，真是出乎意料啊……"

这一句话戳痛了乔家劲。

在齐夏死后，乔家劲和李香玲确实把天堂口守住了，但当时的情况格外诡异，一度让乔家劲以为自己疯了。

"所以你的天堂口打扫好了吗？"乔家劲问。

"正在打扫呢！"楚天秋回答，"你们若是不嫌弃也一起去吧，我给你们一些吃的，你们也来帮我打扫一下。"

这种驯狗一样的语气让众人很不舒服。

乔家劲没说话，反而看向齐夏。

齐夏思索了一会儿，露出笑容："可以啊，我加入。"

两个人再度握了手。

林檎和乔家劲并不是很理解齐夏——眼前的楚天秋明显不是什么好人,他实在是疯得厉害,到底还有什么加入他的必要?

…………

众人跟着楚天秋和金元勋一路前往天堂口,这期间众人跟章律师和甜甜说明了情况,两个人一脸的不信。林檎又问了问第十人的姓名,他看起来可以跟任何人沟通,不存在任何障碍。

此人看着终焉之地暗红色的天空,脸上的笑容正在逐渐减少,仿佛在接受什么难以接受的事实。

"我叫陈俊南。"他说。

"陈俊南?"林檎顿了顿,又问,"你见过我吗?"

"见过,这是第三次了。"年轻人笑着说。

"仅仅三次?"

"对,仅仅三次。"

林檎见到问不出什么东西,也只能随他去了。这个人一次一次地死在面试房间中,是极道者的概率太小了。

齐夏扭头看向乔家劲,有个问题他很在意:"'拳头',你们把天堂口守下来了?"

"嗯。"乔家劲点点头。

这听起来显然很不合理,就算乔家劲和李香玲身上带着功夫,又怎么可能打赢一群全副武装的回响者?

"你当时回响了?"齐夏问。

"没。"乔家劲摇摇头,"骗人仔,待会儿你就知道了。如果我没疯的话……情况就真的太怪异了。"

说话间几人已经来到了学校门口,刚一靠近这里,一股新鲜的腐臭味就冲入了几人的鼻腔。刚刚开始腐烂的尸体气味非常冲,这种情况要一直持续十几天。

此时李香玲正在校园中搬尸体,她一眼就望到了走来的众人。

"乔哥!"李香玲赶忙挥手,手中的尸体也差点掉到地上。

"功夫妞!"乔家劲也跟她打了个招呼,"你等着,我来帮忙!"

齐夏放眼望去,李香玲搬运的尸体有点眼熟。下一秒,他就慢慢瞪大了眼睛,身后的所有人也都在此刻愣住了。

李香玲此刻正抱着一具乔家劲的尸体慢慢地挪动着,而放眼望去，整个操场上有七八具乔家劲的尸体整整齐齐地码放在一起——它们有的被炸，有的被砍，还有的被木头刺穿了身体，死状各不相同。再扭头一看，另一旁全都是李香玲的尸体，足足二三十具，堆成了一座小小的尸山。

"呼……乔哥，我刚搬完我自己的尸体……真是累死我啦……"

"没事，我来搬我自己的。"乔家劲笑了笑。

"这是什么？"齐夏被惊得说不出话来。

"喂！来帮忙啊！"乔家劲一边搬动自己的尸体一边说，"别愣着啦！"

李警官、韩一墨、赵医生听后回过神来，也走了过去。

余念安见到这满地的尸体感觉有点害怕，扭头说："夏，我们是要住在这里吗？"

"这……"那堆积如山的尸体散发着漫天的恶臭，让齐夏有点恍惚。

上一次的天堂口一共才三十个人，可单单乔家劲和李香玲的尸体就凑出了三十多具，这可真是尸横遍野了。

章律师不断地往后退着，她感觉这个地方非常奇怪，身边的人也很不正常。他们难道没有发觉问题所在吗？

这里死人了！

他们一个一个的……为什么会若无其事地搬运尸体？！他们为什么不觉得可怕呢？！那地上躺着的尸体……和站着的两个人……不是有同样的脸吗？！

"不行……我……我受不了……"章律师用力地摇了摇头，"我……我不能奉陪了……"

她刚要走，林檎却拉住了她："章律师，你若是自己在这里闯荡，没几天就会饿死。"林檎皱着眉头说，"虽然我们看起来很疯，但你很快就会理解的。"

而甜甜此时也站在众人身后默默地发抖，始终一句话也没说。

这些人真的是好人吗？

她轻轻地抱住了自己，感觉有些寒冷。不知是因为眼前的景象让人发寒，还是因为她穿得实在太少，总之她止不住地发抖。

正在此时，一件衣服轻轻地披在了她的身上。

甜甜被吓了一跳，赶忙扭头看去，发现身边站着一个长相极美的女孩儿,此时女孩儿正在冲她微笑。

"你好,小姐姐。"那女孩儿笑着说,"你穿这么少不冷吗?"

甜甜咽了下口水,赶紧把披在自己身上的衣服拿了下来:"别……别这样……我身上很脏的!要是弄脏了你的衣服……"

"不,不脏。"女孩儿摇了摇头,将衣服用力地给她裹了裹,"小姐姐,我叫云瑶,你叫什么?"

"我叫张……我叫甜甜。"甜甜有些自卑地低下头,她感觉眼前的女孩儿实在是太光鲜亮丽了,和自己形成了鲜明的对比。

"甜甜……"云瑶笑着点点头,"很好听的名字啊。"

甜甜听后面色更加黯然了:"不……不好听,其实这个名字……是我做——"

"来之前我正在家待业呢!"云瑶伸手搂住了甜甜的肩膀,试图让她更暖和一些,"你呢?你也在家待业吗?"

"我……啊,是……待业,对。"甜甜小心翼翼地点了点头,生怕说错话会让别人看不起她。

"那我们得互相帮助啊。"云瑶欣慰地笑了笑,"以后我会照顾你的。"

甜甜不知眼前的女孩儿到底有什么动机,哪有人一见面就对别人这么好?难道她是骗子?可是世界上……会有这么好看的骗子吗?

"云……云瑶姐,你不用特意照顾我。"甜甜苦笑了一下说,"我烂人一个,不值得别人对我这么好。"

"住嘴。"云瑶说,"不准说自己烂人,也不准叫我云瑶姐,叫我小瑶。"

"小瑶?"甜甜还是有些不解,眼前这个女孩儿到底是怎么回事?

"走,我带你去吃点东西。"云瑶拉着甜甜的手,绕过了眼前的几人。

云瑶瞥了一眼齐夏:"我就不招呼你了啊,你自便吧。"

虽然她嘴上云淡风轻,但齐夏感觉云瑶的眼神已经变了,原先闪闪发亮的双眼之中此时夹杂着一丝迷惘。齐夏无奈地摇摇头,他知道自己亏欠甜甜的,这次就让云瑶保护她吧。

过了没多久,除了章律师外,众人都上前去帮乔家劲和李香玲搬运尸体。

"这到底是怎么回事？"齐夏拖着一具乔家劲的尸体问楚天秋，"为什么会有这么多同样的尸体？"

楚天秋擦了擦额头上的汗，说："齐夏，这就是你的杰作啊。"

"什么？"齐夏一顿，"我的杰作？"

"齐夏，我觉得我当时的决定没错。"楚天秋露出了诡异的笑容，"'我一定要让齐夏获得回响'，这句话百分之百正确……只要有你在，我们几乎可以为所欲为。"

齐夏将乔家劲的尸体放到地上，皱起眉头问道："我的回响到底是什么？"

"齐夏……"楚天秋激动地抓住齐夏的手，"是'生生不息'啊！这太美妙了！只要有你在，还有什么事情是我们办不到的吗？！我要和你做一辈子的好朋友！"

齐夏眼前这个满面笑容的人，在上一次间接导致了他的死亡。他虽然不知道楚天秋和许流年到底商议了什么，但这件事必然和楚天秋脱不了干系。

说来也是讽刺，在这个处处都是杀机的终焉之地，齐夏接连两次死亡都不是因为游戏，而是因为人。这里的人比生肖要可怕得多，毕竟每个人都有自己的目的，看似再人畜无害的人也有可能暗藏杀机。

"生生不息……"齐夏又念叨了一下这四个字，算是彻底明白了一切。

这里之所以会遍布乔家劲和李香玲的尸体……正是因为自己的回响。虽然他已经死了，可他带着回响的力量回到了现实世界，他潜意识里一直都希望乔家劲和李香玲活下来，所以他们二人真的活下来了……

但是这个结果任谁看了都会头皮发麻，无论那些袭击者击杀他们多少次，他们都会若无其事地出现，一直到杀死最后一个敌人。

所以余念安……也是在这个前提下被创造出来的？齐夏扭头望了望远处的余念安。

可是还是有点不对……他谨慎地摇了摇头，感觉再思索下去自己又会崩溃的。

一旁的楚天秋此时又开口说："齐夏，我发誓以后再也不会对你不利了，你可是我成为'万相'之路上最大的帮手。"

"哦?"齐夏扭头看向他,"我如何才能帮你?"

"假设我失败……你可以让我重新来过啊!"楚天秋脸上荡漾着开心的笑容,"不论我死掉几次,只要有你在的话——"

"可我创造出来的你还算是你吗?"齐夏问。

"当然!"楚天秋点点头,"无论是哪个我,只要拥有我的思想,那他就是真正的我啊!"

齐夏依旧眉头紧锁地望着楚天秋,隔了一会儿才开口问:"我确认一下……楚天秋,你上一次是为了让我回响,所以才搞出了这场闹剧?"

"是。"楚天秋点点头。

"所以你这次像只舔狗①一样地献殷勤,是想我用回响帮助你?"齐夏问。

"是。"

"可你好像搞错了什么。"齐夏皱起眉头,"我们的合作里没有这一条。"

"哦?"楚天秋摸着下巴微微思索了起来,"你说得对,这一条算是我新加的……所以你也可以开个相应的新条件,我们尽量维持公平。"

"哦?"齐夏冷笑一声,"当真?"

"当真。"

"那你别后悔。"

"我不后悔啊!"楚天秋的回答非常干脆,干脆得很不真实,"所以啊……齐夏……"楚天秋再度荡漾起微笑,"我这一次拿出我全部的真心,和我联手吧!"

"当然。"齐夏点点头,"若我不想跟你联手,又怎么会来到这里?"

"是的……是的……"楚天秋笑着点点头。

众人将所有的尸体都堆放在了操场中央,堆起了高高的尸山,粗略估计有将近六十具尸体,全部都入土掩埋太费时费力了,只能让时间消化它们了。只不过接下来的日子众人不会太好过,天堂口将充斥着整个终焉之地最新鲜的臭味。

齐夏和队友们擦干了身上的血迹,来到了属于他们的教室中。

"辛苦啦!"乔家劲依然活力满满地对众人说,"感谢大家

---

① 比较常见的网络词,形容人无尊严、无底线地讨好他人。

127

帮我搬运我的尸体,待会儿我请大家吃罐头!"

众人都不是很想理他。

"'拳头',过来一下。"齐夏轻声说,"有件事我想跟你确认。"

"哦?"乔家劲走到齐夏身边,"骗人仔,咩事?"

"你是怎么复活的?"齐夏开门见山地问。

"你是说天堂口防御战吗?"

齐夏听后叹了口气:"怎么?你还给这一战取了名字?"

"是的。"乔家劲一脸认真地点点头,"因为打过的架太多,不取名字容易对不上号。"

"好……"齐夏无奈地答应着,"就是天堂口防御战,你当时是怎么复活的?"

"说来也奇怪……"乔家劲说,"我每次感觉自己被杀了,一睁眼就又会出现在附近,然后我就一次一次跑到我被击杀的点去报仇,只不过那些人实在是有点厉害啊,赤手空拳很难打的。"

看着乔家劲那千奇百怪的死相,确实能想象出这是一场苦战,以他的格斗能力都死了这么多次,换成普通人更不必说。

"不过看起来那些侵略者比我还要害怕啊……"乔家劲有些不解,"我被杀都没害怕,他们害怕什么?"

齐夏顿了顿,又问道:"当时……我是说那个时候……你有没有见到……"说到这里,齐夏慢慢伸手指了指不远处的余念安。

"哦?你是说这个女仔当时在天堂口反击战的现场?"

"天堂口反击战?"齐夏听后无奈地叹了口气,"是,你有在现场见到她吗?"

"没。"乔家劲摇摇头,"当时我和功夫妞防守成功之后,寻找了天堂口内的所有幸存者,并没有见到这个女仔。"

听到这句话,齐夏感觉自己的大脑又有点痛。他正在推断眼前的余念安到底是不是回响的产物,可现在看来她似乎不是自己创造出来的,难道真的是本尊?但是本尊为什么会忽然出现在面试房间中呢?

"当时医生仔、大只佬还有几个叫不上名字的人活下来了,总共才六个人。"乔家劲说,"写字仔死了,心理医生死了,其余天堂口的人也都死了。这次的天堂口保卫战实在是损失太惨重了。"

"天堂口保卫战……"齐夏盯着乔家劲的双眼,忍了半天没忍住，开口说，"'拳头'，答应我，以后别随便取名字了。"

与乔家劲聊了几句之后，齐夏又来到了余念安身边，此时的余念安正在呆呆地望着天空，不知思索着什么。

"安，你还好吗？"齐夏问。

"我……不知道。"余念安摇摇头，"夏，这里真的好奇怪，我们不是在做梦吗？"

"我宁愿是在做梦。"齐夏拉着余念安的手，让她坐到自己身旁，开口问，"安，你还记得自己是怎么来的吗？"

"怎么过来的？"余念安想了想，"我也感觉挺奇怪……"

"哦？"

"我来到这里四五天了吧……遇到的人都很奇怪，这里的空气很臭，天也很红……而且——"

"你等等……"齐夏慢慢地瞪大了眼睛。

"怎么了？"

"你说你……来这里多久了？"齐夏小声问。

"四五天了。"余念安说。

显然又是一道霹雳闪进了齐夏的脑海。

又是假的！

"我之所以会忽然出现在你身边……"余念安思索着说，"好像跟一个怪人有关。"

齐夏没有说话，只剩余念安自顾自地陈述着："那个人好像有什么特殊的能力，大约三天前，她拉着我的手对我说：'你要明白，只要你的爱人出现，你就一定能见到他。'那个女孩儿把这句话重复了五六遍，我总感觉她的精神不太正常。"

齐夏皱了皱眉头，原来这个假的余念安来到这里是因为某个回响，她确确实实是他上一次回响的产物。但她没有出现在天堂口，反而一直都在终焉之地游荡，然后遇到了某个回响者，不知出于什么原因，这个回响者帮了她，让她见到了自己的爱人。

这样看来一切都解释得通了，同样也证明了另一件事——创造出来的余念安确实不会随着终焉消失，她不在参与者的范畴之内。

"夏，你怎么了？"余念安感觉齐夏有点奇怪，"怎么一直不说话？"

在确认眼前的余念安是替身之后，齐夏已经没有什么话要和她说了。他的感情只能给余念安，不能给替代者。

"没事。"齐夏面容冷淡地摇摇头。

"那就好……"余念安苦笑了一下，"对了，夏，昨天中午真的很奇怪，我看到很多人在我眼前化成了粉末，当时我以为再也见不到你了。"

化成粉末……

余念安见证了终焉之日。

这并不奇怪，不仅是这一次，余念安将会永远地生活在这里，见证每一次的终焉，除非有人能够杀死她，否则她永远不会消失。可是谁又能够杀死她呢？尽管她是替身，可她拥有余念安的一切。齐夏自然下不去手，也绝不允许任何人下手。

这个地方不可以有任何人杀死任何的余念安，宁可放过一万，不能错杀一个。可是这样下去……真的能行吗？

就像齐夏心中所想，终有一日，这里将遍地都是余念安。

此时一个微弱的敲门声响起，金元勋正站在门外。

林檎打开门之后问："怎么了？"

"请问哪位哥叫齐夏？"金元勋问。

"我是。"齐夏回答。

"哥，有个人来找你那样。①"金元勋组织了一下语言，"专程一个来找你的。"

"找我？"齐夏皱了皱眉头，只感觉脑子很乱，毫无头绪。

"是个姐。"金元勋比画了一下，"短发很利索，眼睛亮亮的。"

齐夏听后慢慢站起身，他想起这个人了——苏闪。

"好，我去见她。"

齐夏跟着金元勋出了门，果然看到那个眼睛会发光的女孩儿，她正在愣愣地看着天堂口操场中央的尸山。

"苏闪，你来了。"齐夏一走一边说。

"西边，学校，天堂口，齐夏。"苏闪皱着眉头指了指面前的巨大尸山，"你是把我骗过来屠宰的吗？"

"我的名字没有那么长。"齐夏摇摇头说，"你应该了解我是个什么样的人，如果要屠宰你，不至于费这么大的周折把你骗过来。"

"我觉得也是。"苏闪点点头，"所以你们这里是做什么的？

---

① 为保留人物的特色，金元勋说话的语法问题不做修改。

收集尸体的吗？"

"那倒不是。"齐夏环视了一下四周，问，"你那个一米九的队友呢？怎么没带来？"

苏闪沉默了一会儿，回答说："我觉得你说得对，如果想要在这里活下去，没必要一直照顾弱者。"

"你又在撒谎。"齐夏盯着苏闪的眼睛说，"苏闪，你害怕我给你指明的道路通向地狱，所以故意不带队友，是吧？"

苏闪听后苦笑了一下："齐夏，你真是可怕。"她摇摇头说，"为什么你总是能够看穿我？"

"因为你不是那么冷血的人。"齐夏回答，"你曾在兵器牌的游戏中奋力保护队友，对你来说这只是昨天的事情，又怎么可能一天之后性情大变？"

"确实。"苏闪说，"齐夏，你毕竟亲手杀了我，所以我不能完全相信你，但我的潜意识告诉我无论如何要来这里看一眼。"

"你的决定没有错。"齐夏回答说，"加入我会增大你出去的概率。"

"那么……这个地方到底是怎么回事？"苏闪问道，"我们一直都会复活吗？"

齐夏望了望身边巨大的尸山，低声说："先进来吧，我会告诉你一切的。"

苏闪跟着齐夏回到了教室内，吓了赵医生一跳——他知道这姑娘可不是什么寻常角色，在终焉之地能够跟齐夏正面交手数个回合的人根本不多见。

"给大家介绍一下。"齐夏说，"这位叫苏闪，是个非常聪明的人，从今天开始她加入我们了。"

乔家劲好奇地打量了一下苏闪："被骗人仔说聪明，那你肯定很犀利啊。"

苏闪有些不好意思地跟众人打了招呼。齐夏的这群队友看起来比齐夏亲切得多，这让苏闪稍微安心了一些。除了旁边那个花臂男不像什么好人之外，剩下的人看来都算和善。

"齐夏，所以你是天堂口的首领吗？"苏闪问道，"这里一共有多少人？"

"我不是首领。"齐夏说，"我只是天堂口一个极其危险的人物。天堂口差不多有三十个人了。"

齐夏言简意赅地跟苏闪说了天堂口的行动目标——赌死所有生肖,之后又给她普及了一些终焉之地的基础知识。令众人没想到的是,齐夏还顺带说出了自己和楚天秋的所有恩怨,这一段话不仅是说给苏闪听的,更是说给面前所有的队友听的——从齐夏跟楚天秋的第一次见面,一直说到上一次的厮杀。

这可让乔家劲听不下去了:"骗人仔……你说天秋仔做的这一切?他在杀队友?"

齐夏听后点了点头:"是。"

"既然如此我们为什么要加入他?"乔家劲越想越气,"他这衰仔在想什么?不行,我要去踹他一脚。"

"没必要。"齐夏摇摇头,"'拳头',我之所以留在这里,是因为楚天秋还有利用价值,他许给我的两千九百颗道还没有兑现,如果能拿到这种数量的道,咱们离出去就不远了。"

众人听后面色都有些沉重。像楚天秋这种角色,他真的甘愿拿出所有的道?如果他忽然发了疯,将众人再次击杀又该如何?

林檎的面色也很难看,她在终焉之地行走数年,就算是猫也要给她几分薄面,可楚天秋完全不在乎,他是真的疯了吗?

"那我们接下来该怎么办?"乔家劲又问。

"接下来由苏闪充当团队的新大脑,负责给你们安排游戏。"齐夏说,"这一次所有人都不必听楚天秋的安排。"

众人听后感觉不太对。

"苏闪充当新大脑……"乔家劲眨了眨眼,"那你呢?"

"这一次我有特殊行动。"齐夏说,"我将孤身前往各种地级游戏,如果你们想活命的话,尽量不要去这些游戏中,以免你们的对手是我。"

"孤身前去地级游戏……"

许久没说话的韩一墨此时终于开口了:"齐夏……不对吧?"

"怎么?"齐夏扭头说,"哪里不对?"

"你身为救世主……为什么要单独去参与游戏?你不应该带我一起去吗?"

齐夏感觉这个问题有点可笑,说句难听的话,他就算带任何人去,也不可能带韩一墨去。

"你们不必去送死了。"齐夏摇摇头,"我自己去就行,记得我的忠告,尽量不要参与地级游戏。"

此时，坐在房间角落里那个面色苍白的年轻人冷不防地开口说："那个……哥们儿……能不能单独和你说两句话？"

"单独？"齐夏略微一怔，开口说，"好，我们出去吧。"

二人来到了教室外。

年轻人盯着齐夏看了半天，慢慢露出了笑容："你这人怪逗的，不让我们去参与地级游戏……"

"你说什么？"

"为什么我们不能去参与地级游戏……然后在游戏中杀死你呢？"

"哦？"齐夏扬了一下眉头，"杀了我……有意思，这是个很好的想法。"

"是啊。"脸色苍白的年轻人点点头，"哥们儿，我也觉得。"

齐夏盯着这个年轻人看了一会儿，对他有些好奇。

"怎么称呼？"齐夏问。

"陈俊南。"男人顿了顿，接着说，"请问你怎么称呼？"

"齐夏。"

"是啊……齐夏。"陈俊南慢慢咧开了嘴，"真是可笑啊……"

"可笑？"

这个人给齐夏的感觉很熟悉，可齐夏根本想不起自己在哪里见过他。

"齐夏……到底为什么呢？"陈俊南的癫狂笑容很快扭曲了起来，可仅仅过了几秒，又满眼都含着泪水，"你到底为什么在这里呢？"

看起来他的心情十分复杂，像是在崩溃的边缘，又像是早就崩溃过了。这句话也让齐夏有些恼怒，因为朱雀也这样问过。

"为什么你会这么问？"齐夏不解地问，"你和朱雀是什么关系？"

陈俊南无奈地低下头，茫然地问："荒唐……我和朱雀？齐夏，你是来救老乔的吗？"

"什么？"

"明明已经逃出去了……你为何又要回来？"陈俊南咬着牙问道，"你不是来救老乔的，反而是特意回来让我杀死你的吗？！"

这句话语出惊人，却也在齐夏的接受范围之内。看来自己曾经的推断没错，他真的逃出过终焉之地，可他为什么会回来呢？

133

"原来我真的逃出去了……"齐夏点点头,"陈俊南,你来这里多久了?"

齐夏感觉在林檎到来之前……或者是更早的之前,陈俊南应该是自己的队友,只不过他保留的记忆太多了,现在很难保持神志清醒。

"来这里多久了……"陈俊南苦笑着说,"这是什么问法?现在都流行这种蠢问题了?"

"什么?"

"难道我们每个人来这里的时间不一样吗?!"陈俊南慢慢收起苦笑,一脸愤怒地说,"我们难道不是一起来的吗?!这个循环不止的鬼地方……现在还要分出先来后到不成?!"

这个人的记忆实在是太多了。在他的记忆里……难道记得终焉之地的最初样子?

齐夏思索了一下,放缓了自己的语气:"和我说说吧?我们到底经历过什么?"

陈俊南的精神状态始终不太稳定,听到齐夏的问题之后他浑身颤抖了一下,说:"齐夏……当年咱们三个说好的,我掩护你们两个人出去……可你扔下了老乔,自己逃了。"

"什……什么?"齐夏愣了一下。

"你没了记忆,所以连狡辩都不会了?"陈俊南冷笑一声,"七年啊,那可是整整七年,面对一心想帮助你的乔家劲……你到底是怎么狠下心的?太丢份儿了,老齐,你知道老乔在这七年里……孤孤单单地死了多少次吗?"

"我……"一些虚无缥缈的罪名加到了齐夏的身上,让他感觉非常难受。

"你摸着自个儿的良心好好问问……"陈俊南说,"老乔为了你死了几次?不……我应该换个问法,乔家劲哪一次不是因你而死?"

齐夏听后也有点为难:"陈俊南,虽然我不知道之前发生的事……但以我对自己的了解,我不可能做出这么绝情的事情。"齐夏怅然地望着天空,"这世上只要有人对我付出真心,我便不可能让他得到欺骗。我想要对付的人,从来只有那些充满谎言的骗子。"

陈俊南沉默了,隔了好久,他才慢慢地摇了摇头。

"是，就算发生这么大的变故，你也依然是你。"陈俊南抓住了自己的头发，"你知道吗？这七年来我没有一天不想宰了你……可真见到你时，我还是犹豫了。老齐，告诉哥们儿，你到底是个自食恶果的小人……还是一个值得托付的希望？"

齐夏根本不知道这个问题的答案："在回答你之前……我想知道之前我们到底发生了什么事？"

陈俊南听后慢慢站起身来，回答说："老齐，你在七年前，分明逃出去了。"

"可……你怎么知道我逃出去了？"

"你亲口和我说的，你说那天之后你就会成功。"陈俊南一脸认真地盯着他，"难道你没逃出去？现在你要打自己的脸吗？我对你付出了真心，但你当时回报了我欺骗？"

"你是说……我亲口告诉你……我马上就要逃出去了？"齐夏还是感觉很诡异，"听起来你之前和我的关系很好，为什么我没有把你带走？"

"因为我说过不想走。"陈俊南的眼神再次冷峻起来，"可我没想到你连老乔也留下了……那一次之后，你再也没有出现在面试房间中……"

"原来是这样……"齐夏慢慢地点了点头，"所以你没有亲眼见到我出去了……只是发现我不见了……"

"几个意思？"陈俊南有点不解，"所以你还是骗了我？"

"不。"齐夏摇摇头，"陈俊南，你说有没有可能……不是我骗了你，而是我被骗了？"

"跟哥们儿逗闷子呢？"陈俊南被气笑了，"老齐，在终焉之地能够骗到你的人有几个？"

"余念安就是其中一个。"齐夏说。

"谁？"陈俊南一愣。

看到陈俊南疑惑的表情，齐夏还是感觉不太对："你没听过余念安这个名字吗？"

"终焉之地那么多人，难道我都要记得名字？"

一个奇怪的念头开始在齐夏心中盘旋。

"陈俊南……你以前真的跟我关系很好吗？"齐夏确认道。

"怎么说呢？"陈俊南有些犹豫，"你这人不局气[①]，我感觉

[①] 北京方言，"局气"意为为人仗义、豪爽、守规矩。

我跟老乔关系更好点。"

齐夏摇摇头:"好,就算你只和我见过几次,也不可能没有听过余念安这个名字吧?"

陈俊南越听越乱:"什么?我见过你,所以就要认识余念安?余念安是这三次循环新出现的那个姑娘吗?就算盘儿亮,条儿也顺[①],但我不认识啊。"

齐夏知道他指的是林檎。

"不,是今天一直和我站在一起的女孩儿。"齐夏说,"她就是余念安,是我的妻子。"

"你的什么?"陈俊南摸了摸自己的下巴,"妻子?"

这个简简单单的反问让齐夏的大脑混乱不堪。换言之这个最初的战友……这个叫陈俊南的男人,根本不知道自己有妻子,那如此看来……余念安应该是这七年之内出现的人。

"陈俊南,在你的印象里……我是什么年纪?"齐夏问。

"年纪……"陈俊南皱了皱眉头,"你现在就和那时一模一样。"

这个一针见血的问题几乎将齐夏胡思乱想的猜测推翻了一半,也就是说他并不是在十九岁那一年进入的终焉之地,而是二十六岁。

自己不是来自七年前的人,难道是来自七年后的人吗?

"疑点太多了……"齐夏皱着眉头思索了半天,一把就抓住了陈俊南,"你不觉得疑点太多了吗?"

陈俊南愣了愣:"哪儿?"

"在你的视角里……二十六岁的我如果逃脱了七年然后又回到这里的话……我不应该三十多岁了吗?"齐夏皱着眉头问道,"我为什么还是二十六岁?!"

这句话让陈俊南也陷入了思索。

"所以我会不会根本就没有逃出去……反而变成了原住民?"齐夏感觉只有把自己变成疯子才能解释这一切,"那些日子里我疯了……并且邂逅了另一个原住民余念安!由于每个原住民都以为终焉之地是现实世界……所以我以为我是在现实中邂逅的余念安……但我和她分明只是两个疯子……"

齐夏感觉这一次的猜测比任何一次都接近真相,这也同样能

[①] 北京方言,"盘儿亮条儿顺"意为长得漂亮且身材好。

够解释余念安为什么会出现在终焉之地。

陈俊南感觉齐夏现在就很疯。

"老齐……"陈俊南皱着眉头说,"我们在终焉之地一起行动了那么久……应该都知道一个原则。"

"什么原则?"

"原住民绝对不可能回到面试房间。"陈俊南冷冷地说,"假如说你真的变成了原住民……那你就永远是原住民了。"

"不……不对……"齐夏说,"原住民是可以回到面试房间的……我之前见到的许流年……她就……"

话还没说完齐夏就愣住了。许流年回到面试房间了吗?据说她跟楚天秋、云瑶、金元勋来自同一个面试房间中,若她真的回去了,云瑶怎么会不知道?上一次看到云瑶的反应,她完全不知道许流年的事情。

"难道我又被骗了?"

难道云瑶跟许流年合起伙来欺骗自己?云瑶其实什么都知道?!

见到齐夏的反应,陈俊南愣了半天,伸出手来干净利索地抽了他一个巴掌。这巴掌不是很疼,但格外地响亮。

"做什么?"齐夏吓了一跳。

"你是来冒充齐夏的吗?"陈俊南问道,"你是那个'化形'吗?"

"什么?"齐夏慢慢皱起眉头,"我怎么可能会是'化形'?"

"那你在这叨叨什么?"陈俊南不解地问,"我认识的老齐从来都没有说过'我被骗了'这句话,可我在你嘴里已经听过好几次了,你真的不是冒充的?"

"我从来没有说过'我被骗了'?"

"是啊,你只会跟我说'放心,他们骗不了我'。"陈俊南无奈地摇摇头,"看你现在这副样子,我估计咱们再也逃不出去了。"

陈俊南的这句话点醒了齐夏,在他刚刚踏入终焉之地的时候,也曾信心满满地说出类似的话。论骗术,他不害怕任何人,可现在他如同惊弓之鸟,处处畏首畏尾。

"我现在有些相信你是我的队友了。"齐夏拍了拍陈俊南的肩膀。

虽然是第一次和他交谈，但齐夏感觉他对陈俊南很熟悉。

"你别碰我。"陈俊南不耐烦地甩开了齐夏的手，"我现在还怀疑你是冒充的。"

"是，我差一点就不是齐夏了。"齐夏嘴角微微一扬，"我应该相信自己的直觉才对。"

正在二人说话间，云瑶从教学楼中走了出来。

"齐夏。"她叫道。

"怎么了？"

"这位是？"云瑶看向陈俊南。

"是新加入的老朋友。"齐夏回答道。

"哦……"云瑶点点头，"今晚还是照旧，有迎新会，你们要参加吗？"

"我知道了，你先去，我们随后就到。"齐夏说。

等云瑶走远之后，陈俊南低声说："你不记得楚天秋是谁了？"

"嗯？"齐夏面色一沉，"我们以前就认识他吗？"

…………

众人在迎新会的现场，听着楚天秋千篇一律的开场白，不过这一次的立场好像颠倒了。齐夏身边的队友大多是回响者，可天堂口保留记忆的人比上一次还少，但这也无可厚非，毕竟有记忆的人越多，对于楚天秋来说就越难控制。

让齐夏没想到的是，这一次的许流年居然大摇大摆地坐在人群中，好像上次发生的所有事情和她无关一样。在这个诡异的地方，就算你做了天大的错事，只要能在对方回响之前解决掉他，便可以当作一切都没发生过。

齐夏一扭头，看向云瑶身边怯生生的甜甜。云瑶此时正在向众人介绍她，并请求大家关照。这对甜甜来说不是个好主意，反而会加剧她的焦虑，毕竟在她的世界里，每个对她好的人都是有所图的。

苏闪一边喝着一瓶啤酒一边看向四周喧闹的众人，看起来她对天堂口的第一印象还算好。

"你妻子呢？"林檎扭头问齐夏。

"她不想来。"齐夏摇摇头，"我也不想她来，这种虚假的聚会无非是来给'拳头'骗点啤酒，没必要让她参与。"

"你还没跟我们介绍过，她到底是个什么样的人？"

赵医生几人也在此时凑了过来，虽然他们也不明白为什么面试房间中会出现余念安，但目前看来她没有任何的危险性，是一个非常文静的姑娘。

"她是个完美的人。"齐夏说。

"完美？"众人不解。

赵医生撇了撇嘴，说："齐夏，这世上不可能有完美的人。"

"不，有。"齐夏义正词严地说，"余念安就是完美的人，她没有任何缺点。"

众人听后都无奈地摇了摇头。齐夏一直都很奇怪，他们知道这点。

章律师在一旁喃喃自语地说："真羡慕你和你妻子的爱情。"

李警官听后扬了扬眉头："之前一直都没有问过你，章律师，你已婚了吗？"

"不是……"章律师说完之后愣了愣，"不……是。"

齐夏打量了一下章律师，他知道这里每个人都有他们自己的故事，可到底什么样的故事会让一个律师分不清自己是已婚还是未婚？

"坏事坏事！"金元勋急匆匆地跑进聚会的食堂，大声喊道，"死人了！"

众人纷纷站起身来看向金元勋。

"谁死了？"

"一个……一个姐……"金元勋喘着粗气说，"那样被杀了！"

听到这句话，齐夏面色一惊，紧接着撞翻了桌椅跑出门。李警官也似乎想到了什么，紧随其后。天堂口剩余的人也稀稀拉拉地跟了上去。

齐夏带着慌张的表情来到了他和众人居住的教室中，推开门的瞬间就闻到了刺鼻的铁锈味，那气味混杂着操场上新鲜的腐臭，让人神情一阵恍惚。

余念安躺在血泊中，心头立着一把尖刀。

"安！"齐夏正要跑上去，李警官却一把拉住了他。

"你做什么？"齐夏焦急地吼道。

"这一次……真的需要保护现场了。"李警官绕着教室边缘缓缓地走了几步，看了看地面上的脚印，说，"你不想找到凶手吗？"

经过李警官的提醒，齐夏这才慢慢平静了下来。

这一次余念安的死亡和之前韩一墨那次不同，这次明显是谋杀。

门口渐渐聚集了一些围观的人，齐夏的队友也都跑了过来。林檎看了看躺在血泊中的余念安，又扭头看了看齐夏，感觉有点奇怪。

齐夏……没有头痛？

李警官带着赵医生走上前去，检查了一下余念安的脉搏。她已经没有生命体征了，但身体还有温度，显然刚死去不久。李警官蹲下身子看了看地面，这里的脚印很难看出线索，毕竟房间里住着十个人，但可以肯定的是，血液只在余念安的尸体附近，并没有带血的脚印出现。这说明凶手杀人手段非常迅速，在血液蔓延之前就离开了现场。

但也有另一种可能……

"凶手有可能从窗口逃脱了。"苏闪忽然开口说。

李警官点点头，抬眼望了望这个姑娘。二人同时来到窗口检查了一下，学校的窗子只能从内部上锁，现在所有的窗子都是锁住的。

李警官和苏闪又同时抓住了余念安的左手和右手，看了看她的指甲和手掌，最后又检查了一下致命伤口。片刻之后，二人都露出了为难的神色。

他们二人站起身，似乎都有话想说。

李警官看了看苏闪，问："你是警察吗？"

苏闪点点头："是，你也是？"

李警官听后抬手敬了个礼："李尚武，内蒙古巴林左旗第一刑侦支队队长。"

苏闪听后也严肃起来，恭恭敬敬地敬了个礼："苏闪，湖南长沙刑侦队技术科技术员。"

二人默契地点了点头，让其他人也感觉安心了不少。但下一秒，李警官就严肃地说："表面看来，死者自杀的可能性更大。"

"你说什么？"齐夏表情一怔。

"李队长说得没错。"苏闪点点头，"死者完全没有挣扎的痕迹，心肺正面受创，正常人很难不挣扎。"

苏闪又低下头，看了看余念安胸前的尖刀，补充道："这是一把水果刀，只有一侧开刃。但开刃方向是朝上的……"苏闪伸出手，模拟出握刀的动作，"正常人握着水果刀时，刀刃应该是向下的。这样才方便刺入对方的身体。"

众人发现情况果然和苏闪说的一样。

"想要刀刃朝上刺入心肺……"苏闪双手一握，模拟出当时的情形，只见她跪在地上，假装握住刀子之后，将双手翻转，刺入了自己的心脏，"只有这样……刀刃才会向上。"她回过头来说。

李警官点点头，继续补充道："屋内没有血脚印，窗户也没有打开的痕迹，所以苏闪说的话——"

"胡扯。"齐夏冷喝道。

"什么？"

"我说你们俩在胡扯。"齐夏完全不相信二人说的话，面色阴冷地坐到了余念安身边，"金元勋在哪里？把他叫来。"

人群后方慢慢走出一个少年，正是金元勋。

"哥，我在这里……"

"大家都在参与聚会，你为什么会发现尸体？"齐夏厉声问。

"楚哥让我巡逻那样……"金元勋回答道，"虽然你们都在聚会，但我没去。"

"巡逻？"齐夏依然是满脸不信的表情。

"哥，你在怀疑我？"金元勋语气也变得严肃了起来，"你话那样说的？你说我杀人了？"

李警官和苏闪自然理解齐夏的想法，在大多数的凶杀案中，第一个发现尸体的人都有不小的作案嫌疑。

"余念安只穿了一件白色的连衣裙。"齐夏说，"金元勋，你说说，若是自杀，这把水果刀是从哪里变出来的？"

听到这句话，林檎心头一惊，刚刚齐夏参加聚会时说的一句话不知为何在她脑海中响了起来——"我刚才去给妻子送了点东西"。

"西巴[①]……我怎么知道？"金元勋感觉被气坏了，"我连这个人是谁都不知道，呀[②]？我杀她做什么？"

此时楚天秋也从人群后方缓缓地走了过来，他扫了一下房间内的景象，瞬间皱了皱眉头。

[①] 朝鲜语音译，表示惊奇、震惊、愤怒等，为发泄情感的感叹词。
[②] 朝鲜语音译，语气词，可以表示质疑、生气、震惊等。

"怎么回事？"楚天秋问金元勋。

"呀，哥，我不知道，我发现了尸体，但被他怀疑了。"金元勋着急地说。

楚天秋没有说话，反而在房间里转了一圈。他看了看地面、窗口和余念安的尸体，然后淡淡地说："像是自杀……"

话音一落，他感觉自己忽然之间被撂倒了。撂倒他的既不是齐夏也不是乔家劲，而是那个面色苍白的小伙子。下一秒，面色苍白的小伙子掐住了他的脖子，手中还握着一把沾血的匕首，显然是从尸体身上拔下来的。

此时的齐夏正站在这个面色苍白的小伙子身边，看来二人早有预谋，楚天秋感觉自己中计了。

"许流年在哪里？"齐夏站在一旁问。

"什么？"楚天秋皱着眉头，"许流年？"他瞬间明白了什么。

"杀人者是许流年，把她叫来，否则我们会杀了你。"齐夏说。

人群中瞬间传来了窃窃私语——杀人者是许流年？

楚天秋露出了不安的神情，扭头向人群喊道："别——"

还不等他说完话，许流年赶忙走了出来，说："齐夏，你们别杀他！我在这里！我不可能是杀人凶手的……"

楚天秋的面色瞬间沉了下来，他感叹许流年还是太天真了。想要跟齐夏这种人过招，怎么能相信他说的话？

齐夏听后露出一丝微笑："太好了。"

他向陈俊南点了点头，只见陈俊南猛然抬起手，将手中的匕首冲着楚天秋狠狠地刺了下去。

齐夏根本不在乎许流年在哪儿，他只想确认自己眼前的人是不是楚天秋本人。可让他没料到的是，千钧一发之际，一旁的金元勋忽然伸手握住了陈俊南的手腕。

"你们做什么？"金元勋低声问齐夏。

"看不出来吗？"齐夏说，"报仇。"

"你们根本不知道是谁那样杀了人，报什么仇？"金元勋喝道。

齐夏抬眼望了望眼前的少年。上一次参与地虎的游戏时，许流年在选择队员的时候曾经说过可惜金元勋不在，退而求其次地选择了李香玲，如此想来……眼前的少年战斗力难道在李香玲之上？

躺在地上的楚天秋思索了一会儿,说:"金元勋,把刀卸了。"

金元勋点点头,双手一握陈俊南的手臂,刚要发力扭断他胳膊的时候,却忽然被人搂住了肩膀。

"靓仔,先听我说……"乔家劲笑了笑,"怎么搞得这么严肃?"

"喂,放手。"金元勋说,"你也想死吗?"

听到这句话,乔家劲不仅没放手,反而面色严肃起来。他慢慢地伸出三根指头,捏住了金元勋的锁骨,这个举动让金元勋感觉不妙。

"靓仔,你给我解释解释,'也'字是这么用的吗?"

"什么……我……"金元勋的表情有点委屈,"我朝鲜族啊,我汉语不好!你别……"

"一般什么情况下才用'也'?"乔家劲问,"我普通话也很差,所以想让你说说。"

金元勋皱着眉头说:"我怎么可能知道得那样清楚?我以前只说朝鲜语那样……"

"靓仔,咬紧牙齿!"乔家劲大喝道。

"啊?"

"咬紧了啊!"

不等金元勋反应,乔家劲用手指抠住他的锁骨,脚下飞速一个横扫,将他重重地摔在地上。金元勋整个后背着地,发出清脆的声音,若没有咬紧牙齿,他的舌头估计要被咬断。

"呀,西巴……"金元勋躺在地上痛苦地骂了一声。

陈俊南看着乔家劲干净利索的身手,无奈地笑了笑,然后摇了摇头。这种感觉让他恍惚间回到了七年前。

虽说撂倒了金元勋,可乔家劲接下来也不知道该怎么办了。现在有人拿着刀子对准了楚天秋,该拦住他吗?可对方好像真的杀了人,杀人偿命固然没错,可到底谁才是对的?

他一扭头,看到了身边的张山和云瑶。让人奇怪的是,以前最袒护楚天秋的二人此时居然没有任何反应,只是冷眼旁观。

"'拳头',让他们走。"齐夏说。

"什么?"

"不需要围观,这是我和楚天秋自己的事情。"齐夏抬起头说,"放心,我们只是问个明白,不会闹出人命。"

云瑶听到这句话，自顾自地回过身去，拉起了甜甜："甜甜，我们走吧。"

"嗯？"甜甜有些不解，"这样能行吗？"

"臭男人的事情别管了，越管越乱。"云瑶挽着甜甜的手，推开人群离去了。

张山无奈地叹了口气，竟也带着老吕和"小眼镜"离开了。

乔家劲也立刻顺势而为，笑嘻嘻地将所有人推出了房间，然后关上了门。屋里只剩下跟齐夏一起走出房间的人，外带一个金元勋。

"我明白了……"楚天秋忽然露出一丝冷笑，"齐夏……你故意的？"

"哦？"齐夏扬了一下眉头，然后捞起一把椅子坐了下来，"我不明白你什么意思。"

"你怎么会不明白？"楚天秋扭过头，露出狰狞的笑容，"你可真是好算计啊……这么明显的自杀现场，你不可能猜不到。"

"所以呢？"

"所以你——"

楚天秋话还没说完，陈俊南的匕首慢慢靠近了他的脖子："兔崽子，别瞎问，看着小爷的眼睛，你觉得我敢不敢宰了你？"

这个男人身上隐隐散发着一股带着邪性的气息，他不像在虚张声势。

楚天秋咽了下口水，说："你们想要什么？"

听到这句话，齐夏不由得想感谢一下陈俊南——他说得没错，想要最快速地制服楚天秋，只能不讲一切道理，直接用刀架在楚天秋的脖子上。

齐夏思索了一下，说："我要见到天级的办法，还要两千九百颗道。"

"道我可以给你……"楚天秋回答，"可是见到天级的办法我不知道……"

"枉你在终焉之地游荡了两年……"齐夏冷笑道，"居然真的见不到天级？"

"齐夏……"楚天秋摇摇头，"你忘记我的目的了？地级生肖已经足够达成我的目的，我又何必去惹怒天级？"

"好，我姑且相信你。"齐夏说，"那我只要道，让金元勋把道取过来。"

"现在?"楚天秋愣了一下,"你现在就要吗?"

"什么叫现在?"陈俊南将刀子再次贴近楚天秋的脖子,然后伸出另一只手拍着楚天秋的脸,每拍一下就蹦出一个字,"你、听、不、懂?"

这个男人看起来就像是楚天秋的克星。

"好……"楚天秋咽了下口水,"冷静点,我本来就答应把道给齐夏……没必要这样。"

"五分钟。"齐夏说,"够了吧?"

"时间有点紧张。"楚天秋回答。

陈俊南点点头:"三分半,够不够?"

"够了!"楚天秋果断地点点头,"金元勋,你过来,我告诉你地点。"

"不用。"齐夏摇摇头,"直接说出来。"

楚天秋面色沉重地思索了一会儿,低声说:"你的队友太复杂了,我如果在这里说出来……和直接杀了我没有什么区别……"

"那不在我的考虑范围之内。"齐夏说。

"好……"楚天秋咬着牙说,"金元勋,学校后面的墓地,从左边数的第三座坟墓,写着我的名字,你把墓碑推倒,下面有条密道……"

"什么?"金元勋愣了一下。

"餐桌对面有个橱儿,里面有装道的麻袋,两大麻袋,总共两千九百颗。"

齐夏听后又露出了冷笑。果然,这和杀了楚天秋没什么区别。

屋里不仅有极道的人,还有刚刚加入的苏闪,楚天秋在众人面前暴露了自己的藏身地,对他来说无疑是致命的。

"楚天秋,你应该知道我快疯了。"齐夏笑着说,"不必说你敢拿假的道来糊弄我们,就算你给我的是两千八百九十九颗,我们也会毫不犹豫地宰了你。"

"放心。"楚天秋慢慢地闭上眼,"我们的合作是相互的,现在正是真心换真心,让金元勋去拿吧。"

"楚哥,我知道了,我这就去。"金元勋点点头,随即离开了房间。

"真不愧是你啊……"齐夏点点头,"为了更好地研究尸体,你直接住在墓地里?"

楚天秋面色阴沉下来,一言不发。

"齐夏,你拿到两千九百颗道又怎样?"楚天秋挪动了一下身体,让自己尽量躺平,"你有能力保护好道吗?你身边就有极道者,只要一个简单的念头,她就能毁掉你所有出去的希望。"

"不需要你操心。"齐夏说,"你尽管把道拿来给我,以后我们依然是最好的合作伙伴。"

气氛静谧起来。

一旁的众人不解地看着齐夏和这个刚刚加入的陈俊南。现在到底是什么情况?难道余念安真的是自杀的吗?

陈俊南无聊地打了个哈欠,然后伸出食指,敲了敲自己的太阳穴问:"小楚啊,这里还疼吗?最近晚上睡得好吗?"

"什么?!"楚天秋瞬间瞪大了双眼。

"昔日里那么鸡贼①的小楚,今日摇身一变成了一届首领,真有你的啊……"陈俊南又伸手狠狠地拍了拍楚天秋的脸。

"你到底是谁?"楚天秋皱着眉头看着陈俊南。

"小兔崽子……"陈俊南看起来很生气,"早知道真该杀了你……看着你现在的样子我就来火。"

现场的几个回响者听到此人的语气也开始面露疑惑。

"我说……靓仔……"乔家劲说。

"叫我俊南。"

"俊男?"乔家劲有些摸不着头脑,"靓仔和俊男有什么区别吗?"

"呃……"陈俊南听后愣了愣,"还是有区别的吧?"

"所以俊男比靓仔要帅吗?"乔家劲虚心地请教道。

"不是……什么玩意儿啊?"陈俊南皱着眉头说,"和靓仔有什么关系?我本来就是俊南啊!"

陈俊南隐约记得这段对话曾经发生过很多次。

"哦……行吧……"乔家劲点点头,"这位俊男……你认识天秋仔?"

齐夏本来感觉陈俊南是个深沉的人,现在看起来也有点呆傻,和乔家劲莫名地合拍。

"怎么不认识?不仅我认识,你们也认识。"陈俊南蹲下来

---

① 北京方言,意为上不得台面、暗藏私心、特别能算计。

盯着楚天秋，轻蔑地笑道，"七年前哭着号着要给咱们仨儿提鞋，今儿个一见面，架子倒是端起来了。"

"七……七年前？"楚天秋愣了一下，"你在扯什么鬼话？你为什么可以保存七年的记忆？"

"为什么？"陈俊南又伸手拍了拍楚天秋的脸，一字一顿地说，"因、为、老、子、愿、意。"

齐夏看着陈俊南的动作，感觉这个人有点意思。他跟乔家劲完全不同，乔家劲看着邪，但为人很正；可他看起来人畜无害，骨子里却邪得很。

他正好是齐夏需要的角色。

没一会儿的工夫，金元勋回来了，他背着两个巨大的麻袋，气喘吁吁地推开了门。

"呀，放人吧，我把东西带来了。"

"东西给我看。"齐夏说。

"你先放人那样。"

齐夏无奈地摇了摇头，低头说："楚天秋，你的人在跟我谈条件，我该怎么说？"

楚天秋思索了一下，开口说："金元勋，给他吧。"

"什么？哥！他要是杀了你怎么办？"

"杀了我他就成了谋道害命了。"楚天秋说，"你不给他我才危险。"

金元勋听后面色沉重地思索了一会儿，最终将两个麻袋放在了地上。

"'拳头'，检查一下。"齐夏说。

"嗯……"乔家劲点点头，回头打开了一个麻袋。下一秒，一股直冲脑门的腐臭味从麻袋当中荡漾开来，让房间内的众人都向后退了一步。

"哕——"离麻袋最近的乔家劲彻底中了招，连连做出干呕的表情，"我丢……这咩啊……这么臭的？！"

齐夏也皱着眉头抬眼望了望，那麻袋里确实散发出光芒，是道。可道为什么会这么臭？

以前齐夏手中拿到的道最多时也才七十来颗，他从来没有留意过道的气味，难道这东西本身就散发着腐臭味吗？

乔家劲强忍着臭味，从麻袋中拿出了几颗小球。小球外圈是白色的，内圈是黄色的，通体散发着隐隐的光芒，果然是道。随后乔家劲打开另一个麻袋，同样也是满满当当的道，像是一袋子核桃。

房间内没有任何人见过这种数量的道，可此时根本来不及惊讶，因为气味实在是太臭了。

"齐夏……"楚天秋笑着说，"你要不要清点一下？离柜概不负责的。"

"那就没必要了。"齐夏也冷笑一声，"若我发现数量少了，一定想尽一切办法宰了你。"

"哈哈……"楚天秋干笑两声，"好，那我……先走？"

"当然、当然。"齐夏点点头，让陈俊南收起了对方脖子上的匕首，然后客客气气地把楚天秋扶了起来，"咱们是合作伙伴，我怎么可能真的杀了你？"

"对嘛。"楚天秋慢慢站起身，"齐夏，期待我们日后的合作。"

金元勋立刻往前了两步，跟在了楚天秋身边。

"嗯，合作愉快。"齐夏答应道。

目送两个人出屋之后，齐夏面色沉了下来。

乔家劲把麻袋口封上，屋内的气味好闻了一些。

"骗人仔……咱们怎么办？"乔家劲说，"要一起算算数量吗？"

"没有必要。"齐夏摇摇头，"无论数量是多少，拿到就是赚了。"

陈俊南听后也思索了一下："那接下来呢？老齐，你准备接下来的日子拿着这两千九百颗道行动？"

"不……"齐夏慢慢站起身来，对众人说，"各位，你们相信我吗？"

众人听后面面相觑，比起楚天秋来说，齐夏自然更值得信赖一些。

"你要做什么？"林檎问，"你应该知道这里有极道，他们当中的一些人会想尽办法地破坏你的道。"

"我当然知道。"齐夏点点头，"各位若是相信我，这些道就暂且由我保管，在收集齐三千六百颗之前，任何人都见不到它们。"

几个人听后都安静了下来。毕竟他们都知道道是逃出这里的关键，可此时的齐夏却要独自保管。

见到众人迟迟不语，齐夏又说："当然还有第二个方案，甜甜不在，这里有九个人，我们可以当场把道平分，平分之后的事情各安天命，互不干涉。"

这个方案听起来显然比刚才更合理，却让众人心中更加忐忑。

"我们举手投票吧。"李警官在一旁说，"少数服从多数，民主一些。"

"好。"齐夏点点头，"希望现在就平分道的举手。"

众人沉默了一会儿之后，赵医生和苏闪举起了手。齐夏看了二人一眼，对二人的选择并不意外。

"同意让我保管的举手。"

乔家劲、陈俊南、李警官跟韩一墨举起了手。

齐夏又看了看两轮都没有举手的章律师和林檎，问："你们怎么说？"

"我放弃。"章律师摇摇头，"我对情况一无所知，所以不便做出判断。"

林檎也面色沉重地说："我只是不希望你死在这些道上。"

"那我明白了。"齐夏扭头对众人说，"少数服从多数，这些道由我保管了。"

说完他就背起了一个麻袋，回头对乔家劲说："'拳头'，你背上另一个跟我走。"

二人背上麻袋出门之前，齐夏又回头看了一眼余念安的尸体。他有些难过，但又不完全难过。

"帮我把她安葬了吧。"

齐夏和乔家劲背着两个鼓鼓的大麻袋，迎着暮色出了门。一路上乔家劲就好像在旅游，一边走着一边哼起了粤语歌，齐夏则万分谨慎地盯着四周。

两千九百颗道的数量实在是太骇人了，但好在今天是这个循环的开始，根本不可能有人料到今天夜里会有如此大规模的道被两个人驮着走。至于楚天秋……齐夏断定他不可能派人前来抢夺道，否则会断送二人之间唯一的合作筹码。

仔细想想，楚天秋给道的时候并未犹豫，可见他追求的最终目标确实不是集道，更像是成为"万相"。

"骗人仔，我们到底要去哪里？"乔家劲四下望了望，已经快要看不清道路了。

"跟着我走吧，'拳头'。"齐夏思索了一会儿，"有一个地方应该很安全，但我不确定我的想法能不能行。"

乔家劲点点头，随后不再言语，只是默默地跟在齐夏身后。

走了一会儿，齐夏忽然想到了什么，扭头问道："'拳头'，你活到最后一天了吗？"

"我？"乔家劲思索了一下，"你说上一次吗？"

"嗯。"

"是的。"乔家劲点点头，"我和功夫妞两个人离开了天堂口，一直待到最后一天。"

"终焉是什么样子的？"齐夏开口之后感觉自己有点可笑，在终焉之地待了这么久，却只能从别人口中得知终焉的样子。

"那天……"乔家劲的表情慢慢暗淡下来，"我在破房子中找到了几罐豆子，正准备生火加热一下给功夫妞吃，却亲眼见到她的身体开始消散……"

"消散？"

"是的……"乔家劲点点头，"那种感觉很可怕，功夫妞一脸惊慌地看着我，她的手掌慢慢化成了暗红色的粉末飘散在空中，紧接着是整条手臂、肩膀，然后是脑袋。"

齐夏眼前似乎出现了那一幕，就像楚天秋所说，在终焉到来的时候，所有的参与者都会化作暗红色的粉末，甚至连"生生不息"都无法逆转。

"骗人仔你知道吗？我根本抓不住她……"乔家劲第一次露出这种表情，他看起来非常难过，"功夫妞飘散在我的四周……她到处都是！我依然能感受到她惊恐的眼神，可我根本不知道该怎么救她……"

"然后呢？"

"然后是我……"乔家劲举起自己的手掌看了看，说，"我也开始飘散了，那种感觉很奇怪……不痛不痒，却能够清楚地感受到自己变成了沙子，我有空中每一粒尘埃的触感，可我阻止不了。"

齐夏低头不语。

"我变成了飘散在空中的沙子，直到我失去了所有的意识，再一睁眼，我已经站在监狱门口了。"

"监狱？"齐夏顿了一下。

"嗯……就是我来这里之前的一天，那时我正站在监狱门口。"乔家劲露出了一丝苦笑，"说来我也真是可悲啊……明明能够回到现实世界，可结果没有任何改变……有些事你当时没有做，日后也不会做了。"

齐夏有些同情地看了看乔家劲，能够让他露出这副表情的事，定然伤他伤得很深。

自己又何尝不是这样？曾经以为能够操纵一切，可到头来却是一次一次地被耍弄。

随着夜色渐沉，四周虫鸣浮现时，二人也来到了目的地。那是一栋五六层高的小楼，面前有一个虎头人身的怪家伙正坐在地上。

听到由远及近的脚步声，地虎抬起头来看了看。

"哟……"他的目光在齐夏身上停了几秒，"今天下班了，明日请赶早。"说完，他就站起身，慢慢向黑暗中走去。

"等一下。"齐夏叫道，"地虎，现在还不能下班，我有事想跟你说。"

"滚。"地虎冷喝一声，继续向前走去。

齐夏思索再三，还是走上前去拉住了他。

"地虎，我有个买卖想和你做。"

"买卖？"地虎转过头，那头上白得发亮的毛发在夜色中散发着丝丝光芒，"你凭什么觉得有资格跟我谈买卖？滚。"

齐夏现在只能赌一把了。他将自己背着的麻袋扔在了地虎眼前，接着又上前去打开了封口，袋中数量惊人的道散发出腐臭的同时也照亮了附近的区域。

"地虎，我现在有两千九百颗道，我想把它交给你。"

一心要走的地虎听到这句话后微微一怔，然后低头看了看麻袋，问："两千九百颗？"

"没错……"齐夏点点头，"我希望你帮我看管。"

地虎思索了几秒，脸上的胡须抖动了一下，随后他露出了轻蔑的笑容："帮你看管？你为何不撒泡尿照照自己是个什么东西？"他的虎爪将麻袋口重新封上，让四周的光芒暗淡了一些，"我有什么义务帮你看管？"

"我会找到天羊,并且让她来见你。"

"什么?"地虎顿了顿,"天羊?"

"地虎,你很想见到天羊吧?"齐夏咽了下口水,说,"我同样也想,所以我一定会找到她,我和你的身份不同,所以比你有更多的退路。你应该知道,我哪怕一次一次地死去都无所谓,所以更容易找到她。"

这句话居然让眼前的虎头人动容了。

地虎思索了一会儿,扭头道:"小子,你可能不明白……我并不是想见天羊,我不管那个人如今是天地人哪只羊,我只想要一个交代。"

话音刚落,不远处忽然亮起了一个淡淡的光圈。齐夏定睛一看,这个光圈好像是他们初来乍到时的光门。

地虎望了望光门,说:"小子,我该下班了。"

齐夏皱了皱眉头,这是他第一次知道生肖居然真的会下班。

"我懂了,你要见那个人,我会全力帮助你的。"

"如果想让我相信你的话……你得替我办件事。"地虎说。

"什么事?"

地虎从口袋里掏出了一袋皱巴巴的膨化食品塞到了齐夏手中,然后慢慢伸出手,指了一个方向:"从这个方向走过去,大约一个小时能见到钟,面对钟的右手边有一条小道,通向一个人鼠的游戏场地。"地虎沉声说,"我无法离开此地,你帮我把这袋零食带给她。"

"什么?"齐夏拿着零食微微愣了一下。

"怎么?"地虎轻蔑地看了齐夏一眼,"还说要做交易,结果这点小事都不愿意给我办吗?"

齐夏面不改色地将零食收到口袋中,说:"不,只是今天太晚了,我们行动会有危险。"

"那你就去老子的游戏场地休息,那里没有蟑螂。"地虎不耐烦地推开了齐夏,冲着光门走去。

"那这两千九百颗道……"

地虎停下脚步,低头思索了一会儿,说:"先放在我这儿,若你没有帮我办好这件事,我就让你后悔一辈子。"

他单手抓起沉重的两麻袋道,像是搭毛巾一样搭在身上,然后转身投入了光门中,光门随即陡然关闭。

齐夏和乔家劲还没来得及说话，同样的位置又出现了另一道光门，下一秒，大量的黑影从里面爬出来，每一个黑影都四肢着地，手脚扭曲，嘴中散发着窸窸窣窣的声音，瞪着一双没有眼球的空洞双眼。

"不好……"齐夏拉了一把乔家劲，"快走。"

乔家劲被眼前这一幕吓了一跳，但也很快回过神来，跟着齐夏向着建筑物跑去。

二人进入了地虎的场地，回头将门挡上，这才松了口气。

"骗人仔……那是什么东西？"乔家劲不解地说，"那些……是人？"

"应该是……"齐夏沉声说，"以前见过一次，虽然它们不会攻击人，但总感觉很危险。"

"我丢……"乔家劲慢慢地缓了口气，话锋一转又问，"骗人仔，你把道给那个老虎，真的保险吗？"

"目前来说是最保险的办法了。"齐夏思索了一会儿说，"不知你发现了没有……道对地级生肖完全是无用之物。"

"什么？"乔家劲一愣。

"仔细想想我们参与的几个地级游戏，所有的生肖全都是入不敷出的状态，他们收取的门票远远达不到我们所赢取的奖励。"

乔家劲听后摸着下巴思索了很久，然后郑重其事地开口说："骗人仔……我只参与过一个地级的游戏。"

"呃……"齐夏摇了摇头，"你不是没参与过，而是失去记忆了。我们刚刚来到终焉之地时你揍过一只熊，那就是地级游戏。"

"哦，这样啊……"

齐夏听后继续说："所以我猜测，地级的目的根本不是赢取道，而是用道来吸引我们送命。道对他们来说可有可无，他们甚至可以接受亏本。"

"可是……"乔家劲还是有些不解，"你靠一个猜测，就把所有的道都给他了，会不会有点冒险？"

"这当然很冒险。"齐夏说，"只要这两千九百颗道在我的手中，无论我做出什么选择都很冒险，极道也会因为这些道而对我们赶尽杀绝。相比较而言，将道托付给一个地级生肖反而是保险的一件事了。"

乔家劲听后点了点头，又问："那……你之前说的天羊，要去哪里找？"

"这我不知。"齐夏摇摇头，"不必说天羊了，连地虎说的人鼠我们都找不到了。"

"什么？"乔家劲不解地看了看齐夏，"他都告诉我们地址了，怎还会找不到？"

"那个孩子死了。"齐夏略带惋惜地说，"上一次我们刚来时，你和我一起见到的那具尸体……你还记得吗？"

"我丢……孩子？"乔家劲忽然想起了当时的场景，"我只记得那具尸体非常瘦小。"

"嗯。"

"是谁这么心狠手辣杀了她？！"乔家劲看起来非常生气，"是人吗？！"

"是我杀的。"齐夏直言不讳道。

"啊？"

"当时我听说在终焉之地参与游戏可以不缴纳筹码，而是押上自己的命，于是我在那个孩子的游戏里试了试。"齐夏惆怅地叹了口气，"可我没想到……这里的裁判居然也是某种参与者，若我押上性命取得胜利，便会让对方失去性命。"

乔家劲听后略带惋惜地叹了口气。在对一切都不知情的情况下，谁能够考虑自己的选择能不能保下生肖的性命？

"那我们该怎么做？"乔家劲问，"看起来那个虎头仔还不知道这件事情……"

乔家劲扭头看了看齐夏，他感觉按照齐夏的做法，大概率会选择欺骗地虎。

"我准备明天跟他讲明这件事。"齐夏说，"事情是我做的，我会承认。"

"丢……讲明？！那他要杀你怎么办？"乔家劲听起来有点不安，"我感觉我跟他过不了两招啊……"

"应该不会。"齐夏摇摇头，"作为生肖应该不能主动杀人，但他一定会很生气。既然决定要跟他合作，我自然会拿出真心试试看。"

齐夏说着便找了个墙角倚坐下来："'拳头'，早点休息吧，明天还有很多事情要做。"

乔家劲一脸不安地点点头，随即找了一块木板躺下。

话虽这样说，可齐夏又怎么能睡得着？今天发生的事情一直都在他的脑海当中盘旋。余念安自杀，他并不觉得意外，甚至在他的预料之中。他本想在这一次循环时去寻找天羊，可没想到余念安出现了。于是他改变了计划，反而带着余念安加入了天堂口。这样一来，无论余念安出了什么问题，他都可以第一时间将矛头光明正大地指向楚天秋。

只是齐夏没想到这一天来得这么早。

被创造出的余念安似乎总是有点奇怪——她们的潜意识中知道自己是假的，她们会自我怀疑，甚至有可能出现错乱——上一次的"咚咚咚"和这一次的自杀都能证明这一点。

当时，齐夏鬼使神差地留下了一把水果刀。夜深人静、孤单的教室、恶臭的空气、满操场的尸体，再加上余念安的自我怀疑，让余念安的自杀有了合理的解释。齐夏感觉自己可以利用这个特性来辨别真正的余念安，真正的余念安不会怀疑自己，可假的余念安会。

除此之外……齐夏伸手摸了摸自己的额头。以往每次要感受到悲伤时，那股巨大的疼痛就会袭来，可今天他亲眼见到余念安死在自己的面前时，头不痛。这同样是一个绝佳的证据。

看来替身对自己根本无法构成影响。

"头痛……"齐夏眯起眼睛微微思索了一下，自己第一次在终焉之地感到头痛，是人鼠死的时候。按理来说自己和那个孩子并不认识，可当时为什么会头痛呢？一个一面之缘的陌生人，居然会让自己感到悲伤？

齐夏从口袋中掏出地虎给他的那袋零食，略带惋惜地摇了摇头。

楚天秋披着一件外套，正要迎着夜色前往墓地时，被一个少年拦住了去路。金元勋面色十分为难地站在他面前，盯着他看了很久，却一句话都没说。

"怎么了？"楚天秋笑着问，"有事找我吗？"

"哥……"金元勋低头组织了一下语言，开口说，"你会杀我灭口吗？"

"杀你？"楚天秋咧开了嘴，露出了洁白的牙齿，"理由是什么？"

"因为我那样看到了……"金元勋咽了下口水,"哥,你到底在那下面做什么?"

"我当然是要离开这个鬼地方。"楚天秋一脸认真地说,"我只是在做实验……做各种实验罢了。"

"那些面具……还有那个哥的尸体……都是实验?"金元勋将信将疑地问。

"当然。"楚天秋点点头,"之前我就和你说过了,我是生物学博士。"

金元勋不敢直视楚天秋的双眼,只能将头扭向另一边,一脸惆怅地又问:"哥,你杀过人吗?"

"你这问题……我怎么会杀人呢?"楚天秋开心地笑了一下,"从我有记忆以来,我的双手自始至终都没有沾染过一丝鲜血。"

"是吗?"

"怎么,你不相信我?"楚天秋走上前去拍了拍金元勋的肩膀,"在你的记忆中,楚哥是个杀人不眨眼的魔头吗?"

金元勋叹了口气:"哥,我不记得以前的事了。"

"哦,我差点忘了。"楚天秋也跟着叹了口气,"金元勋,总之你放心吧,如若有一天我能离开这里,你们都会跟着受益的。"

"跟着受益?"

"嗯。"楚天秋开心地笑了笑,"你汉语不好,所以可能不知道……我们有句古话是这么说的——一人得道,鸡犬升天。"

"得道……升天?"金元勋抬起头来眨了眨眼睛,"那是什么意思?"

"意思就是一个人如果成了神,他身边的人也会跟着升天。"楚天秋一脸温柔地笑了笑,"你明白了吗?"

"哥……我相信你……"金元勋默默地点了点头,"我除了相信你……也没有别的办法了。"

"乖,回去睡觉吧。"

金元勋面色复杂地扭头离去了,走在漆黑的夜色中,他感觉自己和那个叫乔家劲的男人很像,可又不完全像。他们有着同样的性格,却跟着不同的"大脑",到底谁的路才是正确的?

金元勋走后,楚天秋来到了墓地,找到了从左边数的第三个墓碑,然后走下了密道。

这是他偶然发现的小仓库,经过简单的修整,现在成了他的藏身地，只不过现在藏身地暴露了，需要尽早转移。

楚天秋走下楼梯，推开了仓库的小门，一股新鲜的臭味冲着鼻子袭来。他略带沉醉地深吸一口，然后露出笑容走了进去，之后从口袋中掏出打火机，点燃了墙壁上的蜡烛。同一时刻，房间内几个货架上的动物面具同时被照亮，一个个空洞的眼睛浮现在眼前。

楚天秋毫不在意地从旁边的墙上拿下了一柄尖刀，然后走向了方桌。方桌上面躺着一具齐夏的尸体，尸体很多器官都不见了。

"这该死的神兽给我留下的东西不多啊……"

楚天秋拿着尖刀，喃喃自语道："今天该吸收哪一部分呢？"他的笑容逐渐癫狂起来，"心脏不行……难道回响是留在大脑里的吗？"

楚天秋思索了几秒，随后找来了一把锤子。他有节奏地一下一下敲着锤子，嘴里哼着肖邦降E大调夜曲，兴奋地说："激荡啊……说不定明天一觉醒来……我就是激荡者了……"

他从怀中掏出一张皱巴巴的字条，平铺在桌面上，上面依然是他自己的字迹。

只要你吸收了它，就能获得那个人的回响。

他的表情很快暗淡下来，心中暗道：楚天秋啊楚天秋，你真是自作聪明，为什么当时不写得再清楚一点？到底要吸收什么东西才行？

今夜注定是个不眠之夜。

…………

陈俊南没好气地扭过头，直视韩一墨。从来到这间教室开始，这个男人就在盯着自己看，看得他浑身难受。正好其他人都躺下睡觉了，陈俊南准备和眼前的男人亲切地会谈一下。

"请问您到底在看什么？"

韩一墨死死地皱着眉头，压低声音说："你明知故问吧？我还没问你呢，你到底要做什么？"

"我不是很懂。"陈俊南耸了耸肩，"咱们不是在准备睡觉吗？"

"睡个屁……"韩一墨低声骂了一句，"你……"他咬了咬牙，似乎有话想说，可是身边的人太多了，"你跟我出来！"

韩一墨打开教室门来到了走廊上，没一会儿，陈俊南也走了出来。

"怎么的？您准备跟小爷单练①吗？"陈俊南慢慢撸起了袖子，"您可能不是个儿②。"

"陈俊南，是吧？"韩一墨没好气地说，"你应该知道我多么想宰了你……"

"宰了我？因为什么？"

"因为你让我寸步难行！"

"至于吗？"陈俊南听后叹了口气，"又不是什么大不了的事。"

"你……"韩一墨看起来气得不轻，"刚才人多，我给你面子不想拆穿你……你跟着我们一起来这里到底有什么目的？准备继续捣乱吗？"

"我有什么目的？"陈俊南有些疑惑地看了看韩一墨，"您住海边儿吗？管得真宽啊。"

"我……"韩一墨皱着眉头，感觉自己的怒火已经要压不住了。

"况且你这问法我也不喜欢。"陈俊南摇了摇头，"你一个在网上造黄谣的小人，凭什么敢像警察一样质问我？"

这句话让韩一墨一惊。

"你……你怎么会知道？"

"嚯。"陈俊南扬了一下眉头，"我道是怎么回事儿呢，原来您不记得曾经的我了？怪不得今天敢在这儿跟我叫板。"

"什么？"

"老韩，我并不比你好过啊。"陈俊南无奈地笑道，"这七年来，你方唱罢我登场，我响完了你来响，咱老哥儿俩明明处境差不多……"

"你放屁！"韩一墨一把抓住了陈俊南的衣领，"我的处境都是你造成的！都是因为你……我七年以来才寸步难行啊！"

"这样不好吗？"陈俊南问，"有没有觉得自己像个超人？对那一天的所有事情都了如指掌？"

---

① 北京方言，意为单挑。
② 北京方言，意为不是对手。

韩一墨听后慢慢松开了手，表情非常痛苦。

"陈俊南……你是疯子，但我不是……"韩一墨微微颤抖着，"我为了让自己不疯掉……只能不断地找不同的事情做……"

"哦？"陈俊南忍不住笑了，"那你现在是什么职业？贴吧吧主？游戏解说？论坛坛主？还是什么新奇的其他职业？"

韩一墨并不想回答这个问题。

"陈俊南，我只希望你别再捣乱了……"韩一墨扭头看向他，"这一次我们真的有希望逃出去……齐夏，你不觉得这个叫齐夏的男人就像从天而降的救世主吗？！他会带领我们出去的……"

听到这句话，陈俊南面色变了变。他以为自己跟韩一墨的处境一样，却没想到韩一墨比他惨多了。什么叫"这个叫齐夏的男人"？难道韩一墨忘掉齐夏了吗？连齐夏都不记得，亏得他能坚持下来。

"救世主是吗？"陈俊南点了点头，"你说得对，老齐确实很像救世主，你放心好了，我不会捣乱的。"

"真的？"韩一墨将信将疑地看了看陈俊南。

"嗯，以前的事情绝对不会再发生了。"

韩一墨点点头，又思索了几秒，这才转身回到了教室。

看着他离去的背影，陈俊南感觉有点愧疚。对于这里所有的人来说，终焉之地不可怕，生肖不可怕，游戏也不可怕，可怕的是放弃。

陈俊南看了看窗外，摇了摇头，正要回到教室时却发现阴暗处有个人影，此人正是林檎。

"哟……"他微微一笑，"这是谁家大美妞儿，半夜不睡觉偷听老爷们儿说话？"

"不好意思……"林檎往前走了一步，站到了亮光处，"虽然感觉有点抱歉，但我确实是故意偷听的。"

"嘿，够敞亮啊。"陈俊南虽然言语轻佻，但心里非常警惕，"那敢问您为什么要偷听？"

他知道眼前的姑娘深不可测，齐夏第二次出现时，这个姑娘就跟着出现了，当时他看到齐夏时以为自己疯了，所以控制不住地露出绝望的笑容。可出乎他意料的是，眼前的齐夏居然不是幻觉，而是实实在在的人。既然如此……那眼前的姑娘又是谁？

一个能够随意出现在别人面试房间中的人……会是普通

人吗？

"陈俊南，我只是想确认你的动机。"林檎说，"我想知道你是什么立场，进而确定我们是敌人还是队友。"

"那你的动机呢？"陈俊南反问。

"我需要跟着齐夏寻找出去的机会。"

"你为什么认定跟着老齐能够出去？"陈俊南笑看林檎。

"这我不能说……"林檎同样警惕地盯着陈俊南。这个人保留的记忆非常多，他的回响非常容易触发，甚至有可能记得七年之前的事。如此看来，眼前男人每一次"替罪"的发动，并不只是因为自己的"激发"。

他有可能是主动赴死的。

"不说就不说吧。"陈俊南点点头，"我存在的意义很简单……我至少要把老齐和老乔送出去。"

"那我们的目标有很大一部分是重合的。"林檎点点头，"希望你没有说谎。"

"放心，我又不是老齐。"

林檎听后，犹疑地点了点头。

"对了，我是极道者林檎，你以前真的没有见过我吗？"

"没有。"

林檎点点头，转身离去了。

陈俊南看了看窗外的夜景，一脸疑惑地自言自语："极道者是什么玩意？这些年待在房间里没有出来过……没想到终焉之地变化这么大。"

END ON THE TENTH DAY

[中场休息]

我叫韩一墨

我叫韩一墨。

我没说谎。不，我好像也说了点谎，但那无所谓了……

请问谁能来救救我？我的人生卡住了啊！

为什么啊？！谁能告诉我这是为什么啊？！为什么我被困在这一天了？！是诅咒吧？对，一定是那件事产生的诅咒啊，要不然我根本解释不了这个现象。

但那件事真的不能怪我，我已经深深地知道错了。可问题是没有任何人给我一次赎罪的机会啊！

身为一个老牌论坛的坛主，看着论坛的浏览量每日下降，我比谁都着急。我当时真的没想那么多，我只是为了论坛更有人气而已。所以我从网上找到了一张美女的照片，随手编造了一个故事，虽然故事写得不堪入目，但我发誓那真的是我编的，那女孩儿根本不认识他身边的大叔。

可谁能想到那女孩儿和我在同一个城市？！谁又能想到这件事传播得比瘟疫还快？！

我明明第一时间删帖了，可是网民失控了……他们就像饿了许久的水蛭，偶然间看到了一块刺刺冒血的肥肉，一股脑地扑了上去。

无数人说这个女孩儿是贱货、妓女，是新时代的潘金莲。还有人说出了女孩儿的其他黑料，讲得有模有样，甚至还配了几张完全看不清面庞的照片。

我从来没有想过人性可以恶劣到如此地步，于是第一时间发帖声明。我说之前的故事是我编造的，照片中的女孩儿和大叔没有任何关系。可我的辟谣帖子浏览量寥寥无几，迅速沉了底。

我根本拦不住网民对她的人肉搜索，甚至听说很多人找到了她家里，用油漆将污言秽语喷了满墙。

那个女孩儿接受不了网络上和现实中大量的谩骂和流言蜚语，最终寻短见了。而我的诅咒，也从那一天开始了。

女孩儿死了三个小时后，整个大地都开始震动，我明明记得我死在了地震中，可一转头我居然做梦了，梦到我来进入了一个奇怪的房间里。接下来的事情就太恐怖了，那个房间中的游戏叫"说谎者"，我们八个人坐在一起，需要投票选出说谎的人。可无论我选谁,最后都会被那个戴着羊头面具的人杀死。

这个梦太真实了。

在梦里被杀死之后,我会回到地震的前一天,然后看着那女孩儿承受铺天盖地的谩骂,最后收到她去世的消息,接着我又死在地震中,然后再做梦。

一天又一天,我的人生卡住了。这到底是什么诅咒?为什么这个诅咒可以这么强大?我是被人下降头[①]了吗?!

在连续被戴着羊头面具的人杀了十多次之后,我受不了了,我准备找到破局之法。如果不能从这一天当中解放出来,我绝对会崩溃的。

既然我的诅咒来源于这个女孩儿,我准备在现实中尽可能地救下她。毕竟我一直在循环,可以知道这一天发生的所有事情。

通过网友扒出来的信息,我来到了女孩儿的家,这里已经被那群"正义使者"糟蹋得不成样子了。房门上泼了很多红油漆,墙上也写满了恶毒的字眼。

当我敲开房门的时候,首先看到的是女孩儿全副武装的父母,他们黑着眼眶,顶着蓬乱的头发,手里拿着菜刀和锅铲,似乎准备随时跟人拼命。我和他们说了我的来意,可他们并不相信我,直到我说了我是造谣者之后,二人的神色才变了。

本以为他们会让我见女孩儿,可女孩儿的父亲举刀砍向了我。

我真是自作孽不可活。谁能明白我有多么崩溃?

我依然没有脱离这个诅咒,我又做梦了!还是那个破房间!还是那八个人!还是"说谎者"!还是死!

天杀的,到底谁说谎了啊?!你自己站出来不行吗?!

那段日子我真的要疯了,我每次睁开眼,不是在地震之前,就是在阴暗的房间里。我无论如何都会死,我发现死神好像用镰刀架住了我的脖子,然后逼我跳广播体操,我一动就死,我不动也死。

为了摆脱这种恐怖的状态,为了收不到那个女孩儿的悲惨信息,我每次醒来都把自己关在衣橱里。我知道逃避不是个好办法,但我确实想不到更好的主意了。

可渐渐地,我会在一片漆黑之中看到那个女孩儿的照片,它就像刻在了我的眼球里一样挥之不去。

[①] 流传于东南亚地区的一种巫术。

又过了一阵子，我能够听到那个女孩儿的声音了，她在我的耳边轻轻地说她很痛苦，说她死得很冤。

再过几天，我总感觉那个女孩儿会在黑暗中站在我的身边。

我这辈子从来没有这么恐惧过。

从那以后我再也无法进入封闭和黑暗的环境中了……否则那个女孩儿的幻象就会出现，告诉我她死得有多么冤。

是，我知道你死得很冤……我正在想办法救你啊！

直到循环了三十多次之后，我才终于救下了那个女孩儿。但这次拯救她的代价有点大，因为我杀死了她的父母——他们一直阻拦我见她。

我知道自己已经疯了，我为了救一个人，杀死了两个人。但我有更好的办法吗？

没有了，若不救下这个马上要寻短见的女孩儿，我的诅咒就永远无法解开。

我跟她说一切都是我做的，希望她能原谅我，可是她的精神状态看起来很差，都神志不清了。她应该是得了很严重的抑郁症，现在满脑子都是轻生的念头。

又循环了五次，我终于找到了能够救下这个女孩儿的正确方法。

首先我要杀死她的父母，然后把女孩儿绑起来控制住，虽然我看起来像个绑匪，但我是为了救下这个女孩儿的命。

可这个诅咒到底是怎么回事？！我明明救下了女孩儿，我明明让她活下来了！可地震还是来了！我又来到了梦中的房间！又要投票了！又来了！

你们走开啊！

谁能来救救我？！

差不多循环了七八十次，我彻底放弃拯救那个女孩儿的念头了。因为我发现无论我救下她几次，那个可怕的地震和噩梦依然会来。此时我也萌生了另一个念头……会不会我的诅咒和女孩儿无关？晚上的噩梦才是我的诅咒？

想要逃出去，我便要破解"说谎者"的游戏？

这个想法让我精神振奋。难道我是因为没有选出正确的说谎者，所以才会一次又一次地返回这一天吗？

我将晚上的游戏整理成文字，发到了论坛之上求助，虽然回复者寥寥无几，但也有人提供了不同的思路。有一个人提到主持人有可能也是说谎者，这成功引起了我的注意。不得不说网民的力量是无穷的，我从来没有往这个方向想过。

在我厘清了大概的逻辑关系之后，又借着地震的威力来到了梦中。

今晚我势必要破解诅咒！

待到所有人都讲完了自己的故事之后，我敲了敲桌子，然后自信满满地开口了："各位，我感觉这个人羊是说谎者。"

众人果然被这句话吓得不轻，我的目的要达成了。

"可……可是原因呢？"那个花臂男呆呆地问我。

"原……原因？"我愣了一下，"还需要什么原因啊？我所有人都投过一遍了，都不对啊！"

看到众人不解的眼神，我知道自己说错话了。他们根本没有记忆啊！我在搞什么？！

于是我很荣幸，在那一晚以最高票数当选了说谎者。这可能是我应得的。

醒来之后的我再次厘清思路，这个游戏的规则很苛刻，所有人必须同时投给说谎者，有一个人投错了就会死。所以我应该做的是鼓动大家将票投给同一个人，最好是人羊，这样我们才能逃离房间，我也能逃脱诅咒。

所以我又发帖求助了，在广大网友的帮助之下，我终于搞清楚规则了。于是我又重新梳理了游戏逻辑，再次来到了房间中。

这一次我依然建议大家把票投给人羊，理由也很明确，因为我怀疑大家的手牌全部都是说谎者，所以人羊在说规则时就撒了谎。他是最早的说谎者，大家也都是因为他的谎言才会说谎，故而应该将票投给他。

我真是天才，仅仅用了不到一百次循环就想到了这个答案。

这一次很明显我把他们说动了。终于到了激动人心的投票时刻！

当我翻开自己手中那张写着"人羊"的纸时，简直自信满满，紧接着就看到警察、医生、律师、混混、幼师、陪酒女全都翻开了他们的答案，全部都是人羊！

太好了！我马上就要脱离诅咒了！

现在房间里只剩下那个眉清目秀的小白脸了，他一直都不怎么说话，看起来就没什么主见，虽然我一直都对长得帅的人没什么好感，但这次……他将是我的救世主！

只见那个人将纸片慢慢翻开，亮出了上面的文字，此时我才发现这个人不是救世主，是个傻到满地拉屎的大傻子。

他的纸上清清楚楚地写着"陈俊南"三个字，甚至还在结尾处画了个精致的小爱心。

"陈俊南是什么鬼东西？！"我失声叫了出来。

"小爷就是陈俊南。"那人笑了笑。

搞什么啊？！这个人到底知不知道现在是什么情况？！你以为自己是明星吗？谁在乎你叫什么啊？！

那一晚我又被杀了，干净利索，完全不拖泥带水。真是好样的。

醒来之后我气得要命，我已经完全没有心情去干别的事情了。这个叫陈俊南的男人太蠢了，看来上帝是公平的，长得好的男人脑子都不行，我要想个办法说服他。

从今天开始，我决定用我的真心感化一个弱智。于是我提前想了很多话术，准备在这一次进入噩梦的时候跟他讲个明白。

可真到了晚上，我晓之以理动之以情、唾沫横飞地感化了他半天之后，还是崩溃了。

陈俊南翻开纸片之后，上面写着一个男明星的名字，这一次后面没有画小爱心，反而画了一个小笑脸。

我努力控制住自己的脾气，压住声音问道："陈俊南，你给我解释解释……你写的是什么鬼东西？"

好样的。

陈俊南，你好样的。

从这时候起，我跟陈俊南这个弱智杠上了。我的目的变得很简单，那就是让陈俊南把票投给人羊。可我不知道这人中了什么邪，他谁都投，偏偏不投人羊，这人分明是故意的！

他一点都不傻，至今为止他写出来的名字从来没有重复过，他就是故意的！他根本不想让我逃出去，他想让我待在这里寸步难行！他才是我活生生的诅咒啊！

这世上为什么会有这样的人？他为什么要捣乱啊？只可惜我动不了，要不然我一定想方设法弄死他。

陈俊南啊陈俊南，咱俩到底有什么仇？你为什么要卡住我的人生？

逃出这个房间已经完全没指望了，毕竟有陈俊南在，我无论如何也逃不出去。可我每次都在同一天醒来，我真的会疯的。

又循环了几十次，我想到了一个能保持理智的好主意……那就是每次都给自己找不同的事做，这样我会认为每一天都是新的一天……毕竟我在现实中有大约一天半的时间，理论上可以做许多事情。

那段日子里，我尝试做过游戏主播、带货主播，还心血来潮当过才艺主播，后来是贴吧吧主，甚至是网络骗子。

我渐渐地发现我很空虚，我的日子只在这一天循环往复，这些事情也只能做到起步阶段，完全没有意义。

那么……有没有一个办法，可以让我的东西流传下去？就算我自己要死在这一天，我的东西也不会卡在这一天？

有什么东西是可以流传的？

我忽然有了一个好点子……写小说啊！我当年随手编了一个故事就可以引起这么大的波澜，这说明我有天赋啊！于是我开始慢慢地查阅资料，也想了很多点子。我非常看好我的作品，因为它不仅可以发挥我的天赋，更可以证明我曾经来到过这个世上，它是我存在的证据。

一开始我将世界观设定得非常庞大，我准备写下一部穿越小说，题材是主角不断地穿越到历史中完成任务。

可我错了，这超出了我的能力。我的时间只有一天半，可这本小说至少要一百万字才能完结，一个正常人不吃不喝不睡，能够在一天半之内输入一百万字吗？

我试了很多次，可无论如何我都写不到完结。最接近完结的一次，是我压缩了故事，只差最后一章就可以全部完结时，我却鬼使神差地想在地震来临之前再校对一遍，也正是这次校对，让我葬送了完结的机会。

一天半的时间实在是太少了。我已经没有勇气再重新写一次了。

我每小时的打字速度只有四千字，究竟要如何才能在一天之内完结一部小说？

于是我又想了第二个题材，我塑造了一个角色，唤作初七，他挥舞一把七黑剑，在江湖上惩治恶人。这本小说预计四十万字就能完结，我很有信心能够在一天半之内写完。

可后来,我的人生出现了转折。

我大约是多少次循环之后才见到那个人的?我算了算,大约二百六十次循环之后。

那一天我写完了整部《七黑剑》,心情非常好,这是我第七次在一天半之内写完《七黑剑》了。

我对这部小说的情节越来越熟悉,写的时候也得心应手。

我拿着一罐啤酒,像往常一样在家里一边喝着酒一边等待地震的来临。今天心情好,我准备进入房间之后直接开始和陈俊南对骂。

在房间里睁开眼时,我身边的人都满脸震惊,我知道他们卡住了,所以并没在意。可几秒之后,我也满脸震惊了。

这房间里多了一个人啊!什么情况?!

我已经连续二百六十次在八个人的房间里醒来了,可为什么这次房间里有九个人?!

仅仅两分钟后,我冷静了下来。

这个多出来的人也是个年轻小伙子,长得也挺好,按照我的经验,长得好的人脑子都不行——就像陈俊南一样。

我趁机看了看陈俊南,这一看不要紧,直接把我吓了一大跳。陈俊南满脸泪水地露出微笑,看起来表情格外复杂,他死死地盯着多出来的那个人,好像有话想说,却什么都说不出口,最终露出了一副完全扭曲的微笑。

怎么回事?他们认识吗?我从没见过陈俊南露出这种表情,他好像疯了!

"不过……疯了也好……"我心中暗道,如此一来他岂不是可以听从我的指令投票了?

当所有人都讲完了故事,还不等我引导众人投票,那个新来的却忽然拿起纸笔计算了起来。

什么东西……他在算什么?没一会儿的工夫,他说出了他的推断,这个推断把我都听蒙了。

氧气?氧气含量?!我的妈……原来墙壁上的格子是用来计算面积的?!中央的座钟是用来计算时间的?!我……我收回我的话……这个人好像不是个蠢人。

他说他叫齐夏,他太聪明了,应该不是来捣乱的……他就好像是我写的小说中的人物……他是个救世主!对啊,我为什么没想到呢？这个人是专程来救我出去的！

可接下来，让我完全没有预料到的情况出现了，就算我们所有人都投了人羊，游戏也不会结束。这个鬼地方居然有第二轮游戏！叫雨后春笋！

我第一次见到这种场面……我太害怕了！就算救世主在我身边，我也无法抑制住自己的恐惧，我居然被一根鱼叉射穿了喉咙，当场咽气了！

我这是什么鬼运气？！

但好在我有了希望。看来写小说真的是个明智之举，我渐渐地可以用小说的情节解释我的处境了。这个东西叫作无限复活啊，因为我是主角，所以一开始都会经受一些挫折，陈俊南就是我的挫折。他会压低主角的修为，或是给主角不断地制造困难，这都是厚积薄发的一种表现，也是欲扬先抑的一种写作手法。

在经历一定的挫折之后，我的救世主就会出现，那个人就是齐夏。只要跟着他，他就会带我不断地做任务，我也会慢慢找到出去的办法，甚至有可能成为天下无敌的存在。

这跟小说一模一样。

我有些期待下一次的地震了！哈哈！救世主！我来啦！

可我再次在房间里睁眼时，我又乱了，房间里变成十个人了……

我真的有点不会了，这是什么意思？怎么又多了个女人？你们当这是什么地方？想来就可以随便来吗？小说里面没有这个情节啊！

更让我没想到的是，陈俊南那小子醒来不到一分钟就被羊头人给杀了！我可真是喜忧参半……陈俊南死了，说明不会再有人捣乱了，可他为什么会被杀？下一个会不会是我？

但……也无所谓的嘛，反正齐夏还是那么聪明，接下来的游戏不管他做出什么选择，我都无条件地相信他。

我不仅看过小说，我还写过小说，这点道理我能不懂吗？主角绝对不能蠢，要老老实实地跟着厉害前辈的脚步，这样才能通向最好的结局。可是鱼叉真的是太可怕了，由于我曾经被鱼叉射穿了喉咙，所以这一次我提前开始发抖了，我真的控制不住。就算救世主在身边我也控制不住。

我心中一直念叨着"别射中我"，可没想到我还是被射中了。

但这次我没死，仅仅被射穿了肩膀。我明白的……这是主角一定会遭遇的挫折。

别看我受伤了，我马上就会有奇遇的……主角如果受伤了，大概率会有美女医生出现，她们会掏出灵丹妙药，我只要吃下一颗就可以……我编不下去了，我的肩膀真的好疼。

小说里的主角从来都不会喊疼，现在看来有点太假了……下次我得改改剧情，该疼的时候就要喊疼，让他做个有血有肉的主角。

我不得不夸夸齐夏，他确实有点厉害，如果不是他出现，我永远都不知道这个房间里居然有四个游戏，什么羊啊狗啊蛇啊的，就算是一整个动物园来了我都不害怕，毕竟我带着救世主，你们准备把我怎么样？

他专程来救我，一路上替我过关斩将，很明显，这将是我逆袭成神的剧情。

我试图跟我的救世主搭了几次话，可他好像性格比较冷淡，不是很喜欢搭理我。这也是个好事啊，"高冷"的前辈往往都神通广大，虽然他看起来不会飞天遁地，但也足够保护我了。

跟着我的救世主齐夏，我们居然真的逃离了这个房间，虽说我的肩膀很痛，但我们确实逃出来了。

我本以为逃出来之后就可以回到现实世界，可这个梦并没有结束。这里不是现实世界，反而是个有着强烈腐臭气味的红色城市，我得好好想想这是哪段剧情……是地府吗？不对不对……应该是魔界？

按照这个剧情发展……我……我是魔界之子？我不得不告诉你们一个窍门了，假如你们遇到了这种情况，千万不能表现出对这个地方的惊讶，因为主角不管穿越到什么地方，从来不会惊讶，多看几本小说你们就懂了。

无论是穿越到异世界、降临上古时期、附身到名人身上，还是遇到背叛之后重生，主角一定要沉稳，一点都不能惊讶，这都是网文的常用套路。

你看，齐夏惊讶了，所以他不是主角，我才是。

你们就等着瞧吧，等有一天我获得了无敌的力量，你们几个人都是我的元老级队友，到时候我会建立几个公会，让你们都成为……啊，疼啊！为什么被鱼叉射穿了会这么疼啊？！

疼痛一次又一次地打断了我的思路，让我心烦意乱。故事里的主角就算被捅上十几刀都能迎风而立，可我却被一根鱼叉击溃了。

刚才那个带着龙头面具的人说的话……让我有点在意。持续十天的游戏？等一下……难道我每次来到这里参加游戏……都会消耗十天吗？

那二百六十次……两千六百天……七年多？！我总计来到这里的时间居然长达七年？！

我震惊了几秒之后，马上就明白了过来——一般的小说主角随便闭关都是几十万年……我才七年……不算什么……这不算什么……时间对我来说是最不值钱的东西，可是屏幕上那句话是什么意思？

> 我听到了"招灾"的回响。

没头没尾的，可能是个线索，身为主角的我要先记下来，说不定以后能用到。

队伍里的医生给我处理了伤口，我的救世主齐夏为了能给我找到缝合伤口用的针和线，居然进入了那个女店员的房间中。他可真是敬业啊，为了我，他什么都愿意做。他不仅把我从永远的循环之中解放了出来，甚至还一次次救下我的性命，他一出现就让陈俊南丧了命，紧接着又带我们走出了房间，所以我百分之百确定他是来救我的。

我没有想到这里的夜会这么深，而且那八个人居然都不生火。虽然我知道打火机比较难找，但你们好歹努努力，如此漆黑的环境我可扛不住啊，万一我又听到那个女孩儿的低语了可怎么办？

但……应该没事吧？毕竟救世主和我在一起，问题不大。

四周窸窸窣窣地响，我有点发抖。我总感觉那个被我造谣害死的女孩儿在说话，我的幽闭恐惧症又犯了。

"你为什么说我勾引那个大叔？"

"你哪只眼看到我已经结婚了还和他上床？"

"你这么做到底是有什么目的？"

"你睁开眼看看我死得多惨！！"

我猛然睁开眼，却发现众人都已经睡着了。这里……这里实在太黑了！情况不太妙……情况真的不妙啊！这么黑的环境里……就算那个女孩儿的亡魂站在我身边我都看不见！我该怎么办？！

火在哪里？

我在一片漆黑之中爬起身来，却连续几次被绊倒了。我需要马上点火……这样真的不妙……我的肩膀疼死了……疼死我了！

等一下……死？不……不会吧……我会因为这点伤而死吗？我……我有什么理由去死？我是个好人啊！

慢着……我……是个好人吗？

我曾经做过的那些蠢事此刻全都在我的脑海中盘旋。我亲手害死了一个无辜的女孩儿，我甚至还杀过她的父母，

我算什么好人？

造谣、以讹传讹……这已经是下拔舌地狱的罪了，我曾经查过资料的……我怎么会是好人？

四周一片寂静，只能听到虫鸣，我慢慢地躺到地面上——直到现在我才想明白，原来我是个恶人。就算我是主角又怎么样？主角有黑历史，足够拉低一本书的评分。

别逗了……只要我不说……应该没人会知道吧？我是个恶人又怎么样？这里又没有初七……那把七黑剑也不可能飞过来制裁我这个恶人吧？

应该……应该不会吧？

《七黑剑》……我已经连续七次在一天之内写完了这部小说，我对它的剧情实在是太熟悉了。七黑剑杀人的方法已经在我心中回荡了无数遍，直到我听到了呼呼的风声。

为什么……会有风声？

我瞬间感觉小腹一沉，似乎有什么东西狠狠地压了下来，下一秒是剧烈的疼痛。

我连叫都叫不出来了……这到底是怎么回事？！谁……谁能来救救我？我好像……我好像又受伤了……

我从未想过人受了伤之后会这么久都死不了，我在剧烈的疼痛之中看着天空一点点放亮，可是我一声都叫不出来……你们被东西刺穿过吗？我感觉我一直在漏气，根本发不出声音。我动不了，我的脊椎好像断了……

不知过了多久，房间里的众人竟然围了上来，他们都一脸震

漫画小剧场①
十日终焉·不息
一人四颗道，长得好看的可以用衣服抵，一件衣服抵一颗。
门票?
十二个人。
需要几个人?
啪
扔
还差两颗!

漫画小剧场②

十日终焉·不息

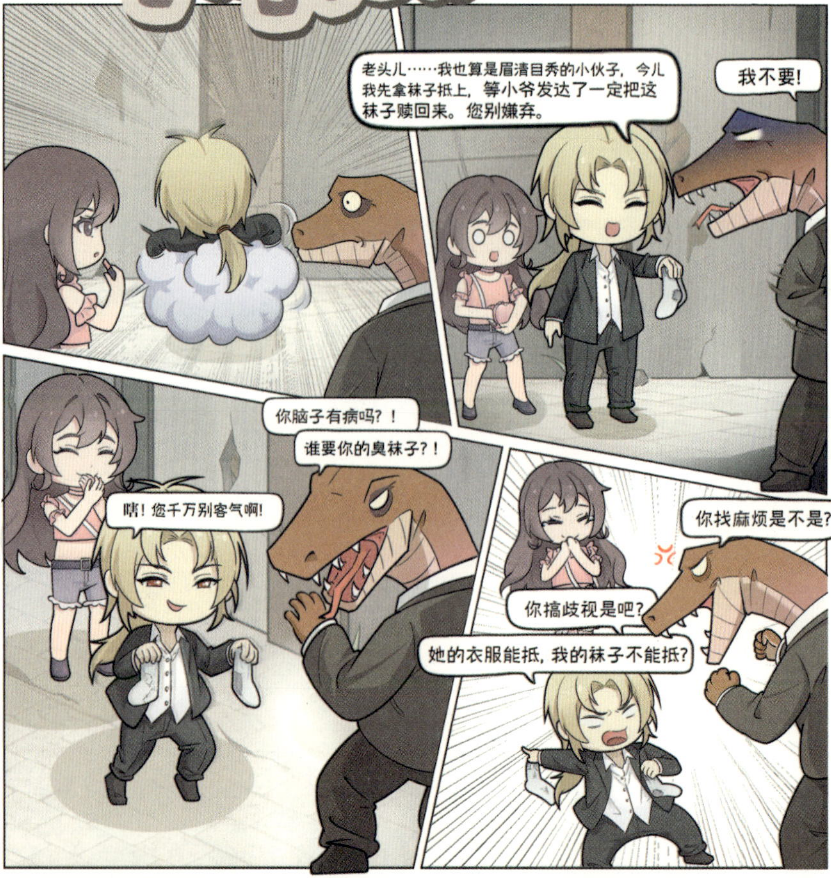

惊地看着我,而我也看到了自己小腹上插着的巨剑。居然真的是七黑剑……我居然真的被罚恶了……

可这怎么可能啊?!七黑剑是我编造的,它不可能出现的啊!为什么我编造的东西总是会出现,在这里产生这么大的影响?!

你们不要围观我……我……我需要我的救世主……

"喀喀……齐……齐夏……"我终于说出话了,可我喷了一大口血。

"我在。"救世主走了过来,拉住了我的手。

我需要把所有的事情都告诉他,只有救世主知道了所有的情况,我才有可能得救。

"这……这地方不对劲……齐夏……喀喀……这不可能发生的……这把七黑剑……绝对……喀喀……不可能……齐夏……七黑剑是不……"

我死了。

我都说了些什么玩意儿?谁能告诉我被这么大的一把剑刺穿身体之后到底要怎么说出一句完整的话啊?!我真的服了,电视剧和小说合在一起骗我,这让我的临终遗言显得很傻啊!

看来我的小说又要改了,下次需要详细地描写一下被七黑剑刺穿的人,他们理论上是无法交代遗言的。毕竟这把剑真的太大了啊!

这次我解锁了新的死法。

无所谓,死几次都无所谓,只要我再次去到房间里,我的救世主依然会在那里等我。这个世界出现了七黑剑,足以证明它是小说中的世界了!

从此,我身为小说中的主角将会所向披靡!

我叫韩一墨。

我要开始说……

等等,我根本不用说谎,因为我知道规则的啊。

齐夏,救世主,等着我,我又要来啦!

173

END ON THE TENTH DAY

第5关

地羊·
四情扇

天亮的时候，齐夏和乔家劲走到门外。地虎不在，应该还没上班；蝼蚁也不在，应该下班了。

土黄色的太阳迎着清晨的臭味爬上天空，预示着新的一天正式拉开帷幕。

乔家劲伸了个懒腰扭头问："骗人仔，我们要一直在这里等吗？"

"嗯，等等吧。"

二人不知道现在是几点，只知道等了大约一个小时，乔家劲已经无聊到蹲在地上挖沙子，地虎才懒洋洋地从一旁的传送门出现。

"哟，挺早。"地虎一眼就看到了二人，漫不经心地走了过来，找了个台阶缓缓坐下了。

"不早，我们等了一个小时。"齐夏说。

"嗯。"地虎点点头，然后抬起眼皮问，"东西送到了吗？"

齐夏听后从口袋中掏出那包零食，抛给了地虎，说："东西我们送不到了。"

这句话让乔家劲咽了下口水，没想到齐夏真的说出了实话，他有点害怕眼前的虎头人会忽然发怒，那他们二人在劫难逃。

"为什么送不到了？"地虎问。

"那个孩子死了。"

"哦……"地虎的表情有点奇怪，"你说她死了？"

"嗯。"齐夏点点头。

"呵……"地虎听后慢慢地站了起来，意味深长地说，"小子，算你聪明，若你敢跟我说东西送到了，我会让你吃不了兜着走。"

齐夏听后慢慢地松了口气："你早就知道她死了？"

地虎的脸上掠过一丝忧伤："都快一个月了……每天下班都不见她前来相聚……"

二人不知这地虎和人鼠到底是什么关系，自然也无从开口，只能静静地看他面露悲伤。

"我真的有些想念她了……"地虎慢慢地抬起头来，问，"死了很久吧？"

"嗯，二十天了吧？"乔家劲点了点头，但齐夏感觉不太对。

地虎面色瞬间沉了下来，问："那么……一具腐烂时间超过二十天的尸体，你又为何断定她是个孩子？"地虎双眼冰冷地问齐夏。

齐夏知道这件事定然是瞒不住的。"人是我杀的。"他说，"我把她赌死了。"

"赌死了？"地虎微微一怔。

"是……我和她赌了命……"

"你……"地虎慢慢站起身，看起来非常愤怒，惹得乔家劲一阵紧张。但仅仅几秒之后，地虎就像泄了气的皮球一样，渐渐失落起来。

"赌死了……那她死的时候……没有遭罪吧？"地虎的眼里好像有泪。

齐夏思索了一下，点头说道："没有，她自裁了，手枪一击毙命。"

"那……那就好啊……"地虎点点头，不断揉弄着手中那袋皱巴巴的零食，"小老鼠啊，你解脱了。"

齐夏听到"你解脱了"这四个字，头像被电击了一样，又有点痛。他很快打断了自己的思路，问地虎："所以我们的交易怎么说？"

"我会帮你保管好你的道，若有一天你能让我见到那个人……所有的道如数奉还，一颗不少。"地虎说完顿了顿，又说，"如果你敢骗我——"

"不会的。"齐夏摇摇头，"那些道是我的全部，我没必要拿它们来骗你。"

地虎听后，轻轻点了点头。

"那么我接下来……只要帮你找到天羊就可以了吧？"

"你在想什么鬼东西？"地虎怒笑一下，"我让你帮我送零食，但你没送到，按理来说我不应该换个条件吗？"

齐夏听后并不觉意外，只是点了点头："没错。你说吧，我听着。"

地虎慢慢伸出手，又指了一个方向，说："从这里往前走半个小时，会看到一间酒吧，那酒吧下面是个赌场，正是地羊的游戏场地，我想要他的命。"

"什么？"齐夏一愣，"要他的命？"

177

"你去给我杀死他,接下来你的要求我都答应。"

齐夏和乔家劲面面相觑,这个条件太苛刻了。

"地虎,你应该知道……我作为参与者想要杀死生肖,只能通过对赌。"

"是,我知道。"

"我怎么可能在一无所知的情况下跟地羊搏命?"齐夏皱着眉头,"我若是死了,那一切都结束了,你又怎么可能见到天羊?"

地虎听后慢慢抿起了嘴,似乎也感觉自己的要求有点过分,随后改口道:"那我想让他长个教训……你说应该怎么办?"

齐夏听后也跟着思索了一下,问:"地虎,虽然道对你们没什么用,但若我赢走了地羊所有的道,算是给他长个教训吗?"

"你要赢走地羊所有的道?"地虎觉得眼前的男人有点可笑,"你知道羊代表什么吗?"

"当然知道。"齐夏点点头,"论起这个特长,我估计不比他差。"

地虎开始重新审视起齐夏,这个人给他一种别样的感觉。

"那既然如此……我改改要求。"地虎说,"我要你只身前往地羊的游戏,并且赢下他手中所有的道,这样我今晚就可以去笑话他了。"

齐夏听后微微思索了一会儿,问:"必须是我只身前往?"

"没错。"地虎憨笑了一下,"我想要确认你是不是个合格的合作伙伴。"

"好,成交。"齐夏抬头看了看天色,"在你今天下班之前,我来向你汇报成果。"

地虎点点头,又假装客气地问道:"难得有回头客,二位要来我的游戏中再次体验一下吗?"

二人纷纷摇头摆手,看起来地虎还算开心,此时居然开始主动揽客了。

齐夏和乔家劲告别了地虎,迎着朝阳启程了。

"'拳头'……"齐夏说,"你先回去把这件事告诉他们吧,我去地羊的场地转转。"

"可是你身上有门票吗?"乔家劲愣了一下。

"这……"齐夏也忽略了这个问题,他刚刚把所有的道都交给了地虎。

"你看！"乔家劲忽然从裤子口袋里掏出五颗道，"我昨晚偷拿了！"

齐夏听后露出一脸无奈的表情。

"我说……所谓偷拿，应该是不能让我知道的……"齐夏甚至不知道该怎么劝乔家劲了，"这五颗道你应该自己藏着，你现在掏出来救济我，这就不叫偷了……"

"骗人仔，我就是怕那地虎翻脸不认账，我们会血本无归，所以才偷拿这五颗的呀！"乔家劲义正词严地说。

"好吧……"齐夏点点头，接过了五颗道。

拿着乔家劲给的五颗道，齐夏朝地羊的游戏场地走去。乔家劲执意要送他一段路程，怎么说也不听。

虽说地级游戏都有不小的危险性，但齐夏还是有信心，就算游戏赢不了，保命应该能做到。

但要是出现了意外……

"'拳头'……"齐夏扭头说道，"如果下次我忘掉了一切，你记得告诉我'余念安说"咚咚咚"'……那样我就会相信你所说的话。"

"别这么悲观啊骗人仔。"乔家劲拍了拍齐夏的后背，"你要是敢把我忘了，我就给你一套擒拿大礼包，打也要打醒你。"

"这……"齐夏无奈地摇了摇头，"我没有记忆，你要是忽然跟我动手，我怕是会跟你拼命……"

"拼命就算了。"乔家劲伸了个懒腰，说，"那我还是照你的吩咐做吧，余咚咚说什么来着？"

"余咚咚？"

这句简单的话，齐夏教了乔家劲三遍才让他完全记住，但齐夏还是感觉很不靠谱。好在乔家劲的为人不错，就算他失去了记忆，应当也会跟他重新相识的。

二人走了大约半个小时，正好看到了地虎所说的酒吧。一个长着黑色山羊头的人正站在门口，他的身边还有十几个人，看起来是个大型游戏。

"骗人仔……你真的不需要我和你一起吗？"乔家劲看着远处的十几个人问，"这些人都要参加呢。"

"'拳头'，羊代表欺骗。"齐夏扭过头来说，"如果我们分到一队还好说……可如果是个人战，我不想骗你。"

"你骗我也没事啊。"乔家劲一脸天真地说。

"你这是什么逻辑?"齐夏皱着眉头说,"我明明可以选择不骗你,你却非要进去被我骗?"

"哦,也对。"乔家劲无奈地点了点头,"那你有把握吗?"

"我大概率不会死。"齐夏说,"但如果要赢走地羊所有的道,还得看规则是什么。"

"那……你自己要小心了。"

乔家劲还是有些担忧地看了看远处那十几个人,一对一互相欺骗的游戏他都不一定能赢过对方,若是十几个人一起互相诈骗……想想就可怕。

这个游戏并不适合他。

"你先回去吧。"齐夏说,"事成之后我去天堂口找你。"

送走了乔家劲,齐夏走向了人群。

地羊黑亮的短毛此时在阳光下闪闪发光,他抖了一下鼻子,看了看齐夏。

"门票怎么收?"齐夏问。

"五颗。"地羊说。

"五颗?"齐夏微微点了下头,大多数情况下地级的门票都是这个数量,乔家劲此次帮了大忙。

他拿出自己全部的五颗道丢给了地羊。

"还差几个人?"齐夏看了看周围的十几个男男女女,开口问,"什么时候可以开始?"

"游戏需要五十个人参与。"地羊的声线很平,完全听不出感情,"现在人数远远不够。"

"什么?"齐夏一愣,"五十个人?!"

这个庞大的人数让齐夏的心里也有些不安了。

"我们要玩什么?"齐夏又问。

"人数达标,知晓规则。"

听到这句话,齐夏也只能慢慢地站到了人群中,怪不得这些人看起来表情都有些凝重,原来都是被这种未知的恐惧感笼罩了。

五十个人的欺诈游戏,无论游戏规则是什么,难度都有些超标了。更何况……羊在解说规则时就可能说谎,这些人能够破局吗?

齐夏在路边坐下来,开始等候接下来的参与者。

五十个人的数量实在是太庞大了,齐夏和身旁的众人从早上一直等到了中午时分,人数才三十多个。之前参与的地牛游戏也只需要二十个人,可地羊游戏居然要五十个人……他真的能够驾驭这么大型的游戏吗?

"喂……"一个穿着西装的中年男人问,"如果人数凑不齐会怎么样?"

地羊平静地回过头,说:"那本次游戏作废。"

"作废?!"中年男人听不下去了,"你开什么玩笑?!我们都交了钱的!"

"那你想怎么样?"地羊的声线依然很平,听起来像个很呆板的人,"你要在这儿找麻烦吗?"

中年男人听后慢慢地低下头,沉默了。

齐夏看了看这些人,发现他们中大多数人的神情都很冷静,想来其中有些人在这之前已获得了回响。能够在第一天就参与地级游戏,不是回响者就是纯粹的新手,这有可能会让游戏更加激烈。

三十多个参与者站在街上非常惹人注目,很快就吸引了不少人前来问询,有的人中途放弃了,有的人选择加入。

让齐夏有些好奇的是,人群中有四五个人提着一个小型手包,看起来就像电影里进行地下交易的黑道组织。

又等了大约两个小时,一直到齐夏口干舌燥、腹中饥饿时,最后一个人才缴纳门票。

此时人头攒动的街头全是参与者的身影,齐夏放眼一望,其中男女老少皆有,这也是齐夏第一次在游戏中见到老人。其中有两三个人比较面熟,应该是天堂口的成员,但齐夏和他们并没有交集。

看来这里每天游荡的参与者非常多。

"很好,各位久等了,请跟我来吧。"地羊扭头打开了酒吧的门,带领众人进了建筑。

酒吧已经完全废弃了,里面的桌椅板凳散落一地。地羊径直走向了吧台,然后推开了吧台旁边的小门,露出了一个向下的楼梯。

"请注意脚下,小心摔死。"地羊轻声说了一句,带头走了下去。

队伍排得很长,齐夏在整支队伍的中后方,跟着熙熙攘攘的人群慢慢地向前挪动着。

"哎,兄弟。"身后一个方脸的男人拍了拍齐夏。

"怎么?"齐夏回头问。

"也不知道要玩啥,一会儿咱俩要不要合作一下?"

"哦?"齐夏打量了一下方脸的男人,感觉有点意思,"你要跟我合作?"

"是啊。"男人点点头,"羊是欺诈游戏吧?如果咱俩能够个提前打好商量,一起欺骗别人的话,那咱俩就占了先手优势啊!"

"好啊。"齐夏点点头,"那咱们就合作。"

他饶有兴趣地盯着眼前的男人,在欺诈的场地寻求合作,不知他究竟是个小丑……还是个高手?

楼梯的尽头是一个非常空旷的地下赌场,放眼望去,一台台一模一样、像是赌博机的东西摆在赌场墙边,此刻屏幕正闪闪发光,不知播放着什么内容,而赌场的桌椅几乎全部被撤走了,只有中间留着一张长桌。

地羊慢慢走到房间中央,站到了桌子前,语气平缓地开口:"请诸位过来站好。"

众人慢慢地凑到了桌子前,气氛有些压抑。

"下面我将讲述规则。"地羊扫视了一圈之后,静静地说,"我的游戏叫作四情扇,是个极其简单的游戏。"

齐夏差点被地羊逗笑了。五十个人参与,极其简单的欺诈游戏?

地羊从桌子底下掏出一个巨大的手提包,里面鼓鼓囊囊的,装了不少东西。他将手提包扔在桌子上,众人放眼一望,背包里是清一色的折扇。

地羊从当中掏出四把折扇,依次在众人面前打开,四把折扇上分别用楷体写着"喜""怒""哀""乐"。

"此所谓四情扇。"地羊说,"我的包中有四种数量相同的扇子,每个人在游戏开始时,会随机获得三把折扇,当然,折扇的内容也是随机的,此游戏获胜的规则同样简单……"

他手中拿着折扇,来到了墙边的一台赌博机前,众人纷纷跟了过去。

"这台机器叫作配对机。"

众人仔细打量了一下配对机,这台机器左右两侧各有一个按钮,中间有四个孔洞。

"配对时,需要找到另一个队友,二人分别按下两侧的按钮,视为开始配对。"地羊伸手按了一下右侧的按钮,只见屏幕上出现了地羊的照片,照片下面还有三张笑脸,文字显示:等待队友中……

"三张笑脸代表我总共还剩三次配对机会,接下来……"地羊看了看人群,目光停留在了一个高挑女人的身上,"你好,请来和我做一下示范。"

女人点点头,走了过去。

"请按下另一侧的按钮。"地羊说。

女人将信将疑地伸出手,慢慢按了下去,屏幕上又亮起了女人的照片。此时的文字也开始变化了,写着:二人就位,开始配对。

地羊拿出两把折扇递给女人,说:"所谓配对,就是双方各出两把折扇插入孔洞中,两个人只要能恰好凑齐'喜''怒''哀''乐'四种情绪的折扇,便可以双双离开,视为胜利。"

说完之后,地羊将两把折扇分别插入机器上的两个孔洞中。他身边的高挑女人有样学样,将手中的两把折扇也放了进去。

机器吞没了折扇后,屏幕显示"识别中……"。

没一会儿的工夫,字体一变,显示"配对成功"。

地羊点点头,回头说:"假如游戏已经开始,配对成功的两个人就可以离开了。"

齐夏听后慢慢地皱起了眉头。这个规则确实很简单,若能找到一个可以信赖的队友,每个人都可以安然无恙地离开,可既然如此,欺诈游戏的意义何在?

"丑话说在前面。"地羊再次看向众人,"每个人只有三次配对的机会,况且无论成功与否,用来配对的折扇都会被消耗掉。若三次都无法配对成功,就只能留在这里等死,两个小时之后,我会对所有留在此地的人进行制裁。"

"三次?"齐夏身边的方脸男人感觉有点不对,"我们一共只有三把折扇,每次配对需要消耗两把,我们如何进行三次配对?!"

"问得好。"地羊点点头,"半个小时后,我会开始给各位

183

补充新的折扇,在场的每个人都有补充扇子的机会,往后每半个小时补充一次,两个小时总共补充三次。"

"原来是这样……"方脸男人好像明白了什么,"也就是说我们手中的折扇还会增加?"

"没错。"地羊答应道,"请问还有谁有问题?"

"奖励怎么算?"齐夏开口问。

"奖励……"地羊看了看齐夏,又说,"所有逃脱成功的人请在上层静静地等待游戏结束,游戏结束后,每个活下来的人都可以兑换奖励,手中每剩一把折扇就可以兑换五个道。"

齐夏略微思索了一下,手中每剩一把折扇就可以兑换五个道……也就是说开局直接找到另一个人配对的话,就算配对成功,每个人的手中也只会剩下一把折扇,拿着这把折扇前去兑换五个道的奖励,刚刚好可以抵消门票。

这是平进平出的买卖,并不划算。

想要在游戏中获胜,并且有所收获的话,手中必须要积攒大量的折扇,如果每半个小时补充一次折扇,就会有一些人为了赢更多的道而把配对时间延后。

"你……你是说……"一个大婶举手问,"若我们最后没有找到搭档,就会死在这儿了?!"

"就是这样。"地羊点点头,"我给你们超出其他生肖的回报,你们自然也要面临相应的危险。"

这句话让一些人的面色变了,这场游戏是赤裸裸地拿命换道,但好在规则听起来很简单,想走随时可以走。

齐夏依然面色沉重,他总感觉怪怪的。身为欺诈游戏的主持人,他说的规则并不包含欺诈的内容,听起来更像个鼓励众人合作的游戏。

"如果大家都明白规则了,游戏将在十分钟后开始。"地羊说,"请各位排好队到我面前抽取你们初始的三把折扇。"

齐夏在队伍最后跟着众人慢慢前进着,众人一个接一个地领取了折扇之后慢慢站到一边,大家似乎都有意跟其他人保持着距离,有几个人已经迫不及待地打开手中的折扇看了。

这些人太天真了。

由于折扇是双面的,在他们打开折扇的同时,附近的人几乎都会看到他们折扇上写的文字,不管什么情况下,暴露底牌都是危险的做法。

眼看就要排到齐夏了,那个早就领完折扇的方脸男人却又来到了队伍中,对齐夏说:"哥们儿,还记得我不?咱俩可说好了要合作啊!"

齐夏没说话,只是假笑了一下,随即从手提袋中取了三把扇子。他远离众人退到角落中,背过身去,确定附近无人之后打开自己的折扇看了看。

三把都写着"哀"。

运气到底是什么东西?齐夏不禁冒出这个疑问来。

作为一个人,需要哀到什么程度,才能拿到三把都写着"哀"的扇子?

现在事情变得非常棘手,齐夏不论跟谁合作都只能掏出两把"哀",换言之,谁跟他合作都出不去。规则决定每个人都要出两把折扇,跟他组队的人绝对不可能把"喜""怒""哀""乐"凑齐。

那接下来要怎么办?齐夏皱着眉头思索了一会儿,假设他的运气"好"到极点,半个小时之后补充折扇时,又拿到了一把"哀"……

"喂!哥们儿!"方脸男人在身后拍了拍齐夏,齐夏立刻收起了折扇。

"你怎么跑这儿来了啊?"那人问。

"我……"齐夏扭过头,将折扇装到了自己的口袋中,"我只是来看看我的扇面。"

"怎么样?是什么字?"方脸男人又问。

齐夏不知眼前人是怎么回事,居然如此直白地询问别人的底牌。若他三把都是"哀"的消息传开,又怎么会有人愿意和他配对?

"除了'喜',剩下的三个字都有。"齐夏说。

"哦?是吗?"方脸男人思索了一下,"我倒是有'喜'啊,还有两把呢!这样看起来,咱俩是能凑齐'喜''怒''哀''乐'的啊!"

"所以你想赶紧出去吗?"齐夏问。

"当然啊……"方脸男人用力地点了点头,"这地方是要死人的,谁不想赶紧出去?"

"哦……"齐夏不痛不痒地回答了一声,然后话锋一转,"我可以答应和你配对,但你需要给我一把'喜'。"

"没问题啊。"方脸男人点点头,"到时候我掏一把'喜'一把'怒',你掏剩下的两把。"

"你误会了我的意思。"齐夏摇摇头,"我说我要单独的一把'喜'。"

"什么?"方脸男人愣了一会儿,"哥们儿……我没听错吧?"

"没有。"齐夏摇摇头,"如果想要跟我合作的话,你需要把手中剩下的那把扇子给我。"

"凭什么啊?"方脸男人有些不悦地看了看齐夏,"我虽然说过要跟你合作,但也不是必须跟你合作吧?"

"当然。"齐夏点点头,"你可以去找其他的队友,但我的原则不变,想要跟我合作的话,我要你手上的第三把扇子。"

"有病。"方脸男人摆了摆手,转身离开了。

地羊看了看四周的众人,然后站在了中央的桌子面前,开口说:"十分钟已过,下面游戏正式开始。"

一语过后,四周的人群都动了起来。

齐夏深叹一口气,揣着扇子在场地中慢慢地观望着。如此多人参与的游戏,第一个回合无非是大浪淘沙,那些胆小的、误入此地的,或是临时反悔的玩家将会大量逃脱,剩下的人才是这一场游戏真正的参与者。

此时已经有人开始互相交谈,更有甚者将自己的扇面展示给对方看,大家都洋溢着笑脸,四周一片轻松欢乐的景象。

齐夏来此处的目的本来就和其他人不同,他除了要活下去之外,还要尽可能地获得道。可三把"哀"到底要怎么进行第一步?

和齐夏意料中不同的是,过了足足十分钟的时间,仅仅有两对人逃脱。那四个人在识别成功之后,走上了通往楼上的楼梯。

齐夏觉得自己过于乐观了,人性的贪婪比他想象中的更加可怕。

因为半个小时之后地羊会补充折扇,换言之剩下的人每个人手中都会有至少四把扇子,配对之后剩余两把,最终得到的奖励也会从五颗道变成十颗道,所以一开始逃脱并不是明智之举。

可齐夏总是有种不祥的预感,地羊毕竟是会说谎的,他到底有没有在规则中说谎?

齐夏正在房间内闲逛,却忽然听到角落中传来吵闹的声音,扭头望去，一个看起来五大三粗的男人此刻正在抢夺一个消瘦男人手中的折扇。

"你干什么啊？"消瘦男人看起来非常紧张，"裁判！有人抢东西了啊！"

地羊的目光缓缓地飘向了二人，但对于抢夺折扇这件事他置若罔闻。

"你……你不管吗？"消瘦男人吓得眼镜都掉在了地上。

地羊此时居然闭上了眼睛。

五大三粗的男人看到地羊的样子，心里更有底了。

"给我拿来！"他伸出手狠狠地一拉，两把扇子被抢了过来。

消瘦男人死死地抓住手中的最后一把扇子，无论如何都不撒手，大汉不给他反应的机会，蛮横地拉扯着他。没几秒的工夫，只听刺啦一声脆响，第三把扇子被撕破了。

五大三粗的男人将扇子拿在手中看了看，此时的破扇子就像一把剪子，拿起一端，另一端就垂了下来。他不确定这把扇子是否还能用，思索几秒之后，抛还给了对方。

"做事留一线，日后好相见。"五大三粗的汉子笑了笑，"这把还给你吧。"

消瘦男人看起来气得不轻，可他完全不敢反抗，旁边的几十个人也都冷眼旁观，无一人上前制止，但是气氛明显在这一刻变了。

"我有个提议。"一个看起来非常时尚的女人此刻忽然高声说，"我们所有人都不和这个坏男人组队，让他留在这里等死。"

"什么？！"五大三粗的男人听到后气不打一处来，两步就来到了女人身前，"臭娘们，你找死？！"

"你要杀我吗？"时尚女人笑了笑，"我有预感，你要是杀了我，就更没有人敢跟你组队了。"

"什么？"五大三粗的男人慢慢地伸出手，似乎在犹豫该不该扇这个女人一巴掌。

齐夏感觉他就算不杀人也指定会让眼前的女人吃点苦头。

"喂，适可而止吧。"一个看起来二十岁左右的年轻人忽然出现，拦在了大汉面前，"这是一个合作才能逃脱的游戏，你不会要引起民愤吧？"

齐夏抬头看了看墙壁上的钟表，游戏才进行了十五分钟而已，就已经有这么多人按捺不住自己的内心了吗？他摇了摇头，不再理会吵闹的众人，反而走到了消瘦男人身边。

这个男人刚刚被抢走了扇子，现在还坐在地上抱着一把破折扇痛哭着。

"喂，别哭了。"齐夏说。

"啊？"男人抬起头，泪眼婆娑地看着齐夏。

"你那把破扇子上是什么字？"

男人慢慢地低下头，将手中的扇子小心翼翼地打开，上面挂着一个从中间被撕开的"怒"字，看起来格外讽刺。

"是怒……"消瘦的男人哭得格外伤心，"估计也不能用了……我该咋办……该咋办啊？！"

齐夏微微思索了一会儿，说："我和你换，怎么样？"

"换？"男人愣了一下。

"我这有三把扇子，我随便抽出一把来和你换。"齐夏说，"我保证我的扇子没破。"

齐夏的想法很简单，经过刚才地羊的演示，所有的扇子都是折起来之后投入到机器中的，说明机器不是在识别扇子上的字，而是识别扇子本体，所以撕破的扇子只要没有缺少零件，应该是能够使用的。

"可……可你为什么要跟我换？"消瘦男人又问。

"那是我自己的事情。"齐夏回答说，"你的扇子破了，留在手中也是个麻烦，现在你偷偷换给我，下一次补充扇子的时候你手中就有两把完整的扇子了，依然可以跟别人配对。"

消瘦男人听到这句话，反而谨慎了起来。他紧紧地抱着怀中那把被撕破的扇子，十分狐疑。

"不……不对吧？"消瘦男人思索了半天开口说，"大家都巴不得离被撕破的扇子远一点，你为啥要跟我换？你有什么目的？"

"什么？"

"你肯定没安好心……"

齐夏沉默了一会儿，感觉卑劣的人性真的很可笑。

"我可能是给你脸了。"齐夏冷笑一声，"抢你扇子的人你不敢反抗，我要跟你换破扇子你却怀疑起来了。算了，我反悔了，你在这儿等死吧。"

齐夏心想，现场还有四十多个人，很大概率还有人和他一样拿到了同样内容的三把扇子，只要对方愿意交换，他也没必要冒险换取破扇子了。

"啊？！别走啊！"消瘦男人忽然冲过来拉住了齐夏的手臂，"我只是随便问问啊……要不我就跟你换吧，毕竟这把扇子——"

"我说我反悔了。"齐夏冷言道，"机会不会留给你这种犹豫不定的人。"

齐夏虽然想交换手中的折扇，可他觉得自己没必要求着这个男人，随即甩开他的手离去了。

时间过去二十分钟，虽然没有其他参与者配对离开，但有不少人组了队。看来剩下的人都准备拿到接下来的补充折扇再逃脱，这样至少能够赚到十颗道。

正在齐夏观望众人的时候，之前见过的时尚女人冲他走了过来。

"你好。"女人轻声说，"你现在有队友了吗？"

齐夏摇了摇头，然后盯着她。

"要组队吗？"那女人说道，"你看起来挺聪明的，要不要和我一起大赚一笔？"

"大赚一笔？"齐夏上下打量了这个女人一番，她的妆容很精致，身上有着浓烈的香味，她穿着紧身的包臀裙，身材还算不错。

"是的。"女人点点头，"我有一个不错的计划，但我需要一个男人和我一起。"

齐夏感觉眼前的姑娘确实有点意思，她的提议不是逃脱，而是大赚一笔。

"那你需要我做什么？"

"保护我就好了。"女人说，"否则我感觉我会被打死。"

"那……我的报酬呢？"齐夏又问。

"好处少不了你的。"

齐夏嘴角扬了一下："所以你的计划是什么？"

"嗯……"女人想了想，"你跟我来吧。"

齐夏跟着她往前走，感觉自己好像仙人跳[①]当中的打手。很快，女人选中了一个中年男人。那中年男人一直在四处张望，好像在寻找合适的队友。

[①] 仙人跳，一种利用女色骗财的圈套。

"喂，大叔！"女人叫道，"要不要合作？"

"合作？"大叔愣了一下，"干啥？"

"你想出去是吧？我和你配对。"女人甜甜地笑了一下，"你那里有什么扇子？"

目光毫不客气地在女人身上来回扫视了一番后，中年男人才贼眉鼠眼地开口道："你……你先说你有什么。"

女人点点头，直接将三把扇子拿了出来，在手中展开给对方看。

"我有'喜''怒''哀'。"女人看了看男人，"只要你有'乐'，咱俩就配对成功了。"

中年男人思索了一会儿，从口袋中掏出两把折扇缓缓打开，是"乐"和"喜"。

"很好啊。"女人笑着点点头，"我出'怒'和'哀'，你出'乐'和'喜'，成交吗？"

中年男人将信将疑地又看了看女人的脸和腿，然后问："你不能骗俺吧？"

"不能，大叔，我骗你做什么？"女人直接拉住了大叔的胳膊，"你要是不放心的话，现在咱俩就去配对。"

中年男人有些狐疑地看了看女人身后的齐夏，低头思索了一会儿。齐夏也有些好奇眼前的女人到底想做什么，只能静静地看着二人，并没有开口说话。

"中。"大叔点了点头，然后盯着女人白皙的大腿说，"妮子，俺跟你配对。"

"太好啦！"女人就像没有感觉到男人的猥琐目光一样，依然甜美地笑着，"那我们去找台配对机？"

她拉着大汉来到了角落里，这里四下无人，显然是故意选择的地点。

齐夏紧紧跟在二人后面，虽然他并没有答应女人成为她的打手，但在这种角落中，不论做什么都会方便一些。

时尚女人来到配对机前面，伸手按下了左边的按钮，女人的照片出现在了屏幕上，下方有着三张笑脸。

此刻一行文字亮起：等待队友中……

"大叔，该你啦。"女人笑着对中年男人说。

中年男人点点头，伸手按下了另一侧的按钮，下一秒，中年男人的照片也出现在屏幕上，此时屏幕上的文字也变化了：二人就位，开始配对。

"大叔，你看起来不太主动啊。"女人依然面带笑容，轻声对中年男人说，"我都主动按下按钮了，你还不表示表示吗？怕我会骗你吗？"

"噫……那倒不是。"中年男人摇了摇头，也露出了笑容，"是俺不好，俺也该主动点的。"

他从口袋中掏出两把扇子，给女人展示了一下，正是"乐"和"喜"。女人点了点头，然后亲眼看着中年男人将两把扇子插入到两个孔洞中。

"好啦！俺的放进去了，妮子，该你啦！"大叔抬起头来望着女人，"你的'怒'和'哀'呢？"

女人笑着双手抱胸，往后慢慢退了一步："大叔，不好意思，我反悔啦。"

"啊？！"中年男人明显一愣，"小妮子，你说啥呢？！"

齐夏点了点头，他已经知道女人的战术了——自损八百伤敌一千，这个战术和他之前的那套思路差不多，计划不错，只是有点莽撞。

"我说我反悔了，大叔。"女人收起了笑容，反而略带戏谑地看向中年男人，"你一个好色的老鬼，到底凭什么觉得我会跟你配对？"

"妮子！你到底要干啥啊？！"大叔看起来手足无措，"咱俩都按了按钮，你现在反悔了怎么能行？！"

"无所谓啊。"女人耸了耸肩，"反正有三次配对的机会，再说我也没把扇子投进去。无非就是损失一次配对机会而已。"

"你……"中年男人气得吹胡子瞪眼，可一句话都说不出来。

"大叔，我们重新谈谈条件。"女人再度露出那意味深长的笑容，"你要是想让我把扇子投进去，就把你手里剩下的那把给我。"

齐夏冷笑一声，果然，这确实是欺诈游戏。若规则仅仅是逃脱，那是名副其实的合作游戏，可偏偏每把扇子都值五个道，如此一来人的本性就会展露无遗。

"给你一把扇子……"中年男人愣了一下，看了看自己口袋中的最后一把扇子。

"大叔，你应该明白的吧？"女人仰了仰自己的头，"就算你现在放弃我，去找别人配对……你也只有一把扇子了。"

"可是一会儿俺就有下一把了……"中年男人顿了顿，"你在耍诈……俺不能相信你。"

"你的下一把扇子要是重复了呢？"女人露出一脸狡诈的神情，"大叔，重复的概率是四分之一，你不想逃出去吗？你现在给我扇子，我现在就让你逃脱。可你若等上半个小时，然后又被骗的话……你的结局可就不好说喽。"

中年男人慢慢低下了头，表情格外复杂。他确实想逃出去，可如果一把扇子都留不下，他就亏了五个道。

究竟是道重要，还是命重要？

"妮子……俺真是错信了你。"中年男人跺了跺脚，最后还是掏出了第三把扇子，"行行行……俺不想和你们玩了，扇子给你，赶紧让俺走！"

"太好啦！"女人兴高采烈地点点头，"大叔，你果然很聪明的啊！"

可只有齐夏知道，这个大叔把自己送入了深渊。只见女人接过扇子放入自己的口袋之后，仍然没有任何行动。

"妮子，你干啥啊？"大叔声音颤抖地问，"你把扇子投进去啊！"

"大叔，对不起啊。"女人的表情再次冷漠下来，"我还有个想法。"

"啊？！"中年男人这次彻底破了音，"不是，妮子，没有你这样的啊！你这次又要什么？"

"我要你身上所有的道。"女人继续冷冷地说，"这次你给我道，我绝对会把扇子投进去。"

"妮子，你别狮子大开口！"中年男人来了脾气，"没有你这样欺负人的！"

"那算了，我走了。"女人摇摇头，毫不留恋地转身就要离去。

"别！别走！"

不到两秒钟，中年男人就慌了神，现在他所有的扇子都搭进去了，又怎么可能就这样放弃？

"俺……俺身上就三个道了！"中年男人颤颤巍巍地掏出三颗小球，"这是俺全部的了，俺不想死……你一定得说话算话……"

"放心，杀了你对我没有任何好处呀。"女人伸手夺过了三颗道。

齐夏无奈地摇了摇头，这个大叔已经彻底陷入了沉没成本效应。与世界上大多数失败的投资者一样，从他的角度来看，不继续投入只会损失得更多。从他第一次投入两把扇子开始，情况就已经进入了死循环。

"妮子……道和扇子都给你了，俺什么都不剩了……"中年男人声音颤抖地说，"你让俺出去吧，俺真的不玩了。"

齐夏慢慢往前站了一步，他知道需要自己的时候到了。

"对不起啊，大叔。"女人露出一脸委屈的表情，"我又反悔了。"

中年男人双眼一瞪，什么话都说不出来了。女人伸了个懒腰，直接就要离去。

"妮……妮子……你饶了俺吧，俺真的什么都没有了……"

"是啊，我知道。"女人点点头，回过身略带同情地说，"放心，大叔，这次我什么都不想要了。"

"什么都……不要了？"

"是啊，大叔。"她露出天真无邪的表情，坏笑了一下，"我们的合作已经结束了，我并不想出去，所以还要继续留在这儿。"

"什么……你……你……你……"

"大叔，我给你个建议。"女人拍了拍他的肩膀，"在这儿等一个小时，拿到两把扇子之后想办法出去吧。"

中年男人看起来已经有些绝望了："小妮子，你在害死俺……你不是说过害死俺对你没有好处吗？"

"我没有害死你，大叔。"女人叹了口气，"你现在不是活得好好的？虽然杀了你对我没有任何好处，但放你出去对我也没有好处。"

说完之后，女人摆了摆手，最终还是走了。

中年男人的心彻底凉了，他本想张嘴说点什么，可一看到女人身后的齐夏就有些发怵。他最终还是没有找女人的麻烦，只是像个输光所有筹码的赌徒一样倚着墙角缓缓坐了下来，痛苦地捂住了自己的脸。

他现在谁也不怨，只怨自己眼瞎。

这种人在社会上不占少数，可一旦到了终焉之地，懦弱和老实就是原罪。他就算从这里离开，也会死在别的游戏中。

齐夏看了看这个男人，只能无奈地摇了摇头，也转身走了。看来这个女人早就料到了这一点，她知道眼前的中年男人胆子并不大，翻不起什么浪花。

"怎么样？"女人回头问齐夏，"我是不是很聪明？"

"你管这叫聪明？你只有三次机会，能骗几次？"齐夏问。

"如果计划顺利，可以骗三次。"女人笑着捋了捋自己的头发，"越往后，我骗到的东西越多。"

"哦？"齐夏没想到眼前的女人胃口这么大，"第三次明明决定了你能否出去，你还要骗吗？"

"当然，孤注一掷时才能拿到最多的筹码。"女人转过头来，将三颗道递给了齐夏。

"做什么？"

"这次成功有你的功劳。"女人笑着说，"扇子太值钱了所以不能给你，这三颗道给你。"

"我什么忙都没帮上。"齐夏说。

"拿着吧。"女人执意要把三颗道塞给齐夏，齐夏只好收下了。

"小哥，你叫什么名字？"女人问。

"齐夏。"

"很好听啊。"女人点点头。

"那你呢？"

"我的名字怪难听的，说出来怕你笑话。"

"我想知道有多难听。"

"嗯……"女人无奈地摇摇头，低声说道，"我叫秦丁冬。"

"叮咚？"齐夏并没有想笑的意思，但还是不由得重复了一下这两个字。

"所以，齐同学。"秦丁冬笑着说，"你准备继续跟我合作吗？"

"我不好说。"齐夏摇摇头，"你这女人太会骗人了。"

"哈！那没有你保护我的话……"秦丁冬慢慢拉住了齐夏的胳膊，"人家会比较害怕。"

齐夏慢慢地推开女人的手："不好意思，说话就说话，不要这样碰我。"

"啊？"秦丁冬有点惊讶地捂了一下嘴，"你小子不会是个处男吧？"

齐夏皱了皱眉头："你问这个做什么？"

"真的啊？"秦丁冬看起来对齐夏非常感兴趣，她的手不由自主地想去调戏他，"你想不想让姐姐带你开开眼界？"

脸庞略微一红，齐夏竟然不自觉地退了半步，但片刻之后他就回过神来，摇摇头说："没必要，我结婚了。"

"结婚……了？"秦丁冬一愣，"你也太不会骗人了吧？以为我没见过男人吗？你这副羞涩的样子要是结过婚，姐姐我免费给你当一辈子用人。"

"你……你无不无聊？"齐夏的表情慢慢冷淡下来，"与其考虑这些事情，不如想想怎么赚道。"

秦丁冬听完这句话也慢慢收回了手，委屈地说："可你不打算继续保护我了啊，我也不知道该如何赚道了。"

齐夏眯起眼睛看了看秦丁冬，这个场地明明有这么多人，她为什么认准了自己？他思索了一会儿，缓缓说："秦丁冬，继续合作也不是不可，我能和你交换一把扇子吗？"

"交换一把扇子？"秦丁冬思索了一会儿，露出妩媚的笑容，"齐夏，你想要什么扇面？"

"我……"齐夏谨慎地看了看眼前人，开口说，"都可以。"

"噗。"秦丁冬掩嘴一笑，"齐夏，刚才我找你组队时，你就在试图和别人交换扇子，所以我才吃定了你。"

"哦？"

"我猜……你手中的三把扇子上是同一个字吧？只有这样你才会迫不及待地跟别人交换扇子。"

"所以呢？"

"所以跟我合作是你唯一的退路，如果你不听话……我会告诉所有人你有三把同样的扇子。"

齐夏嘴角微微一扬，略带戏谑地看向秦丁冬。

"现在大约过去二十五分钟。"齐夏抬头望了望墙壁上的电子钟，"你的威胁只能持续五分钟，下一次补充扇子时大家的扇面都会刷新。"

"是吗？"秦丁冬点点头，然后指了指远处的几个参与者，"齐夏，你有没有发现，这里有几个人提着手提包？"

齐夏早就注意到了，可他实在想不到手提包在这个游戏中的作用。

"所以他们是什么人?"齐夏问。

"齐夏,看起来你也保留了记忆,否则不可能在第一天就进入地级游戏,是吧?"

"是。"齐夏点点头。

"地羊的游戏很特殊。"秦丁冬眯起眼睛看了看远处的参与者们,"如果你足够聪明,可以一直在这里赚道,而那些人……就是来投机的人。"

这一句话点醒了齐夏。

"你是说……那些人是有备而来?"他又重新打量了一下那几个提着包的人,"所以他们手中的包里……装着道?"

"你确实很聪明啊。"秦丁冬点点头,"这里就像是一个社会的缩影,在这个游戏中你会看到现实中所有能够发生的事。"

齐夏听后感觉很好奇,他有点期待接下来的画面了。

"那么你带了多少道?"秦丁冬问道,"除了我给你的那三颗,还有富余吗?"

齐夏没回答,只是面无表情地耸了耸肩。

"若不跟我合作,你大概率只能赚取五个道,运气好一些是十个道。"秦丁冬继续说,"可你看看场上那些人的表情……他们的目的有可能是几十颗,你怎么跟他们斗?"

"有点意思……"齐夏点点头,"也就是说地羊的游戏已经持续了几个循环,并且在参与者中小有名气?"

"当然。"秦丁冬点点头,"大家都想拿到三千六百颗道,聪明的人自然会找最适合自己的方法。"

齐夏伸手摸了摸下巴,他知道事情不会像秦丁冬所描述的一样简单。如果地羊的游戏真的可以稳定赚取道,那应该早就有人凑齐三千六百颗了。既然如此……变数在哪里?

"所以齐夏……你不考虑考虑吗?"秦丁冬再次用暧昧的语气问,"不考虑一下我?"

"暂时不考虑了。"齐夏摇摇头,"你可以跟他们说我手中是三把一样的扇子,这对我没有任何影响。"齐夏慢慢地转身离去,走了三步之后回头说,"但我觉得你这个人很有意思,有机会的话,我会给你介绍客户的。"

见到自己的威胁并没奏效,秦丁冬慢慢收起笑容,无奈地叹了口气:"好吧……只能期待咱们下次合作了。"

齐夏和秦丁冬分开后来到了场地中间，重新打量了一下四周的参与者。他此刻有些懊恼，他早该想到的，这些在第一天参与地级游戏并且留到现在的人中，定然有曾经参与过这场游戏并且活下来的人。地羊的游戏和地牛、地虎、地鸡的都不同，既不需要团队合作，又不存在生死拼杀的对抗，所以相对安全很多。只要有实力，便可以一次次地在这个游戏中赚取道，因为在这里获胜依靠的不是别人，而是自己。

时间一分分推进，转眼又过去了五分钟。房间中央的地羊又从桌子底下拿出了一个手提包。他拿出了一大堆扇子摆在了桌面上，放眼望去有四五十把。

见到地羊的动作，场地内的众多参与者全都聚了上去，看来补充扇子的时候到了。

齐夏跟着众人走上前去，这一次只要他拿到的不是"哀"，接下来的情况就不会这么被动了。可让他没想到的是，当地羊把扇子摆满桌子之后，又默默地掏出一个小黑板立在了桌面上，上面写着：折扇每把售价三颗道。

齐夏微微一怔，他终于知道地羊之前哪里说谎了——补充扇子。严格意义上讲，地羊也不算是完全说谎，这确实是补充扇子，只不过有很多人都补充不了。正如他自己所说，每个人都有补充扇子的机会，可不见得大家都有补充扇子的能力。

"喂，裁判，这什么意思？"一个老头问。

地羊伸出手拍了拍小黑板："就是字面意思。"

齐夏看到很多人都露出了为难的神色。这也难怪，毕竟今天是整个循环的第一天，能够掏出五颗道缴纳门票的人已经可以算优秀了，想要再拿出三颗道来购买扇子自然是有些勉强。这明明是个稳赚不赔的好买卖，三颗道的扇子可以兑换五颗道，可众人任由机会消失在眼前，根本无力参与。这种感觉像极了人生，每当你想用钱来赚钱时，恰恰没有钱。

可地羊这么做的原因让齐夏有些迷惑，就算他不在乎道，只在乎人命，可出售扇子如何让人丧命？

一个年轻人拿着手提包缓缓地走了上去，直接将包扔到了桌子上。剩下几个拿着手提包的人也纷纷上前，都将手提包亮了出来。他们打开包，每个人的包里都装着二三十颗道。

齐夏这时理解了秦丁冬所说的投机，这是一个非常简单暴力的投资游戏，只要你的本钱够多，就可以赚到足够的道。

齐夏嘴角一扬，他也终于明白这场游戏会如何丧命了。

"很好。"地羊看着手提箱点点头，"请随意挑选。"

挑选？众人一顿，这一次补充的扇子居然不是随机的，竟然可以挑选？

五个提着手提包的男人直接上前去，有四个人开始挑选扇子，围观的众人也在此时窃窃私语起来。

"难怪刚才那个叫秦丁冬的女人要给我三颗道……"齐夏摸了摸自己的口袋，"你是想看看我的能耐吗？"

四个带着手提包的人都拿到了将近十把扇子，第五个人却愣愣地站在一旁，不知该如何选择。

齐夏见到桌子上的扇子少了一大半，也默默走上前去，拿出自己的三颗道交给了地羊。

"请挑选。"

对齐夏来说这是个极好的机会，如果能够挑选折扇，他自然应该拿除了"哀"之外的任何一把，这样才可以保证自己能够跟别人配对成功。

"齐夏，你要买哪把？"秦丁冬忽然出现在齐夏身边。

齐夏看了看她，回道："当然是我缺的那把。"

他打开一把折扇看了看，是"喜"。只要有了这把"喜"，他出去的机会便会增加不少。可是……在地羊的欺诈游戏中，现在应该拿这把"喜"吗？

既然想要赢裁判的道，自然不必着急出去。齐夏思索了片刻，将"喜"放下，又拿起了另一把扇子，是"哀"。

"我要这把。"他将扇子揣进口袋，然后回头不冷不热地看了一眼秦丁冬。

"哦？"秦丁冬笑着点了点头，"加上这把'哀'，你就可以出去了吗？"

"勉强能出去。"

秦丁冬耸了耸肩，转身离开了。齐夏拿着手中的"哀"看了半天，走向了身边的一个男人。这个男人虽然拿着手提包，但此时看着桌面上的扇子犹豫着。

"兄弟，你在犹豫什么？"齐夏问。

那人见到齐夏过来立刻露出了警惕的表情："你问这个做

什么？"

"我想和你做个买卖。"齐夏说，"一个让你稳赚不赔的好买卖。"

"买卖？"那人的表情看起来略有兴趣，但语气将信将疑。

齐夏点点头，往前走了一步，说："兄弟，我准备送你一把扇子，但你需要帮我一个小忙。"接着他在男人的耳边低语了几句，男人紧张的神情这才慢慢放松下来："就这样？"

齐夏点点头："嗯，就这样。"

男人思索了一会儿，又看了看齐夏手中的那把扇子，最终还是同意了他的提议。他花了身上所有的道将地羊桌面上剩余的八把"哀"都买走了，这样一来齐夏最初的目的已经达成了。接下来的半个小时里，其他人手中的"哀"要么被配对机回收，要么被配对成功的人带走，整个场地里的"哀"只减不增。

最后时刻，又有七八个人上前掏出口袋中的道买了折扇，其中大部分人只买了一把，有一个中年女人道有富余，买了桌面上的最后两把。

现在的计划还剩最后一步。齐夏转头看了看那个买走了所有"哀"的男人，心想自己接下来一定要保证他能安全离开。

现在情况有些棘手。第一，现在已经出现了贫富差距，现场拥有了五个"富人"和一群"穷人"，更可怕的是这里唯一的执法者并不会干涉暴力事件，所以"富人"必须第一时间逃离，拖得越久越危险。第二，"富人"的数量是单数，按理来说为了保险起见，"富人"要两两组队逃离，这就会导致五个"富人"中会有一人落单。

无论如何，齐夏都要保证他身旁的"富人"能够逃离，如果这个"富人"不幸留在了这里，他的计划就会全面崩盘。

果然，远处的两个"富人"显然早就想好了对策，他们紧紧靠在一起，朝着墙边的配对机快步前行。而另外两个"富人"看起来互相不认识，两人都有所防备，并没有在第一时间组队。

齐夏正在快速思考着对策，而远处的两个"富人"已经在机器前面按下了按钮。

他们要跑了。

这种强强联合的模式，一般的"穷人"肯定没有实力干涉，但……果然如齐夏所料，一个五大三粗的汉子来到了两个"富人"

身前，用他那臃肿的身躯挡住了配对机。

这个汉子之前还抢夺了那个消瘦男人的扇子。

"你做什么？"其中一个"富人"问。

"兄弟，你们吃肉，我也得喝点汤啊……"大汉笑着说，"现在这个配对机让我接管了，如果想使用的话需要交点钱的。"

两个"富人"面面相觑，然后开口问："你要多少？"

看来他们的主要对策是破财免灾。

"我要你们手上一半的扇子。"大汉回答。

一个"富人"听到这句话后冷笑一声，反而从口袋中掏出了一把尖刀。他把尖刀拿在手里，并没有其他行动，但也让大汉的表情变了变。

齐夏知道这几个"富人"定然早有准备，否则不可能做这么大胆的举动。只见那个持刀男子将刀拿在手中，既没有服软，也没有威胁对方，只是缓缓开口说："两个选择，第一，我们一人给你一把扇子，你让我们走；第二，我们和你拼命。"

持刀男子的语气非常老辣，很显然，他对这种情况已经司空见惯了。他给出的两个选择天差地远，正是生意场上孤注一掷时的谈判手法，要么共赢要么双输，绝无中间值，这会潜移默化地影响大汉的选择。

大汉听后果然谨慎地思索了一会儿，毕竟两把扇子对他来说本来就是天降之财，如果在这里拼起命，不仅会一无所有，更有受伤的可能。

"行吧……"大汉点点头，"但我要再加一条。"

"你说说看。"

"你们逃出去的时候，把刀留下。"大汉指了指持刀男子手中的尖刀，"两把扇子外加一把刀，那我们就成交了。"

这句话说得清清楚楚，让场内的众多参与者都听见了。大家的面色都有些不自然，他们知道如果大汉拿到了刀子，情况定然不妙。可这个问题明显不在"富人"的考虑范围之内，只见他看了看手中的尖刀，点了点头："我逃出去之前会把刀子扔回来，但现在必须由我保管。"

"好的好的。"大汉谄媚地点点头，竟然站在二人身后保护起了二人。

他转身又对其他围观者吼道："你们看什么看？这单买卖我

做了，都给我滚！"

齐夏冷眼看了看他，又扭头对身边的"富人"说："你危险了，快去找人组队吧。"

那人从口袋中掏出手帕擦了擦汗，然后失神地点点头，问："兄……兄弟，你不跟我组队吗？你在这儿也很危险啊……"

"不了。"齐夏摇摇头，"但我会保你出去的。"

齐夏稍做思索，拉着眼前的"富人"走向了另外两个没有组队的"富人"。这三个"富人"看起来互相都不认识，这正是极好的机会。

"兄弟们。"齐夏站在他们面前开口说，"你们知道现在是什么处境吧？"

那两个"富人"有些狐疑地看着他。

"你们每个人身上都有差不多十把扇子，现在还没被哄抢是因为这里的人还存有一点理性。"齐夏在三个人之间低声说，"你们要不要考虑一下组队逃脱？"

"我们逃不逃脱和你没什么关系吧？"一个年长的"富人"开口说，"你那么关心做什么？"

齐夏听后点了点头："确实和我没什么关系……"他指了指自己身边的"富人"，"但这位是我的朋友，我建议你们先跟他组队，我来保证剩下的一个人能够百分之百地逃出去。"

"什么？"三个人都愣了一下，包括齐夏要保护的那个"富人"也没料到齐夏能说出这种话来。

齐夏顿了顿，又说："你们应该知道的……时间每过去一秒，你们离死亡就越近。"

三个"富人"明显感觉不妙，但也不知如何是好了。

"有要跟我朋友组队的吗？"齐夏趁热打铁地问，"你们应该知道用不了几分钟，场上拥有十把扇子的人就只会剩下你们三个，只要那个大汉一拿到刀，便会第一时间把矛头指向你们，到那时候再做决定可就晚了。"

那二人此时也思索了起来。那个较为年长的人考虑了一会儿，率先开口说："这位小哥说得对。我决定和你的朋友组队。"

"啊？真的？"齐夏身旁的"富人"笑了一下，"太好了！"

两个人对视了一眼，紧接着就要去找配对机，却被第三个"富人"拦住了。

"不⋯⋯不对吧？你们两个做啥子？"那人问，"你们两个组队了，我咋子办？"

"我有办法。"齐夏伸手搂住了这个操着川渝口音的大哥，"大哥你别着急，我说过了，我保你出去。"

"啥子？"

"来，大哥，跟我来。"齐夏搂住那男人的肩膀，将他带到一旁。

齐夏一边走着，一边用余光看向那两个富人，他们在另一个配对机上按下了按钮，这才互相信任地点了点头。

"帅哥，你真有办法吗？"川渝大哥开口问，"你莫要水我哦①。"

"当然、当然。"齐夏点点头，"我马上帮你找到另一个队友。"

齐夏说完，将川渝大哥带到了秦丁冬那儿。

"哟？"秦丁冬正在物色新的猎物，紧接着就看到齐夏将一个大哥带到了眼前。

"秦丁冬，你不是一直说想找个人一起出去吗？"齐夏冲她点了点头，"这位大哥也正好想要出去。"

"哦？真的吗大哥？"秦丁冬上前一把拉住了大哥的胳膊，"你也想赶紧离开这里是吧？"

"是嘞。"大哥点点头，"幺妹儿②，你也要出去？"

"太好了！实在是太好了！"秦丁冬一脸委屈地说，"我刚才被骗了！有个人让我浪费了一次机会，我现在都不知该怎么办了⋯⋯"

"没事没事⋯⋯"大哥憨笑着摇摇头，"我和你配对，咱们赶紧出去嘞。"

"好的好的！"秦丁冬看起来心有余悸地点了点头，然后拉着大哥就往身边一个配对机走去。

齐夏盯着他们二人的同时还关注着远处那个带着所有"哀"的"富人"，这两组几乎是同一时间开始配对，他只能期待双方都能成功。

"大哥，我已经按下按钮了。"秦丁冬笑了笑，对身边的川渝汉子说，"你也该表示表示了吧？怎么那么不主动呀？"

"美女，你得先把扇子放进去，我才能相信你。"川渝大哥

---

① 川渝地区方言，意为"你不要骗我"。
② 川渝地区方言，意为小姑娘。

低声说。

秦丁冬顿了一下,而齐夏在一旁饶有兴致地盯着二人。

一个拙劣的女骗子,一个至少参加了两次这个游戏的大哥,二人到底谁能胜出?

她思索了一会儿,笑道:"大哥,我不是不相信你,可是我上一次就是这么被骗的。"

"哦?"川渝汉子打量了一下秦丁冬,"你兜里明明有四把扇子,却说上次被骗了……你当我瓜娃子[①]嗦?"

"大哥,你误会了。"秦丁冬摇了摇头,"我确实被骗走了一把扇子,当时我手里只剩两把,这两把是我新买的。"

"我刚才一直站在地羊那里,怎么不见你买扇子嚯?"

"因为我买得早啊。"秦丁冬回答,"大哥,你不会真的是骗子吧?你不准备放扇子进去?"

"我……"川渝大哥依然谨慎地看了看齐夏和秦丁冬,转而又问,"你们两个之前就认识吗?"

秦丁冬和齐夏互相看了一眼,感觉眼前的男人并不好骗。想来也是可以理解,能够带着手提包进到这个游戏的人,不可能傻到哪儿去,他们自然知道可能会发生什么情况。

"我也不想认识他。"秦丁冬静静地开口说,"大哥,这人就是个人渣。"

"啥子?"大哥听后愣了一下,"人渣?"

"我不是说我被骗了吗?"秦丁冬嘟起嘴,指着齐夏一脸委屈地说,"骗我的人就是他。"

齐夏听后无奈地摇了摇头。这个叫秦丁冬的姑娘思维确实很活跃,但她的手段略显低级。

"你说这个男人骗了你?"大哥显然有点想不通了,"可刚才是他把我带来的嚯!"

"是啊。"秦丁冬点点头,"他骗了我之后感觉很内疚,说一定会让我出去的,但我无论如何也不会跟他配对了,所以他才答应帮我找另一个队友……"

"是……是这样……"大哥继续狐疑地盯着二人。

"我不是让你别说出来吗?"齐夏冷喝道,"你现在说出来,我怎么办?"

[①] 川渝地区方言,意为傻瓜、笨蛋。

"我为什么不能说？！"秦丁冬反驳道，"明明就是你干的！现在却不让说了？有种你当时别骗我啊！"

"我是不是给你惯的？"齐夏往前走了一步，压低声音恶狠狠地问，"我能给你找来一个愿意配对的队友已经仁至义尽了！你居然还把我的身份暴露了，你让我接下来怎么办？！大家要是都知道我是骗子的话，谁跟我配对？！"

"那也是你自己的事情！"秦丁冬看起来情绪失控了，"你就算死在这里也是你自己活该！我凭什么要帮你瞒着？"

川渝大哥被这突如其来的一幕吓了一跳："你……你二人先莫吵……"

"你给我闪开。"齐夏冷喝道，"我今天不给这个女人三个耳光我就不叫李明。"

"李……李兄弟！"大哥走上前来死死地抓住了齐夏，"你给我面子！给我面子！别打架！当务之急是赶快逃出去噻！"

"大哥，我反悔了！"秦丁冬面色阴沉地说，"你让这个人走远点！他在这儿的话我就不配对了！"

"你……"齐夏指着秦丁冬，佯装要上前揍她。

大哥又立刻拦了过来："小李小李！你先冷静点！"

齐夏看起来气得不轻，直到大哥好说歹说，他才同意往后退了几步。

"幺妹儿，咱们搞快点吧！"大哥从怀中掏出扇子，跟秦丁冬确定了图案之后插进了机器中，"我现在不能拖了，越拖越危险！"

"好的好的！"秦丁冬也赶忙点头，然后伸手去掏扇子。

掏了半天之后，她慢慢地抬起头，露出了一脸坏笑："大哥，对不起啊，我……有点反悔了。"

"啥子？"

"你扇子那么多……出去的话肯定能大赚一笔吧？"秦丁冬说道，"可我不一样……我什么都没有……"

"呵……"大哥沉默了一下，"幺妹儿，你现在手上有四把扇子啊。你只要投进去两把，出去之后能赚十个道的。"

"不够啊，大哥。"秦丁冬笑着挽起了对方的手臂，"大哥，你分我两把怎么样？"

"分你……两把？"大哥皱着眉头看了看她，"你疯了吧？

两把可是十个道，你胃口也太大了。"

秦丁冬笑着指了指配对机："你已经投进去两把了，就算你现在不跟我配对，也会损失两把……你仔细想想，结果明明是一样的啊。"

"你……我明白了……"大哥怒笑一声，"你才是那个骗子啊！你们合起伙来骗老子？"

"怎么会呢？"秦丁冬依然露出一脸委屈的表情说，"大哥，我真的被骗了，我现在只想在最后关头拿几把扇子出去，这样我能弥补一些自己的损失。"

齐夏站在不远处看着两人的状态，正在盘算接下来有可能发生的事。

这个大哥会中计吗？按照秦丁冬的做法，她大概率不会放这个男人出去，只会尽可能地骗取他所有的财富。他的财富太多了，他不仅会被骗掉游戏里的扇子，也会损失所有买扇子的道。所以，他跟之前那个被秦丁冬骗的大叔不同，他有可能会跟秦丁冬拼命。

一旦场地内发生如此严重的暴力事件，情况就会失控，就算秦丁冬能活下来，她也会成为下一个"富人"，马上就会成为其他人的目标。

现在最好的办法是……

"大哥，你想好了吗？"秦丁冬继续问，"只需要两把扇子，你就可以拿着剩下所有的扇子逃出去了。"

"幺妹儿……我有个新想法……"大哥叹了口气，最终说，"你先把要放进机器的两把扇子拿出来，咱俩一手交钱一手交货。"

"嗯？"

"我给你两把扇子之后，你立刻把那两把放进去。"大哥慢慢露出了阴狠的笑容，"你要是敢耍赖……我绝对会在这里弄死你。"

秦丁冬看着眼前男人的状态，不由得后背一寒。这个男人似乎有点危险。

"幺妹儿，你可能不知道我来之前是做什么的……"大哥继续阴冷地说，"今天我不想惹事，所以给足了你面子，希望你好自为之吧。"

秦丁冬听后咽了下口水，然后朝齐夏投去了求助的眼神。齐夏嘴角一扬，慢慢地走了过去。

秦丁冬和眼前的大哥明显僵持住了，此时只缺一个动力。

"大哥，虽然很对不住你，但你没有选择了。"齐夏对川渝大哥说，"若你不按照她说的做，我会在这里和你扭打起来。"

"你觉得能打赢我？"男人咬牙切齿地看着齐夏。

"我根本不需要打赢你。"齐夏冷笑一声，"你信不信……一旦我动起手来，自然会有源源不断的同伙前来帮忙。"

男人听到这句话背后一寒，他知道齐夏说的不无道理，现在的他就像是一辆翻倒在路边的货车，一旦有一个人上前抢夺货物，自然会引来无数哄抢者。

男人思索了良久，权衡了各种利弊之后，最终还是吐出两个字："算了……"

他低下头，从手包中掏出了两把扇子："幺妹儿，我事先说好，这两把扇子给你之后若你敢反悔，我可以连命都不要，一定弄死你们。"

秦丁冬听后也面色一沉，扭头看向齐夏。按照她的想法，自然是想将诈骗进行到最后一轮，可现在才第二轮就要逃脱吗？

"当然啊，大哥。"齐夏点点头，"如果你这次没出去，我站在这里让你活活打死。"

这句话说完之后川渝大哥并没什么反应，秦丁冬却听不下去了："你——"

"你过来，我有话和你说。"齐夏对她说。

秦丁冬听后思考了一下，随后点了点头，来到齐夏身边。齐夏将她拉到一旁，低声说："你走吧。"

"啊？"秦丁冬也压低嗓子，"什么意思？"

"你已经失败了。"齐夏说，"现在走是最好的选择。"

"你……你让我现在就逃脱？"

"秦丁冬，你以前参与过这个游戏吗？"齐夏问。

"没有。"秦丁冬摇了摇头，"我只是听说过。"

"我感觉你接下来不会有更好的机会逃脱了。"齐夏说，"现在逃脱对你来说可以利益最大化。"

秦丁冬算了算这次的收益，除去配对用的两把扇子，自己还会剩余四把，也就是二十个道，虽说收益已经非常好了，可正常人在得知有可能赚取更多的情况下是不会知足的。

"齐夏，我不想逃。"秦丁冬说，"我应该还可以再多拿一些……"

"你还是惜命吧，你的骗术不仅有些拙劣，更会让自己招惹无数敌人。若你骗走了这个男人所有的扇子之后留在了这里，你就是新晋的'富人'，那时候大家会把矛头转向你，你又该怎么办？"

"我……我可以让你保护我。"

"现场有几十个人。"齐夏说，"你觉得我有多大可能拼了命地保护你？"

秦丁冬听后沉默不语。

"更何况……我也不可能跟你配对出去。"齐夏警惕地环视了一下四周，"我想要的比你更多。"

"什么？"

"所以你趁这次机会出去吧。看在你给了我三颗道的分上，我再帮你一次。"

秦丁冬仔细地思考了一下齐夏所说的话，感觉他所言不虚。但不知道为什么，她总感觉这是齐夏的一个计谋。她回到了川渝汉子身边，开口说："大哥，我跟你坦白一件事。"

男人的脸色明显沉了下来："幺妹儿……你想好了再说。"

"是，我想好了。"秦丁冬点点头，"本来……我这次打算再欺骗你的，可是我不想骗你了，这一次我就准备把扇子投进去。"

男人听后狐疑地看了她一眼："那你为什么不投？"

"我决定要三把扇子。"秦丁冬一脸严肃地说，"两把已经不能满足我了，三把，只要你给我三把，我绝对——"

话音一落，男人立刻伸手掐住了秦丁冬的脖子："你真的找死……"

"喂！"齐夏眼神一冷，赶忙走了上去。他伸手掐住了男人的手臂，一时之间也不知该如何是好了。虽说刚才齐夏言之凿凿，但真要动起手来绝对是双输的局面，无论是齐夏出手抢夺，还是川渝男人在这里杀死秦丁冬，参与者们都会失控。

"秦丁冬，你做什么？"齐夏也疑惑地问，"你拿着两把扇子出去不就好了吗？"

"不……"秦丁冬咬着牙说，"我就要三把……"

齐夏从未想过眼前的姑娘会如此贪心，自己已经把路线都给她规划好了，她为何要急转弯呢？

"既然如此……"齐夏只能将矛头又对准了川渝汉子,"兄弟,你若不松手,我真要夺你扇子了。"

"啥子?你——"

"我只数三下……"齐夏皱着眉头说,"三秒钟之后咱俩必须有一个人交待在这儿。"

男人的面色非常难看,他似乎一直在揣摩齐夏的深浅。

"一、二……"

三还未出口,男人已然松了手。

正所谓光脚的不怕穿鞋的,齐夏手中只有三把扇子,他输得起,可这个男人输不起。

"三把……扇子……"男人咬着牙说,"你们两个人真的太蹬鼻子上脸了。"

"行还是不行?"齐夏立刻打断道,"我不要听那些埋怨的话。"

男人想了想,说:"可以……但这是最后一次了。"

听到这句话,齐夏慢慢松了口气。

男人将三把扇子非常粗暴地扔到秦丁冬怀里。虽说他手中有十一把扇子,可这次配对让他损失了五把。秦丁冬拿过扇子之后面露一丝微笑,然后将两把扇子投入了机器中。

"识别中……"

"配对成功。"

见到这四个字出现,三个人都松了口气。

齐夏有些不解地问:"秦丁冬,你到底搞什么?明明——"话还没说完,秦丁冬将一把扇子递到了他面前:"给你。"

"嗯?"齐夏一顿。

一旁的男人也有点愣住了。

"给我?"齐夏确认了一次。

"你帮了我好几次,这把扇子是替你要的。"秦丁冬揉了揉自己的脖子,"有了这把扇子,咱们俩就两清了。"

齐夏有些不可置信地接过扇子,刚刚他还以为秦丁冬是由于太过贪心而临时起意加了一把扇子,可现在看来……她居然在报恩?她难道不知道自己在骗她吗?

"好啦。"秦丁冬笑了一下,"最后这一次如果没有你的话……姐姐应该就交待在这里了,如果以后孤单寂寞了记得告诉姐姐，我走啦。"

她冲齐夏挥了挥手，然后伸手亲昵地挽住了川渝汉子："大哥，我们也走吧！"

见到二人离去的背影，齐夏不再理会，而是把扇子打开瞥了一眼，这把依然是"哀"。他抬起头来，忽然看到一个老汉冲着秦丁冬跑了过去，不等秦丁冬反应，那老汉一拳将她打翻在地。

齐夏一愣神的工夫，那个老汉已经抬起脚狠狠地踢在了秦丁冬的小腹上。齐夏走了上去，大喝一声："喂……"

老汉转过头来，满脸怒气地盯着齐夏，这时齐夏才认出眼前的老汉是第一个受骗者。秦丁冬种下的恶果现在找上门来了。

之前秦丁冬安抚老汉，要他再等一个小时，拿到两把扇子之后就出去。可现在从地羊那里补充扇子是需要用道来购买的，他既没有扇子也没有道，百分之百要死在这里了，所以他彻底崩溃了。

齐夏盯着老汉，正在思考是应该让他冷静下来，还是立刻放弃秦丁冬。

"你干啥？！"老汉没好气地问，"俺今天要打死这个贱女人，谁拦俺都不好使！"

老汉的嗓门非常大，引得众人纷纷围观。老实人的脾气就像火山，积攒到一定程度之后会引发毁灭性的后果。这半个小时已经足够他积攒愤怒了。

"有点麻烦……"齐夏感觉到了危险。他感觉这个老汉将打破一堵完全看不见的墙，这堵墙倒塌之后，场上众人的兽性都将迸发出来。

"大叔……"齐夏咽了下口水，"你听我说……我可以给你一把扇子，但你如果在这里动手杀人的话……"

"滚！"老汉失了神一般大叫一声，"和你有啥关系？！俺今天不活了！俺就要杀了她！"

围观的参与者越来越多，他们都注意到了秦丁冬和川渝汉子口袋中的扇子。虽说要逃走的二人不是两个"富人"，但绝对算得上是"小资"。

对于众多参与者来说，这二人死在这里自然再好不过，他们的扇子将会成为无主之物，那时候很多人都可以分一杯羹，只是现在谁都不愿意率先沾上鲜血罢了。

齐夏皱着眉头，快速地想着对策。眼前的大叔已经没有任何希望了，绝对会拼个鱼死网破，这事虽然是秦丁冬有错在先，但为了自己的利益考虑，齐夏要尽量防止死人的事件发生。

可让齐夏更加绝望的事情接踵而来，先前买走所有"哀"的"富人"和另一个"富人"已经配对完毕，本想从楼梯上逃脱，此时也被一群围观者挡住了去路。现在除了一开始就已经逃脱的两个"富人"之外，剩下的"富人"都被拦住了。

在这场游戏中，贫富差距导致的后遗症已经开始出现症状了。

还不等齐夏反应，一个持刀大汉直接站在了逃脱的楼梯上。先前那对"富人"逃脱时将刀子给了他，此时的情况急转直下，欺诈游戏有可能会进入第二个阶段——暴力阶段。

现在并不是看谁更有谋略，而是看谁的拳头更硬、谁的手中有刀。

"喂！"持刀大汉喝止住了正在殴打秦丁冬的老汉，"你光打她有什么用？！把她的扇子拿来！"

"扇……扇子……"老汉看了看秦丁冬口袋中的扇子，不由得咽了下口水，"说的是啊！俺的扇子被骗了……"说罢，他弯下身来抢夺秦丁冬的扇子，"你这贱人……把扇子给俺！"

秦丁冬死死地捂住自己的口袋："不行！我不给！"

"你不给俺就杀了你！"

此时的齐夏也无法坐视不管，冲上前去将老汉拉开了。

"哎？！"

"各位！"齐夏大声喊道，"你们仔细想想……一旦这里出现死人的情况，接下来就会一发不可收拾，每个人都有可能死在接下来的游戏中……你们真的做好准备了吗？"

众人面无表情地看着齐夏，皆是一副事不关己高高挂起的神色。想来也是，现在马上要死的是眼前的几个"富人"，并不是他们。

此时的齐夏只有一个念头……谁能站在自己这边？孤木不成林，哪怕有一个人都好。

队伍中有个皮衣男似乎想上前说点什么，却被另一个皮衣男拦下了。一个"富人"见到众人僵持不下，提着自己的手提包趁乱直接冲向了出口。

齐夏先是慌张地看了一下那个"富人"，转而又露出侥幸的神色。逃跑的"富人"并不是买走所有"哀"的男人，而是跟他组队的人。持刀大汉在所有人的注视之下，三步并作两步追上了他，紧接着就将刀子插入了他的肋间。

整件事几乎在几秒之内发生，所有人都没来得及反应。持刀大汉似乎也愣了一下，但很快回过神来，故作镇定地问："谁让你跑的？！"

他恶狠狠地抽出鲜红的刀子，对方直接瘫倒了下来，躺在地上哆哆嗦嗦地呼着气，脸色迅速变得苍白。

不管这个持刀大汉以前杀没杀过人，现在都是开了杀戒，接下来他下手就不会再犹豫了。

此刻的人群也终于骚乱起来，一条人命就这样消散，人群中不由得传出唏嘘声。可身在终焉之地，众人对死亡的接受度明显高了不少，他们当中很多人开始盘算是否要抢夺那个"富人"的扇子。

齐夏看着那倒在地上奄奄一息的"富人"，慢慢皱起了眉头。虽说死了人确实不太妙，可好像还有个重要的事被他忽略了……他扭头看了看远处的地羊，地羊完全没有动作。果然杀人是被默许的吗？

买走所有"哀"的富人见到这一幕，一脸惊恐地看向齐夏。

齐夏用唇语对他说："跑。"

那"富人"回过神来，趁众人混乱之际，转身一溜烟地跑上了楼梯，随后打开门逃脱了。那"富人"动作迅速至极，持刀大汉见状气急败坏，也想冲出门去，却在离门口五六米的地方停下了脚步。他还没有配对成功，此时逃脱必然会犯规。

还未等人群沉寂下来，老汉推开齐夏，又来到了秦丁冬身边，恶狠狠地说："俺今天一定要拿了你的扇子！"

他伸手紧紧地抓住秦丁冬口袋中的扇子，用力一扯撕破了一把。他看起来完全不在意，接着又去撕扯其他的扇子。

齐夏伸手刚要说话，持刀大汉却回过头来先开口了："喂！老头儿！谁让你把扇子撕了的？"

"俺不管！"老汉表情狰狞地大叫道，"我就算撕了她的扇子也不可能让她好过！"

见到这一幕，齐夏知道自己已无力阻止了，只能趁早带着扇子逃到安全的角落中，如果继续待在整件事情的暴风眼，他迟早会成为下一个目标。事情发展到现在这种局面，秦丁冬凶多吉少，跟她组队的"富人"八成也会死在这里。可未等他走出几步，持刀大汉却来到了秦丁冬身边，一把拦住了老汉。

"老子让你别毁了扇子！你听不懂？！"持刀大汉怒喝道。

老汉听后也来了火气："这女的骗俺！俺得让她出不去！"

"那你杀了她不就得了？！"大汉像是失了理智一样喊了一声。

"对啊……那你把刀子给俺！"老汉被大汉一激，反而也来了脾气，"你给俺刀子俺就杀了她！"话罢，他伸手就去抢夺大汉的刀子。可大汉哪里肯放手？两个人居然拉扯了起来。

"你拿老子的刀做什么？！"

"你给俺！俺要杀了她！！"

两个人的情绪都有些失控，不知在混乱之中谁推了谁一把，刀子见了红，大汉的刀子插在了老汉的胸膛上。围观的众人见到这一幕纷纷后退一步。老汉不可置信地低下头，看着自己胸口多出来的那把刀子，轻轻咳了一声。

"你……"持刀大汉感觉脑子有点乱，"谁让你抢老子的刀？！"

老汉还想争辩点什么，结果一头栽倒在地，紧接着就没了动静。

一切都失控了。齐夏冷眼望着场上的局面，感觉风向有点变化。原先一直代表"穷人利益"的持刀大汉此时当着众人的面杀死了另一个"穷人"，他的"政权"还没有稳固就已经出现了裂痕。这只能说明持刀者还不够聪明，有的时候刀子不必砍下去，只需要握在手里就好。

正在众人犹豫不决的时候，一个意料之外的身影慢慢走了过来。正是一直站在房间中央的地羊。

地羊眼神凝重地看了看死掉的"穷人"，又抬头对持刀大汉说："你胆子也太大了，谁让你一直杀人了？"

"啊？"持刀大汉明显一愣，他以为在这个地方暴力是被默许的，可地羊似乎不许杀人？

地羊蹲下身子看了看被捅伤的老汉，眼神同样飘忽不定。

若齐夏猜得没错，他要开始说谎了。

"他没救了。"地羊抬起头对大汉说，"作为惩罚，我将对你进行制裁。"

"制……制裁？！"大汉吓得后退两步，"开……开什么玩笑？！你说的规则里没有这条啊！"

地羊站起身，没有任何解释，只是迅速地抽了大汉一个巴掌。只见大汉的身子没动，脑袋却在脖颈上足足转了一圈，表情也凝固住了。

地羊从口袋中掏出手帕擦了擦手，说："希望各位明白，这是我的游戏，你们需要遵循我定下的规则。若有人还敢做出出格的事情，我绝对不会再留手。这个人的扇子我没收了，你们散了吧。"

一语过后，地羊从大汉的口袋中取出五把扇子，随后推开围观的众人，再次回到了房间中央。

此时围观群众也急忙散去，完全不敢对眼前的"富人"有非分之想了。

齐夏见到地羊的表现，伸手摸起了下巴。为什么大汉杀死"富人"时地羊无动于衷，可杀死"穷人"时，地羊却出手制裁了他？这不是太奇怪了吗？

此时秦丁冬的队友把她扶了起来，见到情况暂且安全，两个人跟齐夏对了个眼神，急忙向出口跑去了。一直到齐夏目送他们离开，谁都没有上前阻拦，毕竟众人不知道地羊制定的到底是什么规则。究竟可不可以抢夺扇子？究竟可不可以杀人？

在这种模糊的规则之下，所有人的眼神都有些疑惑，插在老汉身上的尖刀至今也没有人敢去拿。

"难道……"齐夏似乎意识到自己疏忽的事情是什么了。

这两个被杀掉的人之所以遭到了区别对待，并不是因为"穷人"或者"富人"的身份，而是逃脱者和未逃脱者的身份。毕竟参与者的人数是双数，而参与者们想要逃脱这里，必须要进行两两组队，所以逃脱者死掉根本没有关系，因为他们已经不在剩余人数的计算范畴里了。可若是未逃脱者死掉一人……那会让剩余人数变成单数，最后导致其中一人落单，所以地羊才会出手。

若想让人数再回到双数，对地羊来说最好的方法就是再杀死一人。虽说有点奇怪，但齐夏感觉这个思路也比较合理。想通了这一点后，接下来他需要专心地进行自己的计划了。

现在他的手中有四把"哀"，想要让一切顺利的话，必须要计算出这场游戏中所有"哀"的数量。

齐夏慢慢闭上了眼睛，他的脑海中有大片的扇子飘过，然后整整齐齐地排列成了四队。可是仅仅几秒之后，他就感觉自己忽略了一个重要的问题。地羊曾经说过，开始阶段四种花色的扇子一样多，可是现场一共有五十个人，每个人起始三把扇子，也就是说第一回合地羊发出一百五十把扇子。一百五十把扇子，如何平均分配四种花色？这不就互相矛盾了吗？地羊难道在这个问题上说谎了？

　　"应该不会……"齐夏皱起眉头，"在这种关键问题上说谎就太致命了，这会导致这场游戏的名声变差……不可能有回头客出现在这里。"

　　更何况……如果扇子的数量可以说谎，那最优的分配比例应该是147∶1∶1∶1。一种花色有一百四十七把，剩下的花色各一把，这会导致整场游戏最多只有两人能够逃脱，这样五十个人、一百五十把扇子、欺诈游戏这些设定都完全失去了意义，还不如让众人直接抽签决定生死，所以地羊应该没有在这么关键的地方说谎。

　　那么他的谎言在哪里？

　　齐夏低头看了看自己手上的四把"哀"，他知道若是不计算出场上剩余"哀"的数量，自己无论如何也赢不下这场游戏。

　　齐夏站在房间中央，正好将房间内的所有人尽收眼底。他缓缓地睁开眼，快速地计算了一下屋内参与者的数量，随后露出了异样的表情。

　　目前场上活着的参与者，总共还剩三十九个。他再次闭上眼睛，将刚刚发生的全部事情在脑海中回想了一遍。

　　游戏刚刚开始时，有四个人立刻逃脱了，此时场上应当剩余四十六人。半个小时后，第一对"富人"逃脱，场上剩余四十四人。接着，买走所有"哀"的人失去队友，独自逃脱，场上剩余四十三人。然后，秦丁冬和川渝汉子逃脱，场上剩余四十一人。最后，再去掉被大汉错手杀死的"富人"和老汉，以及被地羊制裁的大汉，场上应当剩余三十八人。

　　齐夏睁开了双眼，再次环视了一下所有的参与者，为什么这里剩下三十九个人？究竟是从什么时候开始……这里多了一个参与者？一股异样的感觉在齐夏心头慢慢升起。参与者真的是五十人吗？

齐夏只知道每个人领取了三把扇子,可是领取扇子的究竟有几人?五十个人的队伍比他想象中的要庞大,众人自始至终都没有清点人数,当身处其中的时候,根本数不出数量。所以最关键的问题出在了这里。

"地羊……你骗不到我的……"齐夏慢慢扬起了嘴角。

这样看来一切都清晰了。这不是五十个人的游戏,而是五十一个人的游戏。可如果五十一个人参与的话……地羊为什么要控制接下来的人数?

这是个危险又刺激的结论。

第一次发出的扇子根本就不是一百五十把,人数自然也不是五十个,因为算上地羊,场上站着五十二人,这五十二个人都领到了扇子。所以理论上第一轮的扇子有一百五十六把,可是一百五十六把依然不是第一轮发出的扇子。在游戏开始之前,地羊给众人做了示范,当众往配对机里投入了四把扇子,加上这四把,游戏才正式成立。

所以,第一轮的扇子总共一百六十把,每一种花色四十把。这样一来思路就通畅了。

地羊杀人并不是为了制裁,他分明就是其中一个参与者,因为配对机从一开始就展示了地羊的照片,说明他被记录在案了。这样一来问题会更加棘手,因为地羊也是参与者,他同样也可以随意杀人。可他的实力太强了,真要说到杀人的话,在场没有任何人是他的对手。

想来也是,只要地羊成了参与者,就算剩下的五十一人全都团结一心也没有任何作用。他会直接大开杀戒,这直接让组队参与这个游戏成了笑话。

齐夏摇摇头,心中不由得暗道:地羊啊地羊……你可真是个有意思的对手……为了亲身体验欺诈游戏,你每一次都会主动置身其中吗?

齐夏慢慢犹豫起来……他本以为他的对手是五十个普通人,情况再差点,顶多再对上几个回响者,可谁能想到竟然直接在这里和地羊本人对上了?地羊会根据自己的需要和喜好而杀死其他参与者,这个巨大的赌场……简直就像他的屠宰场。

可现在情况也有点奇怪,他明明可以直接杀死场上的所有人,为什么会允许别人逃脱呢?

"难道你想要的是一场相对公平的游戏吗？你杀死一个暴力分子，是因为你不崇尚这种获胜方式？"

齐夏再度望了望场地中央那个黑色的羊头人，恰逢此时，地羊也转过头来看向了齐夏。两个人的目光在此时相聚了。

良久之后，地羊将头转开，仿佛什么都没有看到一样地直视前方。齐夏也回过神来，走到死去的老汉身边，将尖刀从他胸口拔了下来，然后提着尖刀又走到被地羊打死的大汉面前。

这个大汉站着死去了，脑袋旋转了三百六十度，脖子扭成了一根麻花。他的扇子已经被地羊没收了，也正因如此，没有任何一个人前来查看他的尸体。

齐夏举着尖刀又看了看那个被持刀大汉戳穿肋骨的"富人"，然后来到他的眼前翻了翻他口袋中的扇子，可惜，一把"哀"也没有。

"喂！"地羊在远处喊道，"已经逃脱之人的扇子不可再取。"

"不可再取？"齐夏疑惑地回头看了看地羊，根本推断不出这句话的真假。

"没错。"地羊说，"本来他应该拿这些扇子换取道，可他死了，扇子也就作废了。"

"作废？"

"是。"地羊点点头。

齐夏嘴角一扬，直接将死去"富人"的所有扇子拿了起来，然后一把一把撕了个粉碎。

"既然作废……那就别留在这里了，以免游戏不公平。"

地羊张了张嘴，并未说话。

齐夏将扇子撕碎之后又将所有的碎片混合在了一起，确定完全不能使用了之后才拿着尖刀离开。他的举动引起了众人的注意，这个场内已经不允许杀人了，为什么还会有人去拿刀子？而且他明显在挑衅地羊……这个人难道不怕死吗？

齐夏拿着刀子来到场地一角，缓缓地坐了下来。接下来的时间只能等待了，等待场内的"哀"被消耗掉。他理了理思路——

第一回合发出的"哀"有四十把，那么……最终剩余几把？地羊做演示消耗了一把，两对人逃脱消耗了两把。齐夏手中有三把，理论上那时流通的"哀"最多剩余三十四把……那么……地羊刚才补充了多少把？

他说过保证每个人都有补充到扇子的机会,也就是说他第二次拿出的扇子数量与在场人数相同,是五十二把,这样才有概率让所有人补充到扇子。五十二恰好可以被四整除,每个花色十三把。唯一的好消息是这十三把补充的"哀"都被那个"富人"带走了。所以说其他扇子全都补充了十三把,唯有"哀"的数量不变,至今仍在减少。

这五个"富人"不仅带走了十三把"哀",还消耗了三把来逃脱,那么场上流通的"哀"剩余三十一把。秦丁冬走之前又拿出了一把"哀"给了自己,让流通的"哀"再减少一把。现在场上最多只有三十把"哀"在流通,这还是建立在所有逃脱的人只消耗了一把"哀"的前提下。

"不对……"齐夏陡然想到,秦丁冬原先的底牌就是"喜""怒""哀",如果她和"富人"配对时没有放入"哀",那么她就多带了一把"哀"离开。场上的"哀"可能只剩余二十九把。

如果秦丁冬这种情况不是个例的话……也就是说现在场上剩余的"哀"只会少于二十九把,甚至有可能趋近于二十把。那么……场上的"哀"到底能不能少于二十把?

四十个人需要逃脱,至少还需要消耗二十把"哀",那自己究竟能不能撑到最后一刻?究竟是所有人先逃脱……还是"哀"先消耗掉?

齐夏发现这场诡异的游戏根本没有纳什均衡点,继续干坐下去只是在等死。为了让计划万无一失……必须大量地消耗"哀"。可现在要怎么消耗其他人手中的"哀"?

齐夏仔细思索了一会儿,不由得露出了笑容。还需要思考吗?直接乱拳打死老师傅,用秦丁冬的方法就好了。现在他可以主动去跟别人配对了,而他手中的刀子就可以扮演打手的角色。

齐夏一抬头,紧接着又看到三对逃脱者,人数再次减少六个,加上地羊,场上剩余三十四人。

"哀"再次减少三把,最多余二十六把。

还不等齐夏找到猎物,一开始见过的方脸男人便走了过来,一脸笑容地对齐夏说:"哎!兄弟啊!兄弟!"

齐夏扭头看向他,不明所以,他认为二人的谈判已经崩盘了。

"兄弟啊……我答应你了!"方脸男人有些紧张地说。

"什么?"

"我额外给你一把扇子,你跟我配对吧!"

齐夏低头看了看方脸男人那鼓鼓囊囊的口袋,不由得想到了什么。

"好啊!"齐夏点点头,"先给我一把扇子,我就和你配对。"

"没问题!"男人看起来有些着急,立刻从口袋里掏出了一把扇子递给了齐夏。

齐夏低头打开看了看,是"喜"。

"可以,我们去配对吧。"齐夏说。

方脸男人点点头,二人来到了配对机前面。

"我出什么?"方脸男人愣了愣,"你有什么?"

"除了'哀',剩下的都有。"齐夏说。

"那我出'哀'和'乐',你出'喜'和'怒'吧!"

"好。"

方脸男人四下看了一圈,赶忙伸手按下了按钮,屏幕上出现了他的照片,并且显示"等待队友中……"。

齐夏敏锐地发现这个人已经失去了一次配对的机会。如若猜得不错,他也骗了别人,由于担心报复,他迫不及待地想要离开。可他到底骗到了多少把?

"兄弟,该你了啊!"方脸男人说。

"好。"齐夏点点头,也按下了按钮。

齐夏的照片第一次出现在了配对机上,他的三次机会全在。男人见状放下心来,伸手掏出两把扇子,打开给齐夏看了看,正是"哀"和"乐",展示了一番之后投入了机器中。场上的"哀"最多余二十五把。

齐夏点点头,将手中的那把写着"喜"的扇子插了进去,转而又从口袋中掏出另一把扇子插入其中。方脸男人松了口气,对齐夏连连道谢。

"不用谢我,现在谢我还太早了。"齐夏低声说。

"识别中……"

片刻之后,屏幕上字体陡然一变。

"识别失败。"

紧接着屏幕黑了下来。

方脸男人蒙住了。

"怎么回事?!"齐夏率先大叫一声,然后立刻伸手拍了拍机器,"什么叫识别失败啊?这是怎么回事?!"

方脸男人愣了一会儿,也下意识地跟着齐夏拍打机器。

"机器坏了?"他顿了顿,回头对齐夏说,"兄弟……你刚才投进去的……确定是'喜'和'怒'吗?"

齐夏的脸上闪过一丝不悦。"你什么意思?"他痛心疾首地说,"我也损失了两把扇子啊!谁会拿自己的扇子开玩笑啊?!"

方脸男人心想齐夏说的应该不假,就算要骗人,他也不可能投入扇子之后再骗人。难道真是机器坏了?

"要不……"齐夏顿了顿,提议道,"咱们换个机器再试试?"

方脸男人此刻仅剩一次配对机会了,他显得有些手足无措。

"兄弟啊……虽然不知道是不是机器坏了……"方脸男人心有余悸地说,"但你下次还是把扇面看好了再投进去吧……我……我可真输不起了……"

"我知道……我知道……"齐夏连忙点头,"这一次我把扇子打开,咱们都确认了之后再放进去。"

"行吧……"

方脸男人和齐夏一起换了一台机器,方脸男人颤颤巍巍地按下了按钮,最后一次机会也被消耗掉了。

"兄弟……掏扇子吧……"

齐夏点了点头,接着摸了一下口袋。

"坏了!"他忽然大惊失色道,"我没有多余的'喜'了!"

"啊?!"

"我想起来我只有一把'喜'……"齐夏面带抱歉地说,"刚才你给我的那一把已经投进去了!"

"你!"方脸男人显然没想到是这个情况,但仔细想想,齐夏从游戏一开始就问他要"喜",足以证明他没有多余的"喜"。

思忖良久,方脸男人还是掏出了一把"喜"递给了齐夏:"你用我的!但你必须要出一把'怒'!要不然我就亏大了!"

齐夏点点头接过那把"喜"。"没问题的。"他说,"咱们往里放扇子吧!"

"嗯……"大汉点了点头,将"哀"和"乐"投了进去。

可下一秒他就感觉不太对,他太急躁了,齐夏到现在连按钮都没有按下。只见齐夏顿了顿,把"喜"装入了口袋,然后将手上另外三把扇子全都打开了,那三把全是"哀"。

219

"兄弟，对不住，我记错了。"齐夏说，"原来我就剩三把'哀'了，连'怒'都没有啊。"

"你……你……"方脸男人表情绝望，"你把我拖入了地狱。"

"是吗？"齐夏说，"你现在给我一把'怒'，咱俩不就可以出去了吗？"

"你觉得我还会相信你吗？"方脸男人开口怒喝道，"你就是个骗子！"

"谢谢夸奖。"齐夏说，"但我并不是在和你谈条件。"

"什么？"

齐夏慢慢地伸出手，放在了按钮上。

"现在你还有一条活路，就是在这里静静等待其他人来当你的队友。"齐夏说，"只要有别的人过来按下按钮，投入'喜'和'怒'，你跟他依然可以出去。"

"所以你什么意思？"

"我的意思很简单。"齐夏说，"现在把你手上的扇子全部都给我，否则我就按下按钮，消耗掉你最后一次机会。"

方脸男人一愣。他知道若是齐夏按下了按钮，自己和他就会开始配对，可是齐夏根本不会投入扇子，自己的三次机会全部消耗掉，必死无疑。他感觉眼前这个男人太可怕了，虽说这个男人只是把手放在了按钮上，却像是拿着一把刀抵在了他的喉咙上。

"成交吗？"齐夏问。

方脸男人感觉自己从未这么被动过，他刚刚也用了类似的战术欺骗别人，可并没有做得这么彻底。

"别……"方脸男人认输了，"别按……"

他依依不舍地掏出自己的所有扇子，居然还有两把，看来他应该也骗走了另一个人的全部扇子。

"我给你之后……你会怎么做？"方脸男人问。

"虽说我把你骗得一无所有，但我的目标不是你，所以在后面的某一刻，我有可能会出手救下你的性命。"齐夏回答。

"何必冒这么大的险呢？"方脸男人不解地说，"就算你能凑齐二十把扇子，顶多一百颗道，可你会与所有人为敌……游戏结束后你能活着离开吗？"

"得罪所有人赚取一百颗道？"齐夏微微一笑，"你把我想得太弱小了。"

"什么？你……你究竟想要多少？"

"比一百颗多一点。"

方脸男人听后沉默了许久，才终于将手上的扇子递给齐夏。齐夏低头打开一看，是"怒""怒""乐"，再加上之前的扇子，现在他总共有三把"哀"，两把"怒"，外加"喜"和"乐"各一把，总共有七把扇子，足以达到"富人"的水平了。他可以小赚一笔了，但想要赢走地羊所有的道，现在还远远不够。

拿过男人的扇子之后，齐夏直接转身离去了。方脸男人无法远离这台已经按下按钮的配对机，他若是贸然离开，其他人按下按钮的话，等于直接宣布了他的死刑。如果他愿意乖乖听话待在那里不动，齐夏有把握保他一条命，可他若有其他的想法，齐夏就没办法了。

现在还剩两次配对机会，齐夏的面色渐渐沉重起来。他需要抓紧时间，因为第二次补充扇子的时刻要来了。

齐夏看了看墙上的电子钟，游戏已经进行五十七分钟了。这段时间里又有四对参与者逃脱了，齐夏算了算，场上余二十六个人，理论上，"哀"最多剩余二十二把。

"不对……"齐夏嘴角一扬，刚才的方脸男人被他欺骗，连续两次在机器中投入了"哀"，现在场上的"哀"最多剩二十把。

地羊见到时间来到六十分钟，又低头翻弄了起来。这一次他没有提出手提包，反而拿出了一个小包，紧接着从包里掏出了四把扇子，一一打开之后摆在了桌面上——"喜""怒""哀""乐"各一把。

正在众人不解之际，他拿过小黑板，用手帕将上面的字迹抹去，然后从胸前的口袋里掏出粉笔，认认真真地又写下一句话，最后将粉笔扔在了桌面上。

众人一看，小黑板上写着：折扇每把两把折扇。

这句话写得很绕，但众人还是明白了其中含义，应该是要用两把扇子才能换取桌面上的一把扇子。

齐夏心想，这个规则适合像自己这种三把起始扇子相同的参与者，否则很难有人会甘愿用两把扇子来换取一把。他摇摇头刚要离去，却忽然想到了什么。

"慢点……"他回过头，看了看这诡异的一幕。

小黑板、桌面、折扇、地羊。地羊明明是个参与者……他居然在这里大摇大摆地做起了生意？

他有什么权利补充众人的扇子？

"原来是这样……"齐夏做了一个大胆的假设——不论是第一轮分发的五十二把扇子，还是现在的四把扇子，应该都是免费的，而这个小黑板就是一个骗局，如果这是规则的话，至少不应该用手写的小黑板，这明显是为了随机应变而做出的选择。

介于地羊一开始以裁判的身份登场，众人不敢忤逆，所以无论是三颗道换一把扇子，还是两把扇子换一把扇子，这些东西都会落入地羊的口袋，这是他在本场游戏中的骗术。

齐夏深呼了一口气，慢慢地走到了桌子旁边。

地羊见到有人走来，表情非常平淡地看了齐夏一眼，然后吐出了几个字："请随意挑选。"

齐夏点点头，根本没有去拿桌面上的扇子，反而拿起了桌面上的粉笔。地羊微微皱了一下眉头，问道："做什么？"

"和你一样。"齐夏回答。

这句话让地羊慢慢眯起了眼睛。只见齐夏将粉笔握在手中，来到了远离地羊的另一侧，然后在地面上写下"一把换一把"，接着，他将除了"哀"之外的四把扇子展开，扔到了地面上。他思索了一下，又将尖刀拿出来放在自己的面前。

齐夏的奇怪举动很快引起了其他人的注意。

"喂，那边有个人一把换一把啊！"

"那个人比地羊便宜啊！"

很多人来到了齐夏身边，发现这个人身前同样摆着四把扇子："喜""怒""怒""乐"。他的面前插着刀，看起来并不好惹。

一个大婶狐疑地看了看齐夏，问："什么都可以换吗？"

"是的。"齐夏点点头，"所有扇子都可以换。"

"我用'喜'换一把'怒'可以吗？"大婶又问。

"当然啊。"齐夏点点头，将"怒"直接拿了起来，"给。"

见到齐夏这么主动，大婶将信将疑地掏出了一把"喜"，跟齐夏交换了一把"怒"。齐夏点点头，将换来的"喜"又放到了地上。

"各位，我的交换持续半个小时。"他对众人说，"时间一到或是我不想换了，这次的摆摊就会结束。"

地羊见到这一幕，慢慢离开了桌子，来到了齐夏的摊位前。

围观的众人见到地羊走来，纷纷让开道路。

齐夏慢慢地站起身，跟地羊对视着。

"你活够了吗？"地羊问。

"来这里之前我连后事都交代好了，你觉得我会害怕威胁？"齐夏不甘示弱地回答。

地羊一直平淡的眼神之中闪过一丝杀意，两个人相隔仅仅半米，气氛非常压抑。

地羊沉了口气，说："把摊位收了，否则我就对你不客气了。"

"对我不客气？"齐夏的眼神之中也闪过一丝杀意，"你以为我会对你客气吗？"

"什么？"

"别人要的是道，可我更想要的是你这身皮毛。"齐夏笑了一声，"只要有了这身皮毛，我就可以见到我想见的人。"

地羊顿感不妙，只见齐夏嘴唇一动，缓缓道："地羊，我要和你赌——"

话音未落，地羊长满黑毛的手已经狠狠地按在了齐夏的嘴巴上，他捏着齐夏的下巴，让齐夏顿感呼吸困难。

"小子……你疯了？！"地羊瞪着眼问，"你知道我是什么级别吗？"

齐夏说不出话，但眼神之中依然透着一丝戏谑，这让地羊感觉极度危险。

这是什么眼神？

地羊手上微微用力，他感觉自己必须马上杀死这个人……

齐夏把手伸进口袋，掏出了一把扇子，而后啪的一声在地羊面前打开，扇子上写着一个大大的"哀"！这个极具羞辱性的动作让地羊气得眼睛充血。

"你是谁？"地羊凑上前去，低声问，"一个目前连回响都没有的人要跟我赌命……你怎么敢的？"

齐夏用力地甩了甩头，地羊也放开了手。

他咳嗽了两声，慢慢地抬起头，笑道："回响……我行走在终焉之地根本不需要那种东西……那种东西只会扰乱我……"

地羊不解地看着眼前的男人，犹豫起来。他在这个男人的身上感受到了一丝非常熟悉的气息，冰冷、危险、癫狂……这是多么熟悉的感觉啊。

"你……"地羊憋了半天,才终于说出一句话,"你知道你选了一条多么危险的路吗?"

"我当然知道!"齐夏冷喝道,"这世上的道路有许多条,而每个人都有属于自己的那条!"

地羊听后慢慢瞪大了眼睛,往前一步抓住了齐夏的衣领:"谁教你的这句话?!"

"哦?"齐夏嘴角一扬,"你想知道的话……不如来跟我堂堂正正地对决一番啊。"

地羊思忖良久,放开了齐夏的衣领。他整理了一下自己的西装,开口问:"那你说说……何为堂堂正正地对决?"

齐夏指了指自己的太阳穴:"你留我性命,让我们用这里对决。"

地羊打量了齐夏一番,低声开口说:"你早该猜到了,规则允许杀人,我不用头脑也可以随时让你输。"

齐夏点点头:"是,可是那样有意思吗?"

"有意思?"

"你明明可以第一时间杀死这里所有的人……你却老老实实地参与比赛。"齐夏低声说道,"你是怕自己太无聊……还是怕自己会疯掉?"

"我——"

"所以你不想跟我过过招吗?"

地羊感觉自己好像中计了,刚才那一句"赌命"分明是这个男人的虚张声势,他要的就是这一刻。

"小子……我是羊,你却妄图诈我?"

"哦?"齐夏扬了一下眉头,"你觉得我在诈你?"

地羊面色一冷,纯黑的毛发居然抖动了起来:"你凭什么觉得跟我赌命之后我不会第一时间杀了你?"

齐夏同样也面色一冷,不退反进:"那你又凭什么觉得我真的不敢和你赌?"

地羊再次迅速出手捏住了齐夏的下巴,缓缓地咽了下口水,感觉自己完全看不透眼前这个男人。

难道赌命不是这个男人的计谋,而是他真正的目的?这个鬼地方怎么可能有人真的去跟地级搏命?!这个人难道有什么底牌吗?又或者……是有后台?

地羊有些后怕地看了看齐夏，他为了坐到现在的位置花了整整十三年的时间！整整十三年！他绝不允许有任何的意外发生。

"小子，那就按你所说。"地羊咬着牙说，"我留你一条性命，你不准再说那两个字了。"

齐夏嘴角一扬，竟然挥动手中的"哀"扇了扇风。地羊恨不得现在就将这个嚣张男人的脑袋卸掉，可看到他的眼神时心中总有些顾忌。

地羊转身回到了长桌前，本想将黑板上的字改一下，可如果真的像齐夏那般一换一，他将完全没有收益。他现在还弄不清齐夏究竟在想什么。

众人见到地羊走远，都渐渐地靠近了齐夏的摊位。这个男人可以直接跟裁判谈判，众人对他的语气也客气了不少。

接着又有不少人将自己的扇子掏出来，跟齐夏进行交换。齐夏每次换到扇子都原封不动地放下，期待下一个顾客。与其说他是摆摊与其他人交换扇子，不如说他是建立了一个完全公平公开的扇子交易平台，所有人都可以在他这里换取他们想要的扇子，在众目睽睽和一把尖刀的监督之下，完全不必担心会被欺骗。

"小伙子……"一个老头颤颤巍巍地走过来，从口袋中掏出了一把"哀"，"我想换把'喜'……"

"没问题啊！"齐夏点点头，伸手接过了"哀"，然后递给了老人一把"喜"。

很多人看到"哀"之后，表情都变了。他们也纷纷掏出扇子，可还不等众人说话，齐夏就把这把"哀"塞到了口袋中。场上可供交换的扇子只余下三把了，经过无数次洗牌，现在摆出来的三把是"乐""乐""喜"。

"咦？"一个少年不解地问，"刚才那把'哀'不可以换吗？"

"不好意思呀。"齐夏笑着说，"我正好缺那把，你再看看别的吧。"

许多人听到这句话之后都露出了悻悻的神色，但他们并未离开，似乎在等待着下一次机会，毕竟这个摆摊的摊主已经得到了他缺少的"哀"，那下次再出现"哀"就是他们的机会。

众人进行交换的频率明显慢了下来，而齐夏的目的也几乎达到了。根据摊位上遗留的三把扇子来看，现在场上最多的就是"乐"，其次是"喜"，"怒"和"哀"应该很少。

毕竟"乐"和"喜"摆出来这么久都没有人换走,大家都在等"怒"和"哀"。"哀"的情况齐夏心中有数,那么……是有人在垄断"怒"吗?

齐夏嘴角微微一扬,根本无所谓。谁在垄断都无所谓,在这场游戏里,垄断无疑是最傻的做法。

又等了一会儿,一个消瘦的男人走了过来,他拿着一把破扇子,小心翼翼地问:"兄弟……你还记得我吗?"

齐夏抬眼看了看,正是那个被大汉夺走了两把扇子还撕破了一把扇子的男人。

齐夏点点头,说道:"我记得,怎么?"

"我……我能用我这把扇子和你换吗?"

齐夏自然知道男人的想法。他仔细看了看男人的口袋,发现除了手中这一把扇子,男人竟然还有一把扇子,看来上一轮时,男人也花三颗道购买了一把。

"兄弟,你这把扇子是有问题的。"齐夏淡淡地说,"我虽然摆摊做生意,但也不可能做亏本生意。"

围观众人自然记得这个消瘦的男人,他手中分明是一把破掉的扇子。

"兄弟啊……"消瘦男人一脸为难地说,"你就跟我换换吧……你那么多扇子,不差这一把……我这把扇子都不知道能不能带出去……"

齐夏只感觉这个男人讲了个笑话,莫名地好笑。

"是啊小伙子!"一个大婶忽然开口,"你扇子那么多,不如就好人做到底帮帮这个孩子吧,他被人抢走了扇子,挺不容易的。"

"是啊是啊,咱得互相帮助才能出得去啊。"

人群中不少人居然附和了起来,一个人讲笑话已经足够好笑了,没想到还有团体演出。这当中不仅有"终焉圣母",更有一群趁机添乱的小人。

"好啊!"齐夏忽然大喝一声,让嘈杂的人群立刻安静了下来,"大家说得对啊!我们确实应该互相帮助的。"

"就是就是!"消瘦的男人听后满脸笑容,将手中的破扇子往前递,"兄弟,你就跟我换吧!"

"当然了。"齐夏点点头,"我不仅要跟你换这一把,我还要换你口袋中的那一把。"

说完他就将地上的两把"乐"拿了起来，淡淡地说："要么两把一起换，要么一把都不换。"

消瘦男人微微愣了一下，似乎在揣摩齐夏的动机。

齐夏的两把"乐"已经停在半空中有一阵子了，他有些不耐烦地问："怎么？我两把好的换你的一好一坏，你要考虑多久？"

消瘦男人确实有些为难，毕竟齐夏拿出的是两把一样的扇子，这对他的逃脱起不到任何的作用。

"你……你能不能换一把？"消瘦男人指了指地面上的"喜"，试探性地问，"一把'乐'一把'喜'可不可以？"

"当然不可以。"齐夏毫不犹豫地说，"我的买卖我说了算，你爱换不换。"

"啊？"

齐夏知道这个男人的性格非常犹豫，想要让他做出决定，绝对不能给他留下思考的时间。

"不换是吧？那算了。"齐夏点点头，刚要把扇子放回去的时候，消瘦男人拉住了他。

消瘦男人与齐夏接触过一次，自然知道他是说一不二的性格，此时只能赶紧做出决定："我换……我换……"

他一脸犹豫地掏出口袋中的另一把扇子，与手中的破扇子一起交给了齐夏。齐夏也没再犹豫，将两把"乐"递给了他。

消瘦男人接过扇子之后点头道谢，然后问众人："有没有人现在愿意跟我交换一把'乐'？什么扇面都行。"

"喂！"齐夏立刻喝止了他。

"啊？"

"做生意滚到一边去。"齐夏挥了挥手，"别在我这里。"

"可……可你这里人多啊。"

齐夏点点头，将地上的尖刀拔了起来："明白了，我送你走就是。"

"啊，别……"消瘦男人吓得不轻，心想这个男人能够跟裁判交谈，必然不是好惹的，于是立刻转身走掉了。

见到他离去，齐夏也松了口气，毕竟这里的人没有一个会跟那人交换"乐"，他迟早会发现这个问题。

见到围观的众人没再说话，齐夏把那把破扇子揣到口袋中，然后又拿起了另一把看了看。众人都在围观,齐夏仅仅将扇子打开非常小的幅度,还不等众人看清,他立刻将扇子合了起来。

是运气吗?不,是计谋。

这又是一把"哀"。

在所有人的眼中,每把扇子都价值五颗道,可在齐夏眼中不同。这个消瘦男人手中的破扇子是场上非常缺少的"怒",而第二把扇子又是"哀",他根本没意识到自己是个隐藏的富豪。

用两把"乐"换到了一把"哀"和一把"怒",对齐夏来说简直就是天降横财。

这个男人的扇面跟齐夏预料之中的完全一样,他之所以会厚着脸皮过来交换,正是因为他手中的扇子既不是"乐"也不是"喜",否则他换了也出不去。

齐夏将"哀"揣到口袋中,将破扇子放到了地上。众人见到齐夏摆出一把破扇子,纷纷表示不解。

"小伙子,你怎么把破扇子摆下来了?"大婶问道,"刚才那把好扇子是什么字?你给我们看看呀。"

"对啊对啊!"几个人附和道。

"我有义务给你们看吗?"齐夏冷淡地说,"现在就这两把,想不想要就看你们了。"

众人低头看了看,一把是破扇子,一把是"喜",纷纷犹豫了起来。齐夏也并不在意,掏出粉笔又在地上补了一句话——破扇子:两把扇子换一把。

众人见到这行字,只感觉齐夏已经疯了。谁会用两把扇子换一把扇子?这岂不是和地羊一样了?更何况地羊手中的还是好扇子。

此时的围观众人渐渐散去,齐夏趁机清点了一下场内的人数,仅剩十六个人了,没想到在自己摆摊期间竟然有十个人逃脱。他们能逃脱,齐夏帮了不少忙,若没有他这个摊位,这些人想出去怕是还要再等半个小时。

这些人消耗了五把"哀",地羊刚才补充的"哀"还没有人换,所以现在场上最多剩余十五把"哀"。齐夏在摆摊期间,从场上收了两把"哀",所以场上最多剩余十三把,再结合刚才的摆摊情况来看,之前逃脱的人应该带走了不少"哀",场上"哀"的数量怕是远远不足十三把,否则一定会有人拿出"哀"来交换其他的扇子，毕竟十六个人逃离八把"哀"就足够了。

齐夏完全不着急，坐在原地静观其变。只见场地内剩余的十几个人开始互相攀谈，但眼看一个个组队失败，大家似乎都感觉情况不太妙。

一个皮衣男此时来到了齐夏身边，低头看了看齐夏的摊位，然后问："哥们儿，你这把破扇子是什么字？"

齐夏低头将破扇子小心翼翼地打开，是个撕成两半的"怒"字。皮衣男见状扬了下眉头，然后低声问："我能不能和你打个商量？"

"哦？"齐夏看着他，"商量什么？"

"我用两把扇子跟你换，但游戏结束之后，你将其中的五个道还给我。"

齐夏微微摸了摸下巴，感觉这个提议并不是很难接受，这也是合作的一种模式。

"两个问题。"齐夏说，"第一，明明都是两把扇子，你为什么不跟地羊换？"

"因为他绝对不会把道还给我。"皮衣男说，"而且我感觉你在这场游戏中耍了点小手段，此时应该更需要扇子，而不需要道，所以想跟你合作一下。"

齐夏听后点了点头，又问："那你又如何确定我出去之后一定会把道给你？"

"因为我叫宋七。"男人说。

"宋七？"齐夏从未听过这个名字，"你叫宋七又怎么了？"

"我的名号足以让我在终焉之地进行一场公平的交易。"

齐夏知道这句话有两个意思，既带有一丝威胁，又带有一丝公正。这个男人的语气不像说谎，他很有可能像林檎一样，在终焉之地是个赫赫有名的人物。

"好，宋七，我答应你。"齐夏说，"如果你没有说谎，那这把'怒'就归你了。"

"够爽快。"宋七点点头，扭身刚要掏扇子时，又问，"你有特别想要的字吗？"

"当然。"齐夏回答，"我要'哀'。"

"原来你在垄断？"宋七也露出一脸笑容，"那你真的赚到了。"

"嗯？"

"我们交个朋友,我用一把'哀'一把'乐'跟你换一把'怒'。"宋七说,"成交吗?"

齐夏完全没想到这次交易会是这个情况。

"你还有'哀'?"

"没错。"

齐夏思索了一会儿,无奈地叹了口气:"兄弟,你没有在要我吗?"

"怎么了哥们儿?"

"你知道现在是什么情况吗?"齐夏问,"现在的'哀'价值绝对超过十个道,你为何要跟我换?"

"我当然知道。"宋七点点头,"兄弟,但我要的不是道,我只是想来体验一下生死一线的感觉,但貌似这个游戏不适合我。"

"哦?"齐夏皱了皱眉头,感觉这个人似乎是来寻找回响的。

"在这里除了逃脱就是直接死。"宋七摇摇头,"根本体验不到生死一线的感觉,我准备走了。"

"就这样吗?"

"没错。"宋七点点头,然后抬眼望了望时间,"时间不多了,如果你能活下来……我们出去再聊吧。"

齐夏听后微微一顿:"好。"他掏出自己的"怒",跟宋七交换了两把扇子,然后目送宋七跟另一个穿黑色皮衣的人双双逃脱了。

现在的情况简直完美至极,现在场上最多只有十一把"哀"了,而参与者还有十四个。

按照每人带出一把多余的扇子,每把扇子按照四分之一的概率是"哀"来算,三十八个人已经带走九把"哀"了。

十一把减去九把,现在场上的"哀"理论上只有三把,而十四个人要出去,需要七把"哀"。

如果运气再好一点,场上怕是连一把"哀"都不剩了。

此时不行动……更待何时?

齐夏点了点头,直接将摊位收了起来。他将地上的字擦掉,拿着"乐"和"喜"两把扇子来到了地羊的摊位前。由于地羊从一开始就表明了两把换一把,所以他到现在都没有开张。

"我要换扇子。"齐夏说。

地羊听后皱了皱眉头,感觉情况不太妙。

"怎么?"齐夏说,"你身为如此公正严明的裁判,不跟参与者换扇子?"

他的这句话铿锵有力,让在场的众人都听见了。这句话不仅将道德压制的刀子抵在了地羊的脖子上,更给齐夏添了一层免死金牌。一个来换扇子的人被打死的话……还会有其他的顾客来吗?

地羊微微思索了一会儿之后点头说:"请……随意挑选。"

齐夏冷哼一声,将一把"喜"和一把"乐"扔给了地羊,而后拿起了桌面上的"哀"。不出意外的话,这有可能是场上最后一把没有被齐夏控制的"哀"。市场垄断已经全面完成,现在齐夏一家独大。

在场的众人又困在了灾难偏误这一步。他们不知道的是,能够用两把扇子来交换一把"哀"已经是目前的最优解了,可由于齐夏一直都在奉行扇子一换一,自然会让众人下意识认为扇子的价格没有那么贵。

所以这半个小时以来,没有任何人愿意拿出两把扇子交换"哀",他们都在等待齐夏的摊位上出现机会。当最后一把"哀"也收入口袋,齐夏心满意足地松了口气。接下来他需要等到最后一次补充,若不出意外,那就是丰收的季节了。

时间很快来到第九十分钟,这是众人最后一次补充扇子的时刻。

地羊将没人要的三把扇子放在一旁,转而又拿出一个小包,从包中又拿出了四把扇子,依然是"喜""怒""哀""乐"各一把。现在桌面上有七把扇子,分别是两把"喜"、两把"怒"、一把"哀"和两把"乐"。

地羊将小黑板拿了起来,又从口袋里掏出半截粉笔,开始仔细斟酌要写的话。此时二换一已经不现实了,眼前这个男人明显在垄断"哀"……既然这样的话,他要怎么才能逆转处境?

地羊思索了一会儿,伸手写下"一把换一把,'哀'价格面议"。

这已经是他能想到的最好的办法了。见到这一幕,齐夏嘴角一扬。地羊错就错在每半个小时才补充一次,现在他已经完全被动了。

"各位!"齐夏回头喊道。这句话让众人都停下了脚步。

"现在有谁是已经组好队伍的吗？"齐夏高声问。

众人不知眼前的男人意欲何为，自然也没有人回答他。

"是这样……"齐夏慢慢地掏出一把"哀"，对众人说，"我不小心多买了一把'哀'，有谁想要吗？"

这句话让许多人的神色迅速变了。

"我现在只想给组好队的参与者，这样我给出扇子，你们就可以直接出去了。"齐夏又说，"孤身一人的就别来添乱了。"

人群渐渐嘈杂了起来，他们似乎都在临时组队。既然这把"哀"只会给组成队伍的人，谁又愿意落单？短短一两分钟的时间，众人已经两两一组站在了一起。

"兄弟！我们组好了啊！"一人开口说，"给我们吧！"

"不行不行！"另一个人说，"我们这里也组好了，就差一把'哀'便可以出去了。"

几支队伍纷纷吵闹起来，齐夏不动声色地望了一眼众人，随后露出了为难的神情。

"这么多人都要'哀'……"他有些犹豫地说，"那我到底该给谁？"

"这……这样吧……"一个年轻女人掏出一把扇子说，"我们俩可以跟你换。"

"哦？"齐夏看了看女人手中的扇子，依然露出为难的表情。

这个神情让众人有些不自在，若不是这个男人手里拿着刀，这把扇子恐怕早就被夺走了。

"这样吧……"另一个老人说，"我们出两把和你换！"

老人的队友听后顿感不妙："两把？！喂……你明明就一把多余的扇子……"

"把你的也给他！"老人说，"如果没有这把扇子，咱们就真的要交待在这儿了！"

齐夏知道自己的目的已经达成了。想要赚足这些人的财富，不能逐个击破，必须想办法让他们自愿组成团体，这样他们的本金总额才会提高。

此时团体中的每个个体，都会自愿或是被迫为了团体的得失而出一份力。毕竟韭菜不能一根一根地割，要一捆一捆地割。

"既然如此……我非常抱歉……"齐夏无奈地叹了口气，"大家都是为了出去，我也只能价高者得了。"

"价高者得"这四个字就像一个约定俗成的市场规则，在众人间落了地。

　　"我们出三把！"另一个人也开口了，这一支队伍看起来显然有个"小资"，两个人加起来差不多有七把扇子。

　　齐夏听后依然没有答应，只是再次环视了一下众人。这个动作无疑击碎了众人灾难偏误的最后一道墙，他在用眼神告诉众人，三把也不是最高价，最终成交价只会比这更高。

　　人群沉默了好一会儿，才终于有一支队伍开口说："四把。"

　　众人纷纷看向那两个人，他们看起来都有四把扇子，要是每人要掏出两把来购买"哀"，定然会分文不剩。这里的规则已经被蒙上了层层谎言，对于众人来说，用扇子来交换自然不如直接抢夺，可是地羊那一次看似公平实则自私的制裁之后，所有人都不敢轻举妄动了。

　　是啊，地羊早晚都会大开杀戒的。真正看透了规则的人怕是早早离去，留在这里的只有两种人，一种是蠢人，一种是像齐夏这样的疯子。

　　齐夏微微点了点头，说："有人出价比四把更高吗？"

　　众人都面面相觑，谁都接不上话。

　　"既然如此……那我就只能给这支队伍了……"齐夏从对方手中接过四把扇子，转而丢了一把"哀"给他们。

　　两个人虽说有些心痛，但时间已经接近尾声了，半个小时之后地羊将开启屠杀，在那之前不逃脱的话损失只会更大。

　　那二人逃脱了。未逃脱的人此时又露出了一脸遗憾的表情，他们似乎感觉自己的末日要来了。

　　见到那二人走远，齐夏慢慢地又掏出了一把"哀"。"各位，我还有一把'哀'。"他开口说。

　　这句话既像是一阵照进众人心中的阳光，给众人带来了缥缈的希望，又像是一把隐形的刀，在每个人的心里割下了怀疑的裂口。

　　"你……你还有？"

　　"没错。"齐夏点点头，"这一把，依然用来和你们交换。"

　　队伍中的大婶看不下去了："小伙子，你这不是在骗我们吗？你刚才表现出来的状态……好像就只有一把'哀'了！你要是早说你有第二把，刚才那俩人还至于出四把扇子吗？"

齐夏感觉今天听到的笑话格外多。

"大婶,你做过生意吗?"齐夏说,"我并不是救世主,只是一个和你们一样的参与者。"

大婶听后把脑袋扭到一边,似乎并不想跟齐夏过多地交谈。

时间过去几分钟,终于还是有人忍不住了,他们率先走到地羊的摊位,问了问那把价格面议的"哀"价值几何。

地羊见到齐夏一把"哀"换了四把扇子,自然也在盘算自己手中这把"哀"的价值。过了一会儿,他默默说道:"三把,只要三把扇子就可以成交。"

听到这个价格,众人蠢蠢欲动。其中一支队伍的两个人互相看了一眼,正准备前去购买时,齐夏又说话了:"各位,请问有谁的手中只有'喜'和'怒'这两把扇子吗?"

过了一会儿,一个人举起了手,是个苗条的女人。

齐夏看了看她,点了点头,说:"你不需要跟别人组队了,我给你安排个去处。"

"去处?"

"没错。"齐夏点点头,伸手指了指房间角落中一个方脸男人,"你现在就可以过去配对了,那个男人已经放入了'哀'和'乐',你现在过去就可以离开。"

"啊?"苗条女人听后愣了一下,"你说真的?"

"是,真的。"齐夏说,"快去吧。"

众人根本不知何意,却见这个苗条女人来到了房间角落,跟方脸男人交谈了一下之后便投入了"喜"和"怒"。没一会儿,屏幕上显示配对成功。

二人逃脱了。

"各位啊。"齐夏叹了口气,声音平淡地说,"从现在开始,我将再次降价,以你们绝对想象不到的优惠来跟你们交换扇子。"

"什么?"

众人停下脚步,噤了声,纷纷望向他。而地羊此时感觉不太对,直接离开了桌子,来到了齐夏身边:"你真的在找死吗?"

"哟?急了?"齐夏说,"要在这里杀了我吗?"

地羊慢慢眯起眼睛,他发现齐夏给他的感觉越发熟悉。

"你到底想做什么?"

齐夏嘴角一扬:"地羊,你的反应实在是太慢了……我为了让你看出我的垄断，已经站在你的脸上做生意了。"

"什么？"

"当你觉得我在垄断时，你就彻底输了。"

"我……输了？"地羊疑惑地看着齐夏。

"你要杀我吗？不杀我……那我就继续跟大家说了。"齐夏缓缓咽了一下口水，他也不太明白为什么地羊可以对他容忍到这种程度，本来他还想在关键时刻用地虎来压一压对方，此刻看起来根本没有必要。

"你说的优惠是什么？"一个人问。

齐夏顿了顿，开口说："大家没发现现在的人数不太对吗？"

众人听后四下张望了一下，场上剩余九个人。九个人想要逃脱，最后岂不是会导致一人落单？

"接下来我所有的'哀'只需要一换一。"齐夏趁热打铁地说，"在场除了我还剩八个人，我还有六把'哀'，现在我需要有人拿下地羊手中的'哀'，一旦有人拿到了那把扇子，我立刻和你们交换剩下的'哀'。"

齐夏的这句话让众人格外难懂，这句话乍一听漏洞非常多，连地羊也不太明白齐夏到底在想什么。

"你意思是……你不走？"大婶问。

"我最后走。"齐夏说，"我有几个问题想问地羊。"

众人听后面面相觑，最后走……不就落单了吗？这个人是傻的吗？

而且……一把扇子换一把"哀"？

"我们现在就可以跟你换吗？"一个女人问。

"不，现在不行。"齐夏摇摇头，"我说过了，需要有人拿下地羊手中的'哀'，我的交换会在那个时候开始。"

"这……"

众人为难起来，地羊的"哀"需要三把扇子才能交换，可谁也不愿意拿出这三把扇子。

"各位，你们现在是一个整体。"齐夏说，"只要有人拿下了地羊的扇子，我立刻将所有的'哀'给你们，那时候你们就可以逃脱了。若你们做不到，我一把都不会给。"

齐夏的话掷地有声，让所有人都愣了愣。

过了一会儿，一个年长的参与者说道："要不然……我们凑一凑？"

"我们八个人凑三把扇子应该不是难事吧？"人群中开始有人附和。

齐夏根本不管众人如何集资，只是默默地在一旁闭上眼睛等候。几分钟后，他们凑齐了三把扇子，跟地羊交换了一把"哀"。

众人此时都看向齐夏，齐夏点点头，说："很好，下面我要你们所有人选出一个队长。"

"队长？"

"我不想一个一个跟你们做交易，那样实在太麻烦了。"齐夏摇摇头，"我需要一个中间人，这个人收起每一组的扇子来跟我交换，我会把'哀'统一给他。"

所有的参与者都没想到，在齐夏潜移默化的影响之下，他们居然开始渐渐团结了起来。

"要不然让这个大哥当队长吧！"一个年轻姑娘说，"他刚才掏了扇子跟地羊交换'哀'的。"

"对啊，让大哥当吧！"

此时一个看起来比较内向的大哥被推到众人面前，他居然还有些不好意思。

"既然……既然大家都推选我当队长，那我也不客气了。"大哥对众人点点头，"大家请以小组为单位，每个小组给我一把扇子，我来统一和这位兄弟交换。"

众人听后也不再犹豫，商量了一下之后每支队伍都拿出了一把扇子。齐夏也果断把口袋中所有的"哀"一股脑掏了出来。他把每一把都展示给众人看，确定是六把"哀"。

"兄弟……那我们交换？"大哥有些不好意思地看了看齐夏，毕竟他手中的扇子几乎全都是"喜"和"乐"。

"没错。我们俩一手交钱一手交货。"齐夏说，"但不能在这里，我们得换个地方。"

"换个地方？"

"没错。"齐夏点点头，"请所有人跟我一起来。"

众人虽说有些不解，但现在既交了扇子，又选了队长，自然也只能跟着大部队走了。地羊看着人群慢慢走到了远离自己的一侧，表情格外谨慎。他不知道齐夏用积攒了这么久的"哀"跟众人一换一到底能得到什么好处，这个男人明明是在垄断，本来可以大赚一笔,至少可以换到二十把扇子,现在却一换一?

齐夏将众人聚在自己身边,轻轻地说了几句话,众人听后都露出了异样的神色。

"小伙子……你没疯吧?"大婶颤颤巍巍地问。

"当然。"齐夏点点头,转头对队长说,"我们来交换吧。"

队长愣了一会儿,最终面色沉重地点了点头,然后将四把扇子交给齐夏,齐夏也将四把"哀"给了众人。队长将"哀"发到了众人手中之后,众人互相看了一眼,紧接着以小组为单位四散开来。

地羊微微一皱眉,总感觉事情有些奇怪,可此时齐夏冲他走了过来。

"地羊啊。"齐夏喊道。

地羊没回答,只是冷眼看着这个男人。

"你手中应该还有一套'喜''怒''哀''乐'吧?"齐夏问。

"你没看到吗?"地羊冷冷地回答,"我就桌面上这些了。"

"不。"齐夏摇了摇头,"你有起始的三把扇子,并且在你杀人之后,将对方的五把扇子也拿走了,也就是说除了桌面上的六把,你还有八把。"

地羊依然没有说话。

"为了确保最后关头你无论跟谁组队都能逃出去,我不相信你会一把'哀'也没有留下。"齐夏继续说,"所以你的手中绝对有一整套,毕竟你也不知道自己会遇到什么样的队友。"

"所以呢?"

"所以你今天栽在我手里了。"齐夏说。

还不等地羊反应,远处正在配对的众人忽然之间嘈杂了起来。

"配对失败?!你骗我?!"

"我的妈!我们这里怎么也失败了?"

"怎么回事啊?!我们的扇子被吞了啊!"

地羊皱着眉头看了看远处的众人,并没有多余的动作,在羊的场地中发生欺诈行为是非常常见的事情。当场上还剩几个人时,人性最丑陋的一面就会完全展露,此时他们就算没有刀子,为了一把扇子也有可能活活打死对方。

以往的游戏进行到最后阶段,这里定然会尸横遍野。

只见人群混乱不堪,大家都叫嚷着来到了大厅中央,似乎马上就要打起来了。

地羊渐渐地发现好像事情不太对，这四组队伍似乎每一组都打起来了。就算发生了欺诈行为……有可能四组人员同时开始欺诈吗？

不等地羊反应，所有的参与者冲着出口的方向狂奔而去，他们似乎从一开始就在小心翼翼地挪动着自己的位置，只等这一刻逃脱。

地羊眼睛一瞪，顿感不妙，也立刻翻出桌子冲着众人跑去，可他慢了一步，四组人像见到了恶鬼一般跑出了门。地羊此时才不可置信地看了看身旁的配对机，每一台机器上都写着"配对成功"。

他望着出口慢慢瞪大了眼睛，他知道自己中计了，此时要马上拦住那个男人！

他回过头冲着齐夏急速奔去，可他又晚了一步。

"地羊，我要和你赌命。"齐夏笑道。

当地羊跑到齐夏身前时，齐夏的话音已然落下了。他伸出手想要直接了结齐夏，可最终还是没有下手。现在整个场地只有他跟齐夏两人，若杀了齐夏……他怎么出去？

齐夏将手中所有的扇子都扔了，然后懒洋洋地坐到了桌面上，轻蔑地看了地羊一眼，说："桌牌理论……当你在赌桌中无法分辨谁最容易被骗时，那么最容易被骗的就是你自己。"

地羊没说话，只是盯着齐夏。

"真麻烦啊，几把破扇子换来换去，一点意义都没有……"他略带戏谑地抬起头，"你说是吧？"

地羊凸起的嘴紧紧地抿成了一条缝，心中犹如万马奔腾。

"本来我想把'哀'直接送给他们的。"齐夏摇摇头，"可你知道啊，人类就是这样，白给的会一直怀疑，所以我只能拍卖、交换，真是麻烦。"

地羊咬着牙，吐出了几个字："你想怎么样？"

"我还能怎么样？现在'赌命'两个字把我们俩拴住了，我肯定不敢杀了你啊。"齐夏眼神十分轻蔑地看着地羊，虽说两人如同一根绳上的蚂蚱，但齐夏完全占据了上风。

"你的骗术不错……"地羊点点头，"你根本不想要垄断'哀'，只是想自己来决定众人出去的时机，对吧？"

"是。"齐夏应道。

"可我还是不懂。"地羊像个虚心请教的学生一样问,"你跟众人说了什么?他们为什么会这么配合你?"

"这还不简单吗?"齐夏笑道,"我告诉他们地羊会在最后关头大开杀戒来减少损失,所以我来帮他们想办法拖延时间,然后他们再找机会集体迅速逃脱。可谁知道临死关头他们比我预想的还要聪明,居然商量出了集体闹矛盾这一手。"

"我居然输在这么简单的一句话上……"地羊的面色十分难看。

"不。"齐夏摇摇头,"地羊,你不是输在这句话上,而是输在我的每一句话上。"

"哈……"地羊露出了痛苦而诡异的微笑,他挪动身体,坐在了齐夏身边,两个人就像朋友一般目视前方地坐着聊天。

"你叫什么?"地羊问。

"齐夏。"

地羊点点头,又说:"所以你在最后关头再一次来到我面前,确认一下我手中是不是有整套的'喜''怒''哀''乐'。"

"是啊。"齐夏点点头,"那是咱俩一起逃出去的时候需要用的,你可别弄丢了。"

"齐夏啊……"地羊扭头看向他,"你到底为什么这么拼命?以你的头脑完全可以在这里大赚一笔……你为什么要拴住我的性命?"

"因为我要和你谈谈条件。"

"你凭什么觉得能跟我谈条件?"

齐夏说道:"因为大家都在思考如何用手中的货物去换钱,可我直接抢劫了银行,这就是我的本事。"

"齐夏,你不怕我跟你拼个鱼死网破?"

"不不不……"齐夏摇摇头,"地羊,不是鱼死网破,你想拼下去的话,只能你死你破。"

地羊沉默不语,气氛非常压抑。

"我来的时候没有回响,身上也没有一颗道。"齐夏说,"跟你赌命失败,无非就是变成原住民,我一共就保存了两次记忆,变成原住民我也认了,可你呢?"

地羊没想到这个男人连这一步都提前想到了,如果他不是在说谎的话，定然是有极强的把握。地羊抿着嘴叹了口气，然后缓缓说："那我们……谈谈条件吧。"

齐夏点点头："好，这地上所有的扇子我都不要了，我要你手上所有的道。"

"不可能。"地羊斩钉截铁地说。

"不，可能。"齐夏说，"地羊，我只有这一个要求，若你做不到，我们一起在这里等死。"

地羊听后双腿一伸站到了地上，他回过头来满脸怒色地问："你知不知道什么叫谈条件？！哪有你这么谈的？谁会开口就要对方的全部？！"

"这就是谈条件。"齐夏说，"我只有这一个条件，你若不答应，我绝对会和你死在这里。"

地羊知道现在最好的结局是两个人进行配对，然后双双走出屋子，这样的话他们都没有在游戏中杀死对方，视为赌命失败。

"你胃口别太大了。"地羊气愤地说，"假如我真的把所有的道给了你，我出去怎么跟他们兑换扇子？！我也会犯规的！"

"哦？"齐夏眉头一扬，"犯规？"

"如果他们的扇子换不成道，我的游戏就失去了意义！我也会被制裁！"地羊怒吼道，"如果横竖都是死，我也不可能放过你！"

"这件事有那么难吗？"齐夏说。

"什么？"

"你只要给他们道就行了是吧？"齐夏摸着下巴问。

"当然！游戏中的奖励必须要兑现！"

"那你就打个欠条。"

"欠条？！"地羊的下巴都差点惊掉了。

"你让所有人明天此时再过来取道，在那之前先欠着。"

"你真的疯了吧？"地羊有些崩溃地说，"我在这里这么久，从来没听过还有打欠条一说……更何况这么多的道，就算明天我也……"

"去跟地虎借。"齐夏说道，"日利率百分之十，如果你愿意的话，今晚就可以去借。"

"地虎？"地羊瞪着眼睛，"你……是地虎派来搞我的？！"

"别想多了。"齐夏摇摇头，"就算没有地虎，我也想来找你。"

"为什么？"

"因为你是羊。"

听到这句话，地羊终究还是泄了气。

"齐夏，那可是一千一百颗道，你拿得走吗？"

"你算错了。"齐夏摇摇头，"不是一千一百颗，而是一千五百一十一颗。"

"什么？"地羊感觉齐夏有点欺人太甚了，"我第一次发了一百六十把扇子，第二次五十二把，第三次四把，第四次四把，总共二百二十把扇子，每把扇子五颗道，我一共就准备了一千一百颗道，你另外的那四百多颗是哪里算出来的？！"

"是我们五十一个人的门票。"齐夏说，"每人五颗，总计二百五十五颗。"

"那也是一千三百五十五颗……"

"还有第一次我们补充扇子时,花费三颗道购买的五十二把，加起来总共一千五百一十一颗。"

地羊知道自己彻底被拿捏住了。

"齐夏！"地羊怒道，"你的胃口真的是太大了！终焉之地至今为止从来没有人在一场游戏中能够赢取这么多的道！你知道你拿着这些道走在街上会发生什么事吗？！"

"那我管不着。"齐夏摇摇头，"我现在就是个赢了钱的赌徒，你不给我钱我就和你玩命，就是这样。"

"你……"地羊只感觉自己被气得昏头脑涨，"我和你到底有什么仇怨？"

"没有，我和你无冤无仇，但我说过，因为你是羊，所以我一定会抓住你的把柄。"齐夏说，"只是这次机会正好，我也想问问你几个问题。"

地羊慢慢地低了下头："你……想知道什么？"

"我想知道天羊在哪里。"齐夏说。

地羊听到这个问题，狐疑地看了齐夏一眼，然后说："虽然这件事不该告诉你，但天羊的职位现在是空缺的。"

齐夏听后微微眨了下眼："地羊，现在的谈话不是游戏内容，你没必要撒谎。"

"撒谎？"地羊抬起眼来看了看齐夏，"天羊是我的晋升方向，若他还在，说明我晋升无望，我又怎么能如此努力？"

"嗯?"齐夏一怔,感觉思维又有点乱。

天羊空缺的话……不就代表地羊就已经是这里最高级的羊了吗?那余念安又是什么?

齐夏有些不祥的预感。他曾做过假设,真正的余念安要么死在了这里,要么平步青云成了生肖。可现在看来……她更像死在了这里?

"齐夏。"地羊忽然说,"你不想成为羊吗?"

"什么?"

"收集道这条路太难了,你要不要考虑成为生肖?"地羊又问。

"你们生肖……还会主动招揽吗?"

"不……但羊实在是太少了。"地羊叹了口气,"现在人羊五位,地羊一位,天羊空缺,我们羊在所有生肖中是最少的了。"

"那和我有什么关系?"齐夏感觉有些好笑,"羊就算死光了又如何?"

"我只能告诉你……收集道并不现实,有朝一日你会发现,成为生肖才是离开这里最快的方法。"

齐夏听后默默点了点头:"虽然你说得对,但我目前还不能成为生肖,因为现在对我来说……集道更快。"

见到劝不动眼前人,地羊摇了摇头,从桌子底下拿出一个巨大的包袱。

"哦?"齐夏看了看包袱,"那我们的交易就算成功了吧?"

"你说呢?"地羊没好气地问,"难道我真能在这里杀了你吗?"

齐夏点点头,打开包袱看了看,确实是一大堆闪闪发光的圆球。现在时间不多了,无法一一清点,齐夏将包袱系好,扛在了自己的肩膀上,然后问地羊要了两把扇子,二人配对成功了。

此时这么多道在身上,齐夏既危险也安全。如果有任何人因为这些道杀了他,那么玄武就会出手干预,所以他的处境相对安全;可如果杀他的人没有取走这些道,而是像极道的那样做……

齐夏摇了摇头,冲着出口就要走出去。

三步之后,他停住了。他将后背的包袱慢慢放下,再次打开,然后仔细地嗅了嗅——这一大包道根本没有腐臭味。这是怎么么回事?

之前楚天秋给的道，他们仅仅打开了麻袋的一个小口子，那刺鼻的气味就会迅速扩散开，而现在他眼前同样也是一千多颗道……却根本没有气味。

齐夏感觉有些疑惑，于是低下头非常仔细地又闻了闻，有一丝古怪的腥味，但这个味道绝对不是腐臭。

他拿起一颗道在手中捏了捏，然后回头问："地羊……你在骗我吗？"

"什么？"

"你这些道，为什么跟我见过的不一样？"

"不一样？"地羊瞬间皱起了眉头，"齐夏，你还来这一套？现在道都给了你……你却说给你的不对？"

齐夏仔细思索了一下，感觉确实有些奇怪。地羊怎么可能提前预料到自己的战术，然后提前准备好一千多颗假道？这样想来的话……楚天秋说谎的可能性更大，难道他给的才是假的吗？可地虎怎么没有看出那两千九百颗道是假的？地虎整天都在接触道，如果道有问题的话他一定会第一时间指出来，那也就是说……这两种道都是真的？

齐夏正在思索着，地羊却自顾自地朝出口走去了。

"时间马上到了，我不奉陪了。"他一边走上楼梯一边说。

齐夏看了看墙上的电子钟，果然已经接近一百二十分钟了，于是也不再犹豫，背上包袱之后就跟上了地羊。

二人一前一后走出了赌场，时间到，游戏结束。

地羊刚想回头说点什么，齐夏却直接退回了赌场，顺带将门关上了。地羊一愣，随后又觉得有些生气。

齐夏的小心思都快甩到他脸上了。他本来要给众人打欠条，这个举动定然会引起骚乱，此时若众人注意到齐夏背着一大包道，极有可能发生不可控的意外。

地羊暗骂一声："你可真够贼的。"

齐夏关上门站在门后，只觉得好笑，看起来这么死板的地羊现在要舌战群儒，不知他能不能行？

果然，没到一分钟，门外直接骚乱了起来。什么叫打欠条？众人从未想过自己经历了这一切居然只得到一张白纸。再说了……生肖的欠条算数吗？人群中的一个大姐喊得格外卖力，讽刺的是，游戏之前没有任何人敢跟地羊这么说话。

过了一会儿，人群渐渐安静了下来，齐夏便将门推开一条小缝，然后从人群中找了宋七。宋七也敏锐地看到了齐夏，二人对了一下眼神，宋七便走了过来。

"哟，兄弟。"宋七说道，"我以为你死了……"

还不等他说出下一句话，齐夏将五颗道递给了他。

"这是咱们之前说好的。"齐夏说完之后又掏出了五颗，再次递给了他。

"这是？"宋七看着十颗道，略微有些不解。

"这五颗是我个人给你的，想让你帮我个忙。"

"帮忙？"宋七感觉眼前的男人有点意思，"你为什么选我帮忙？看起来你在这里赚了不少，不怕我反水吗？"

"因为你说过你叫宋七。"齐夏说，"以你的名号，足以在终焉之地进行一次公平的交易。"

"哈哈！"宋七听后不由得露出了笑容，"兄弟，你这人真不错。说吧，需要我帮什么忙？"

齐夏顿了顿，说道："我希望你去天堂口送个信，帮我找到一个叫乔家劲的人，跟他说我需要帮忙。"

"天堂口？"宋七一怔，"你是天堂口的人？"

"不完全是。"齐夏摇摇头，"你听过天堂口？"

宋七盯着齐夏，顿时心生疑惑。他曾血洗过天堂口，可从来没有见过齐夏。沉默了一会儿，宋七说："兄弟，不准备换个地方吗？"

"换地方？"

"天堂口容得下你吗？"

"原来是这个意思。"齐夏摇摇头，"不了，兄弟，不必说天堂口，我感觉整个终焉之地都容不下我。"

"哈哈！"宋七笑了一下，"我觉得也是。"

说完他就冲身后挥了挥手，另一个皮衣男过来了，那男人的头上扎着辫子，看起来头发很长。

"七哥。"那人叫道。

"你在这里帮我保护这个兄弟，如果有任何人动他便直接杀了对方。"

"知道了。"长发男人点点头。

宋七回过头对齐夏说："天堂口我去去就回，这段时间我兄弟会保护你。"

齐夏可从未想到宋七的安排居然如此周到。

宋七拿过地羊的欠条出了门,而其余的参与者在领到自己的欠条之后也渐渐散去了。此时一个身影慢慢地冲着齐夏走来,正是秦丁冬。

见到有人走来,长发男子表情一冷直接挡在了齐夏身前,这架势让秦丁冬和齐夏都愣了愣。

过了好久,秦丁冬开口问:"齐同学……你是被抢劫了吗?"

"我……"齐夏一时语塞,只能伸手拍了拍长发男子,"兄弟,我认识她。"

长发男子听后神色一动,随后让开了身位。

"齐同学,这是怎么回事啊?"秦丁冬疑惑地说,"姐姐我还是第一次收到欠条呢……"

"你能领到欠条都不错了。"齐夏叹了口气,"真亏你能用这种骗术活到现在。"

"你……"秦丁冬被齐夏气得不轻,"姐姐我的骗术怎么了?不也成功了吗?"

"是。"齐夏点点头,"下次你还是聪明点吧。"

"那……你愿不愿意教姐姐怎么骗人?"秦丁冬走上前来想要拉住齐夏的手,可被齐夏躲开了。

"不愿意。"齐夏说道,"秦丁冬,拿着你赚到的道想办法活下去吧,我们不是一类人。"

"你怎么知道我们不是一类人?"秦丁冬忽然露出一副意味深长的表情,"齐夏,你这次赚了一千五百一十一颗道,就想装作不认识我了是吧?"

"什么?"秦丁冬说这话的声音不大,但还是让一旁的长发男子错愕了一下。

齐夏慢慢眯起眼睛,说道:"秦丁冬……我可真是小看了你。"

秦丁冬慢慢凑上前去,低声说:"齐夏,骗子有两种。一种是像你这样,看起来不像骗子,却一直在使用骗术的人;还有一种是像我这样,大家都以为我是个小骗子……"她伸手摸着齐夏的胸膛,"所以你说……咱俩谁更容易成功?"

齐夏再一次推开了秦丁冬,感觉却非常不妙。这个女人是在虚张声势吗?

245

但仔细想想，她在游戏中的一切行动都太巧合了。游戏刚刚开始时，她便呼吁众人一起孤立抢夺扇子的大汉；即将要补充扇子时，她给了自己三颗道；自己要垄断时，她给了一把"哀"；情况一切稳定时，她的出现又导致有人死亡。她似乎一直在默默引领这场游戏的发展，可她的目的是什么？她的身份难道是极道者？或是某些别的势力？还是单纯的疯子？

无数个危险的情况在齐夏的脑海中盘旋，他庆幸这个女人没什么恶意，否则现在自己有可能会掉入她的圈套中。

"秦丁冬，你想要什么？"他问。

"我就是想要帮帮你。"

齐夏感觉还是不太对："那你的目的呢？"

"我知道你肯定不记得我了。"秦丁冬摇了摇头，而后一脸怅然地说，"但也没关系，我要找的人不是你。齐夏……告诉我陈俊南那个王八蛋在哪儿？"

"啊？！"

没多久的工夫，宋七已经来到了天堂口的门外，楚天秋正站在这里四处张望。

"你是？"楚天秋疑惑地问。

"装什么？"宋七叹了口气，"这里又没别人。"

楚天秋听后微微一顿，赶忙改口道："你……你怎么来了？"

"有任务。"宋七活动了一下脖子说，"这么多年了，第一次有人委托我是用道来付费，真是有趣。"

"哦？"楚天秋不知该说什么，只是象征性地疑惑了一声。

"但他人不错，所以这个忙我帮了。"宋七冲着学校里张望了一下，问，"这里有个人叫乔家劲吗？我要见他。"

"乔家劲……"楚天秋点点头，"你稍等。"

他跟校园中的一个人吩咐了几句，那人听后快步跑进了教学楼中。没多久，一个懒洋洋的花臂男走了出来。宋七见到这个身影，吓得差点没站稳。

"咦？"乔家劲疑惑地看了看宋七，"你不是那个爆炸佬吗？"

"你……"宋七声音有些颤抖地说，"你……砵兰街阿劲？！你就是乔家劲？！"

"是啊！"乔家劲点点头，"怎么？又来杀人啦？"

宋七听后只感觉有点无奈。当时二十个人围着乔家劲一个人打，打完了之后地上躺着三十多具尸体。猫一直到最后一个人战死都没能彻底杀死他。这个人太可怕了。

宋七不禁冒出一个念头：天堂口什么时候来了这么多了不得的人物？

一个没有回响却能歼灭整支猫队，还有一个孤身一人却能让地羊一败涂地，甚至……他还在这里见到了极道者林檎……楚天秋什么时候实力这么强了？！

"幸亏这种人物只有两三个……"宋七刚暗自庆幸，就见到一个小白脸从教学楼里走了出来。

他非常夸张地伸了个懒腰，然后目光慢慢移动，最后落在了宋七脸上。他皱了皱眉头，不急不慢地走了过来。

宋七自问从未见过这个男人，但这个男人的气质非常奇怪。

"谁来着？"小白脸摸着下巴打量着宋七。

宋七、楚天秋和乔家劲都不知道这是什么情况，只能愣愣地看着陈俊南。

"啊……"陈俊南一拍脑门，"我想起来了！宋明辉！对不对？！"

宋七听后瞬间瞪大了眼睛，赶忙上去捂住了陈俊南的嘴。

"别叫那个名字！"宋七一脸吃惊地看着眼前的男人，"不是，你谁啊？"

"什么玩意儿？"陈俊南不耐烦地将宋七的手甩开，"捂我嘴干什么？我又不是葫芦娃，叫你名字也抓不走你。"

乔家劲听后感觉不太对，说："俊男，那好像是金角大王。"

"哦？是吗？"陈俊南也跟着思索了一下，"'我叫你名字你敢答应吗'这句话不是葫芦娃说的吗？"

"葫……葫芦娃是什么？"乔家劲疑惑地问，"不是金角大王说的吗？"

"嘻，老乔，好久没给你普及知识了！"陈俊南笑着拍了拍他，"来来来，我给你讲讲，葫芦娃可是我们的文化瑰宝啊！故事是说——"

"等……等下……"宋七感觉这俩人怪怪的，"现在是讨论葫芦娃和金角大王的时候吗？"

"哦，对了……"乔家劲也忽然想到了什么，"刚才有人说找我……爆炸佬,你找我吗?"

"我……"宋七无奈地摇了摇头,"有个兄弟在地羊的场地里需要帮助……"

"我丢!"乔家劲大叫一声,"骗人仔让人扁了?"

陈俊南也一愣:"什么?老齐让人给干了?"

"不是……"宋七总感觉跟这俩人很难沟通,"那兄弟需要帮助,他点名让乔家劲去帮他。"

"行,我这就去。"乔家劲点点头,直接要动身前往。

"慢着点儿。"陈俊南一把拉住乔家劲,思索了一会儿问宋七,"那臭小子是赢了还是输了?"

"赢了。"宋七回答。

"赢了,却需要帮助?"陈俊南摸了摸下巴。

"没错。"宋七点点头。

"那我知道了。"陈俊南拍了拍乔家劲,"老乔,你跟小楚进去拿两个麻袋。"

"麻袋?"乔家劲愣了愣,"为什么要我去?你怎么不去啊?"

"你连衣服都没穿,赶紧去拿吧。"陈俊南叹了口气。

"呃……"乔家劲低头一看,自己果然没穿上衣,"我丢……"

见到他跑远,陈俊南又在身后喊道:"老乔,顺便抄两把顺手的家伙啊。"

"啊?好,我知了!"

宋七不解地看了看陈俊南,问:"你……我们以前见过吗?"

"以前?"陈俊南想了想,"没有,咱俩不第一次见吗?"

"第一次?"宋七疑惑道,"你刚才明明叫出了我的本名……你怎么知道的?"

"我掐指算的。"陈俊南平淡却不正经地说,"小爷掐指一算,你五行缺'明',命里犯'辉',故而叫宋明辉。"

"什么跟什么?"宋七感觉跟这个人讲话脑子都乱了,"那你又是怎么知道我姓宋的?"

"因为我觉得你姓宋。"陈俊南有点不耐烦了,"小宋,问题别太多,社会上的事儿少打听。"

宋七依然疑惑地看了看陈俊南,这个人简直太奇怪了,从他嘴里似乎什么也问不出来。

没一会儿,乔家劲已经穿上外衣前来会合了。他的左侧腋下夹着两根铁管,看起来断痕很新,像是刚刚折断的两根水管,右手还拿着两个脏兮兮的编织袋子。

"俊男仔,我来啦。"乔家劲笑着说,"我们是要去把谁打晕了装走吗?我特意挑了两个大麻袋。"

"多大都行。"陈俊南笑着说,"咱俩去给他帮个大忙。"

他扭头问宋七:"那臭小子有没有说除了乔家劲谁都别来?"

"这倒没有。"宋七摇摇头。

"那就得了。"陈俊南说,"老乔,走吧,我和你一起。"

"好啊。"乔家劲点点头。

二人让宋七在前面带路,他们则拿着铁管和麻袋在身后跟着。宋七感觉有些奇怪,他认为这二人的身上莫名有猫的气质……只是不知道这样的两个人是否愿意加入他们。

…………

齐夏实在是没办法了,眼前这个叫秦丁冬的女人说什么都不肯离去,她一开始的目标就是接近自己。齐夏想过无数种危险的情况,唯独没想到她要找的是陈俊南,这种复杂的情况根本无法解决,简直跟对上了另一个地级生肖一样……

谁知道陈俊南那小子当年做了什么?

齐夏只能期待陈俊南千万别来,否则情况就更加难办了。

"七年啊……"秦丁冬咬着牙说,"那个王八蛋逃避了我七年啊!"

齐夏默默地捂着额头,这句话他刚才已经听了几十遍了,为了岔开话题,他只能扭头跟长发男交谈:"兄弟,怎么称呼?"

长发男有些礼貌地冲齐夏低了下头,说:"哥,我叫刘二十一。"

这个名字让齐夏感觉有点奇怪。

"刘……二十一?"他不太理解什么父母会取出这种名字,可转念一想,刚才的男人叫宋七……难道这都不是本名吗?他们二人的服装也很相似,难道是个什么组织?

齐夏发现这个长发男人的话很少,根本无法岔开话题,于是只能闭口不言,现在场上的气氛甚至比刚刚参与地羊游戏时还要诡异。

没一会儿,宋七回来了。刘二十一见到宋七,默默点了下头,随后退到一边。

乔家劲紧接着提着棍子走了进来,然后一脸谨慎地看了看四周。这里总共就四个人,羊头男、皮衣男、骗人仔、靓女姐。乔家劲举管四顾心茫然,到底要打晕谁?

"老齐啊……让小爷看看你这次——"陈俊南一边说着话一边拿着麻袋和铁管走了进来,可是他的声音在进门之后戛然而止。众人几乎没见到他的身影,就只看到麻袋和铁管丢在了地上,人已经跑出去了。

"王八蛋!陈俊南!"秦丁冬大叫一声,紧接着就跟了出去,刚跑到乔家劲身边,她的表情一变,又立刻露出微笑:"哟,阿劲,好久不见啦,你还是这么强壮。"

"啊?"乔家劲一愣,"你是?"

秦丁冬没空回答,表情紧接着一变:"陈俊南你个缩头乌龟!"然后一溜烟跑出了屋。

房间里的几个人都有些愣。

"骗人仔……什么情况?"乔家劲有点想不明白,"刚才那是什么东西跑出去了?"

"可能是个人。"齐夏摇摇头,"'拳头',你过来一下,我有事交代你。"

苏闪带着林檎、赵医生和韩一墨走在街上,他们本想去找几个简单的人级游戏,却误打误撞来到了一个显示屏前,那上面只有一句话:我听到了"替罪"的回响。

林檎总感觉不太对,虽然前几次的屏幕上也写着一句话,但不是这句。

"韩一墨……"林檎回头说,"你……"

"嗯?"韩一墨一扬眉头,"怎么了?"

"你……"林檎措辞了好几遍,才小心翼翼地问,"你在这种地方难道不害怕吗?"

赵医生和苏闪听到二人的谈话,有些好奇地看向他们。

"害怕?"韩一墨微微思索了一下说,"说来也是……前几次我一直都很害怕,可是齐夏出现之后,我的恐惧感渐渐没有了。"

"什么?"林檎微微皱了下眉头,"你说……你是说因为你见识过齐夏的手段,所以你已经不再恐惧这里了?"

"对啊。"韩一墨点点头,"你还没发现吗?齐夏就是救世主,他会带我们出去的。"

林檎表情冷漠地看着韩一墨,她知道这个人已经疯了。

在齐夏没有出现的日子里,他的精神每天都在饱受折磨,只有把这里的一切幻想成小说世界,才能让他的心里好过一些,但好在他马上就要解脱了,一旦他死在回响之前,那些失去的理智、精神、三观就会恢复。从某种方面来说,这也是一种救赎。

"苏闪……咱们到底要去哪儿?"赵医生问身边的女生。

"就像齐夏说的,我们去找点人级游戏吧。"苏闪说,"按照你们给我普及的知识,我感觉去人级游戏是个稳赚不赔的买卖。"

"哦……"赵医生贼眉鼠眼地看了苏闪一眼,"好、好……都听你的。"

四个人确定了大概的方向,刚要离去的时候,却看到了十分诡异的一幕。一个蹒跚的老太太拉着一个光屁股小孩儿,此时正慢慢地在路边走。那老太太的步子很慢,脸上的皱纹如同深深的沟壑,她穿着很老式的衣服,像个古人。而那个小男孩儿看起来三四岁的样子,穿着通红的肚兜,手脚都戴着亮闪闪的金镯子,还在脑门儿上梳了一撮毛。

四个人见到这一幕都慢慢地皱起了眉头。

这是什么?原住民?原住民里还有年龄这么大的老太太和稚嫩的小孩儿吗?

林檎总感觉很奇怪,她在这里已经待了很久了,从未见过这种参与者,他们的年纪完全不符合终焉之地的常态。

看那二人靠近,林檎不由得伸手捂住了自己的口鼻,好像有什么奇怪的味道出现了。

"哦哟……"老太太看到众人之后露出了慈祥的微笑,她的皱纹在露出笑容的同时显得更深了,仿佛是用刀刻在脸上的。

林檎咽了下口水,竟然不自觉地往后退了一步。这二人好像有点奇怪。

"大妈……"苏闪虽说也有些好奇,但她对这里的了解实在太少了,竟然和对方搭起话来,"您需要帮助吗?"

"小妮子……"老太太笑着问道,"你们有没有听到啊?"

"听到?"

"是啊是啊!"老太太用力地点了点头,然后放开了拉住小孩儿的手,反而在自己的面前画了一个圆,然后嘟起皱巴巴的嘴说,"铛的一声,那么响!那么大的声音!吓死了!"

"您……您是说……钟声?"

"哦哟……那哪是寻常钟声?"老太太摇摇头,"我没说清楚吗?那么响!那么震撼!"

"苏……苏闪……"林檎揪了揪她的衣服,"别跟他们聊了,快走。"

苏闪感觉林檎的声音都有些发抖了,虽说不明白怎么回事,但她还是点了点头,转身便要离去。

可四个人一转身,老太太却又出现在他们眼前,这一次离他们更近,老太太身上的腐臭味也在此时钻进了众人的鼻腔里。

她依然噘着皱巴巴的嘴说:"哦哟……那到底是什么东西啊?太响了!就在这儿啊!就在这个区域!"

众人这才终于意识到,眼前这个老太太的危险系数极高。

见到没有退路,苏闪只能低声问道:"大妈……您……是在找什么东西吗?"

"是啊是啊!"老太太用力地点了点头,"我在找人!找人啊!"

"找人……"苏闪意味深长地看了看身边的人,然后对老太太说,"大妈……要不然您告诉我您要找谁,我来帮您指个方向?"

林檎见到苏闪已经流下冷汗了。

"方向?"老太太疑惑地看了看苏闪,"就是这个方向啊!就这儿!"

林檎见状也往前走了一步,说:"您是说这儿的钟响了,是吧?"

"是啊!"老太太高兴地点了点头,"我在车上都听见啦!到底是谁呀?"

四个人面面相觑,这个老太太的诡异之处太多了,什么叫"在车上"?她难道还是坐车来的吗?而且……她似乎是在找一个回响者,难道是屏幕上写的"替罪"?

在场众人只有林檎知道"替罪"就是陈俊南。此时要直接把陈俊南出卖了吗?这个老太太到底是做什么的?

此时穿着肚兜的小孩儿慢慢走了过来,拉住了老太太的手:"他们不说话,好像傻啦。"

"傻了？"老太太疑惑地看了看四人，"应该没傻呀……"

"我吞噬了他们，可以吗？"小孩儿笑嘻嘻地问。

这句话让四个人背后一凉。

"你不是吃饱了才下来的吗？"老太太疑惑地说，"咱们好不容易才找到人问话，问完了再说吧。"

"啊……"小孩儿露出了一脸惋惜的表情。

众人正僵持着，却忽然听到远方传来了大喊声："陈俊南你个王八蛋给我站住！"

他们抬头一看，一个看起来像泼妇一样的女人此刻正在追着陈俊南跑。陈俊南好像见了鬼一样没命地飞奔着，可下一秒，他就远远地看到了老太太和小孩儿，那表情，像是见到了真正的鬼。

他二话不说扭过头换了一个方向跑。秦丁冬刚想说点什么，看到了那一老一小，浑身一颤，转身跟着陈俊南跑了。

等林檎四个人回过神来的时候，老太太跟小孩儿居然从眼前消失了，他们似乎去追陈俊南了。

"快走……"林檎回过神来，说，"那两个人太危险了！赶紧回去！"

三人赶忙点头，然后冲着天堂口的方向飞奔而去。

…………

陈俊南和秦丁冬没了命地飞奔了一阵，一拐弯却看到那老太太跟小孩儿就站在眼前等他们。

"啊——"

见到这一幕陈俊南慢慢停下了脚步，扶着墙壁大口地喘着粗气。他感觉自己根本就不该从那个房间里出来。今天才第二天啊！自己碰到的都是些什么玩意？

秦丁冬有些紧张地站在陈俊南身后，两个人都在尽可能地平复呼吸。

"嘿……我道是谁……"陈俊南最终还是抬起头来，一脸笑容地说，"哎哟喂，这不马老太太吗？这不赶巧了吗？"

"哦……"老太太微微眯了一下眼睛，"小陈，是不是？"

"嘿！可不就是我吗？"陈俊南笑着走上前去，一脸冷汗地跟老太太打着招呼，"嘿，您还真别说，这么多年没见，您这身子骨还真硬朗嘿！"

"哦哟……就你嘴甜。"马老太太笑着挥了挥手，"我老喽，不中用啦……"

"您这说的哪儿的话？"陈俊南扶着马老太太坐到一旁，然后又伸手摸了摸光屁股小孩儿的脑袋，"瞧瞧！虎子，长这么高了嘿！"

秦丁冬一直都在一旁浑身颤抖，她知道陈俊南在拖延时间，可她想不出逃脱的方法。

"陈叔叔！"光屁股小孩儿笑着叫道。

"哎哟，臭小子还知道叫我陈叔叔啦！来让叔叔抱抱！"

陈俊南俯下身子想把小孩儿抱起来，这小孩儿虽然身高只到他的大腿，但犹如扎根在地上一样沉重，无论他怎么用力，小男孩儿的双脚都未离开地面。

"嘿……"陈俊南咬着牙试了半天最终还是失败了，"看来虎子长大了啊，叔叔都抱不动你了……"

"叔叔……"小男孩儿笑着闻了闻陈俊南，"你今天闻起来很香……"

"嘿！"陈俊南又摸了摸小男孩儿的头，"我说虎子，你可别跟叔叔闹啊，叔叔跟马老太太还有正事儿要谈呢！"

"嗯！"小男孩儿笑着点点头，慢慢流下了口水，"你谈完了之后，能让我吞噬你吗？"

听到这句话，陈俊南一直挂在脸上的笑容缓缓消失了。他有些忌惮地看了看小男孩儿，又转头问老太太："马老太……您二人今儿个现身，到底有何贵干啊？"

"哦……"马老太太坐在一旁捶打着后背，"小陈啊……不知道你几天以前，听没听见动静……铛的一声，那么大的声音，那么响亮！"

"几天以前……"陈俊南慢慢皱了下眉头，他自然不知道几天以前发生了什么事，只能回头看了看秦丁冬。

秦丁冬听后点了点头，说道："大约六天前，一个从未听过的回响现世，连玻璃都震碎了。"

"什么？"陈俊南愣了一下，"连玻璃都震碎了？"他也不是没在终焉之地活动过，但他从未见过这种等级的回响。

"是不是老乔响了？"陈俊南小声问。

"不是……比那还要厉害……"

"比那还要厉害？！"陈俊南摸着下巴思考了好一会儿，几乎将整个终焉之地有名有姓的回响者全都过了一遍，可没有一个人能对得上号。

"小陈啊……"马老太太再次捶了捶背，然后非常吃力地站了起来，"我们要找到那个孩子，我们得看看他是什么能力啊。"

"嘻……这还不简单吗？"陈俊南眼珠子一转，赶忙上前去搀住了老太太，"这样儿，您和虎子先找个地儿休息，这事儿我帮您办了！"

"不行呀……"老太太摇了摇头，"这件事办不好，我和小虎可就麻烦啦。小陈，你的好意我们心领啦，快去忙吧。"

"忙……我忙？嘿，您看您这话说的。"陈俊南撸起了袖子，露出白色的胳膊说，"我就是再忙我也不能不管您呀，而且虎子刚刚还说要吞噬我呢，身为叔叔我哪儿能走呀？来，虎子，今儿你陈叔叔没洗澡，估计咸淡正好。"

秦丁冬有些紧张地拉住了陈俊南的衣服，小声说："王八蛋……你要干什么？"

陈俊南回过头来，一脸沉重地小声说："冬姐，爷我今天栽了，赶紧去把情况告诉老齐，我和他十天后见，待会儿他们吞噬我的时候你撒丫子跑。"

秦丁冬听完仍然一脸犹豫，她好不容易才抓住这个男人，谁知道他会不会再次躲起来？

"小虎啊，咱们走了。"马老太太摇了摇头，脚步轻挪，再一看，她已经在七步之外了，"要是耽搁了时间，你要吃不了兜着走了。"

"啊……是啊。"小孩儿忽然想起了什么，赶忙点点头，上前拉住了老太太的手，又是一眨眼的工夫，二人消失在了街道上。

见到他们消失，陈俊南一屁股坐了下来。

"这也太吓人了……"他惊魂未定地抬起头问秦丁冬，"这才刚开始啊！天马跟天虎就开始满大街溜达了……"

秦丁冬也有些瘫软，倚着墙壁慢慢坐了下来，可三秒之后她就感觉不太对，立刻站起身踹了陈俊南一脚。

"哎！"陈俊南还没反应过来，紧接着就被秦丁冬拳打脚踢，"停停停！"陈俊南大叫道，"冬姐，你再打我就有点丢面儿了啊！"

秦丁冬打着打着就变了表情，豆大的眼泪开始哗哗地流了下来。

"陈俊南你个王八蛋……"她停下手脚,眼睛通红地说,"你给我解释解释……'替罪'是这样用的吗?你凭什么替我去死?!"

陈俊南慢慢站起身,然后拍了拍身上的土,笑道:"会不会是因为小爷愿意?"

"你……"

陈俊南摇了摇头:"冬姐,过去的事儿都过去了。这一次我只想帮老齐和老乔逃脱,现在的情况看起来非常不妙,我们需要尽快跟他们会合。"

秦丁冬思索了半天,问:"那你有计划了吗?"

"我不知道什么叫计划,我只知道只要有我在,他们每个人就等于多了一条命。"

齐夏和乔家劲将道装满了麻袋,随后又将麻袋背在了身上。

"骗人仔……"乔家劲有些疑惑地问,"咱们是不是凑齐了?"

"嗯……"齐夏沉吟一声,随后说,"我没有想到这件事会这么顺利,现在问题一样很麻烦,我们不找到天羊的话,地虎不可能把那两千九百颗道还给我们。"

齐夏无奈地叹了口气,若不是这次唬住了地羊,自己八成会死在这里。可地羊为什么到最后都没有出手呢?

"那……"乔家劲扭头看了看不远处的黑色羊头人,"骗人仔,你参加了一个地羊游戏,问出天羊在哪里了吗?"

"正好相反……"齐夏摇摇头,"我现在完全不知道天羊在哪里了……"

二人心情复杂地走出地羊的游戏场地。

为了凑齐足够的人数,地羊的游戏直到下午两点才开始,过去两个多小时的游戏时间,现在已经是下午四点多了。

"骗人仔,这次的道我们又要藏在哪里?再去找个生肖吗?"

"对,去找个生肖。"齐夏点点头,"不过这次还是地虎。"

"咩?"乔家劲一愣,"他那里已经有了两千九百颗了啊,你还要再给他一千多颗?"

"是啊。"齐夏点点头,"他不把那两千九百颗还给我们,我们依然凑不齐三千六百颗,不如把所有的道都给他,既安全又方便。"

"哦……好像也是。"

二人走了大约半个小时，再次来到了地虎的游戏场地。地虎刚刚送走了一批顾客，那些参与者身上大伤小伤无数，应该还有人死在场地中了。

"哟……"地虎一扭头就看到了齐夏和乔家劲，第二眼又看到了他们后背的麻袋。

"我做到了。"齐夏说，"地羊所有的道都在这里了。"

二人将麻袋扔在地虎面前。地虎露出了一脸吃惊的表情。

"所有的？"

"恐怕比所有的还要多。"齐夏说，"他一共带了一千一百颗，而我帮你赢来的却不止这个数。"

"你……"地虎眨了眨眼睛，"难道你连参与者交给他的门票都赢来了？你小子不会直接去偷的吧？"

"没有。"齐夏摇摇头，"我用地羊最擅长的方式赢下了他，况且你能羞辱他的点不止这个。"

"哦？"地虎很明显地来了兴趣，他摇晃着巨大的脑袋问，"快给我讲讲！他输了这么多，哭了没？"

"倒是没哭，只不过今晚有概率会去找你借钱。"齐夏说，"他欠了所有的参与者大约一千颗道，加上这里的，这次行动总计让地羊损失两千多颗道。"

这段话直接把乔家劲和地虎说蒙了。

地虎了解过地羊的游戏，据说有一些投机者运气好、手段高的话能够在他的游戏中一次性赚取几十道颗道，最厉害的莫过于曾经有人一次性赚走了一百颗道。可他们的成功都伴随着极高的风险，而眼前这个男人只身前往、全身而退之后不仅赢走了地羊所有的道，更让地羊欠下了债。

这是真实发生的事情吗？

齐夏见到地虎表情有些犹豫，趁热打铁地问："既然我答应了你的条件，把地羊所有的道给你赢来了，你是不是也该把那两千九百颗还给我们了？"

地虎听后回过神来，默默地点了点头，说："好，那两千九百颗……"半秒之后，他就皱起了眉头，"小子，不对吧？"

"嗯？"

"我什么时候说过你赢了地羊所有的道，我就把你的道还给你？"

"不是吗？"齐夏有些无辜地回道，"那我可能记错了。"

"你别想混淆我的记忆。"地虎有些冷淡地说，"我说你赢下地羊所有的道之后就答应帮你看管……是这样吧？"

"当然。"齐夏点点头，"本来就是这么说好的，只是我记错了。"

"我还说过……只要你让我见到那个人……所有的道就原封不动地还给你。"

"是，我想起来了。"齐夏点点头。

"小子……所以你有那个人的线索了吗？"地虎问。

"那个人……"齐夏听后慢慢抬起头说，"地虎，你确定你要找的人，她是天羊吗？"

"我说过了。"地虎摇摇头，"我不管他现在是天地人哪只羊……我都要见到他。我想问问他为什么答应我的事一件都没有做到……"

齐夏越听越觉得奇怪。

"你等一下……"他轻声打断了地虎，"也就是说……你根本不知道她是什么级别吗？"

"他的级别……"地虎慢慢地眯起眼睛，"我认识他的时候他已经是地羊了。并且我亲眼见到他飞升成功……"

"她飞升成功……"齐夏慢慢瞪大眼睛，"也就是说……之前就没有天羊？"

"我说得不够清楚吗？"地虎冷言道，"既然他飞升了，那他现在就是天羊。我不管之前有几只羊，我只要见他。哪怕他变成天级逃走了，你也要想办法把他给我抓回来。"

齐夏渐渐觉得地虎有些不讲道理了。

"你所说的天羊如果真的逃脱了……"齐夏往前一步，语气严肃地说，"我就不会再帮你找她了，她不应该出现在这里，逃脱了反而更好。"

"什么？！"地虎瞬间露出一丝怒色，"小子，你现在所有的道都在我这里，你就这样跟我说话的吗？"

"是，如果情况真如你所说，所有的道我都可以不要了，我只要她平安。"

"你……"

地虎从未想到眼前的男子居然会愿意主动放弃这四千多颗道。

"可你到底跟他是什么关系？"地虎问，"我在他身边这么久，为何从来都不知道有你这号人物？"

"在回答你的问题之前，我也想问问你。"齐夏慢慢抬起头来，眼中逐渐燃起了一丝希望，"你是亲眼见到她飞升之后逃脱了吗？"

地虎听后慢慢坐到一边，点了点头："没错，我们四个人全都看到了。那一天，他飞升为天，从这个世界消失了。"

END ON THE TENTH DAY

中场休息

我叫舒画

我叫舒画。

我好害怕。

我不知道自己为什么会来这里，但这里确实让我很害怕。这里的天空每时每刻都是红色的，空气里的味道让人想吐。善良的人在前几天都死了，活下来的人都好可怕。

我好不容易找到一个过期了好久的罐头，那些人居然拿着刀子来抢。我好饿，可是我根本打不过那些人……我会饿死……还是会被打死？

我抱着罐头躲在角落中，全身都在发抖。这里到底是怎么回事？那些跟我一起出来的哥哥姐姐，仅仅三天就全死了……我好想他们呀……不知道秦丁冬姐姐还好吗？她说要出去找食物，可三天都没有回来……

"喂！我看到你了！"

听到这句话我吓了一跳，我四下看了一圈，那些人根本没有看到我，他们分明在骗我。

一个男人在远处大喊道："我劝你别惹我们上火啊！小孩儿，你一直跑能跑到哪儿去？"

我虽然不想哭，可是我的眼泪一直在往下掉。我要逃走……我不能待在这里了……可是我怎么才能甩掉这些人？

一扭头，我忽然发现身后有一个铁门，我将罐头轻轻扔向另一个方向，然后打开身后的铁门藏了进去。他们要罐头，只要给他们罐头我就没事了。

我从地上摸起一根棍子抵住铁门，接着向里面走去。铁门里很黑，而且比外面还要臭……我到底该怎么办啊？

"有……有人吗？"我小心翼翼向前走了几步，下一秒却听到了自己的回音。

看来这个房间并不大。

我实在太害怕了……我要找个地方躲起来。可是这里面实在是太空旷了，我到底要怎么才能藏起来？

我在房间摸索着，忽然听到了门外的脚步身。那些人来了！

我吓得跑了两步，却被什么东西绊了一跤，我只感觉脚下软软的、黏黏的。

"喂！你是不是在里面啊？"铁门外传来了撞击声，外面的男人大喊，"你赶紧给我出来啊！"

铁门不断被撞击着，那一声声巨响仿佛撞在了我的身上，我的身体止不住颤抖……

"罐……罐头都给你们了！"我本想拿出我的气势喊一句，可声音一发出来了就破了音，但我还是用力地说，"我手上没有罐头了！我……我……我不吃了……你们吃吧……"

"你说什么蠢话？"门外的男人不断晃动着铁门，"我们四个大男人啊！四个大男人就吃一个罐头？！"

"那……那你们想吃什么？！"我刚问完就有点后悔。

我的头皮开始发麻，麻意蔓延到身体的每一处，我甚至连站都站不住了。我哭得喘不过气，实在不知道该怎么办了。

双眼渐渐习惯了屋里的黑暗，我隐约间好像看到屋子中央横着一个黑黑的东西。是个……人？

我壮着胆子站了起来，此时的我没有任何的办法了，如果这屋子里有其他人的话……他能救救我吗？

我摸索着走了过去，用脚踩了踩，他的身子很硬，好像是个假人。

"你……你好？"我壮着胆子问了一句，慢慢地靠近了他，却闻到了更加浓烈的臭味。

他好像死了，而且死了很久。我摸了摸他的身体，他好像穿着一身很破的西装，可他为什么会死在这里？

"这门被顶住了……"门外闷闷的声音再次传来，"往旁边让让，我撞开它。"

完了，我可能要死了。我的浑身都凉得可怕，双手也在发抖，混乱之中，我摸到了一个毛茸茸的东西——是个面具。

"啊！"我失声惊叫一声。

我见过这种面具，这些是裁判戴的！这是我唯一的办法了，只要戴上这个面具，我就可以冒充裁判了！

在黑暗的屋子中，这张面具会给我带来百分之一的生机……

我将面具拿了下来，看到那个人的脸已经完全腐烂了。我现在来不及考虑那么多，只能顶着一阵恶臭将面具戴在了自己的头上。

砰！

一声巨响,铁门被撞开了,屋外暗红色的光线照了进来,这时我才看清我的四周,这是一个废弃的仓库,面积小得可怜。

我呆呆地站在墙边,一句话都不敢说。

本想虚张声势地做个自我介绍吓退他们,可我连自己头上戴的是什么动物都不知道。

"鼠……"领头的男人有些疑惑地看了看我。

"鼠?对……鼠……"我用力地点点头,"我劝你们快走吧……我……我是鼠人……"

"鼠人?"领头男人一愣,紧接着大笑起来,"哈哈哈哈哈!"

我知道,连百分之一活下去的概率也没有了,他们并不害怕我。

"还鼠人……"领头男人慢慢来到了我的身边,"连装都装不像。"

"你……你们放了我吧……"我双腿一软,就要坐到地上了,"求求你们……我只是个普通的学生……"

"不不不。"领头男人摇了摇头,露出垂涎欲滴的表情,"过了今天你就不普通了,你就是我们的救星……"

"什么?"

听到这句话,我最终还是瘫倒在了地上。

眼前是四个拿着棍子和刀的高大男人,他们挡住了仓库唯一的门,我到底应该怎么办?看到他慢慢地走过来,我只感觉脑子空空的,我有些想念奶奶了。我还没有回去给奶奶做饭……

在刀子落下去的一瞬间,这房间里忽然多了一个人。

这是怎么回事?这个浑身赤裸的男人几个闪身的工夫,那四个男人就全倒下去了。

赤裸男人把我扶了起来,我看着他怪异的样子,一句话都说不出来。

他用面庞贴近我的身体,轻轻嗅了几下,然后非常温柔地说:"小妹妹,你是人鼠,不是鼠人,说错了可就麻烦了。"

我盯着那人的双眼,隔了半天才终于说出一句:"谢谢叔叔……"

"叔叔……"他好像不是很喜欢这个称呼,"叫我叔叔……还不如叫我朱雀大人。"

"朱雀大人?"我有些不懂,现在也不是古代,怎么还会有人称自己为"大人"呀？

但是朱雀大人确实救了我的命，如果不是他出现，我绝对会死在这里的。他应该是一个很好很好的人。

"小妹妹，你今天做了一个很伟大的决定。"朱雀大人笑着说，"以后你既不会挨饿，也不会被人欺负了。"

"啊？"

"时间快到晚上了，跟我走吧。"朱雀大人招了招手，走出了门外。

出门之后我才看清他的身上披着一件赤红色的羽毛披风。

"朱……朱雀大人，我们去哪里？"我赶忙跟了上去。

只见他指了指不远处的空地，那里出现了一个闪闪发光的门。

"你已是生肖，每晚都需要前往列车，这是第一个规矩。"朱雀说，"祝你交到新的朋友。"

"生肖……列车……朋友？"我一句话都没听懂。

可是仅仅一转头的工夫，朱雀大人居然消失了。他是来救我的神仙吗？

见到四周越来越黑，我只能朝着那个发光的门走去。这扇门好像是神话故事里的门，它虽然飘在空中，却通向另一个地方。

我慢慢地走了进去，发现自己站在一条很长的走廊中。走廊两旁都是木门，此时正有许多戴着面具的人从里面走出来，他们进来之后并未停留，反而都向走廊另一头走去。

我一回头，发现进来时的光门消失了，身后只留下一扇木门。

"这是怎么回事？"难道我也是从木门里出来的吗？

"滚开，别挡道。"一个粗犷的声音在我身后响起。

我吓了一跳，赶忙躲到一边，此时才发现一个戴着白色老虎面具的高大男人站在我身后。

"什么东西……怎么还有这么矮的？"他有些鄙视地看了我一眼，接着头也不回地往前走了。

"啊……"我这才反应过来，立刻跟了上去，"叔叔！"

那个高大男人听到这两个字明显一愣，接着缓缓地回过头来。

"什么？"他的语气瞬间软了下来。

"叔叔……你……你好……"我向他低了一下头，然后问，"请问这里是哪里？"

高大男人表情十分复杂地看了我一眼，然后缓缓地说："这里是列车,是生肖们休息的地方。"

"生肖休息的地方?"我有些不理解,"为什么我会来生肖休息的地方呀?"

那个高大的虎叔叔仿佛再次愣了一下。我本以为他会解答我的问题,可他顿了好久才憋出几个字:"小朋友,你饿吗?"

"饿……"我有些不好意思地摸了摸头,"我……我确实有点饿……"

"走,我带你吃饭。"他伸出宽大的手掌握住了我的手,让我感觉很温暖。

我们才走了几步,面前的门里又走出了另一个叔叔,他戴着一个蛇皮面具,身上的味道很难闻。

"哟!"蛇叔叔叫了一声,"这不是小虎子吗?一个白天没见,找到小女友了?"

"滚。"虎叔叔跟他说话的语气非常不客气,"信不信我撕碎了你?"

"哈哈哈哈!"蛇叔叔不知道为何被逗笑了,"你要在列车上撕碎了我?来来来来来……我要看看羊哥最后咋说。"

"那老子就折断你的指头。"虎叔叔凶巴巴地说,"不是看在羊哥的面子上,你十个指头都得断一次。"

"哎哟……好啦……"蛇叔叔伸手搂住了虎叔叔的肩膀,"咱俩好歹算是同学,你怎么发这么大火?"

"滚。"虎叔叔甩开了那人的手,"什么叫小女友?给老子说话注意点。"

"哈哈!这不是吗?"蛇叔叔弯腰看了看我,"萝莉型的小老鼠?可以啊你。"

我微微咽了下口水,看着那人的眼睛开口叫道:"叔……叔叔好……"

这一句话出口,蛇叔叔也愣住了。

"哎!"他面色一变,赶忙扭头看向虎叔叔,"开什么玩笑?这声音……这还是个孩子啊!"

"你才发现吗?"虎叔叔摇了摇头,"你刚才说的都是什么屁话?"

"我……我……"蛇叔叔赶忙伸手拍了拍自己的嘴,"我哪儿能想到?!可这是为什么啊?"

"别说了，让羊哥想想办法吧。"虎叔叔把我拉到身前，环视了一圈又问，"对了，那个老黑呢？死了吗？"

话音一落，我们面前的门被推开了，一个戴着黑色羊头面具的人走了出来。他冷冷地看了我们三个一眼，接着朝另一个方向走去了。

虎叔叔骂了一声，然后说："同样都是羊，看见他我就来火。"

"好啦……"蛇叔叔笑着拍了拍他，然后低头对我说，"小朋友，你饿坏了吧？叔叔带你吃饭去。"

我不好意思地笑了笑，如果不是这个蛇叔叔出现，我可能早就去吃饭啦。

两个人一人拉着我的一只手，在众多面具人之间前进。虎叔叔好像很厉害的样子，途中有很多人都给他让开了道路。

我们跟着黑羊叔叔走了很久，才在一扇门面前停下。我有些好奇，这里的每扇门都长得一样，他们怎么会知道自己要去哪里呢？

黑羊叔叔伸手敲了敲门，十分恭敬地说："羊哥，我们来了。"

"进。"门里传来一个男人的声音。

三个人听后慢慢推开了门，屋里是一间餐厅一样的房间，餐桌上摆着许多食物，我一下子就看呆了。上面有烤鸡、排骨、鱼，还有很多我不认识的东西。我刚咽了下口水，又看到那个坐在餐桌前面的人。

他没有戴面具，而是长着一个真正的纯白色羊头，看起来就像是西游记里的妖怪。他冰冷的目光在我身上停了停，然后抬眼对虎叔叔说："虎，你在做什么？"

这个人的声音很年轻，不太像叔叔，反而像哥哥。

"羊哥……"虎叔叔拉着我走了上去，"发生了一件怪事，有个小孩儿成了生肖。"

白色羊头的哥哥并没有说话，只是默默地敲了敲桌子，说："无所谓，来吃饭。"

三个人没说话，只是点了点头，他们毕恭毕敬地走了过去，坐在了桌子旁。我有些不知所措地搓了搓手，我虽然很饿，但这里毕竟是人家家里，奶奶说到别人家做客时，就算是水都不能随便喝……

"来吃饭。"白色羊头哥哥敲了敲桌子，对我说。

"啊?"我咽了下口水,"我……我也可以吃吗?"

"别废话,羊哥让你过来就过来。"虎叔叔说。

我开心地点了点头,来到了餐桌旁,看了一圈好像没有我的位置。白色羊头哥哥伸手拖过来一把椅子,放在了他的身边。

"坐。"他说。

"谢谢哥哥!"我笑着说。

有饭吃,太好了。

我伸手刚要摘下自己的面具,白羊哥哥却拉住了我。

"别摘。"他依然冷冷地说,"就这样吃。"

"就这样吃?"我有些不理解,我戴着这个臭烘烘的面具怎么吃啊?

"记住,你的面具只有死的时候才能摘下来。"羊哥哥又说。

"啊?!"

我环视了一下桌子周围的人,他们直接拿起食物往面具的嘴巴里塞。这个面具的嘴巴居然是可以打开的。

我尝试着伸手摸了摸面具,发现嘴巴确实没有缝合起来,正好可以用来吃饭。虽然这个面具很臭,但总比饿死了好呀!

桌面上的食物非常多,看起来足够十个人吃。我伸手拿了一个土豆,剥开皮之后咬了一口,煮得面面的,一股很香的土豆味,很好吃。

奶奶以前也给我煮过这样的土豆。

"傻孩子……"虎叔叔摇了摇头。

只见他伸手从旁边黑羊叔叔的盘子中拿了一根鸡腿递给我:"吃这个,多吃肉。"

"喂……"黑羊叔叔看起来非常不高兴,"你过分了吧?"

"你是羊,吃什么肉?"

"羊怎么就不能吃肉?"

"别吵、别吵……嘿嘿。"蛇叔叔笑着说,"吵起来小心被打死啊。"

我看着盘子里的鸡腿,有些不知所措。

"乖啦乖啦……"蛇叔叔摸了摸我的头,"不用理那两个蠢货,给你你就吃吧。"

我拿起鸡腿看了看,我只有过年的时候才能吃到鸡腿。

"我能吃吗?"

"当然啦！"蛇叔叔冲我挤了挤眼睛。

"谢……谢谢蛇叔叔……"我说完之后又看了看另外两人，"也谢谢虎叔叔和黑羊叔叔……"

"看这孩子客气的。"蛇叔叔摇了摇头，"快吃吧。"

我点点头，咬下了一口鸡腿，简直太好吃了，今天好像过年啦。

没一会儿，白羊哥哥开口说话了。我发现他每次一说话，其他人就会立刻停下手中的动作，恭恭敬敬地看着他。

"我说……"他敲了敲桌子，"把今天的交出来吧。"

"今天十三颗。"蛇叔叔率先从身后拿出小包，"谢谢羊哥给我出的主意。"

"嗯。"白羊哥哥点点头，"你的游戏经过我的改良之后已经接近完美了，估计用不了多久你就会签合同的。"

"我拿到了九颗。"黑羊叔叔回答，"羊哥，你说得确实没错，人类互相欺骗的样子真的很丑陋。"

白羊哥哥听后沉思了一会儿，说："人羊，你的'猜扇面'再进行两次就停下吧。"

"什么？"黑羊叔叔一怔，"羊哥，你的意思是……"

"把工作重心转移一下。"白羊哥哥说，"我给你设计了一个新游戏，你有空看看。"

白羊哥哥将一个小本子递给了黑羊叔叔。

"新游戏？"黑羊叔叔翻了翻本子，很快就露出了震惊的表情，"八卦扇……一百个人参与……"

"只是一个初步的想法。"白羊哥哥说，"若你觉得太难，八卦简化成七情、六欲、五音、四季甚至三才都可以。"

黑羊叔叔拿到小本子之后明显激动了起来，隔了好久才说："可是羊哥，这不是地级游戏吗？我现在是人羊啊……"

"早晚的事情。"白羊哥哥说，"你提前准备一下吧。"

"羊哥……难道你……"

白羊哥哥摆了摆手，打断了他的话，随后又看向虎叔叔。其他两位叔叔也看向了他。

"人虎，你今天收了多少？"白羊哥哥问。

"我……我其实……"虎叔叔低下了巨大的虎头，看起来有点好笑。

"说吧。"白羊哥哥轻声道，"多少我都能接受。"

虎叔叔沉默半天，小声开口说："羊哥，我赔了六颗……"

"噗……"蛇叔叔喷了一口饭，小声嘟囔了一句，"赔钱虎。"

"你讲什么？"虎叔叔大叫一声，立刻站了起来。

"哟……急了急了……"蛇叔叔露出害怕的表情，接着冲我挤了挤眼，"小老鼠，咱们长大了可别学他啊。"

虽然大家的样子都有点可怕，可不知道为什么我觉得很安心。

虎叔叔见到没人理他，又气鼓鼓地坐了下来："我自己欠下的账我自己想办法慢慢还，绝对不可能让羊哥为难！"

"我会为了六颗道为难吗？"白羊哥哥叹了口气，"吃完饭到我这里来领新的。"

虎叔叔听到这句话显然不太开心。"羊哥……"他抬起头，正了正自己的面具，"你没必要为了我们做到这种程度吧？要不是我们几个拖累你，你现在早就飞升了！"

"别说屁话。"白羊哥哥冷冷地说，"你们跟我在一张桌上吃饭，咱们是一起的。"

众人听后都慢慢低下了头，沉默不语。此时我也不知道该做些什么，只能把手放到桌子底下，小心翼翼地盯着大伙儿。

"虽然我把你们当家人……"白羊哥哥忽然看向了我，"但小姑娘，你例外，吃完这顿饭你就走吧。爱去哪儿去哪儿，别在我眼前待着。"

"唉……"我一愣，随即明白了过来，我一直在别人家里，肯定很打扰别人的。

"对……对不起……"我站起来对白羊哥哥说，"谢谢白羊哥哥给我这么多吃的，我这就走啦……"

还不等我转身离开，虎叔叔一把就按住了我的肩膀。

"一共就吃了一个土豆一根鸡腿，不准走。"他抬起头来对白羊哥哥说，"羊哥，这孩子出去会被打死的。"

"这孩子会不会被打死……和我有什么关系？"白羊哥哥冷冷地看着虎叔叔，那眼神让人有点害怕。

"羊哥，这里的地级生肖是什么德行你也知道。"虎叔叔说，"这孩子赚不了道，肯定撑不了几天的。"

"你怎么知道她赚不了道？"白羊哥哥说，"能够戴上面具的人，又怎么可能是普通人？"

"可……"

虎叔叔好像也觉得有点蹊跷，顿了顿之后回头问我："小老鼠，你是怎么戴上面具的？"

"我……"我见到大家都在看我，只能把今天发生的事一五一十地都讲了出来。

他们听完我的遭遇之后，眼神都变了，蛇叔叔更是哭得稀里哗啦。此时我才发现，他虽然身上的味道不好闻，但人很好。

"你说那些人还是人吗？"蛇叔叔抽泣着说，"明天我就去把他们剁成肉酱给你们做丸子吃……呜呜呜……"

我收回刚才那句话，他好像还是很奇怪。

"你自己吃吧。"虎叔叔没好气地对他说，紧接着又看向白羊哥哥，"羊哥，你也听到了，这个小丫头跟我们成为生肖的理由都不一样，你忍心看她死吗？"

白羊哥哥没说话，黑羊叔叔却开口说："人虎，你已经疯了吗？"他慢慢地站起身，"你知道我们为什么是生肖吗？你同情心这么泛滥，什么时候才能签合同？"

"我如果跟你一样没有感情，那才是疯了。"虎叔叔生气地说，"就算咱们是生肖，但这和帮助一个孩子矛盾吗？这孩子该死吗？"

"无论该不该死她都已经戴上面具了。"黑羊叔叔说，"如果她不能承担这个后果，会活得比任何人都悲惨。你不能因为想念自己的女儿，就给我们增加负担吧？我认为羊哥说得没错，如果她早晚都要死，不如现在就解脱。"

"你放屁！"虎叔叔大吼一声，刚要上前动手的时候，白羊哥哥却轻轻地拍了一下桌子。四根桌腿在这一刻全都断掉了，桌子上的食物也开始往地上倾倒。我觉得好可惜，想伸手去接，却根本接不过来，只听噼里啪啦的声音响起，盘子和碗都摔碎了。

白羊哥哥慢慢抬眼看了看两个叔叔，说："你们俩是吃了什么脏东西吗？居然想在我面前动手？"

这一句话出口，两个人的身体都颤动了一下。

"对……对不起……"

"是我们不好，羊哥……"

两个叔叔立刻低下头，好像很怕白羊哥哥。真是奇怪呀，白羊哥哥的声音听起来像山羊一样绵软，但大家都怕得要命。

"那……那个……"我小声说，"各位叔叔千万不要吵架……

都是我不好，我现在吃饱了，我这就走啦，你们千万不要因为我而闹矛盾……"

"小老鼠你别说话。"虎叔叔伸手用力按着我的头，"我把你带来可不仅仅是想让你吃一顿饱饭。"

"这样吧……"白羊哥哥思索了一会儿说，"小老鼠，你答应我几个条件，我便看看能不能收留你。"

"收……收留我？"虽然我是第一次见到这几个人，但我确实想留下，他们跟我见到的所有人都不一样。难道是因为他们一见面就给了我吃的吗？若不是这顿饭，我可能已经饿死了。

"小老鼠，我接下来要说的话，是每个人成为生肖之后都要遵守的规则，我们称之为'生肖守则'。"白羊哥哥说，"如果有一条你没有做到，就会直接被'神兽'击杀。"

"啊……我……"

"第一，无论何时都不能放弃生肖身份，除非死亡。

"第二，无论何时都不能摘下面具，除非死亡。

"第三，无论何时都不可透露真实姓名，除非死亡。

"第四，生肖永不回响。

"第五，生肖永不溃逃。"

我听得不是很明白，但还是点了点头。也就是说我现在成了生肖吗？我戴上了老鼠面具，所以我就是生肖里的老鼠了？

"接下来是游戏的设计规则……"白羊哥哥想说什么，却顿了一下，"小老鼠，你现在应该没有游戏吧？"

"游……游戏？我……"我感觉脑子都是蒙蒙的，实在不知道该怎么回答。

"我今天给你一晚上的时间。"白羊哥哥说，"你去给我设计一款游戏出来。"

"设计游戏啊……"我好像有点懂了，"那个……我只玩过打沙包和跳房子，所以我……"

话还没说完，虎叔叔立刻捂住了我的嘴，说："小老鼠你别胡说八道了，一会儿我和你细说。"

"打沙包和跳房子……"白羊哥哥露出了一丝笑容，"如果明天早晨你给我的答案是这两个，我会亲自把你从这里丢出去。"

"啊？"

见到大家都对白羊哥哥毕恭毕敬的样子，我也不敢说话了。

白羊哥哥慢慢站了起来，又看了看几位叔叔，说："我去看书了，明天早饭的时候见。"

他推开门走了出去，屋内的三个人此时才松了口气，慢慢地坐在了椅子上。我见到他们都没说话，只能低头收拾起地上的碎盘子。这些盘子看起来质量好好，只不过都打碎了，好可惜。

"小丫头……别收拾了。"虎叔叔对我说，"劝你赶紧想想游戏吧。"

"可是这些盘子碎了，万一待会儿叔叔们踩到的话……"

"那不是你要操心的事情！"虎叔叔一把拉过我，"小老鼠，你要知道，如果想在这里活下去，羊哥的帮助至关重要！他跟其他的地级是不同的，你……"

"我觉得你想太多了。"黑羊叔叔摇了摇头，"羊哥是多么狠辣的人？他只是想找个借口光明正大地赶走这个孩子罢了。"

我不知如何是好，只能看了看蛇叔叔。蛇叔叔冲我挤了挤眼睛，然后站起来走到了黑羊叔叔身边。

"做什么？"黑羊叔叔问。

"老羊啊老羊……"他伸出手来给黑羊叔叔捏了捏肩，"我可不管羊哥真正的想法是什么，我只知道他让这孩子设计个游戏……这屋里属你聪明了，你要不要帮帮这个孩子？"

"帮她？我凭什么？"

"如果你不帮她的话……"蛇叔叔坏笑一声说，"今晚我就抱着你不走了。"

"你……你可别太离谱了！"黑羊叔叔吓了一跳，"你的面具臭得要命，能不能别恶心我？"

"那我不管。"蛇叔叔摇了摇头，"你不帮她,我就恶心死你。"

虎叔叔站起来拉着我的手说："小老鼠，不用那两个傻子帮你，我亲自给你想游戏！"

他将我拉到一旁的书桌边坐了下来，随后拿起纸笔开始思索。过去了几分钟，他一个字都没写。

"嗯……"他慢慢地吸了口气，然后说，"打沙包和跳房子不行……不知道踢毽子行不行？"

"你可拉倒吧！"蛇叔叔摆了摆手，"你是想亲手送这丫头去死啊？"

"你！"虎叔叔气得摇头晃脑，"我怎么送她去死了？"

"你别光想你女儿喜欢玩什么啊,你得看看鼠适合什么啊!"蛇叔叔摇了摇头,又看向黑羊叔叔,"人羊啊,你帮帮他们呗。"

"死老虎那个态度,谁要帮他?"

"那我就去抱你了。"蛇叔叔说。

"你……"黑羊叔叔看起来像是曾经被蛇叔叔抱过一样,很害怕这句话。只见他走到虎叔叔身边,一把就夺过了纸笔,说:"亏你那虎头虎脑的样子还能想出来踢毽子,你怎么不说翻花绳?"

"你妈……"虎叔叔说了一句脏话,他的脾气真的很差,他又要发火了。

"叔叔……那个……骂人不好……"我拽了拽他。

"啊?"虎叔叔稍微愣了一下,然后瞪着一双滴溜儿乱转的眼睛看了看我,"我……我没骂人啊,我这……这是问好……"

我眨了眨眼,他刚刚明明像是骂人的样子……怎么成了问好了?

虎叔叔看了我半天,语气也软了下来:"哎,好好好……是我不好,我以后不说了。"

黑羊叔叔没有理会他,坐在桌子前面看了看我,说:"小孩儿,你过来,我有几个问题要问你。"

"啊?"我慢慢走到了他身前,有些害怕地看了看他。

"你是在哪里戴上的面具?"黑羊叔叔的声音很平,听不出情绪。

"我好像是在个仓库里……"

"仓库?"黑羊叔叔拿起笔在纸上唰唰地画了一个大房间,"这样的仓库?"

黑羊叔叔画得很好,但跟我印象中的仓库有点区别。

"叔叔,空间好像没有这么大……是个很小的仓库。"

他点点头,拿出第二张纸又画了个小房间。

"这样是吧?"他一边自言自语,一边又画了几个货架,"仓库里的东西多吗?"

"好像不是很多……"我小声说,"就是墙边有几个架子。"

"货架上有东西?"

"好……好像有一些箱子,不知道里面装着什么。"

黑羊叔叔很快就在仓库里画了两个人,思索了一会儿,又开始在旁边写起了字。

"游戏暂定名称：信任游戏。"

"我有想法了。"黑羊叔叔说，"小孩儿，你过来，我告诉你规则。"

"哦……"我来到了黑羊叔叔身边，看了看他画的小房子和小人。

"游戏需要两个人参与，门票每人两颗道。"黑羊叔叔一边说一边写，"两个人站在里面，互相询问对方的隐私。尤其是那些不愿被提起的隐私……"

"然后呢？"虎叔叔问。

"我们可以在规则上说谎。两个人获胜的规则不同，一人需要说实话，一人需要说谎。"

"哦？"虎叔叔摸着下巴说，"你小子玩阴的？"

"不，这只是羊的特性。"黑羊叔叔摇了摇头，"在两个人互相撕碎对方面具的同时，也能见到人性最丑陋的一面。"

虎叔叔点了点头："你小子确实心眼儿多啊。"

"过奖，反正比你聪明一点。"

"哦……"虎叔叔点了点头，但很快就觉得不太对，"可你小子设计的游戏和鼠有什么关系？这不是羊类吗？！"

"你有点不讲理了吧？"黑羊叔叔叹了口气，"我这游戏是在仓库里进行的，怎么就不是鼠类了？"

"你放狗——"虎叔叔似乎想说点什么，但他看了看我，又改口道，"你胡说八道！"

虎叔叔抢过纸笔，说："再说了，你这游戏也太难了，我给你改改吧！"他将黑羊叔叔所有的规则都划掉，然后一边念一边写下了新的规则："四个人参与，两人为一组，哪一组能抢到仓库中间的花瓶就视作胜利，手段不限，武器由裁判提供……"

蛇叔叔又坐不住了："你可拉倒吧！还有脸说别人？在仓库里斗殴就是鼠类游戏了？"

"那怎么了？！"虎叔叔反问道，"难道鼠就不用抢地盘了吗？"

"抢个屁！"蛇叔叔又把纸抢了过来，"你们就整天带坏小孩子吧，这事还得看我。"

他拿起笔，又将虎叔叔的规则划掉了："听我的啊，进入仓库之后，用五把锁将仓库门锁上，五把钥匙就分别对应五个问题，答对了就能拿到钥匙，分别是……"

三个叔叔就这样，你抢完了我来抢，整整一夜没有睡觉。他们写完了一张又一张纸，有好几次都快打起来了，直到天亮时分才给了我一张杂乱的手稿，上面写的游戏我连看都看不懂了。

此时屋门被打开，白羊哥哥进来了。他给人的感觉总是与众不同，他的衣服非常干净，脸上的毛发也很白，但总让我感觉难以接近。而那三位叔叔虽说不管怎么看都脏兮兮的，但他们人很好。

"鼠，你想到了吗？"白羊哥哥找了一张椅子坐下，语气平淡地问，"已经整整一夜了。"

"啊……我……"我扭头看了看三位叔叔，他们都朝我挤眉弄眼地点了点头，于是我也大着胆子说，"我想到了……"

"说来听听。"

"我的游戏……需要四个人参加，两个人为一组来抢夺花瓶，抢到了之后就可以逃出来，但是门被锁住了，门上有五把锁，分别对应五个问题，需要答对了才能出来……出来的时候，两个人需要询问对方的隐私……"

"荒唐。"白羊哥哥生气地打断了我。

"啊？"我吓得浑身一激灵，不知道自己哪里做错了。

"鼠，你和我说实话，这是你彻夜想出来的游戏吗？"白羊哥哥语气严厉地问。

"我……我……"我默默地低下了头，"白羊哥哥，对不起……我不该说谎的……"

奶奶跟我说过，好孩子不可以说谎。我本以为我道歉之后，白羊哥哥会消气，可他似乎更加生气了。

"为什么要道歉？"他站起身，来到了我面前，"若你觉得说谎是错误的行为，又要怎么在这里生活下去？这是你第一次跟我承认错误，我不希望有下一次。"

"啊？"看着他的表情，我有些不知道该怎么办了。

"鼠，我给你写了一个游戏。"白羊哥哥从自己的口袋中掏出了一个本子，上面写了很多字，"今天你就按照这个游戏来行动吧。"

我身后的三位叔叔赶忙围过来看了看。

游戏名称：欺诈仓库。

门票两颗道。

第一人先进入，观察仓库内的所有物品；第二人五分钟后进入，也观察仓库内的物品。

之后二人分别取走一样物品，并经两次观察后，猜测对方所取走的物品。

若两个人都猜对，则每个人获得一颗道；若两个人都猜错，一颗道都没有。

若是两个人一错一对，错的人获得四颗道，猜对的人没有奖励。

三个叔叔都思索了一会儿，纷纷点了点头。

"原来如此……"黑羊叔叔率先说话了，"这是标准的囚徒困境，这个规则会把人性撕得粉碎，甚至有可能会大赚一笔。"

"虽说这是羊的游戏，但胜在操作简单。"白羊哥哥说，"你今天先按照这个规则试一试，晚上来跟我汇报。"

我似懂非懂地点了点头，然后看了一下几个叔叔。

"小老鼠，今天是你上班的第一天，记得好好表现啊。"虎叔叔摸了摸我的头，"如果忘记了规则就拿出小本子看看。"

"上班？"

虎叔叔点了点头："对啊，小老鼠，以后就跟着我们，好好赚道、好好吃饭，我们和羊哥都会帮你的。"

蛇叔叔也冲我挤了挤眼睛："乖，别跟赔钱虎叔叔学，今天争取不赔。"

"啊，好……好的。"

我点了点头，却见到几个叔叔都开始整理自己的服装了。他们正了正自己的面具，又将衣服上的褶皱扯平，纷纷出了门。

"走啊，小老鼠。"虎叔叔冲我说。

我将白羊哥哥给我的本子揣到怀中，快步跟了上去。

蛇叔叔和虎叔叔拉着我的手，我们三个在走廊中跟着白羊哥哥和黑羊叔叔前进。我发现走廊里两侧的门都在缓缓打开，戴着各式面具的人都走了出来。原先我以为他们很害怕虎叔叔，每次见到他都会让路，可没想到有几个戴面具的叔叔阿姨见到白羊哥哥之后更是直接吓得退回了门里。

白羊哥哥比虎叔叔的脾气还要大吗？

我们正在向前走着，却忽然被一个人拦住了去路，他的头好怪，既不是面具也不是毛茸茸的动物头……他好像是个……蜥蜴？

"地羊，你这又是在做什么？"那个蜥蜴人看了看我问。

"上班。"白羊哥哥冷言道，"让路。"

"你还有什么脸上班？"蜥蜴人站在了白羊哥哥面前，"天龙那么看好你，结果你这几个学生一个比一个差劲，你不想办法教育教育他们，现在又收了个矮冬瓜，是准备破罐破摔吗？"

"我学生怎么样是我的事。"白羊哥哥声音很凶地回答，"你算个什么东西？敢在这里对我的人指手画脚？"

"我是所有地级生肖的管理者！"蜥蜴人大吼一声，"我凭什么不能管你？！"

"你能当管理者是因为我不想和你争，你尽管去跟那些拍你马屁的人耀武扬威，但别站到我面前。"白羊哥说，"如果你非要给脸不要脸，我不管你是不是地龙，绝对让你颜面扫地。"

蜥蜴人身后站着的几个人忽然走了上来，其中一个戴着马头面具的人恶狠狠地指着白羊哥哥说："地羊，你别给脸不要脸啊！"

"死马，你跟谁俩呢？！"虎叔叔也大叫一声，但他看了我一眼，顿了一下又改口道，"小马，请问您跟谁讲话呢？"

马头面具人看起来有点害怕，往蜥蜴人身后躲了躲，然后叫道："人虎，别以为你身强力壮就能欺负人了！有一天我签了合同一定回来撕了你！"

"那我他……那我就只好请您永远别出去了！"

两个人说着说着就要动起手来，这次白羊哥哥却没有阻拦。虎叔叔三两下就把马头面具人打倒在地，然后伸手去扯他的面具："老子……本人……我倒要看看你长什么样子！"

蛇叔叔见到我有些害怕，把我拉到身后挡了起来："乖啦，没事的。"

眼看马头面具要被扯下来的时候，蜥蜴人出手了，他往前走了一步，冲着虎叔叔的后背打了一拳，下一秒，白羊哥哥一脚将蜥蜴人的拳头踢开了。

我本来以为是寻常打架，可他们的拳脚接触的时候发出了很大的声音，震得我差点没站稳。

"地羊！你敢跟我动手了？！"蜥蜴人看起来气得不轻，"我是不是对你太仁慈了？！"

"不，是我对你太仁慈了。"白羊哥哥说，"仁慈到让你以为可以随便动我的人。"

"你……"蜥蜴人捂着自己的手腕，脸上居然一直在抖动，"敢惹我……你早晚会后悔的……"

"我不需要后悔。"白羊哥哥说，"毕竟我现在正在思考杀死你的方法。"

"什么？！你……"蜥蜴人咬着牙说道，"杀我？你连天龙也不放在眼里了吗？！"

"杀了你我会亲自去请罪。"白羊哥哥笑了一下，"如果他处死了我，会一次性损失两名大将，所以为了长远计划考虑，我大概率会被宽恕。"

"你到底是什么疯子？"蜥蜴人的语气明显软了下来，"你居然把计谋用到天龙头上？"

"可惜天龙就喜欢我的计谋。"白羊哥哥说，"你若听明白了就快滚，耽误了众人上班的话……今天在场所有人的损失都由你承担。"

蜥蜴人看了看白羊哥哥，居然气得说不出话来。白羊哥哥也不再跟他纠缠，狠狠地将他推到一边，然后轻声说："对了，今天的面子是你自己凑上来丢的，可别赖到我头上了。"

蜥蜴人的徒弟看起来有几十个，但他们都不敢说话，纷纷给我们让开了道路。

虎叔叔跟蛇叔叔回头拉着我，我们一起跟着白羊哥哥走了。

走出几十步之后，白羊哥哥回头跟我们小声说："以后下班你们四个一起走，有问题的话尽量拖住时间，我来处理。"

黑羊叔叔听后迟疑了一会儿，问："所以羊哥……以后我们就收留这个孩子了？"

"怎么？"白羊哥哥回头看向他，"你觉得哪里不妥吗？"

"啊不……不是……"黑羊叔叔摇了摇头，"羊哥你肯定有自己的打算……我只是感觉这个孩子不能给你赚来道，你飞升的日子会更远……"

"我若一心想着飞升，别说那个孩子，你们三个人我一个都留不得。"白羊哥哥回答说，"我从小便没有任何的家人，既然我们在一张桌子上吃过饭,那你们就是我的家人。就算我真的要离开……也一定会安顿好你们。"

"羊哥,你不用安顿我!"虎叔叔说,"我本来就是赔钱的,你要飞升的话随时都可以放弃我!"

"住嘴吧你!"蛇叔叔敲了一下虎叔叔的后脑勺,"好赖话还听不出来吗?就你仗义?"

"死蛇你……请问您为什么要打我?"虎叔叔捂着自己的后脑勺问。

"你现在说话咋变这样了?"蛇叔叔伸手摸了摸虎叔叔的面具,"小虎子,你发烧了吗?你为什么不骂我啊?"

"老子……我不想骂人,你别惹我。"虎叔叔推开了蛇叔叔的手,"快去上班吧你。"

蛇叔叔听后点了点头,然后过来摸了摸我的头。看到他的动作我不由得往后退了半步,毕竟蛇叔叔的味道比较难闻。

"你怕什么呀?"蛇叔叔摇了摇头,"虽然我是蛇,但我目前不吃你这只小老鼠。"

"啊……那倒不是……我不是怕蛇叔叔你吃了我……"我赶忙摇了摇头。

"好啦,我得走了。"蛇叔叔还是摸了摸我的头,"晚上再陪你玩。"

在蛇叔叔走之后,黑羊叔叔和虎叔叔也先后走了。我不知道该从哪里出门,只能跟着白羊哥哥,毕竟这里的每扇门都长得一样,可他们是怎么记住的?

又走了几十步,白羊哥哥才停下脚步。

"鼠,你从这里出去。"他指了指身旁的一扇门,"你的门和我的门总共隔了一百一十三扇门,以后记好了。"

"啊……好,我记好了。"我点了点头,"那……那我就先走了,白羊哥哥……"

白羊哥哥看了看我,微微眨了眨眼,问道:"为什么你叫他们叔叔,叫我哥哥?"

"因……因为你听起来比较年轻……"我声音很小地说,"我感觉你像个哥哥……"

"哥哥吗?"白羊哥哥的眼里透过一丝失落,"你知道我来这里多久了吗?"

我听后赶忙补充道:"如果白羊哥哥你不喜欢的话……我也可以叫你叔叔的……"

"不,就叫哥哥吧。"白羊哥哥摇了摇头,"毕竟从来没有人这样叫过我。"

"啊?"

"鼠。"白羊哥哥说道,"别死在外面了。"

"死?"我感觉白羊哥哥好像多虑了,因为外面的朱雀大人好像会保护我,我应该死不了。

"也可能是我想多了。"白羊哥哥摇了摇头,从口袋中掏出了四个小球给我。

这些小球我见过,秦丁冬姐姐用这个跟裁判做过游戏。

"这四颗道给你防身,我对你的要求不高,不赚不赔即可。"

"谢……谢谢白羊哥哥。"原来这个就是道?

"走吧,晚上见。"白羊哥哥帮我推开了门,我发现外面正是我来时的仓库门口。

我跟他告别了之后走了出去,感觉十分神奇。我呆呆地站在仓库门口,回想着虎叔叔和蛇叔叔跟我说的规矩。

我是这个仓库的裁判,所以我要在门口等待参与者……

不知道为什么,我有些紧张。真的会有人过来参加我的游戏吗?

我掏出白羊哥哥给的小本子,仔仔细细地又看了一遍规则,稍微有点复杂,我不太知道自己能不能行……

太阳在天上慢慢移动着,我感觉自己等了很久,可是没有任何人来我这里。我的仓库好像太偏僻了……但这也是件好事呀!我担心自己会搞砸……也担心会让白羊哥哥赔钱。他们给了我吃的,我不能让他们难做的……我真的有点矛盾,我既希望能给白羊哥哥赚点道回去,又不希望有任何人来找我……

"小老鼠!"一个声音忽然在我身后响起,吓了我一大跳。

我回头一看,居然是两个大姐姐,她们两个长得好漂亮啊!不……准确来说,有一个格外漂亮,简直像画报里的明星一样。虽说另一个姐姐也很漂亮,但跟她一比有些黯然失色了。

啊!现在不是考虑这个的时候了。有……有客人了啊!

我的双手都不知道该放在哪里,愣了一会儿,只能背起手来。

"你……你们要参加我的考验吗?"我壮着胆子问,一句话出口，我感觉自己还是很像样的。

"考验？"其中一个漂亮的姐姐笑了一下，"你这声音是个小孩子吗？别人都叫'游戏'，你怎么叫'考验'呀？"

"啊我……"我思索着该怎么说，但脑子一片空白，一个理由都想不出来。

"算啦，小妹妹。"漂亮姐姐摇了摇头，"告诉我你的游戏是什么？"

"啊我的游戏叫……"

坏了，我全忘了！

"它叫……"

"叫什么？"漂亮姐姐一脸认真地盯着我。

我越想回忆那个小本子上的内容，头脑就越空白……白羊哥哥的游戏到底是什么来着？

那个特别漂亮的姐姐看了我一眼，问："你是刚刚成为生肖吗？居然连游戏都会忘记。"

"谁……谁说我忘了？"

我回头看了看自己的仓库，忽然有了一个绝妙的点子。

"两位姐姐！我的游戏叫'仓库寻道'！"

"仓库寻道？"两个人愣愣地看了我一眼。

"没错没错……"我回头打开铁门，然后站了进去，"现在这个房间中有一颗道，只要你们能在……嗯……五分钟之内找到，这颗道就归你们啦！"

"哦？"漂亮姐姐摸着下巴微微思索了一会儿，说，"小老鼠……你这样真的没问题吗？这个规则听起来就跟现编的一样。"

"怎……怎么会是现编的？"

这个姐姐好聪明啊！

"这……这个规则……我的考验其实一直都是这个规则的……"

"好好好……"漂亮姐姐笑着点了点头，"今天还真是稀奇了，居然见到了这样的生肖。"

她回过头去问那个格外漂亮的姐姐："小瑶，你怎么说？"

"我们无非就是来寻找攻略的，所以生肖是什么样子和我们无关。"被称作小瑶的姐姐说，"小老鼠，你的门票怎么收？"

"啊……门……"我忽然想到虎叔叔跟我说过，每个游戏都有门票的,"我这……我这个考验需要两块钱。"

"两块钱?"小瑶姐姐疑惑道。

"两颗道!"我改口说。

"两颗道也不对吧……"另一个漂亮姐姐说,"我们给你两颗道,可你的游戏只能获得一颗道,这样谁会参加啊?所以小老鼠你真的没问题吗?"

完了,我好像搞砸了。

"我……我是说你们俩一共需要两颗道……其实每个人只需要一颗道的……"

"那也不对吧……"小瑶姐姐皱着眉头问,"那我们岂不是依然没有收益?"

"噗……"漂亮姐姐捂嘴笑了一下,"搞什么啊?你这小孩子为什么这么可爱?"

完了完了……我真的搞砸了。

小瑶姐姐摇了摇头,对漂亮姐姐说道:"若雪,你觉得有必要进行这个游戏吗?这不是在浪费时间吗?"

"可你不觉得很有意思吗?一颗道换一颗道……这孩子设计了一个如此奇特的游戏。"被称作若雪的姐姐说,"你不想试试?"

"你说奇特?"小瑶姐姐思索了一会儿,"难道她仓库里的道很难找?"

"不知道,但我觉得很有意思,我得去看看。"若雪姐姐从口袋里掏出一颗道,"给,小老鼠,你今天开张了。"

"啊!谢谢姐姐!"我接过道的时候感觉格外开心,我给白羊哥哥赚到道了。

"什么呀?"若雪姐姐又被我逗笑了,"什么叫'谢谢姐姐'?你知道你自己现在是什么身份吗?"

"啊我……我是说……门票已经收到了,考验可以开始啦!"我回头把铁门打开,"时间五分钟,我会在心里默数三百下。"

"好,知道啦。"若雪姐姐居然过来摸了一下我的头。

我可是裁判呀!

我把铁门关上之后开始在心中默数,毕竟我连个表都没有。数到差不多一百五十的时候,我听到若雪姐姐把里面的东西都打翻了,她好像找得很卖力,我有点不忍心骗她了。

此时小瑶姐姐开口问:"小老鼠……你当生肖多久了?"

283

"啊我……我这是第一天。"

"第一天？！"小瑶姐姐一愣，随后沉思了一会儿，"也就是说你这个游戏确实是刚刚设计的……是吧？"

"啊……是的。"我点了点头，"姐姐你……"

"别再叫我姐姐了……"小瑶姐姐的眼中闪过一丝悲伤的表情，不知她在思索着什么。

我有点不敢说话，我做什么好像都是错的。

"你别忘了默数。"小瑶姐姐提醒道，"没忘了数到几了吧？"

"呃……"

终于数完了三百下，我回头打开了门，若雪姐姐确实把仓库里面弄得乱七八糟的。

"搞什么啊？这里面真的有道吗？"若雪姐姐将扎起来的头发放下，看起来有点累，"这里面又小又闷，差点给我热死了。"

"哦？"小瑶姐姐迟疑了一下，"不是吧，若雪……连你都没找到？"

"哈哈。"若雪姐姐笑了一下，"我没用回响啊，只是单纯地想看看这孩子设计的游戏。"

"那……那姐姐你可能考验失败了。"我说道，"你……你先出来吧，我得把里面收拾一下……"

若雪姐姐看了看一团狼藉的仓库，有些抱歉地说："小老鼠，你每次都自己收拾这里面吗？"

"啊……应该是的……"我点点头。

"你这小体格，收拾仓库岂不是需要一整天？"

"别问了。"小瑶姐姐说，"这孩子第一天当生肖，结果就被你搞得一团糟。"

"什么？"若雪姐姐惊呼一声，"第一天……"

她思索了一会儿，走过来抓住了我的手。

"啊？"我吓了一跳，"做什么？"

"别动。"若雪姐姐说道，"小老鼠，你听好了，这可能是一个神奇的仓库。"

"神奇的仓库？"

"别说话。"若雪姐姐打断我，继续说，"我以前经常梦想自己有一个神奇的房间，每次不管搞得多乱，一旦有朋友来玩的时候，它就会自动被收拾得干干净净。"

我有些不懂若雪姐姐的意思。

"所以你要明白其中的逻辑关系……"我见到若雪姐姐的头上流下了一丝汗水,这段话对她来说好像很难讲,"小老鼠……若有人来找你……则仓库收拾得干干净净……明白了吗?"

"我明白的啊……我肯定不会让这里一直这么乱的……"

"很好。"若雪姐姐听后点点头,随后松开了我的手。

她看起来依然很累的样子,然后挥了挥手,说:"小瑶,试试。"

小瑶姐姐有些不解地看着她:"若雪……我不明白你这是在做什么?"

"我只是在帮这个孩子呀。"若雪姐姐说,"有什么不妥吗?"

小瑶姐姐眯了一下眼睛:"在我看来你并不是在帮这个孩子……而是我们同为参与者,你却在帮一个生肖……"

"嗯……"若雪姐姐思索了一会儿,说,"无所谓,就算她是生肖,在我眼里也只是个孩子,你不正是喜欢我这一点吗?"

小瑶姐姐听后顿了一下,伸手打开了仓库的门,我也跟着她看了一眼——里面居然被收拾得干干净净,所有散落的东西都摆回了货架上。

"这是怎么回事?!"我惊叫一声。

"小妹妹,我就帮你到这儿啦。"若雪姐姐说,"以后可不要那么实在了,这个场地你就好好保管吧。"

"啊……谢谢……谢谢姐姐……"她们虽然不想听我说"谢谢",但我还是忍不住跟若雪姐姐道谢了。

"小老鼠……"小瑶姐姐扭头看向我,"所以你这个仓库的道到底在哪里?"

"哦,这个仓库其实根本就——"话还没说完,若雪姐姐伸手捂住了我的嘴巴。她皱着眉头看了看小瑶姐姐:"小瑶……你要做什么?"

"若雪,你不觉得这是个很好的机会吗?"小瑶姐姐说,"我们好不容易来到这么远的地方,又遇到了一个这样的生肖,你难道忘了天堂口的最终任务吗?"

"我不准。"若雪姐姐说,"小瑶,这个小妹妹第一天当生肖,她目前没有害过任何一个人。"

"现在不会不代表以后不会。"小瑶姐姐虽然看起来很犹豫,但还是说,"虽然她是个孩子……但不管怎么说,生肖能少一个

285

是一个。"

原先一脸笑容的若雪姐姐听到这句话,表情慢慢地平淡下来。她将我的手拿了起来,和她的手握在了一起,然后对小瑶姐姐说:"小瑶,你要明白其中的逻辑关系,因为这个孩子和我站在一起,所以你赢不了她的。"

她攥了攥我的手,又重复道:"你绝对赢不了。"

"你!"小瑶姐姐看起来非常生气,"若雪……你在保护一个生肖吗?!你这样做和极道者有什么区别?!"

"你说我是极道者也罢……说我是疯子也好……"若雪姐姐摇了摇头,"但你若真在这里伤害这个孩子……有朝一日你会后悔万分的。"

小瑶姐姐听到这句话,表情逐渐失落。

"原来是这样吗?"她苦笑一声,"原先我就有所怀疑……没想到真的是你。"

"是。"若雪姐姐点点头,"所以小瑶,你的决定是什么?"

"我答应放过这个孩子,但……"小瑶姐姐一脸失落地向前走了几步,然后回头说,"若雪,我们分开吧。"

她走了。

看着若雪姐姐难过的样子,我感觉我好像又做错事了。自从我来到这个奇怪的地方,好像一直都在给别人添麻烦。

"若雪姐姐……"我轻轻地拽了拽她,"你还好吗?"

"嗯……我没事。"若雪姐姐眼里闪着泪光,但还是俯下身子来摸了摸我的头,"小老鼠,要记得好好活下去。有朝一日我们一定会离开这个地方的,到时候你一定要活着……"

"嗯……"我虽然没怎么听明白,但还是点了点头,"好的……若雪姐姐,我一定好好活着。"

她轻轻地擦了擦眼角,然后从随身的小包中掏出一个小袋子,说:"这是姐姐之前在一个小超市找到的,送给你吃啦。"

我看了看,是一袋花生,这个花生好像跟我平常吃的不一样,它是有包装的。我再抬起头,发现若雪姐姐已经转身离去了,她背着身,在远处跟我挥了挥手。

这到底是怎么回事?她跟小瑶姐姐闹矛盾了吗?

我低头又看了看这袋花生,这个我不能自己吃,我要回去带给虎叔叔、蛇叔叔、黑羊叔叔和白羊哥哥一起吃。因为这袋花生是我第一天上班挣来的呀，嘿嘿！

今天真的很顺利呀，第一对客人就让我赚到了一颗道和一包花生。接下来我还会赚得更多吗？

只可惜事情和我想的有些不一样，正如我所说的，我在的地方可能太偏僻了，平时就很少有人来，一整天的时间里我只见到了小瑶姐姐和若雪姐姐。我站得好累，没一会儿就要偷偷坐一下，坐得差不多了再站起来。

一直到夜幕降临，我身边出现了发光的门，这一天终于结束啦。

我迫不及待地走进门去，发现有很多叔叔阿姨已经进来了。不知道为什么，我还是感觉有些害怕……是因为大家都戴着面具吗？

我在原地等了一会儿，虎叔叔出现在了我的背后。

"小老鼠……你怎么样啊？"他摸了摸我的头，"今天赔了几颗？"

"嘿嘿……我今天赚到了一颗。"我笑着对虎叔叔说，"我没有让白羊哥哥赔钱呀！"

虽然从小到大我都被叫作"赔钱货"，但我这次真的没赔钱。

"啥？"虎叔叔看起来并不是很高兴的样子，"你……你都赚到了一颗？"

"啊？"我有点没太明白虎叔叔的意思，"我们不就是出去赚道的吗？"

"呃……是……是的……"虎叔叔挠了挠头，低声嘟囔道，"可是我今天赔了七颗啊……"

我们又在走廊上遇到了蛇叔叔和黑羊叔叔，他们也刚进门，随后我们一起来到了白羊哥哥的房间。这个房间真的很奇怪啊，昨天散落的饭菜和断掉的桌子已经复原了，是因为白天有人收拾吗？

"来吃饭。"白羊哥哥像昨天一样敲了敲桌子。

这一次我也不是很客气，直接坐在了白羊哥哥身边的椅子上，大家就像昨天那样狼吞虎咽。我又拿起了一颗煮土豆，我总感觉这上面有奶奶的味道。

"小老鼠，你怎么又躲在一边啃土豆？你真把自己当老鼠了吗？"虎叔叔叹了口气，又从黑羊叔叔的盘子中给我拿起一根鸡腿。

"没完了是吧?"黑羊叔叔看起来生气了,"你非要从我盘子里拿吗?"

"我帮你减肥,你别瞎……别多说话。"虎叔叔将鸡腿递给了我。

我再次向他们二人道谢,但黑羊叔叔这次没有多说什么,反而又从盘子里拿来了一块排骨。

"鸡腿的热量低,多吃猪肉吧。"他说。

"谢谢黑羊叔叔!"

没一会儿的工夫,我们吃完了饭,白羊哥哥用一旁的餐巾擦了擦手,问:"今天收了多少?"

我嘿嘿一笑,站起身来说道:"白羊哥哥,我今天赚了一颗道!"

我从口袋里掏出那颗闪闪发光的小球往前一推。白羊哥哥听后将餐巾扔在桌子上,冷冷地看向我:"鼠,你觉得自己很聪明吗?"

"白羊哥哥……你说什么?"

白羊哥哥皱着眉头盯着我:"我给你设计的游戏要么赢两颗道,要么一无所有。你告诉我,一颗道是怎么赚来的?"

"我……我……"我低下头,将今天发生的事告诉了他。

我说我一看到人就大脑一片空白,完全忘了本子上的内容,但为了让游戏继续,所以临时想了一个简单的游戏,没想到还真的赚到了。

"我对你很失望。"白羊哥哥站起身来说,"你不必留在这里了。"

"啊?"我吓坏了。

白羊哥哥好像忽然不想要我了。

"羊……羊哥……不至于吧?"虎叔叔也站起身来说,"这孩子虽然没按照你的计划做,但她也赚到道了……而且比我强多了……"

"我所谓的失望……"白羊哥哥对虎叔叔说,"是她从来都只说实话,她明明可以编一个理由骗我,可她没有,这让我很失望。"

"什么?"我好像有点知道白羊哥哥生气的原因了……他似

乎希望我骗他？可这是为什么？

"人鼠，你在这里活不下去的。"白羊哥哥说，"或许，死对你来说才是解脱。"

"我……我……"这句话让我背后一寒，我不明白声音这么温柔的白羊哥哥为什么会说出这么可怕的话来。

"羊哥……这是为什么啊？"虎叔叔问，"难道这个破地方只有说谎才能活下去吗？就算我们都已经变成了这个鬼样子……可我们也可以尽力保护一个孩子啊！"

"你刚才有听她的游戏吗？"白羊哥哥反问道，"她设置了一个如此鸡肋的游戏，随时都会死在参与者手中。你们应该知道游戏设计完成之后不能更改！今天那两个女人算是有点良知，可后面怎么办？当我们和她有了感情之后再让她去死吗？"

"可……可也不能现在就让她……"虎叔叔慢慢低下了头。他们好像都很难过。

他们为什么这么难过？难道真像爸爸当时说的……我是个赔钱货吗？只要我在这里……他们就都不会开心。

我出生……爸爸走了，没几年妈妈也因为我去世了，只有奶奶愿意给我煮土豆吃。

"我觉得羊哥说得对……"黑羊叔叔也说话了，"我们让这个孩子活下去真的不是帮她，她才十岁多，你准备让她见证人性所有的丑恶吗？"

原先一直都嬉皮笑脸的蛇叔叔今晚眼神也很严肃，他摇了摇头说："所以让这个孩子去死就是她的解脱吗？我们每个人的双手都已经沾了鲜血，就不能保护好她，替自己赎一点罪吗？"

"你这是什么想法？"黑羊叔叔问，"我们是生肖！想要逃离这里的，手必然是要沾血的！你真把自己当个神仙了？"

几个人吵得不可开交，虽然我不太明白他们的意思，但我知道这一定是因为我。

"几位叔叔……你们别吵了……"我站起身来，再次跟他们道谢，"你们让我吃了两顿饱饭，我已经非常感谢你们了。"

几位叔叔沉默地看着我，我也不知道他们在想什么。

"这……这是白天白羊哥哥给我的道。"我拿出那四颗小球，摆在了桌子上，"另外我今天还赚到了一包花生……"我又从口袋里将那包皱巴巴的花生拿了出来，放在桌子上，"我没舍得吃……给叔叔们吃吧……"

看到他们都没有动作，我冲他们笑了笑，说："叔叔们千万别吵架，我……为了我吵架真的不值得……"

我慢慢地退到了门边，再次跟他们道了谢，然后打开门出去了。

其实没关系的啊，真的没关系的……我已经不是第一次被人丢掉啦。爸爸丢掉过我，收养我的姨妈和大伯也丢掉过我，真的没关系啊……我不会难过的，我希望叔叔们也不难过。

他们都是好人，怎么可以为了我而难过？可是戴着面具哭真的好难受啊，我的眼泪都粘在了脸上。

我这一生都在做错事。

做小孩子真的很难啊，有时候听话会被夸，有时候听话会被骂。如果可以的话……我希望明天就能长大。

走在走廊上，我想起四岁那一年妈妈哭着跟我说，让我帮她踢掉脚下的椅子，她说她自己不敢。其实我也不敢，我感觉很害怕……但是妈妈哭号着让我踢掉椅子，我最终还是照她说的做了。

那一次我听了她的话，可是妈妈挂在绳子上再也没能醒来，从那以后除了奶奶之外任何人都不愿意靠近我。或许我的存在注定了会给别人造成麻烦，我需要自己找个地方藏起来。

虽然我出了房间……可是我该去哪里？我有些想念村里的大黄了，这个世界上可能只有奶奶跟大黄真的喜欢我。

其实没有人跟我一起也好啊……我可以早点去上班。以后我就住在小仓库里吧，晚上饿了的话我就出去找点吃的，白天我就在那里迎接参与者……

"啊！"我感觉不小心撞到了什么东西，抬头一看，是两个兔子姐姐。

"一个人鼠？"她们低头看了看我，"你是谁家的人鼠？怎么深夜还在走廊上游荡？"

"我……"我思索了一下，我好像谁家的都不是，瞬间我哭得更厉害了，"姐姐，没……没有人要我了……"

一个兔子姐姐听后慌忙地捂住了我的嘴，说："小姑娘……你再好好想想。你一定有老师的吧？你的老师是谁？"

我知道自己已经给白羊哥哥造成了太多的困扰，我不能再麻烦他的。

我摇了摇头,将兔子姐姐的手拿开,说:"姐姐……我真的没有老师,我现在准备去上班了……"

她仍然一脸慌张,又试图伸手捂住我的嘴,可另一个兔子姐姐说话了:"没用了,她说了两遍了,老师应该听到了,送过去吧。"

"唉……"捂住我嘴巴的兔子姐姐忽然露出了悲伤的眼神,"小老鼠你真是太傻了……我们的老师跟地龙打过招呼……他专门收没人要的女孩儿……"

她们的老师?难道这里的老师都会像白羊哥哥一样好吗?

"那……姐姐们的老师会给我饭吃吗?"我小声问,"我吃得很少,每天只要一个煮土豆就可以的。"

"饭……"两个兔子姐姐对视了一眼,最终叹了口气,"小老鼠……只要你能懂事一些……每天会获得很多吃的……"

"懂事?"

我笑着点了点头,这应该不是什么难题。从小奶奶就跟我说我很懂事,所以我应该能讨他们的老师喜欢吧?

两个兔子姐姐把我带到了一个房间门口,这个房间跟别的房间好像都不太一样。这里的门很臭。

"小老鼠……你别恨我们……"一个兔子姐姐小声说,"我们也有自己的任务……"

还不等我说什么,她们便打开门将我推了进去,门里传来了一股难闻的腥味。

白羊的房间里,屋里的四个人静静地看着桌面上那包皱巴巴的花生,气氛压抑到了极点。白羊沉默了半天,感觉有些轻微的头痛。他伸出长满白毛的手揉了揉太阳穴,然后将桌子上的花生打开,剥开了一颗。

这袋花生很多都发霉了,剥出来的一颗花生皱巴巴、黑黢黢的。他将花生扔到嘴里,轻轻咬了一下,满嘴都是苦涩的霉烂味。

屋内安静得要命,只能听到白羊的咀嚼声。

三个生肖默默地看着他面无表情地把花生吞了下去,之后又见他拿起了第二颗。

"羊哥……"人虎忍不住开口说,"我们到底在做什么?连一个小孩子我们都帮助不了,有朝一日咱们出去了,真的还有人性吗?"

人蛇也点了点头,说:"羊哥……我们都了解你,你根本不是这样的人吧?我知道你不想让那个孩子吃苦……可是直接把她赶出门,她只有两个下场,要么遇到地龙,要么遇到其他生肖,这些人没有一个会让她好过……"

白羊听后未回答,只是揉了揉微痛的太阳穴,又转头看了看黑羊。

黑羊顿了顿,说:"羊哥……你比我来得晚,却更早升上了地级……这个世上我最佩服的人就是你。所以我会遵从你的一切安排……哪怕……哪怕……"

"哪怕什么?"

"哪怕……你让我做违心的事……"

"好,你去了结她。"白羊冷言道。

"什么?"黑羊一愣。

"不是说遵从我的一切安排吗?"白羊又往嘴里扔了一颗花生,"现在立刻去给我结果了那孩子,把她的面具一起带来。"

"我……"黑羊沉吟半天,慢慢地低下了头。

眼前这个男人始终这样疯癫,黑羊自知猜不透他。

"真是可笑。"白羊说,"你们几个人现在都活成这样了,还见不得苦难?我当时到底是瞎了哪只眼,居然收了你们三个废物?其他的地级生肖徒弟几十个,每天都可以收成百上千颗道,而我呢?每天能够收到三十颗我就谢天谢地了。"

"羊哥……你消消火。"人蛇抬头说,"我……我们确实没给你争气……"

"是的羊哥!"人虎也气势汹汹地说,"我说过,羊哥如果哪一天觉得我碍事了,我随时都可以走的!"

白羊听后又伸手拿来了一颗花生,缓缓说:"我孤苦了一辈子,进到终焉之地之前一直都是孑然一身,我感觉那个孩子跟我很像,但又不太一样。"

三个人望着白羊,静静地听他说着。

"她看起来也是从世界的阴暗处成长起来的,可她活得比我更像个人。"白羊说,"阴暗早已腐蚀了我,却偏偏没有侵染她。"

"羊哥……你的意思是……"

"我不想让她变成我。"白羊回答,"如果我们真能带着她逃出去,那她一定会变成一朵黑色的花,沾满了人世间的阴暗。

与其这样，不如让她现在就解脱。"

三个人默默低下了头，谁都没有说话。他们知道白羊的心意了。

"可我转念一想……"白羊敲了敲桌子，"你们三个人跟了我好几年，貌似该怎样还是怎样，也没有受什么影响，所以说不定——"

"对啊羊哥！"人蛇噌的一声站了起来，"我觉得你说得太对了！"

"羊哥说啥了？"人虎不解地问。

"你俩别插话。"黑羊瞪了二人一眼，"听羊哥说。"

白羊抿了抿嘴，话锋却转了："我得先跟你们说好，一旦收留了这个孩子，麻烦事肯定不断……说不定会间接影响到你们的晋升……这样一来的话，你们还愿意接受她吗？"

"愿意！"人虎和人蛇异口同声地说。

"我……"黑羊眯起眼睛看了看二人，说，"虽然我觉得那孩子很可怜，但我不允许任何人影响我晋升。"

"那就不用你管！"人虎大声说，"孩子带回来之后我和人蛇管！你爱滚哪儿去就滚哪儿去！"

"活该你一辈子当个人级！"黑羊也回骂道。

"你说什么？！"

"都闭嘴。"白羊怒道。

二人听后悻悻地闭上了嘴。

"还有另一件事我真的忍不了。"白羊叹了口气，又拿起了一颗发霉的花生，"我收了你们快三年了……天天好吃好喝地供着你们，你们却连一包花生都没带给过我。"

"什么？"

"还是我最小的学生懂事。"白羊说，"上班第一天就知道拿东西孝敬我，比你们几个蠢东西强太多了。不知道她现在散完步了没有？"

人蛇率先反应过来，赶忙站起身，着急地说："羊……羊哥，我们现在就去把您最小的学生带过来。"

"啊对对对对对！"人虎也站起身，"羊哥您稍等啊！我们去接她回家！"

二人一前一后跑出了屋子，此时屋内仅剩白羊和黑羊。

293

"怎么？"白羊盯着他问。

"羊哥……你好像有点变了。"黑羊说，"我之所以敬佩你……是因为你总是能摒弃一切的感情，可今天我感觉你……"

"羊，我快要出去了。"

"什……什么？！"黑羊愣了一下。

黑羊知道他们三个人每天上交的道少得可怜……可眼前的地羊居然用着少得可怜的道完成了指标？！他有多余的道付给参与者吗？若生肖可以离开自己的属地，他真想去看看白羊进行的到底是什么游戏。

白羊笑了笑："我还没跟他们两个说过呢。"

"羊哥……你走了……我们怎么办？！"黑羊有些颤抖地问，"你还有很多事情没有教我……"

"我走后，书房归你了。"白羊说，"所有的法则、定理我都收藏在书架上，若你有兴趣的话可以慢慢看，对你的游戏有帮助。"

"我……我……知道了……"黑羊有些失落地点点头。

二人正沉默间，却忽然传来了微弱的敲门声。

"进。"白羊说道。

等待了几秒之后，房门打开一条缝，一个有点臃肿的身影探出头来，他戴着一个肮脏的猪头面具。

"羊哥……能打扰一下吗？"那人问。

"猪？"白羊略微迟疑了一下，"找我？"

"是……我……我有点事想麻烦你……"人猪低声说，"但可能有点冒昧……"

一旁的黑羊双手环抱在胸前，向后仰了仰坐直了身体："觉得冒昧的话就走吧。羊哥也不是你的老师，没必要接受你的冒昧。"

白羊看了黑羊一眼，并没有反驳这句话。

几秒之后，人猪扑通一声跪下了。

"羊哥……你知道我的老师不可能帮助我的……我现在能依靠的只有你了……"人猪的语气听起来很绝望，他明明是个中年男人，此刻却如同奴才一样跪地俯首。

"站起来。"白羊冷言道，"下跪会让我看不起你。"

人猪听后顿了顿，慢慢地直起身子，撑着自己的膝盖站了起来。

"到底什么事？"白羊又问。

"羊哥……我还差二十多颗道就可以签合同了……但我的老师处处刁难我……他每天收的道越来越多……"人猪的声音慢慢哽咽起来，"我只想从这里光明正大地走出去而已……我——"

"直接说你想要什么。"

人猪顿了顿，抬头说："我想签合同，我想脱离现在的老师……"

白羊和黑羊互相看了一眼，露出了异样的表情。

"这不是大逆不道的话吗？"白羊说，"一旦传出去你就死定了。"

"可你们不会传出去的！"人猪着急地说，"羊哥，我马上就可以完成指标了，现在只需要一个最后关头的保障……希望羊哥能帮帮我，一旦我成了地级，绝对会站在你这边。"

黑羊听后用余光瞥了瞥白羊，他并不知道这个男人会做何选择。

白羊慢慢站起身，说："猪，你的意思是……你想在你的概率游戏里……加入谎言？"

"是的。"

"但你也知道……游戏设定完以后是不能私自更改的，除非——"

"除非赌命，我知道。"人猪点了点头，"若继续被压榨下去，我不仅签不了合同，更有可能被老师打死，如果只差临门一脚……我会果断拼上自己这条命。"

白羊听后思索良久，最后点了点头。只见他回过身，从房间的抽屉里掏出了两副眼镜，然后递到了猪的手中。

黑羊慢慢眯起眼睛看着这一幕，深深地呼了口气。

"这两副眼镜是我还是人羊时的游戏道具。"白羊说，"戴上这两副眼睛之后，一个只能说真话，一个只能说假话，现在送你了。"

"送……送我了？"人猪不可置信地看着两副眼镜。

"但我提前说好……"白羊又回到桌边坐下，"这两副眼镜既有可能是灵丹妙药，能在你出去的时候助你一臂之力，也有可能是万丈深渊，将你所有的努力化为泡影。具体要看你如何使用了。"

"羊哥……"人猪有些不好意思地抬起头,"我没有设计过谎言游戏……能不能求你……再帮我出个主意?"

"不能。"白羊摇摇头,"你我毫无瓜葛,这已经是我能做的全部了。"

人猪听后点了点头:"是……羊哥,对不起。你能给我这个我已经很感谢了。"

"你亲自设计关于谎言的部分吧。"白羊说道,"是死是活,看你自己的造化了。"

"好!"人猪点点头,"羊哥,希望关键时刻……你的道具能救我一命。"

"但愿吧。"

白羊和黑羊目送人猪走出了房间,房间内又沉寂下来。

隔了好久黑羊才缓缓开口:"羊哥……原来你一直留着人级时候的道具吗?"

"是,怎么了?"白羊扭头看向他。

"没……没什么。"黑羊摇了摇头。

"你是想说'你明明有这么方便的道具,结果却不送我,送给了外人',是吧?"

"我……"黑羊微微一怔,"羊哥,我怎么会这么想呢?"

"你和鼠真是两个极端。"白羊笑着说,"她从不说谎,你从不坦白。"

黑羊的眼神微微沉了一下,但他还是笑着说:"羊哥,这是你教我的,任何时候都不能透露自己的真实想法……"

"是吗?"白羊笑了一下,"我教你的技能,你就用在我身上吗?"

"不是的……"黑羊有些慌张地站起身,"羊哥你误会了,我只是——"

"好了,不必说了。"白羊摆了摆手,"这是个好事,几人之中说不定你会最早进入地级。"

黑羊听后面色复杂地坐了下来,沉默间,房门却被人猛然打开了。

"羊哥!坏了!"人虎在门外喊道,"小老鼠遇到麻烦了……需要你出面解决一下!"

白羊慢慢站起身来:"这么慌张……还有你们俩解决不了的

事情吗？"

"事情确实比较棘手……"人蛇冲进来说道，"小丫头被地蛇收走了！"

白羊和黑羊听后瞬间眯起了眼睛，先后冲出了门。

几个人在走廊上狂奔，人虎将刚才从两个人兔那里打听到的事情告诉了白羊。

"地蛇这个老淫贼真的是疯了……"黑羊咬着牙说道，"原先抢人也就罢了，可是鼠才从羊哥这里离开几分钟，未免太不合规矩了！"

"好像是小老鼠说她没有老师。"人虎眼色担忧地说，"咱们得抓紧时间了……要不是我们打不过那个老贼，绝对不可能麻烦羊哥。"

"别说废话了。"

几人快步走过几十扇门，最终来到了地蛇的房间前。白羊将西装的扣子松了松，然后又将袖扣解开了。

"羊哥……什么战术？"人虎有些紧张地问。

毕竟这扇门后面不仅有地蛇，更有他的男女徒弟若干。

"我揍地蛇，你们揍其他人。"

"揍？"人虎微微一愣，随后露出了笑容，"不愧是你啊羊哥，你的战术我已经全都明白了。"

白羊身后的三个生肖纷纷解开了西装的扣子，他们略微活动了一下筋骨之后，白羊一脚将木门踹飞。

屋内的景象让四个人怒火中烧。一个浑身干瘪的老年蛇头人正搂着人鼠，而周围无数衣不蔽体的男女正在呐喊欢呼。

众人都被闯进来的四个人吓了一跳。

"地羊？"地蛇扭头看了看，随后露出了疑惑的神情，"你做什么？"

"我来接孩子。"白羊一边活动着手腕一边向前走去。

我从来没有想过，白羊哥哥会来救我，我以为我接下来就要在这个房间里活下去了……

可是白羊哥哥真的来了，他带着虎叔叔、蛇叔叔、黑羊叔叔。他们四个都来救我了。

那一天晚上，白羊哥哥跟蛇头人大打出手，虎叔叔一直捂着我的眼睛不叫我看。但我能听到，那是打架的声音。

他们两个人的力气都很大，打起架来就像是两台拖拉机撞到了一起。最后白羊哥哥赢了，蛇头人被打得满脸都是血。白羊哥哥没有杀他，只是警告他以后小心一些。

我不知道到底发生了什么事，我也不知道该害怕还是该开心。他们明明把我丢掉了，可又一起回来救我……他们会不会再丢掉我？

我可以接受别人对我不好，但不能接受别人对我好了之后再丢掉我……虎叔叔把我抱在怀里，又把我送回了白羊哥哥的房间。

"小老鼠……你没事吧？"虎叔叔问我。

"我……我没事啊虎叔叔……"我努力挤出一丝笑容。

黑羊叔叔听后也暗骂一声："王八蛋……我都忘了地蛇那个老贼这一手……幸亏去得早。"

"哦！"蛇叔叔看了看我的衣服，一拍脑门，走到一旁的柜子里拿出了一件脏兮兮的西装，"我这儿还有一套多余的西装啊，今晚我给你改改，明天你上班的时候穿吧。"

"你瞎献什么殷勤？"虎叔叔说道，"你准备连续两晚不休息啊？"

"那又怎么了？我开心。"蛇叔叔摇头晃脑地冲着虎叔叔挤着眼睛。

"那你改衣服吧，我哄小老鼠睡觉。"

"凭什么啊？"蛇叔叔大叫一声，"你长得那么丑，怎么哄人睡觉？"

"我不哄谁哄？"虎叔叔反问道，"你哄吗？你那么臭，准备熏死谁？"

我感觉气氛好像有点变了……他们似乎不想再丢掉我了。

"鼠，以后这里就是你的休息室了。"白羊哥哥说，"我重新介绍一下自己，我是地羊，从现在开始是你的老师，你是我的学生，我将指点你晋升的方向，说不定有朝一日可以引荐你签下《生肖飞升对赌合同》。"

"老……老师？"我一下子站了起来，正在犹豫要不要说一句"老师好"。

"从今以后你跟我的其他三个学生一起生活，有不懂的问题可以尽管问他们，他们解答不了可以来问我。"白羊哥哥又说，"要记住,在这趟列车上只有我们四个可以教训你,其他人一律不行。"

不知道为什么,我感觉挺开心的。

"可……可我真的能行吗?"我有些忐忑地看了看白羊哥哥,担心会再次把事情搞砸。

"这世上没有不行的人。"白羊哥哥语气温柔地说,"因为世上的道路有许多条,而每个人都有属于自己的那一条,我们只是选择不同的路,不代表就到不了终点。"

自从白羊哥哥说他是我的老师之后,我忽然感觉他真的很像一个老师。从那一天晚上开始,我度过了人生中最快乐的一段日子。我白天就去空无一人的仓库门口坐着,晚上就回来跟大家玩。我也渐渐地发现叔叔们的性格真的好有意思。

黑羊叔叔虽然看起来不太搭理我,但他每天都会画一张小画放在我的床头。听说黑羊叔叔以前不仅会画画,还会写书法,虎叔叔说黑羊叔叔写出来的扇面以前还可以卖钱的。蛇叔叔是四个人当中最开朗的,他经常会逗我开心,我也经常会忘记他面具上的难闻气味。他人真的很好的,为了锻炼我,也经常会问我一些智力问答,每次我都想不出来。最有意思的应该是虎叔叔啦,他非常听我的话,不论我说什么他都会答应我。听说虎叔叔有一个跟我一样大的女儿,他在这里成为虎的原因就是希望有朝一日能够再回去见到自己的女儿。他还经常会想方设法地带一包零食给我,他的游戏场地好像是一家超市,里面经常能翻出来一些没人要的零食。虽然他带给我的零食很多都已经烂掉了,但我还是很开心,这世上从来都没有人给我买过零食。

其实我有点羡慕虎叔叔的女儿。如果我的爸爸也能这么想念我就好了,只可惜他早早地就把我丢掉了,就算有朝一日我能回去,我也不知道去哪里见他,如果我的爸爸有虎叔叔一半好……那我就算死了也值得了。

至于白羊哥哥嘛……他是个很奇怪的人。他跟我们所有人都不同,他从来都不睡觉,一有时间就把自己锁在房间里看书。他看的每一本书都好深奥,我连见都没有见过。更让人好奇的是……白羊哥哥好像没有出去的理由。

他不止一次说过他在外面没有任何亲人,出去还不如留在这里。可他设计的游戏太过优秀了,据说每天都能完成指标。他们也不告诉我指标是什么,只跟我说游戏设计好了就不能改动了,所以白羊哥哥总有一天会出去的。

我有些期待那一天……又有些害怕那一天。虎叔叔说如果白羊哥哥真的出去了……那我们三个就没有老师了，我们可能会被随机分配给其他的地级生肖……也有可能被分配给地龙，那时候我可能就不能跟三个叔叔住在一起了。

但我又真的很希望白羊叔叔出去。这个地方明显不是正常的世界，白羊哥哥人那么好，不应该一辈子留在这里的，这里就像一个巨大的监狱，它把我们锁住了。

叔叔们说，这趟列车从上车起就不能离开。我们每个人其实都是这里的参与者，就算我们戴上了面具也一样。每当谈到这个话题的时候……几个叔叔的眼神就非常地失落。

我们好像自己把自己困在了这里，无论是我们还是参与者……似乎谁都出不去。

发生变故的那一天和往常没有什么区别。白羊哥哥依旧坐在餐桌前面让我们过去吃饭，只不过我们吃到一半，他冷不防地说出一句话："各位，我把你们未来的路铺好了。"

"什么？"

"我向天龙引荐了你们三个，并且交了你们应该交的道。"白羊哥哥说。

"我们的……道？"

"每个人三千六百颗，总共一万零八百颗，我已经全都交给了天龙。"

三个叔叔听后全都站起身来，眼神格外震惊。

"羊哥……你……"虎叔叔不可置信地说，"你早就可以走了是不是？！你一直在替我们积攒道？！"

"我说过了，我没有家人，我们在一个桌子上吃过饭，所以我们就是家人了。"白羊哥哥说着又从口袋中拿出了三张纸，"只是有些可惜，天龙知道所有的道都是我赚来的，所以只给了两份《生肖飞升对赌合同》，外加一份《面试房间协作合同》。"白羊哥哥将白纸铺到了桌面上，"你们三个挑自己喜欢的签吧……愿意搏一搏成为地级……还是愿意成为永远不需要上交道的协助者……这就看你们自己了……"

三个叔叔抬头看了看桌面上的白纸，心中都有些忐忑。

"不管你们选择了哪条路……"白羊哥哥又说,"我会一直在这里等你们,这段日子鼠由我来照顾。毕竟这世上的道路有许多条,而每个人都有属于自己的那条。"

三个叔叔互相望了望对方,似乎都在犹豫该如何选择。过了很久,黑羊叔叔才伸手拿起一张《生肖飞升对赌合同》,然后签上了他的名字,接着又将合同对折了。

我知道的,生肖永远不能暴露自己的本名。

现在只剩一张《生肖飞升对赌合同》和一张《面试房间协作合同》了,虎叔叔和蛇叔叔显得更加犹豫了。

"小虎子,你出去吧。"蛇叔叔沉默了一会儿说,"我感觉在这儿过得挺好的,我再陪陪羊哥和小鼠。"

"什么鬼东西?"虎叔叔大骂一声,"你凭什么不出去?你的家人怎么办?"

"嘻……"蛇叔叔摆了摆手,"我犯的错太多了,哪儿还有脸见家人?就让我在这儿活下去吧。"他不等虎叔叔反应,立刻夺过了《面试房间协作合同》,接着咬破自己的大拇指按下了一个血手印。

虎叔叔站了起来,怒不可遏道:"你凭什么替老子做决定?!老子还没想好要不要出去呢!"

"乖啦,赔钱虎,去见你女儿吧。"蛇叔叔笑着说,"不管花费多少年……一定要见到她啊。"

"你……"虎叔叔喘着粗气,看起来格外生气。

"哦哟……不要这么生气嘛!"蛇叔叔说,"你们只要不死在面试房间里,咱们每天晚上还是可以见面的呀!"

虎叔叔慢慢坐了下来,满脸都是垂头丧气的表情。我虽然不知道具体发生了什么事情……但我好像也很难过,我感觉我正在远离他们……

"鼠,不要露出这副表情。"白羊哥哥说,"用不了多久……你的这些叔叔就变得跟我一样厉害了。"

"啊?"我看了看他,"真……真的吗?"

"嗯,他们都很优秀。"白羊哥哥点了点头。

从那一天开始,我们五个人之间的气氛好像有点变了。虎叔叔和黑羊叔叔每次回来的时候身上都带着浓浓的铁锈味,他们好像不太愿意和我说话了……每次我找他们聊天的时候,他们的眼神都在躲闪。

他们怎么了？

好在还有蛇叔叔愿意和我说话，他跟我说，虎叔叔跟黑羊叔叔心情不好，他们正在做自己不喜欢做的事，可他不告诉我那是什么事。

这样的日子持续了大约一年，这一年来我的游戏连一个参与者都没有。我的仓库又小又偏远，虽然我从附近收集了很多杂物来填充我的仓库，但依然没有人来玩。

仔细想想，这个游戏成型之后我似乎一个参与者都没有接待过，这让我心情有些失落。

虎叔叔跟黑羊叔叔的气质也在慢慢变化……他们的面具好像越来越逼真了。终于在半年之后的一天，黑羊叔叔彻底变了。

那天他回来时，我发现他跟白羊哥哥一样，脸上的羊头不再是面具，而是一个真正的羊头了。听说他到现在这个状态所花费的时间很短，打破了所有生肖的记录。

一年半的时间……还短吗？

那一天，他专程来跟白羊哥哥道谢，并且收拾了自己的东西，准备离开这个房间。白羊哥哥把他叫住，二人悄悄说了几句话，可看他们的表情好像闹得有些不愉快。从那往后，黑羊叔叔再也没有来过这个房间，每隔几天回来一次的只有蛇叔叔和虎叔叔。

我感觉我们的家庭正在慢慢分裂……我不知道该如何是好，只能一有空就帮白羊哥哥打扫房间……我把我会做的家务都做了一遍，希望能让他们看起来开心一些。

可是他们好像每个人都有很多心事，我不知该怎么帮助他们。虎叔叔一直很少跟我说话，我都快不知道要怎么和他相处了，他是不是在生我的气？

一天，我又碰到了若雪姐姐，她特意来找我玩，又给了我一包零食。我不舍得吃，于是下班带给虎叔叔吃，虽然不知道我哪里惹他不开心了，但我希望他别生我的气。可他看了看那包零食，只是默默地接了过去，依然没有跟我讲话。

我有点想哭，但仔细想想我和虎叔叔非亲非故，他本来就不应该一直照顾我的……白羊哥哥好像也不太对，他在我的印象中一直都是一个很认真的人，可最近这段日子里他似乎经常走神。

他又在想什么？

半年后，变故又发生了。

那天我们就像往常一样，来到了白羊哥哥的房间里吃饭。虽然吃饭时的气氛一天比一天沉默，但我始终觉得跟他们在一起比较安心。

"虎，你还差几个人？"白羊哥哥问。

"快了……我的屋里就剩两个人了。"虎叔叔回答。

"那我可能等不到你了。"白羊哥哥抬起头看了看我们三个，然后意味深长地说，"我今晚就要走了。"

"今……今晚？！"

虽然我们都知道会有这一天，可谁都无法接受这一天真的到来。

"没错……过了今晚，我就是可以自由出入终焉之地的天羊了。"白羊哥哥苦笑着说了一句，而后又看了看我们，"你们……没有什么话想跟我说吗？"

我们三个人低着头，谁都没有搭话，大家仿佛都接受不了这一天真的来了。

白羊哥哥见到我们一直低着头沉默，反而笑着站起身来，说："其实我也不想出去，但我在这里待得实在是太久了……是时候出去看看了。"

"羊哥……"虎叔叔低声开口说，"我……我早说过的……你该走就走……不用非得管我们……毕竟我们都是累赘啊……"

这句话像是一支蘸满墨水的笔，把我们心中失落的情绪又描深了一些。

"你们不是累赘，在这趟列车上……你们是我的家人。"白羊哥哥说，"我马上就走了，在那之前我不想听到难过的发言。"

"羊哥……"虎叔叔声音有些哽咽了，"都说成了天级就可以自由出入这里……可我们既不知道对方的样子也不知道对方的姓名……我要怎么找你？我要怎么知道你到底是出去了还是回来了？！我……"

"虎，我答应你。"白羊哥哥说，"成为天级之后我一定会回来看你的。当我回到这里时……一定给你留下印记。我会在我走过的地方画满羊角，指引你前进的方向。"

"真的？"虎叔叔问。

"真的。"白羊哥哥点点头，"如果那时候你已经是地级了，那我就去见识一下你的游戏，看看你的长进。"

"好！"虎叔叔猛然站起身来，"羊哥！咱们可说好了……若我成了地级，一天没有你的消息，我就一天不做任务。"

"哈！"白羊哥哥苦笑一下，"虎，你这是在惩罚我还是在惩罚你自己？"

"我不管！"虎叔叔大手一挥，"反正咱们说好了！我会一直等你的消息！"

"好。"白羊哥哥点了点头，又扭头看了看蛇叔叔。他沉默了一会儿，从怀中掏出了一个厚厚的本子递给了蛇叔叔。

"羊哥……这是？"蛇叔叔问。

"我有些亏欠你。"白羊哥哥说，"所以我也给你铺好了一条路。"

"什么？"

"我写下了一百个难题。"白羊哥哥说，"有朝一日若你能全部写下答案，我一定回来想办法让你成为地蛇。"

"一百个难题……"蛇叔叔接过本子，默默地低下了头，"羊哥……你真的不是在安抚我吗？凭我这脑子……到底如何才能答完你写下的谜题？"

"总有一天会的。"他冲着蛇叔叔笑了笑，"这是我和你的约定，我们也说好了。"

蛇叔叔苦笑一声："羊哥……你明明已经要走了，却还要替我们着想……你是怕我们失去前进的动力吗？"

白羊哥哥没回答，只是摇摇头说："我还需要你们俩答应我一件事。"

"什么事？"

"帮我照顾好鼠。"白羊哥哥指了指我，"要记得我说过的话，这世上只有咱们可以教训她，除了咱们之外，谁都不行。"

听到这句话我终于忍不住了。我的眼泪在面具里一直流下来，让我非常难受。

白羊哥哥要走了。这个给我饭吃、给我地方住、不嫌弃我赚不了道，还会帮我出头的白羊哥哥要走了。我以后再也见不到他了。在这趟列车上，不会再有任何一个生肖这么疼我了。

"白羊哥哥……"我站起身，哭得喘不过气，"白羊哥哥……

能不能告诉我你叫什么名字？能不能告诉我你长什么样子？"

虎叔叔和黑羊叔叔不理我了，现在白羊哥哥也要走了。他慢慢地走了过来，温柔地摸了摸我的头，然后把我揽在了怀中。

"好啦，鼠……不要哭。"他轻声说，"你不需要知道我长什么样子，也不需要知道我的名字，因为当我见到你的时候会立刻认出你来。那时候你会发现，我也不是现在像山羊一般的声音。"

"可我不想让你走……"我紧紧地抓着白羊哥哥的衣服，我感觉若是这次松了手，我就什么都没有了。

"你该长大了。"白羊哥哥说，"若是没有了我……你能赚到道吗？"

"我……我能……"我不断地啜泣着，感觉心里好难受。

"那你别哭了，我给你个好东西。"白羊哥哥说着就从怀里掏出了两颗道，这两颗道看起来放了很久，颜色已经有点发黑了，"鼠，这两颗道是我的幸运物，是我两个最好的兄弟给我的，我这些年来一直都带在身上，如今我把它们交给你。"

"幸运物？"我伸手小心翼翼地接过了两颗道，像接住了我的全世界。

"下次见面的时候，连本带利地还给我十颗。"白羊哥哥笑着说，"那时候我们再好好聊聊天，能答应我吗？"

"我可以！"我用力地点了点头。

那天晚上，我们目送白羊哥哥横穿整条列车，连许久未曾见面的黑羊叔叔都出来对他行注目礼。

所有的生肖恭恭敬敬地走出门，站在走廊两侧迎接一位天级的诞生。他们的眼神都很复杂，只有我一直在哭。我们亲眼见到白羊哥哥在一阵金光之中消失不见——他彻底地离开了列车。

虎叔叔在一旁搂住了我，轻声说："小老鼠……我会尽快升到地级……以后我会天天给你送零食……再等我几天……"

我把头埋在虎叔叔的肚子上，哭得格外厉害。

我们三个没有了老师，我也没有了白羊哥哥。从那之后，我和虎叔叔、蛇叔叔被分别派往了不同的新老师房间。看着那一大群陌生的哥哥姐姐，我感觉心中十分忐忑，我是一个每天都赚不到道的人，自然得不到新老师的喜欢。

在这种地方，只有白羊哥哥不会嫌弃我。我无时无刻不在想念白羊哥哥，我手中剩下的两颗道就是我的全部寄托，我时常望着它们发呆。

　　白羊哥哥走了已经十几天了……他现在应该已经回到现实世界中了，真好呀……我……我替他开心。虽然说着开心，可我有些想哭。

　　白羊哥哥……你到底长什么样子，又叫什么名字呢？当我们再次见面的时候，你能让我听听你真正的声音吗？到时候虎叔叔和蛇叔叔也成为地级了吧？不知道我们还能不能继续在一张桌子上吃饭……到那个时候……虎叔叔还会拿鸡腿给我吗？

　　我正在走神，却看到远处走来了两男两女。

　　啊——是参与者！是我完善规则之后的第一批参与者！我这里有客人了！

　　白羊哥哥！你等着吧！

　　我一定会赚到十颗道，绝对不会再给你丢脸啦！下次见面的时候我一定会吓你一跳的！

　　我是舒画……不，我是人鼠。我是白羊哥哥最疼爱的学生，我要开始我的考验了！

END
ON THE
TENTH DAY

第6关

强大的
回响

齐夏冷眼望着眼前的虎头人，低声问："什么叫你们四个都看到了？"

"和你有什么关系？"地虎冷眼望了望齐夏，"我和你很熟吗？"

"不。"齐夏摇摇头，"只不过我们现在是合作关系，为了更快地找到你说的那个人，我只有尽可能地收集线索。"

地虎听后默默地叹了口气，说："我们四个……都是羊哥的学生……"

齐夏眼睛一瞪，感觉自己脑海中有什么东西轰然倒塌了。

"羊哥？！"他慢慢地走上前去，一脸震惊地望着地虎，"'羊哥'是什么意思？！天羊是个男人？！"

地虎疑惑地看了看齐夏："我还想问你什么意思呢？我什么时候说过他是个女人了？"

齐夏快速回想了一下跟地虎相遇的点点滴滴，是的，他从未说过天羊是个女人，这样一来整件事的性质完全变了……似乎一切又回到了起点。也就是说无论天羊还是地羊，都不是余念安。

按照齐夏之前做出的排除法……她大概率是死了。

"我……小老鼠……死蛇……老黑……"地虎伸出四根手指说，"七年来，羊哥只有我们四个学生……"

齐夏稍微有些走神，隔了一会儿才扭头望向地虎，似乎有另一条线被隐隐地串了起来。

七年？这个想法会不会太大胆了一点？

"你和小老鼠我已经知道是谁了。"齐夏问，"可是死蛇和老黑又是谁？"

"是一条轻佻又愚蠢的蛇，还有今天你见到的那只烦人的羊。"地虎慢慢地伸出四根手指，"我们四个外加羊哥，原先坐在同一张桌子上吃饭。"

齐夏快速地整理着整件事的来龙去脉，仅仅十几秒，一个不可置信的真相轰然出现在他的脑海中。

"你口中的那个羊哥……用了七年的时间飞升成为天羊？"齐夏问。

"没错。"地虎点点头，"他比老黑来得更晚，却晋升得更快。

人级待了三年,地级待了四年,七年的时间便飞升为天级,如果老黑有羊哥一半的实力……又何苦花费了十三年,才在羊哥的帮助下成为地级?"

"你是说……他不仅自己晋升得飞快……甚至还帮了你们?"齐夏问。

"没错,羊哥就是天生的欺诈者。"地虎点点头,"但现在的老黑大摇大摆地坐到了羊哥以前的位置上,装模作样地收了几十个学生。我巴不得他输得一败涂地……还好你出现了。"

齐夏低下头,伸出自己的手掌仔细看了看,一个诡异的念头一直在他的脑海中盘旋。

我是天羊?

在这个终焉之地,别说神兽和生肖了,就连一个持刀的普通参与者都可以杀死自己。这是哪门子天羊?分明更像是一只待宰的羔羊。自己跟个最底层的参与者又有什么区别?

"难道我的思路还是错了吗?"

齐夏慢慢地皱起眉头,心想:若自己是天羊,又为什么会在这里?

为什么会在这里?这句话刚在心里落地,朱雀曾经说过的话又回荡在耳旁。

"齐夏,你为什么会在这里呢?"

"看来你真的不知道你为什么会在这里,太可悲了。"

"告诉我,我到底得罪了谁?"

"得罪了谁?得罪了天龙还不够吗?"

齐夏慢慢眯起眼睛,总算把这些虚无缥缈的线索全都串联在了一起。

消失的七年中,他一直都是羊,并且从人羊开始,一步步地到达了顶峰。只不过在最后关头,被天龙使了一招障眼法,所有人都以为他成了天羊,可真实情况却是他被洗掉了所有的记忆重新变回了参与者。而这七年来,房间内的人不知为何,一次都没有通过面试,直到他重新回到房间,一切才出现了转机。

林檎的话又在耳畔响起:"齐夏,我至少有七年的时间,没有在终焉之地听过有你这号人物。"

齐夏有些惊恐地看了看四周的环境,又看了看脚下的土地,情况好像有些不妙了。

自己现在所做的事……所经历过的一切……之前真的没有经历过吗？自己从七年前开始就已经在终焉之地活动了！这还只是有迹可循的时间……那实际的时间会不会比七年更久？！最后自己只差一步之遥就可以成为天级，可最终还是被打回了原形。

如果真是这样的话，这也太恐怖了。自己就像是无限猴子定理中的一只猴子，此时正在无限长的时间线里，随机触发着无数种可能。不……这和无限猴子还是有些区别，毕竟多了一个天龙。

在某只猴子仅差一个字母就可以敲完莎士比亚全集的时候，他会重启这只猴子的电脑，让一切重新来过。

这是为什么？

楚天秋说过，这个鬼地方可能根本就不存在天级……难道所有成为天级的人都会被打回原形，洗去所有的记忆然后变回参与者吗？

"这样确实没有漏洞……可我总感觉哪里不对……"齐夏摸着下巴，感觉思绪又被卡住了。

在旁边待了很久的乔家劲见到齐夏半天没有说话，伸手拍了拍他："骗人仔，你还好吗？"

齐夏回过神来，冲乔家劲点了点头，说："我还好，我可能找到天羊了。"

"咩？"乔家劲愣了一下，"你找到了？"

地虎也抬起头来看向齐夏："你知道他在哪儿？！"

齐夏没有直接回答，反而问："地虎，我想知道你说的是不是真的……无论他是天、地、人哪只羊，哪怕他已经不是羊了，你都想见他一面？"

地虎感觉有点没听明白："什么叫不是羊了？难道羊哥费了这么多劲，最后成了狗？"

"他若成了普通人呢？"齐夏问。

这句话让地虎心中一惊。

"普通人？"地虎盯着齐夏的双眼，仿佛有什么思路在这一刻顺畅了。

"我只是随便一问。"齐夏说道，"他若是一个普通的参与者，你还想要见到他吗？"

"我……"地虎犹豫了。

"我知道了。"话音一落，齐夏拉着乔家劲就准备离去。

"喂……"地虎声音颤抖地叫道，"你——"

"别说出来。"齐夏冷言道，"在我搞清楚一切之前，什么都别说。"

齐夏和乔家劲迎着逐渐暗淡的天色向天堂口走去。

"骗人仔……你不是说你知道谁是天羊了吗？为什么不告诉那个虎头仔？"乔家劲问。

"比起那个地虎……我更相信陈俊南，我有些事想要问他。"

"俊男仔？"乔家劲听后微微点了点头。

二人走过一个街角，迎面就看见了一个领着小孩儿的老太太，那老太太一直露出慈祥的微笑，面容僵硬地盯着齐夏看。

乔家劲心中诧异道：这地方还有老人家？

他刚想说点什么，齐夏先一步开口了："'拳头'，走。"

乔家劲听后一愣，默默地点了点头。

二人就像什么都没有看到一样，从老太太和小孩儿的身边擦了过去。待到二人渐渐走远，小孩儿才开口说："马奶奶，不问问他们俩吗？"

"没什么必要。"老太太摇了摇头，"两个人身上既没有回响也没有道，还是去问问这里驻地的生肖们吧。"

"可是上次那个震撼的声音不是晚上出现的吗？"小孩儿问，"生肖能知道吗？"

"好像是啊……"老太太无奈地摇了摇头，"只能去找参与者了吗？果然车上的所有人都靠不住啊……"

"那我们去找哪个参与者？"小孩儿一脸天真地问。

"倒是有个好地方……"

老太太微微思索了一会儿，伸手握住了小孩儿的手腕，二人一眨眼便原地消失了。

齐夏不停地用余光瞟向身后，在确定没有任何人追来之后才松了一口气。

"骗人仔……怎么回事？"乔家劲问，"这里还有老人跟小孩儿？"

"我不知道，但肯定有问题。"齐夏小声说，"这两个人的岁数……怎么想也太奇怪了……"

"是啊……他们应该很难走出面试的屋子……"乔家劲小声说。

"不仅是这样……"齐夏说道,"我想不到一个光屁股的小孩儿到底会犯下什么罪……或许……他们本来不长这个样子?"

"你……你是说他们易容了?"乔家劲问。

"应该不是这么简单。"齐夏摇摇头,"当务之急是去问问陈俊南到底对天级了解多少……"

说完,二人加快了步伐。

转眼的工夫,老太太领着小孩儿出现在城边的一座监狱门口。

这所监狱看上去破败不堪,岗哨点着一盏煤油灯,此时有一位穿着皮衣的长发男子站在里面值守。他微微抬起头来看了看面前的一老一小,很快疑惑起来。

老太太毫不在意,往前走了几步来到了长发男子面前。

"两位好,我是'茂木'刘二十一,你们是?"长发男子试探性地问。

"哦哟……"老太太挥了挥手,"别紧张,来生意了嘛。"

"生意?"长发男子打量了一下眼前的二人,还是觉得十分疑惑,"老客户吗?"

"当然、当然,我很久以前跟你们做过生意的……有管事的吗?"老太太满脸慈祥的笑容,看得长发男子后背发凉,"我有生意想跟管事的谈谈。"

"管事的……"长发男子点了点头,"您二位跟我来吧。"

他回身打开大铁门,将二人带进了监狱。三个人横跨了监狱的操场,来到了建筑内。

长发男子打开了监狱内部的防护门,将一老一少直接带向牢房。这里的防护门已经失去电力供应,大多是摆设,锈迹斑斑的铁门一扇接一扇地被打开,通向了监狱的腹地。

行走在满是牢房的走廊上,老太太不动声色地向两边一看,发现有很多身穿黑色皮衣的人正坐在牢房床上,他们面带警惕地盯着她。这些人有男有女,足足几十人,队伍的规模比老太太记忆中的庞大多了。

正在走廊上闲逛的一个皮衣男子见到长发男子之后快步迎了上来。

"二十一,什么事?"那人问。

"十一哥,有人要找负责人。"长发男子说。

被称作十一哥的男人点点头，对二人说："二位是客人吗？我是'忘忧'罗十一，有什么业务的话可以跟我谈，请问二位来自哪一年？"

"十一？"老太太皱了皱眉头，"你不够格，找十以内的人来。"

"不够格？"罗十一的面色忽然之间沉了一下，"说我罗十一不够格，那你又是什么东西？"

话音一落，老太太已然出现在了罗十一身边，极快的速度让现场众人都未能看清她是怎么过去的。她抬起一张满是笑容的脸庞，声音沙哑地问："孩子，你看看我是什么东西？"

罗十一眼睛一瞪，紧接着后退了两步："你……你们是……"罗十一感觉浑身一凉，"是天？"

气氛一时之间僵住了。

正在此时，一个怪异的声音在不远处响起："十一，放尊敬点。"

罗十一和刘二十一听到此话纷纷让到两边，只见一个异常矮小的身影缓缓走来，竟然是个年轻的侏儒男人。他的身材比例很匀称，左脸上有着一个怪异的疤痕，像是被动物撕咬后留下的。

"五哥。"罗十一和刘二十一同时低头行礼。

老太太见到这个侏儒男人又再次露出笑容："啊……钱五……"

"天马。"被称作钱五的侏儒男人面无表情地点了点头，"生肖很少跟我们做生意的。"

"天马"一出口，附近的几人面色一变。

"我们这不是来了吗？"天马笑着抬了抬头，"我跟小虎正好来跟你做生意呀。"

"可我依然有点怀疑。"钱五回答，"咱们的生意能成吗？"

"小钱呀，你这是什么态度嘛……太不懂得尊老爱幼了。"天马伸手捶了捶她的腰，"能不能对我们热情一点？"

"我们只看酬劳。"钱五说，"我不太明白生肖要如何给我们付钱。"

"我们还需要付钱吗？"天马笑着说，"小钱呀，我们可以威胁你的嘛。"

"哦？"侏儒男人露出了一丝笑容，"我刚才可能听错了，你是说要威胁我吗？"

话音一落，牢房中所有的人都站了起来，他们打开了牢门，接二连三地站到了走廊上。

光屁股小孩儿有些兴奋地环视了一圈,而后笑着流下了口水:"嘿嘿……要出事啦……"

"天马,告诉我,我是不是听错了?"钱五缓缓向前走了一步,"你应该知道我若发了疯,足够让你们俩其中一个留在这儿。"

猫队的所有人都冷眼盯着眼前二人,似乎随时准备动手。

"小钱呀,我跟你开玩笑呢。"天马笑着说,"我知道你的本事,我怎么会那么冲动?"

"天马,你知道就好。"钱五冲着众人挥了挥手,走廊上的众人又回到了牢房里。

"可是老太太我年纪大了,有点忘了……"天马笑着说,"你们猫……到底要什么酬劳来着?"

"要真金白银。"钱五说,"只要给我们现实世界中的家人真金白银,我们就给你卖命。"

"这样啊……"天马听后微微眯起了眼睛,脸上的皱纹也聚在了一起,"也就是说你们猫……需要参与者回到现实世界中给你们汇款……"

"没错。"钱五点点头,"现在猫队的成员所在年份已经横跨了四十年,可以收到每个年代人的汇款。虽然我们大家的时间卡住了,但我们的家人不会。他们收到钱之后一定可以通向更好的未来。"

他再次打量了一下天马和天虎,语气轻蔑地问:"可你们生肖又出不去,究竟要怎么跟我们做生意?"

"原来是这样啊……"天马微微思索了一下,"这不是欺负我们生肖吗?"

"所以今天不能招待了,抱歉。"钱五扭头对不远处的两个男人说,"老六老七,帮我送他们出去吧。"

不远处的一男一女点了点头,慢步走了过来。

"不好意思,两位。"宋七伸了伸手,做出逐客的动作,"五哥发话了,请。"

"请。"另一个女人也伸手说。

天马微微叹了口气,说:"小钱呀,我也确实是没办法了。如果你不肯帮忙的话……我们可能真的要血洗这里了。"

"什么?"钱五面色一冷,"天马,我的耳朵今天可能不太好用，估计又听错了，我们猫可不是软柿子，你真的要在这里动手？"

天马微微一笑，一伸手就刺穿了身旁刘二十一的胸膛。

刘二十一咳了一口血，紧接着眼神一变，双手齐挥，霎时间，天马和天虎的脚边插满了木棍，无数乱木就像牢笼一样将二人锁了起来。封住二人的行动之后，刘二十一缓缓地闭上了眼睛。

天马抽出手将刘二十一推倒在地，抬头望了望，眼前的钱五、宋七、罗十一等人表情完全没有变化，仿佛失去一个队友对他们来说无关痛痒。

钱五伸出手擦了擦溅到脸上的血，面色缓缓沉了下来："天马……你胆子真是太大了……身为天级生肖，你却随意屠杀参与者。"

天马跟天虎互相对了一眼，二人猛然挥手，将身体四周的木棍齐齐切断。

"是，我杀了，怎么样？"

钱五冷哼一声，远处传来了震天动地的钟声。接着他伸手向前一探，冲着天马的手臂就抓了过去。天马顿感不妙，后退一步之后将天虎顺势向前一推，恰好触碰到了钱五。

天虎不明所以，只能呆呆地望着眼前这个身高和自己差不多的侏儒。

天马无奈地叹了口气，说："'双生花'钱五……你的脾气还是这么急躁，真要闹出人命了可怎么办？"

"哈哈！"钱五大笑一声，"真有趣啊！你杀了我兄弟，现在说怕死人？"

"小钱啊……我是真没办法啦……"天马一脸笑容地说，"天龙这次给了所有天级特权，可以随意杀死任何的参与者……如果不能找到那个人，甚至可以发动天级游戏。所以你就算要跟我们二人开战也无所谓……这次生意你不得不接。"

钱五听到这句话，语气终于软了下来。

"你是说……现任的天级全都出动了？"他有些不可置信地皱起眉头，"到底发生了多么严重的事？"

"我不知道。"天马笑着摇摇头，"我只知道天龙说要找一个特殊的回响者，若是找不到，我们可都惨了。"

钱五听后仔细权衡了一下这件事的利弊，觉得天马似乎正在孤注一掷，而此时是循环的第二天，猫队中获得回响的人太少。如果真在这里动起手，虽然有可能留下一位天级的命，但也会使猫队伤亡惨重。

"天马，你先告诉我你所说的生意到底是什么。"

"我说了，找人。"天马重复道，"六天以前有一个人触发了强大的回响，我们需要找到那个人……只可惜这个回响者是在夜间出现的，所有的生肖都未曾得见，想要更快地达成任务，只能靠参与者。"

"六天前的夜里……"钱五一愣，回头看向宋七。那天夜里正是猫队被全灭的日子。

"那个强大的回响……我需要你想尽一切办法找到那个人……"天马面色沉重地说，"否则我们所有的天级都要受到处罚，到时候我也不可能让你们好过。"

"可是生意不是这么做的。"钱五看着地上刘二十一的尸体，冷笑一声，"你杀我兄弟，还让我做事，我必须要从你这儿留下点什么。"

"那你想要什么？"天马皱了皱眉头，"我自然是没法付钱，所以你开个别的条件，老太太我尽量答应你。"

钱五放开了拉住天虎的手，再次笑了一下："天马，我要你一个人情，若有一天我需要你的时候，你帮我一个忙。"

天马的皱纹慢慢聚拢，她伸手捶了捶自己的腰："在这终焉之地……欠你钱五的人情可不是什么好事。"她犹豫地说，"这个条件实在是太值钱了……"

"别担心，你应该知道我们猫既不想出去也不想惹事。"钱五笑道，"成交吗？"

他伸出右手示好，可天马不敢触碰他。只见天马转了转眼珠子，点头说："也好，你们帮我找到那个回响者，我答应帮你们做件事……但这件事如果过于危险，我不会答应。"

"没问题。"钱五点了点头，收回了手。

送走了天马和天虎，监狱陷入寂静之中，而钱五再度陷入了沉思。

"五哥……"宋七来到钱五身边，俯下身子一脸犹豫地说，"有必要和他们做这个交易吗？你一声令下我们就可以开战，不管她是不是天马,兄弟们都——"

"没必要。"钱五说,"我也想知道那个强大的回响到底是怎么回事,猫自从建立以来都没有听过这种声音,搞清楚对方是什么立场很重要。"

"我明白了,五哥。"宋七点点头。

"对了……"钱五眯起眼睛又说,"看起来天马他们似乎并不知道天堂口的事情……"

"天堂口……"宋七皱了皱眉头,"五哥,你是说强大的回响跟我们上一次的生意有关吗?"

"只能说可能性很大。"钱五点了点头,"我们大举进攻,极有可能引发他人的回响,更何况这个回响出现在深夜,怎么想都跟那次事件脱不开干系。"

"我明白了。"宋七点了点头,"五哥,我现在去把二十一烧了,今晚让兄弟们休整一下,明天一早就前往天堂口。"

"好。"钱五点点头,"老七,吩咐下去,如果真的找到了那个人……记得保密。"

…………

地虎见到一旁的光门亮起,慢慢站起身。此时正有几个参与者向他走来,趁着天还没完全黑,他们似乎想参与地虎的游戏。

"滚。"地虎怒喝一声,"再往前走一步我杀了你们。"

几个参与者顿了一下,慢慢退走了。

今天又是不加班的一天。地虎背着一个大麻袋走进了光门,一些人级生肖纷纷向他行礼,然后头也不回地消失在走廊的另一头。地虎不紧不慢,慢慢来到了一扇木门前面,仿佛在等待着什么。

没一会儿,一个戴着马头面具的年轻人走了过来,轻声叫道:"老师,今天——"

"你先滚。"地虎说道,"一会儿我去找你们。"

"哦……""马头面具"恭敬地点了点头,似乎知道地虎是什么脾气,于是一言不发地顺着走廊离开了。

地虎静静地等待着,直到等得有些不耐烦,正准备无奈离开时,眼前的木门终于打开了。

木门的另一头是个酒吧,地羊从中缓缓走出。他故意晚来了一些,但没想到地虎就站在眼前,于是只能扭头就走。

"哟……"地虎满怀期待地看着地羊,脸上露出一丝笑容。

地羊仿佛什么都没有看见,绕过地虎走开了。地虎有些生气地看了看他,然后快步走到他面前,重复道:"哟!"

地羊见到实在躲不开这个瘟神,只能无奈地摇了摇头,说:"哟什么?"

"今天回来得挺晚啊!"地虎笑道,"怎么样?工作很忙吗?赢了还是输了?"

"和你有什么关系?"

"咱俩老同学啊!"地虎面色兴奋地说,"咱俩有福同享,有难你也说给我听听啊!"

"不需要。"地羊摇摇头,"我的事情我自己想办法解决。"

"我这儿有现成的办法啊!"地虎将背上的麻袋扔到地羊眼前,"快看看这些崭新的道,真麻烦啊……怎么有这么多?我该怎么处理啊?"

"你想怎么处理就怎么处理。"

"你要吗?要的话我可以借给你啊!"地虎说,"日利率百分之九点五,你再也找不到这么便宜的贷款了。"

地羊看了看地面上的麻袋,面无表情地抬起头问:"地虎……说正经的,你今天派来的人,到底是何方神圣?"

"何方神圣?"地虎微微皱了一下眉头,"你想说什么?"

"我想知道你是真的蠢……还是早就看透了这一点。"

地虎听后慢慢低下头,沉默了。地羊见到地虎的表情,自然也猜到了什么。

"他的眼神……他使出的手段……"地羊声音颤抖地说,"你不觉得我们曾经见过他吗?!"

"我……我知道你的意思,但那可能吗?"地虎伸手指了指自己的身后,"他是个连回响都没有的参与者……他怎么可能是——"

"虎,天羊是空缺的。"

"什么?!"地虎一愣,"老黑……你刚才说什么?"

"我见过天龙了,他亲口告诉我的。"地羊说,"虽然这件事不该说……但你现在明白了吗?"

"你是说羊哥根本就没有成为天羊……"地虎眨了眨眼,"他在一个多月以前离开……重新成了参与者?"

"这不是更可怕吗?"地羊扭头看向地虎,"你我都知道羊哥是什么样的人……他有可能会把这里搞得天翻地覆。这里有几个生肖拦得住他？！"

正当二人之间的气氛十分严肃之时，一个慵懒的声音却从二人身后响起："不可能的。"

他们回头一看，来人正是人蛇。

"你小子……"地虎想上前去给他一巴掌，却忽然想到自己已经晋升为地级了，只能轻轻地推了人蛇一把，"谁让你偷听的？"

人蛇被地虎推得后退了一步，然后笑道："咱们三个是什么关系？我听听又怎么了？"

地虎沉吟了一会儿，问人蛇："为什么你说不可能？凭羊哥的能力，完全可以通关我们所有人的游戏。"

"小虎子啊，你一直一根筋。"人蛇笑着推了他一把，可地虎纹丝未动。

"我怎么一根筋了？"

"还记得吗？"人蛇对地羊说，"羊哥曾经说过他加入生肖的原因。"

一句话出口，二人同时想起了什么。

"羊哥好像真的说过……"地虎低头思索着，"因为他属于'不幸者'……他无论如何都听不到回响，长久以来都无法保存记忆……所以加入生肖是他唯一的出路。"

"也就是说……羊哥就算变成了参与者，他也绝不可能通关游戏……"地虎默默地低下了头，"因为他每一次都像是重新开始……"

"你说得对……"地羊点点头，"人类之所以能一直发展，靠的就是记忆的传承。"

"所以啊……"人蛇拍了拍地虎的后背，"就算他是羊哥，没有记忆的话……"

"不对啊！！"地虎忽然大叫一声，巨大的声浪将人蛇直接震倒在地，他赶忙回头扶起人蛇，仔细打量了他一番，"不好意思啊……死蛇，你还活着吗？"

"你是真想杀了我是吧？"

"不不不不……"地虎用力地摇了摇头，"我感觉你们说得不对啊！老子差点被你们带偏了啊！"

地羊微微一愣："什么意思？"

"他……他记得我啊！"地虎用双手比画着，"我……我上一次和羊哥见面是在十天以前！他过了十天还记得我啊！"

地虎本以为自己说得够清楚了，也以为可以用这个观点证明齐夏足以毁掉这里，但未承想地羊和人蛇的表情逐渐暗淡了下来。

"你俩怎么了？"地虎说，"这不是件好事吗？！"

"你个傻老虎……"人蛇无奈地摇了摇头，"如果那个人记得你……不就直接证明他绝对不是羊哥了吗？"

"啊这……"地虎也感觉自己的想法很矛盾。

当年的白色地羊成为生肖之前，是出了名的永不回响，如今又怎么可能记得他？

"难道……难道羊哥使了什么计谋？"地虎微微思索了一下，很快得出了答案，"会不会是因为羊哥早就知道自己不可能变成天级，反而会变成参与者，所以他用了一个计策，这个计策导致他可以回响了？"

人蛇和地羊互相望了一眼，感觉这个理由太过牵强了。

"为什么你就认定了那个人是羊哥呢？"地羊摇摇头，"虽然他们很像……但现在最直接的证据已经证明了他和羊哥不是同一个人。如果他可以让自己获得回响，那他成为羊之前就应该行动了。"

"可……可他们实在是太像了。"地虎瞪着眼，"他们绝对是同一个人……我……我有种特殊的感觉……我跟他对话时，经常能想到第一次见羊哥时的样子……"

"别傻了。"地羊叹了口气，"我们应该接受羊哥已经走了的事实，他已经不在终焉之地里了，能不能不要再捕风捉影地乱说了？"

"死老黑……你不信我吗？我感觉他真的没有成为天羊。"地虎神色有些忐忑地抬头说，"你知道吗？老黑……羊哥曾经答应过我的事全都没有做到，这太不正常了，如果天级真的可以自由出入这里的话，无论怎么说他也会——"

"那你有没有想过……"地羊扭头打断他的话，"你在羊哥的心里到底算老几？他凭什么要做那些答应你的事？"

"我……可是……"地虎依然摇着头，脸上居然渐渐浮现委屈的表情，"羊哥以前答应我的事他全都做到了……唯独这一次……"

"所以我说你别傻了。"地羊冷喝道,"你与其纠结于这些东西,不如早点成为天级,至于那个叫齐夏的男人是不是羊哥……我还是持保留意见。"

"什么?"人蛇一愣,"你刚才说那个男人叫什么?!"

两个地级生肖似乎正在气头上,谁都没有理会人蛇。

"死老黑……你以为我是你吗?羊哥一走你就着急往上爬。"地虎咬着牙反问地羊,"真够冷血啊,现在你倒舒服了……整个终焉之地唯一的地羊,是吧?"

"你什么意思?"地羊慢慢回过身,"你自己找不到羊哥,准备把气撒到我身上?"

"我只是单纯地看不惯你。"地虎说,"以前有羊哥在,我拿你没办法。后来你又成了地级压我一头,现在可好了……我们是平级了。"

"所以呢?"

"所以要不要打一架?"地虎怒笑道,"以前的各种恩怨咱俩都算一算。"

"你有病吧?"地羊皱了皱眉头,黑色的毛发也在此刻颤抖起来,"你脑子里整天都在想些什么东西?你要在这里跟我打架?"

"怎么?不敢吗?"地虎往前走了一步,"同样都是地级,你觉得你打不打得过我?"

"别闹了,让开吧。"地羊压着怒火说道,"咱俩要是打起来,肯定得死一个。"

"死一个就死一个,反正死的不是我。"

人蛇觉得火药味实在是有点重,赶忙上前一步拦在了二人中间:"喂,你们差不多得了吧……"他伸手放在二人的肩膀上,感觉情况十分不妙。这二人如果真在这里动起手,那显然是地级战争,他绝对会死无葬身之地。

三人毕竟曾经有过这么多年的交情,自相残杀绝对是最坏的情况。

"给我个面子吧……"人蛇低声说,"我不管你们谁会死,但你们打起来我肯定会死。"

"死蛇,你走开。"地虎说,"和你没什么关系,我今天要把这个篡位的老黑撕碎了。"

"篡位？"一直压抑着怒火的地羊瞬间暴躁起来，"你说我篡位？！你以为这个世界上就你一个人在乎羊哥吗？"

"虎子……老羊……你们先冷静一下……"人蛇伸手拍打着二人的肩膀，"我现在有个主意……你们要不要听一下？"

"我不听，我今天就要打死他。"地虎说，"死蛇你赶紧跑，你在这儿我没法动手。"

"是。"地羊也点点头，"你走吧，今天这件事你管不了了。"

"你们好歹抽出三十秒的时间让我说句话。"人蛇说道，"我说完了之后你们俩爱怎么打怎么打，死了我也不管了。"

二人压着怒火，扭过头看向他。

"那个齐夏……我也见过他。"人蛇说道，"你们还记得我现在是协助者吗？"

"你直接说重点。"地虎说。

"好。"人蛇点了点头，"原先我应该直接拉下手柄，协助我房间中通过面试的人活下来，但我心血来潮给他们提了几个问题……我发现那个叫齐夏的人每次都可以答对羊哥留下的难题……"

"这又能说明什么？"地羊问。

"如果你们愿意等……下次我有万全的办法来测试齐夏到底是不是羊哥……"

他从怀中掏出自己视若珍宝的小本子，上面还剩九十六个谜题，说："如果他能一次性全部答对，那他一定是羊哥。"

齐夏和乔家劲赶回天堂口的时候，天已经完全黑了。张山和另一个年轻人站在门口，四个人互相点头示意。

推开教室门，齐夏二人往里一看，众人已经全都回来了，唯独不见陈俊南，可此时他最想见的人就是陈俊南。

"那个话痨呢？"齐夏问。

"陈俊南吗？"林檎站起身，"感觉他好像有点心事，去天台了。"

"去天台了？"齐夏摸了摸下巴，随后点了点头。

难道陈俊南发现了什么东西？

他安顿好了乔家劲，正准备去找陈俊南的时候，林檎又叫住了他。

"齐夏……"林檎拉着齐夏的胳膊将他带到一旁，"我有事要跟你说。"

"怎么？"齐夏问。

"有两件事……"林檎扭头看了看韩一墨，"首先是韩一墨的事情……"她将韩一墨已经不再回响的情况一五一十地告诉了齐夏。齐夏听后点了点头，觉得并没有什么不妥。虽然回响是不可或缺的力量，但韩一墨的回响实在是有些特殊，如果他不能再回响了，既不算损失也不算收获，只能算是一件寻常的事情。

"我现在担心的是……"林檎有些犹豫地说，"如果韩一墨这一次忘记了一切……那他下一次就会以崭新的状态进入这里……"

"所以呢？"

"所以他可能会爆发有史以来最严重的恐惧心理……"林檎抬头说，"毕竟这里的一切对他来说都是新鲜而恐怖的……"

"嗯……"齐夏再度点点头，觉得林檎说得不无道理，只是这件事很难处理。

如果韩一墨真的获得了七年以来最严重的恐惧心理，那应该是一场不小的灾难。可如果为了避免这场灾难，强行让他现在获得回响同样不是个好主意。

"还有其他事吗？"齐夏问。

"再就是……"林檎思索了一下，又将今天遇到的老太太和光屁股小孩儿的事情讲给了齐夏听。齐夏也见过这二人，但没有见过林檎所说的景象。

那个老太太居然会以超高的速度移动？

"是神兽？"齐夏问。

"应该不是……"林檎摇了摇头，"四个神兽我都见过了……却未曾见过这两个人。"

"那不是太奇怪了吗？"齐夏思索了一会儿说，"不是原住民、不是参与者、不是神兽，他们的脑袋上也没有面具，更不可能是生肖……"说完这句话之后齐夏顿了一下，然后扭头盯着林檎，问，"你见过天级生肖吗？"

"我？"林檎轻轻摇了摇头，"我在这里活动了七年，从未见过天级。"

"是吗？"齐夏慢慢地眯起眼睛，"天级这么难寻？"

"我不好说。"林檎轻微叹了口气,"我听说天级是没有游戏场地的,所以他们不会在固定的地点待着,也就更不知道该去哪里找他们了。"

"我知道了,我现在去见一见陈俊南。"

告别了林檎,齐夏转身向学校天台走去,可正当他走到楼梯口的时候,碰到了楚天秋。

"齐夏?"楚天秋深沉地一笑,"大半夜的不睡觉……准备去散步吗?"

齐夏没有回答,正准备绕过对方去天台,却又想起了什么。"楚天秋……"齐夏叫道,"上一次你让我获得回响的手段,还能再施展一次吗?"

听到这个问题,楚天秋微微一愣,随后笑出声来:"怎么?这才第二天,就已经陷入了失忆恐慌吗?"

"我没有那种恐慌。"齐夏回答说,"只不过我想用我的回响救回一个人。"

"救回一个人?"楚天秋感觉有些好笑,"一个死人?"

齐夏听后点点头:"没错,一个死了大约一个月的人。"

"以你的头脑……应该不难想到这件事的矛盾之处吧?"楚天秋笑道,"你自己都记得那人死了很久,又怎么用潜意识让那个人活过来?"

齐夏听后微微叹了口气,他又何尝不知道这件事的荒谬之处?若一直记得这件事,他便永远无法复活已死之人。可若他忘掉,那会连对方是谁也忘掉。既然如此……自己的"生生不息"要如何才能发挥效用?

齐夏沉吟一会儿,开口说:"你不需要操心我的事,只需要告诉我让我回响需要什么?"

"那可真是太难了……"楚天秋微微思索道,"我花了不少钱,也费了不少心思。"

"那你下次要费心思的时候,记得提前跟我说一声。"齐夏笑道,"花了这么多心思,我们一定要让它发挥效用。"

楚天秋也笑着点点头,刚要离去的时候,却又停下脚步回头问:"齐夏,你在回响的前一刻看到了什么?"

"这个问题……重要吗?"齐夏问。

"重要。"楚天秋回答说,"那可是我的重点研究方向。"

齐夏回想了一下自己回响前的状态，他只记得自己痛苦至极，那时余念安来带他回家了。

"我什么都没看到。"齐夏说，"你有计策就尽管去实施，我等着。"

楚天秋的面色闪过一丝异样："齐夏……你应该想到了吧？就算我完美复刻了那一天的情况，你也不一定会再次获得回响，毕竟你的契机可遇而不可求。"

"这就是你的问题了。"齐夏露出了意味深长的笑容，"咱们最新的合作方式，就是你负责创造契机，我提供回响，若我不能成功的话，咱们要怎么合作？"

楚天秋思索了一会儿，点了点头："有道理啊，齐夏。"

二人对视了一眼，随后不再说话。楚天秋冲着云瑶所在的教室直直走去，而齐夏则慢步来到天台。

学校顶楼的天台很空旷，不知谁在这里摆了几把椅子。齐夏远远一望，陈俊南和秦丁冬正坐在天台望着漆黑的夜，只不过他们俩隔得很远，仿佛并不熟悉。

听到脚步声，陈俊南回头望了望："哟……老齐，过来坐啊，跟自己家一样。"

"陈俊南。"齐夏叫了一声，走过去坐在了他和秦丁冬之间。

秦丁冬看起来不是很开心，不知二人刚才交谈了什么。

"老齐……你有什么事要问我吗？"陈俊南问，"小爷今天心情好，有问必答。"

齐夏也毫不客气，点点头说："陈俊南，你见过天级吗？"

"当然。"陈俊南点点头，"不仅我，你、你旁边的冬姐、老乔，我们都见过的。"

"天级"两个字出口，一旁的秦丁冬好像想起了极度恐怖的画面，脸色瞬间冰冷起来。

"可我不记得了。"齐夏说，"如果我能记得就好了……至少知道怎么应对他们。"

秦丁冬叹了口气："齐夏，你当然不记得了。"

"嗯？"齐夏皱了皱眉头，看向这个女人。

"我最期待的一点……就是我每次出现都可以逗你。"秦丁冬苦笑一声，"齐夏，我们已经邂逅了几十次，你每次的表现都很可爱。"

325

齐夏感觉秦丁冬的话有些细思极恐①。

"邂逅了几十次？"齐夏又转头看向陈俊南，"这句话是什么意思？"

陈俊南微微叹了口气，说："老齐，原先你一直是'不幸者'，我们每一次都需要给你重新介绍自己。"

"嗯？"齐夏一怔，"'不幸者'？"

秦丁冬在一旁解释道："就是一直都无法回响的人，这种人在终焉之地不占少数。"

"只不过这一次你的表现好像很奇怪……"陈俊南和秦丁冬同时看向他，"我倒是很想问问你……老齐，你有过回响吗？"

"是。"齐夏回答。

短短一个字，却让二人都皱起了眉头。

"你真的回响了？！"陈俊南站起身，不可置信地问，"难怪我一直觉得怪怪的……老齐，你的回响是什么？"

"可能叫'生生不息'。"齐夏点头说。

陈俊南和秦丁冬面色铁青地对视一眼。

"你说什么？"陈俊南伸出小拇指挠了挠自己的耳朵，"我刚才耳屎堵了耳朵，你再说一遍。"

"叫'生生不息'。"齐夏重复道。

"你小子跟我撒谎是吧？"陈俊南叹了口气坐到一旁，"'生生不息'……你连编都不会编吗？"

"怎么？"齐夏疑惑地看了看二人，"'生生不息'又怎么了？"

"不可能有人的回响是一个成语的。"陈俊南摇摇头说，"这也太荒谬了，四个字是什么概念？四个字估计连玻璃都能震——"

话音未落，二人表情一变。天马和天虎要找的人……找到了。

"老齐……你就是那个强大的回响者……"陈俊南不可置信地看着他，"你说你是……'生生不息'……这四个字的能力是什么？"

齐夏回忆了一下楚天秋的话，说："我并不完全了解，毕竟回响时我已经失去了意识，但听楚天秋的意思……大概是我可以让人活着。"

"让人……活着？"陈俊南思索了一下，"你是说让人变成不死之身？"

---

① 比较常用的网络词，形容事情仔细想一想就会觉得恐怖极了。

"不……"齐夏摇了摇头,"据我估计,这个活着是字面意思,就算他死了,他也要活着。"

陈俊南和秦丁冬听后同时望向操场,那里有黑黢黢的尸山,其中乔家劲和李香玲的尸体就占了三十多具。

"就算死了……也要活着……"陈俊南咽了下口水,随后露出一丝苦笑,"老齐,你有了这个能力……似乎已经不再需要我了。"

齐夏听后还未说话,便感觉脑袋袭来一阵疼痛,过了几秒他才逐渐适应。

"陈俊南……我也有问题想要问你。"齐夏捂着自己的额头说,"你到底有什么神通?你的'替罪'又是什么?"

陈俊南听后,微微一笑:"这还不简单吗?老齐,在我所见的范围内,只要我想,那么倒霉的人就是小爷我。"

"这听起来并不是个有用的回响。"齐夏说,"你就靠这个回响走到今天的吗?"

"我……没用?"陈俊南的脸上闪过一丝失落,"你若真是'生生不息',那看来我确实没什么用……"

"齐夏……"秦丁冬插话道,"虽然陈俊南这个王八蛋很不是人,但唯独你不能说他没用。"

"嗯?"齐夏扭头看向秦丁冬,"所以你也知道很多之前的事?"

"没错。"秦丁冬说,"这个傻子一直在替你和阿劲去死,所以这世上任何人都可以说他没用,唯独你们不能。"

"是吗?"齐夏微微点了点头,仿佛想到自己头痛的理由了,但他很快打断思路扭头说,"陈俊南,我想知道你的水平怎么样。"

"水平?"陈俊南愣了一下。

"我想知道你在游戏中都是什么表现。"齐夏补充道,"也想知道今后能信任你到什么程度。"

这个问题似乎把陈俊南问住了。

秦丁冬听后微微一笑:"这么说吧,齐夏,这个王八蛋既没有你聪明,也没有阿劲能打。"

这句话一出口,陈俊南明显不太开心:"冬姐,你这话说得太难听了。"

"我说得不对吗?"

"我重新给你组织一下语言。"陈俊南扭头对齐夏说,"老齐,这么说吧,我比你能打,也比老乔聪明。"

秦丁冬在一旁翻了一个瞳孔直击天灵盖的白眼。

"哦……"齐夏听后微微一笑,"真的吗?"

"是啊,小爷还是有点道行的。"陈俊南点点头,"你不信吗?"

"我信。"齐夏说,"但是我需要你证明自己。"

"行啊,你说怎么证明。"陈俊南点点头。

齐夏回忆了一下今天地虎所说的话,然后缓缓说:"陈俊南,你明天和我一起行动吧,我需要和你一起参加一场游戏。"

"一起参加一场游戏?"陈俊南思索了一会儿,最终摇了摇头,"老齐,没那个必要,我自己去。"

"你……自己去?"

秦丁冬感觉不太对:"喂!王八蛋,你不会忘了正事吧?那两个天——"

"冬姐,现在不是时候。"陈俊南笑着打断了她的话,"我正在让老齐重新认识我,有什么事都等我从地蛇的场地回来再说。"

"地蛇?"秦丁冬马上一愣,"我跟你说过了……地蛇是没必要——"

"不,他敢整你,那他就惹错人了。"

齐夏点了点头,说道:"陈俊南,你真的不带队友吗?"

"老齐啊,我重新介绍一下自己。"陈俊南想了想,苦笑一声说,"对我来说跟别人一起组队是一件极度危险的事,小爷我同情心太泛滥了,随时有可能被蠢货害死。我一旦不想别人死,死的就是我。"

齐夏听后点了点头:"所以……你确定要自己去吗?"

"没错。"陈俊南点点头,"老齐,明天你尽量不要独自活动,早上的时候我会孤身去寻找地蛇。"

说完,他意味深长地看着齐夏。

陈俊南未承想这种鬼地方还有"生生不息"的存在,如此看来……整个终焉之地都要变天了。

齐夏和陈俊南回到教室的时候,没想到秦丁冬也跟了进来。在这间教室住的人似乎越来越多了。

众人站起身跟秦丁冬打了个招呼。

"呀……"秦丁冬一眼就看到了林檎，"你——"

"没错，是我。"林檎点点头，"好久不见。"

秦丁冬又转头扫视了一圈，发现这里大多是齐夏七年前的队友，但还有一个短发女孩儿，这人似乎不该出现在这里。

"你……"秦丁冬看着那个新奇的面孔一怔，立刻跑上前去，"小闪？"

"你是？"苏闪有些好奇地盯着秦丁冬，二人之间的气氛有些怪异。

"真的是你啊！！"秦丁冬开心地大叫道，"上次我把你丢了，还以为人海茫茫再也见不到你了呢！"

"我们以前认识吗？"苏闪疑惑地说。

"当然当然。"秦丁冬点点头，"我们以前可是好姐妹啊！"

"啊？真的？"苏闪眨了眨明亮的双眼，"好姐妹？"

齐夏在一旁听了只觉得好笑，苏闪是个警察，而秦丁冬是个女骗子，就算他们认识，可这二人有多大的可能成为好姐妹？

"时间不早了。"齐夏插话道，"大家早点休息吧，明天还是跟今天一样，大家各自出去寻道。"

"真的吗？那明天我要跟小闪一起行动！"秦丁冬亲昵地挽起了苏闪的手，这让苏闪感觉不太舒服。

几个人分散开来，分别找了几张桌椅拼在一起，各自选地方休息了。齐夏也拖过一把椅子坐在门边，活动了一下筋骨，可他一低头，忽然发现身旁有一个奇怪的矮小影子。这个影子似乎是从走廊照射进来的。他扭头一看，教室房间门口正站着一个奇怪的少年。

这少年看起来十二三岁，比金元勋还小一些。他穿着普通的T恤和短裤，但奇怪的是，他用一张破旧的床单做了件披风，披在了自己的背上，头上还戴着一顶用旧报纸折成的王冠。

少年往前走了一步，好奇地打量了一下众人，随即伸出了手。齐夏发现他的手上拿着一把报纸折成的短剑。众人都注意到了这个奇怪的孩子，纷纷定睛看向他。

"你是？"乔家劲开口问。

"我是……英雄。"少年一脸认真地开口说。

"英雄？"众人不解地看向这个少年。

齐夏始终没说话，一直在一旁冷眼看着这个少年，现在的天

329

堂口对他来说只是个安稳的容身之地，这里的每个人都没法完全相信。

"你们这里有怪兽吗？"少年又问。

林檎似乎知道这个少年的意思了："你的这身装扮……是在玩打怪兽的游戏吗？你扮演的是英雄？"

"我不是在玩打怪兽的游戏，我是在找真的怪兽。"少年的表情十分坚毅，"而且我也不是扮演英雄，我是真正的英雄。"

林檎被他逗笑了："可是这里没有怪兽，你要怎么办？你这个小英雄岂不是没有用武之地了？"

"你们是平民吧？"少年将报纸做成的短剑插进了松散的裤腰带，"没有怪兽的话，我可以保护平民的。"

"怎么保护？"林檎走上前去蹲在少年身前，略带笑意地看着他，"小英雄，我们现在有危险吗？"

"嗯！"少年用力地点点头，"现在有一个很厉害的怪兽，他可能潜伏在平民之间，我需要找到他！"

众人面面相觑，不知该如何是好，这个过家家游戏听起来难度不小。

"中二病[1]犯了吧？"陈俊南挠了挠耳朵，"小孩儿，我们这儿好着呢，你去隔壁屋看看，我感觉那儿有很强的妖怪气息，你去挨个盘问一下。"

"是吗？"小孩儿望了望走廊，疑惑地问，"你感觉怪兽在隔壁？"他思索了一会儿，伸手扶起眼前的林檎，"尊贵的女士，您先起来，不必担心，作为英雄，我会替你们解决麻烦的。"

林檎只感觉有些好笑，但还是站起身，看着这个少年说："那就谢谢英雄了。"

少年甩了甩自己的披风，正要出门时，齐夏却叫住了他："喂。"

"嗯？"

"怪兽长什么样子？"

小孩儿听后伸手正了正头上用报纸叠成的王冠，开口说："我说过了，他现在长得和平民一样，所以很难找。"

"那你准备怎么找？"齐夏问，"就这样一个房间一个房间

---

[1] 舶来词，直译为初中二年级的人身上出现的一些症状，但并非指病症。泛指部分人在青春期出现的一种或天真、或自我的认知心态，也可以用来形容成年人。是一个中性词。

地去问'有怪兽吗'？"

"这……"小孩儿微微思索了一下，说，"我确实没什么好办法了，毕竟怪兽很狡猾。"

听到这句话之后齐夏重新打量了一下这个少年。他是天堂口的人吗？有名有姓的天堂口成员齐夏几乎全见过了，可他对这个少年完全没有印象。如果他真是天堂口的人，他的样子如此疯癫，说明信念极深，自身应当有着很强的回响。可为什么在上一次的战争中没有见过他？莫不是这次新加入的人？既然如此，他所说的怪兽又是什么？

齐夏瞬间闪过一个不好的念头，难道他正在寻找隐藏在人群中的天级生肖？

"小孩儿。"齐夏问，"你的回响是什么？"

少年听后吸了吸鼻子："我……能闻到他的臭味。"

"臭味？"齐夏点点头，"也就是说你能靠闻找到生肖？"

"不只是生肖。"小孩儿回答，"我还能闻到回响的臭味。"

这个"闻"字让齐夏感觉有点怪异。

"什么叫'回响的臭味'？"齐夏想了想，问道，"你能闻到别人的回响吗？"

"对，就是这个意思。"少年点点头，"我是一个很厉害的英雄。"

还不等齐夏说点什么，少年忽然转身冲向走廊："我……我好像闻到了！"他大喊一声，从腰间拔出报纸短剑，快步消失在走廊尽头。

房间内众人都被这一幕搞得不知如何是好，唯有齐夏摸着下巴思索了起来："我闻到了回响……"

沉思了一会儿后，齐夏望向不远处的陈俊南，开口问："你有见过这个少年吗？"

"我好像没什么印象了。"陈俊南说完又看了看秦丁冬，"这事儿你还得问问冬姐。"

秦丁冬听后也摇了摇头："我也没见过。"

一夜的时间，那位少年英雄都没有动静，几人也算睡了一个安稳觉。第二天，陈俊南起了个大早，他确认身边队友都在沉睡的时候，慢步走到了教室门口。齐夏正坐在这里睁着眼睛，看起来一夜没睡。

331

"哟，老齐，挺有精神的嘛。"陈俊南说，"起这么早，准备去公园练剑？"

"陈俊南……你确定谁都不带？"齐夏问。

"怎么？"陈俊南苦笑一下，"你感觉我会死？"

"自然不是。"齐夏回答道，"我希望你别死。"

"那不就得了。"陈俊南摆摆手，打开了教室门，"这一带我已经不太熟了，我先去问小楚要个地址。"

"那你小心。"

"得了。"

陈俊南告别了齐夏，天还未亮便离开了屋子。他正准备到楚天秋的教室去问个明白，却发现昨晚出现的小英雄正站在楚天秋的教室门口，手里颤颤巍巍地拿着报纸折成的短剑。小英雄看起来面色苍白，眼圈很黑，仿佛一夜没睡。

"哟，这不是英雄吗？"陈俊南笑着往前走了几步，"怎么？大清早给人家送报纸呢？"

"平民……你退后点……"少年有些紧张地回过头来，他手中的报纸短剑也跟着抖了一下，"这里很臭……这里有问题……"

"有问题你倒是杀进去啊。"陈俊南叹了口气，"你在这儿举着报纸等一晚上，不累吗？"

"杀进去？"少年皱了皱眉头，"可我是英雄，若我不幸战死……"

"没事，你死了还有我。"陈俊南拍了拍少年的肩膀，"我是葫芦娃，你解决不了的妖怪我来解决。"

少年听后疑惑地看了陈俊南一会儿，微微点了点头，然后深呼了一口气，慢慢推开了门。屋里没有什么异常，楚天秋在黑板上写字，云瑶在和甜甜聊天，而许流年和张山正坐在一旁发呆。

陈俊南谨慎地看了看这五个人，然后先一步走了进去。

"小楚啊。"陈俊南叫道，"小爷我有事找你帮忙。"

"平民你……"少年伸手想要拦住陈俊南，却被陈俊南不耐烦地扒拉开了。

"什么事？"楚天秋笑着问，他看了看一旁的少年，思索了一会儿问，"你是张山昨天带回来的孩子……叫什么来着？"

张山在一旁轻声说："郑英雄。"

"没错……我是英雄……"少年一脸认真地点点头，"请问……你们……你们这里有没有——"

陈俊南伸手摸了摸少年的头,恰到好处地打断了他的话:"小孩儿,大清早怎么上人家这里要东西呢?"说完之后他又看向楚天秋,说:"小楚,给我画张地图吧,小爷要去找地蛇那个老淫贼玩。"他将少年向后一推,往前走了几步,正站在四人和少年之间。

"地蛇吗?"楚天秋点点头,"稍微有点远,让云瑶画给你吧。"

云瑶听后点点头,从包中掏出本子,微微思索了一下便唰唰地画下了一幅草图。

陈俊南接过之后挥了下手:"谢了啊,大明星。"

云瑶一怔:"你认识我?"

"当然啊。"陈俊南点点头,"你以前还说可以介绍我去见其他明星的,当时把我高兴得不行。"

云瑶对此毫无印象,无奈地摇摇头,说:"地图给你画好了,赶紧走。"

"得,我这就走。"陈俊南伸手接过草图揣到怀中,然后扭头对少年说,"英雄,你跟我出来,我有话跟你说。"他抓着少年的胳膊将人拉出屋子,然后来到走廊的另一侧。

"平民,你要做什么?"少年扶着自己的报纸王冠有些不解地问。

"你这熊孩子疯了多久了?"

"我疯什么?"少年将短剑插回腰间,"只是因为英雄做的事情你们不理解罢了,我注定和你们是不同的。"

"所以呢?"陈俊南伸出一根手指拨弄了一下报纸折成的短剑,"你闻到臭味,准备拿着这张破纸上去跟怪兽拼命吗?你给怪兽擦脸呢?"

"我……"少年抿了抿嘴唇,"在众人当中,只有我能发现这种臭味,若我不做点什么的话——"

"得了吧。"陈俊南叹了口气,"小孩儿,你的能力这么特殊,只是缺了点脑子,昨晚你去的屋里有个人叫齐夏,你去跟他聊聊,看看能不能给你长长脑子。"

"齐夏……"少年沉思了一会儿,"可我是英雄,我注定是孤独的……"

"得了得了。"陈俊南摆摆手,"你这英雄强度也太低了,找老齐给你打个增强补丁吧。"

他不再理会少年,迎着黎明的光亮离开了。

这一次的任务很重,他不仅要在地蛇的游戏中脱颖而出,还要尽可能地从那个老淫贼的口中问出天蛇的下落。如果只有天马和天虎开始行动,那事情还有转机……可一旦天级生肖全部出动,那齐夏的处境就危险了。谁也不知道天龙那个疯子会对齐夏干出什么事。

陈俊南走到学校门口,跟门口的守卫假客气地寒暄了两句,随后拿出地图看了看,大体确定方向之后刚要离开,却发现远处有人正在往此处走来。他抬头定睛一瞧,清一色的皮衣人。

陈俊南未等看清面目,直接伸手将身后的学校铁门关上,然后对门口的守卫说:"回去叫人。"

"啊?"年轻守卫迟疑了一会儿,立刻回身跑走了。

看来终焉之地真的要变天了。陈俊南伸了个懒腰,又做了做伸展运动,此时远处的人也映入了眼帘。

"嗯?"陈俊南还以为要大战一场,却没想到走来的竟是熟悉面孔,"小宋?"

宋七今天的表情跟昨天的完全不同。

"我要见楚天秋。"宋七说。

"哦,跟我说没用,我不是这儿的喽啰。"陈俊南笑着看了看宋七,又看了看他身后黑压压的黑衣人,"小宋,阵势这么大,是要动手吧?"

"有可能会动手。"宋七打量了一下眼前这个男人,他知道陈俊南的记忆保留得很多,但不知道陈俊南到底是谁。

"要动手的话你等会儿。"陈俊南说,"我有几个铁子[①]还没起床,等他们走了你爱怎么动手就怎么动手。"

"兄弟,上次没问你……这次能报个名号吗?"宋七问。

"葫芦娃。"陈俊南回答说,"怎么指教?"

宋七摇了摇头:"不想说就算了,我们只是来找楚天秋问点事情。"

陈俊南伸出指头抠了抠耳朵,微微思索了一下说:"找这么多人……就来问点事情吗?"

"没错,这次我们必须要得到答案。"宋七点点头,"毕竟

[①] 关系亲近的朋友之间的称呼,北方地区较为常用。

天堂口也是全员回响者的组织，我们不得不小心一些。"

"话说……宋……小宋啊。"陈俊南往前走了几步，与宋七面对面站着，"你们现在是个什么组织？"

"我们是猫，这里纠集了一批不想出去，想永远留在终焉之地的强者，我们收取真金白银替人做事。"宋七顿了一下，又说道，"无论是这里还是外面，无论是脏活还是累活。"

"大爷的……"陈俊南挠了挠耳朵，"你们这处境我怎么听着有点耳熟啊？"

"看起来你也有回响，现在要不要加入猫？"宋七说，"我们的老大钱五应该会很喜欢你。"

"钱……五？"陈俊南好像想到了什么，"小钱豆？钱多多？"

"你！"眼前这人口无遮拦，极易动摇钱五在众人心目中的地位，宋七赶忙小声说，"你胡说什么？什么小钱豆？你怎么知道五哥的本名？"

"啊，我……"陈俊南有些不好意思地笑了笑，"忘了忘了，钱五是吧？我就想知道是不是他，居然真的是他啊……"

宋七见状低声说："如果你是五哥的故人，更应该去见见他了，说不定还能赐你'二十二'的名号。"

"陈二十二？"陈俊南摇了摇头，"太难听了，小爷放着俊男不当，要去你那儿当个二货①？"

宋七叹了口气："既然兄弟没有合作意向，那也别再阻拦了，我们现在去见楚天秋。"

陈俊南得知对方的目标不是齐夏和乔家劲后自然也不再担心，向旁边撤了一步。宋七也没有犹豫，推门走了进去，猫队众人紧随其后。

同一时刻，张山和云瑶带着十几个人从教学楼内走出，气势汹汹地来到了操场上。

两队人马在操场中央分两侧站好，片刻之后，宋七和张山来到了中央。

宋七隐约记得眼前的男人，上次为了解决他，众人也费了一番工夫。

"兄弟，报个名号。"宋七说。

"天堂口张山。"

---

① 二愣子、傻傻可爱的人。

335

"幸会，我是猫宋七。"宋七对他说道，"我要见楚天秋。"

"不是这个道理吧？"张山看了看眼前清一色的黑衣人，"宋七，你是猫的首领吗？"

"不是。"宋七摇摇头，"我们的首领是钱五。"

"首领是五……你是七？"张山笑了笑，"你俩中间还隔着个六，所以你是三把手？"

"是。"宋七点点头。

"你是三把手，我也是。"张山笑道，"有什么事可以咱俩谈，身份对等。三把手直接点名见对方的首领不太合规矩。"

"你也是三把手……"宋七眯着眼睛看了看张山身后的云瑶，思索了一会儿点了点头，"失敬，但我并不认为我们的身份对等。五哥想要解决楚天秋仅仅是动动手指的事情。"

"可是有的将帅善武斗，有的将帅善计谋……"张山意味深长地看向宋七，"你说出这种话来，是想要挑衅吗？"

几句简单的交谈之后，宋七明显感觉到眼前男人的气势不一般，这咄咄逼人的架势就算说他是首领也不为过。此时有一个奇怪的念头一直在宋七脑海中盘旋——天堂口的实力并不弱，可上一次猫队大举进攻时，奋起反抗的回响者少之又少，到底是出了什么问题？难道他们聚集在一起的首要目的不是获得回响吗？更何况雇佣猫来血洗天堂口的不是外人，正是他们的首领楚天秋。

"我没有挑衅的意思。"宋七说，"我们只是在找人……而这件事的始作俑者应该最清楚原委。"

正在二人僵持间，天堂口一侧的后方人群渐渐退向两边，一个清瘦的身影走了过来，正是楚天秋。他带着一脸儒雅的笑容走到宋七面前，二人迎着清晨的朝阳，吹着腥臭的风，对视了几秒钟。

"猫队吗？"楚天秋率先开口说话了，"怎么了？"

"楚天秋，我们有事要问你，能借一步说话吗？"宋七问。

楚天秋微笑一声，开口说："好啊，你跟我来吧，我们找个地方坐着说。"

宋七点了点头，跟身后几人交代了几句，大家原地坐了下来。

"你们也别在这儿了。"楚天秋挥挥手，"来的都是朋友，大家散了吧。"

天堂口的众人听后互相望了望，最终散去了。

云瑶环视了一圈，发现陈俊南正站在校园门口做早操，她稍加思索，离开人群朝那男人走了过去。

陈俊南刚要走，却听到身后传来一个女声："等一下……"

他转身一看，正是云瑶。

"怎么了大明星？"陈俊南挠了挠后脑勺。

云瑶思索了一会儿，问："你为什么要找地蛇？"

"因为我想去锻炼一下脑子。"陈俊南说，"您有什么指教？"

"你是要帮齐夏收集攻略吗？"云瑶又问。

"不算是，但也差不多。"陈俊南点点头，"我正好看看现在的地蛇是个什么玩意儿。"

"我和你一起。"云瑶开口说。

"什么？"陈俊南一愣，"不行，长成你这个样，去地蛇的场地里简直就是羊入虎口，你还是老实待着吧。"

"看来你也知道地蛇是什么德行。"云瑶说道，"你一个大男人去的话，地蛇怎么跟你敞开心扉？"

陈俊南思索了一会儿，点头说："但我不能保证你会活下来。"

"没关系，为了最终目标，我本来就会死很多次。"云瑶一脸坚定地说。

"可你不管那边的烂摊子了？"陈俊南用下巴指了指操场上的人群问。

"和我没关系。"云瑶叹了口气，"不论楚天秋的目的是什么，天堂口都有些变味了。"

陈俊南拗不过固执的云瑶，最终还是带着她一起前往了地蛇的游戏场地。二人顺着地图走了大约一个半小时，终于来到了目的地。

这是一间面积很大的建筑物，似乎是个大平层博物馆。博物馆的门口站着一个佝偻的身影，他长着一颗干黄的蛇头，身上的皮肤看起来有些干燥，像老人一样爬满了皱纹。他微微弯曲着腰，肥大的西装像是挂在了他的身上。

他远远地看到了云瑶，暗黄色的眼睛中瞳孔立刻竖起，变成了一条细长的线。"嘿嘿……"他笑了一声，"好啊！太好了！"

嘶哑的声音伴随着蛇类独有的嗞嗞声，让人感到一阵恶心。

云瑶完全不在意地蛇的眼光，直接站在了他的面前。

"门票？"云瑶问。

"一人四颗……嘿嘿……"地蛇咽了下口水，说，"你这长相的话……也可以用衣服来抵，一件衣服抵一颗道。"

"没必要。"云瑶从挎包中掏出了四颗道丢给地蛇，然后问，"需要几个人？"

地蛇有些失望地接过道，说："十二个人。"

"好，我等着。"云瑶点点头，走到一旁倚着墙站着，而地蛇的目光则一直在云瑶身上打量。

陈俊南慢慢地站到云瑶和地蛇中间，挡住了那恶心的目光，但他感觉有点难办。门票四颗道，昨天他出门闲逛了一圈，一共就赚了两颗道，难道还要问云瑶借两颗？

他思索了一会儿，走上前将自己的两颗道递给了地蛇。

地蛇接过之后不解地看着他："还有呢？"

"您等等啊……"陈俊南俯下身子忙活了一会儿，随后拿起了两只脏兮兮的袜子。

"那什么……老头儿……"陈俊南有些不好意思地说，"我在我们胡同儿里也算是眉清目秀的小伙子了，今儿我先拿袜子抵上，等小爷发达了一定把这袜子赎回来。您别嫌弃。"

"什……什么？"地蛇把伸出来的手直接藏到了身后，"我不要！"

"嘻！您千万别客气！我空手来的，没什么孝敬您的，您先拿回去穿，有合适的再换！"

地蛇看着两只脏兮兮的袜子，不由得往后退了一步："你脑子有病吗？！谁要你的臭袜子？！"

"您搞歧视是吧？"陈俊南回头指了指云瑶，"我长得就比那姑娘差一点，她的衣服能抵，我的袜子不能抵？"

"小子！你找麻烦是不是？！"

"我找麻烦？！"陈俊南一脸委屈地说，"大爷，我这是在按照您的规则交门票啊！袜子您不要的话，我勉强也可以送上我的裤衩，只不过您得稍等，我得找个地方脱下来。"

"裤……裤衩？"

"小爷今天没洗澡，估计裤衩咸淡正好，您不嫌弃就拿去收藏。您放心，我绝对不跟别人说。"

看着地蛇被气得连连后退，云瑶忍不住扑哧一声笑了。

"哈……"她擦了擦眼角，"你这人蛮有意思的，我借你两颗吧。"

"咦？可以吗？"陈俊南有些不好意思地笑了笑，"再给我点儿时间，我可能马上就要说服他了。"

云瑶笑着摇摇头："你准备拿手上的两只脏袜子说服一个地级吗？"

"虽然概率不大，但我这人就是不服输。"陈俊南说。

云瑶从包中掏出两颗道，随手抛给了地蛇，然后对陈俊南说："赢了记得还我。"

"啊？您真是太局气了！"陈俊南低头穿上了袜子，紧接着要去跟云瑶握手。

云瑶也被吓得连连后退："握手就不必了……我心领了。"

"嘻，您别嫌弃。"陈俊南用裤子擦了擦手，"今儿您瞧好吧，我肯定把道还给您。"

地蛇皱着眉头盯着陈俊南，感觉有些不妙。他在还是人级时仿佛见过这个身影，只不过时间太久远，当时发生的事已经有些淡忘了。他隐约记得这人是个刺头，从不按套路出牌，接下来的游戏可能会有点麻烦。

"大明星，你以前来过这里？"陈俊南问。

"没有，但有其他的队友探查过这里，所以我知道地蛇是什么德行。"

"得，看在你那么局气的分上，小爷会保护你的。"陈俊南说道，"待会儿说完了规则之后你就划水摸鱼[1]吧，看我表现表现。"

云瑶有些好奇地盯着陈俊南，她从未见过这样的人，说他像个好人，可他的言语动作都格外轻浮；说他不是好人，他至今为止都没有过出格的举动，反而莫名地让人有种安全感。

二人正在等待，却忽然看到远处走来了一个白衣女子。见到这名白衣女子时，二人都错愕了一下——她好像有点眼熟，仿佛昨天才见过……

可当她一步一步走近时，二人才发现这个白衣身影好像跟记忆中的区别不小。那是个长相平庸的女孩儿，而这名女子的眼神看起来很坚定，两人只是衣服和发型有点像。

"你们好。"她冲陈俊南和云瑶点了点头，然后转身走到了地蛇面前，"请问门票是多少？"

地蛇打量了一下姑娘露在白色连衣裙外面的肢体，眼神下作

---

[1] 此处"划水摸鱼"意为偷懒，不做贡献。

地说:"四个道,如果带得不够,可以拿衣服来抵,两件衣服能抵一个道。"

"嘿!您还真会做生意。"陈俊南在一旁冷嘲热讽道,"长得一般的两件衣服一颗道,长得漂亮的一件衣服一颗道,像我这种极度帅气的,袜子加裤衩都不换。"

"你给我闭嘴!"地蛇叫骂道。

白衣女孩儿笑了笑,说:"我不用衣服换,我有道。"

她拿出四颗道递给地蛇,然后冲陈俊南和云瑶点头示意,默默站到了另一边。

"只有我有这个错觉吗?"陈俊南说,"这姑娘的条儿……看起来眼熟呢。"

"她的身材有些像齐夏的妻子。"云瑶点点头,"但看长相完全不一样。"

"嘿,有点意思。"陈俊南笑着点点头,"这姑娘待会儿要能活下来,我死活带回去给老齐看看。"

"做什么?"云瑶不解地问。

"做红娘啊。"陈俊南抠了抠鼻子,"老齐就喜欢这款。"

楚天秋挥了挥手,一旁的小年和张山便走出了教室。

"宋七,坐啊。"楚天秋挥手示意了一下。

宋七点了点头,毫不客气地拖来一把椅子坐了下来。

"要问什么?"楚天秋笑道。

"我们在找一个强大的回响。"宋七说道,"五哥亲自下的命令。"

"哦?"楚天秋扬了扬眉头,"强大的回响?"

"没错。"宋七点头,"五哥怀疑这个回响者是因为我们大举进攻才触发的回响,所以你应该知道些什么。"

"是啊,我当然知道。"楚天秋有些开心地笑道,"我用一千万买了整支猫队的命,自然就是为了这个强大的回响。"

"我想知道他是谁。"宋七说。

"那可能吗?"楚天秋伸出纤细的手指摸了摸自己发红的嘴唇,"花钱的人是我,答案也只能由我看到。"

"我们可以和你交换。"宋七皱着眉头说,"虽然一千万我们拿不出来,但我们可以帮你做相同价值的事。"

"哈！"楚天秋仰头大笑一声，说，"你觉得我在乎的是一千万？！"

"那你？"

"宋七，这次钱五接了谁的任务？"楚天秋话锋一转。

"这……按照规矩，客人的信息我们不能透露。"

"哈哈哈哈！"楚天秋大笑几声，然后向后靠了靠，轻声道，"宋七……这个客户亲自去找了钱五，并且让猫除了首领和副首领之外再次全部出动，气势汹汹地杀到了天堂口，难道他比我还有钱吗？"

宋七沉默不语。

"所以他极有可能压根儿就没有付钱。"楚天秋说，"要说在终焉之地能够一分钱不花就让钱五做出这种事，想来应该是大人物吧？"

"你别再猜了。"宋七打断道，"为保护客人的隐私，就算你猜到了我也不会承认。"

"保护隐私……哈。"楚天秋面色忽然一变，略带凶狠地问，"你告诉我，他们有什么值得保护的？！"

宋七沉吟了一刹那，摇头说："总之猫不能坏了规矩。"

"好。"楚天秋点点头，收起笑容又改口道，"那我想知道你们猫是什么立场，找到了那个强大的回响之后又要如何？"

"这我不知。"宋七摇摇头，"五哥做事我从不过问细节，只知道要把那个人带去见他。"

楚天秋沉默一会儿，开口说："宋七，若是此举会让猫跟所有的参与者为敌，你们也义无反顾吗？"

"什么意思？"宋七问。

"你和我都保留了两年的记忆，应当知道这种程度的回响从未出现过，他极有可能改变终焉之地的格局，更有可能是众人逃脱的希望。"楚天秋又擦了擦嘴唇说，"而雇佣你们的大人物的目的自然是要阻止这件事发生，就算如此……你们也要帮他吗？"

宋七沉默许久，开口说："楚天秋，你应该知道……猫之所以能安稳地存活至今，正是因为我们不会干涉终焉之地的变化，无论是生肖、极道、参与者，还是其他任何组织，我们全都一视同仁。"

"所以你们把终焉之地当成上班的地方了？"楚天秋感觉眼

前的人可悲到好笑,"每十天回家一次,剩下的日子里全都在这儿给家人赚钱?"

"这样不好?"宋七活动了一下肩膀,让自己也尽量坐得舒服一些,然后苦笑道,"我们自知罪孽深重,就算回去也是死,更何况在现实世界中……我们根本不可能给家人赚到这么多钱。"

楚天秋听后点了点头:"所以猫的最终动机跟极道差不多吗?你们要保护这个地方?毕竟对你们来说,这里是一个能挖到黄金的煤窑。"

"那也不是。"宋七摇摇头,"只能说我们顺应一切天意,如果能赚钱自然最好。"

"好,那我知道了。"楚天秋点点头,"这个强大的回响是我逃脱的关键,我很难告诉你们他是谁。"

"完全没的谈了吗?"宋七又问。

"倒是可以谈……"楚天秋沉吟道,"可我的价码很高。"

"你说说看。"

楚天秋听后看了看操场上原地坐下的众多猫队成员,开口问:"带来多少人?"

"十八个。"宋七答。

"几个人回响了?"

"六个。"

"哈……"楚天秋又笑了,他缓缓站起身,走到宋七面前弯下腰,脸庞贴近对方,一字一顿地开口说,"我要你们所有人的右手,一人一只,现在给我留下。"

宋七微蹙眉头,随后露出了一脸怒笑:"楚天秋……你可真够疯的……"

"别误会,宋七。"楚天秋直起腰,"这不是威胁也不是宣战,只是生意,你可以拒绝,同样也可以杀价。"

"每人一只右手,我能得到什么?"

"我会告诉你那个人是谁。"楚天秋说,"如果你愿意加价,留下每个人的双手,或是六个回响者留我所用,我会号召整个天堂口帮你一起捉到他。"

宋七的脸色慢慢沉了下来:"也就是说……如果我们想要完成任务,至少要留下十八只手。"

"破坏规矩也可以啊。"楚天秋点点头,"我们双方直接宣战也行,天堂口目前的回响者也差不多五六位,可以算是旗鼓相当。"

"那和任务不符,五哥不会满意的。"宋七快速地从腰间摸出了一把匕首,"我的右手先奉上了。"

楚天秋慢慢凑近宋七:"这么老旧的刀,能切得下右手吗?"

宋七看着自己的右手手腕,略微沉默了一下。

"砍啊……"楚天秋双眼发直地盯着宋七的右手。

"离这么近,小心血溅到脸上。"

楚天秋伸出一根指头,指向了自己的左眼:"我的眼睛很冷,往这里溅。"

宋七一皱眉头,随后匕首闷声入肉,一道小小的血柱喷起,恰好溅到了楚天秋左侧的眼球上。

楚天秋并未眨眼,反而一脸笑容地转动了一下眼珠,让血液在眼球上均匀铺开,然后瞪着通红、温热的左眼流下了一丝血泪,这丝血泪让他儒雅的面容看起来多了几分怪异感。

宋七将右手扔在地上,随后解下皮带狠狠地缠在了手腕上,整个过程一声未吭,可额头上已经有了一层薄汗。

"我收回我的话。"楚天秋笑着擦掉血泪,随后轻舔了一下手指,"你的刀不错。"

"我也收回我之前的话……"宋七面色苍白地说,"你确实有首领的气质。"

宋七从教学楼里走出来时,所有猫队成员面色都变了。几个人快步走上前想查看他的伤势,却被他挥手拦住。

"所有人都留下一只右手。"宋七抬头说,"男人负责动手,女人负责止血。"

一语过后,大半的人已经掏出了匕首抵在了自己的手腕上。

齐夏坐在窗边,看着远处操场上这诡异的一幕,慢慢地皱起了眉头。

"宋七……罗十一?"他盯着场上那两个熟悉的面孔沉思起来,看来他们确实隶属于同一个组织,可他们为什么要集体斩断自己的右手?

"难道……是交易?"齐夏又看了看远处的楚天秋,正在脑

343

海中构建这件事情的前因后果。

有什么事情,可以让这群雇佣兵付出这么大的代价?

"难道是我?"可很快齐夏就摸着下巴皱起了眉头,"我有这么重要吗?"

正在他思索间,身后传来了一个细微的脚步声。他转头一看,李警官正面色沉重地盯着他,似乎有话想说。

"怎么了?"

李警官在齐夏身边坐下,抬起头看了看他,欲言又止。

"有话直说吧。"齐夏说道,"遇到什么难事了吗?"

李警官看了齐夏一眼,缓缓说:"齐夏,你还记得吗?你说只要我站在你这边,你就会帮我摆平张华南的事情。"

"没错。"齐夏认真地点点头,"现在搞定了吗?"

听到这个问题,李警官面色一沉,随后苦笑道:"我没想到事到如今你还是面不改色心不跳……齐夏,你为什么要骗我呢?"

"骗你?"齐夏一顿。

"我选择相信你,你却欺骗了我……难道你说帮我搞定张华南,只是临时想出的缓兵之计吗?"李警官的眼神之中并没有怒意,反而带着丝丝失落的意味。

"什么?"齐夏有些摸不清楚现在的状况了,"我哪里欺骗你了?"

李警官沉默了一会儿,伸手摸了摸口袋,却想起口袋已经是空的了。

"上一次你给了我一张电话号码……让我去联系十四岁的你。"李警官想伸手摸一支烟,发现烟也没有,只能一脸失落地说,"可是那个电话号码是空号。"

"空号?"齐夏慢慢皱起了眉头,感觉事情有点超出自己的预料了。

"为了摆脱我自己的困境……你给我的电话号码我已经默背了无数次,我想过很多种可能,甚至还思考要如何说服十四岁的你,可我压根儿就没有想过那个电话号码是错的。"

齐夏没有说话,只是低头沉默不语。

"所以你为什么要骗我呢?"李警官用一双满是失望的沧桑眼睛看向齐夏,仿佛再一次失去了逃脱的动力。

齐夏默默地摇了摇头:"李警官,不管你信不信,我没有骗你的动机。"

"可是齐夏……"李警官苦笑一声,"没有人帮我啊……自始至终……没有人帮我……我回到现实的意义在哪里?"

"你确定电话号码没错吗?"齐夏又问。

李警官双眼微闭,将电话号码重复了一遍。这是座机号码,也是齐夏从小居住的房子中的号码,一个数字都不差。

"你说这是空号?"齐夏问。

"难道我专程过来跟你撒谎吗?"

无论怎么想这件事也太奇怪了,毕竟齐夏给李警官的是真实的电话号码,结果却无法联系到自己,这是哪一环出了问题?

齐夏一扭头,看到操场上的楚天秋指了指自己的方向,宋七一行人确认了目标之后纷纷走了过来。

"麻烦……"齐夏皱着眉头回头看向李警官,"李警官,虽然不知道空号是怎么回事,但你留下你的电话吧。"

"我的电话……"李警官感觉有些摸不着头脑,"你的时间比我要往后,我留下电话你又要如何帮助当时的我?"

齐夏摇摇头:"现在的问题已经不是帮你了,而是我想知道……咱们二人之间,究竟能不能在现实世界获得联系。"

"什么?"李警官一愣,"你是在怀疑——"

"我没什么怀疑的。"齐夏说,"只是做个实验罢了,况且我们的人生都卡住了,不差这十天。"

李警官沉思一会儿,说出了一串电话号码。

"由于我职业特殊,这个号码应当不会轻易更换。"李警官补充道,"如果你打不通的话……只能说明我已经不存在于你的世界了。"

"不存在吗?"

"我犯了错,所以会沉沦在历史中。"李警官苦笑道,"我到不了你们所能见到的……那光明的未来。"

"光明的未来……"齐夏苦笑道,"但愿吧。"

二人正沉默着,教室门被人推开了,一群猫成员走了进来。

屋子里的人谁都没动,只是静静地看向他们。

宋七往前一步,望着齐夏开口说:"我早该想到你不是普通人的。"

齐夏还未说话,不远处的乔家劲缓缓地站了起来。

345

"不是普通人?"乔家劲笑了一下,"所以你们是来拜码头的吗?"

见到眼前这个光着上身的男人,众人都微微后退了半步。

"乔家劲……"宋七沉吟道,"这次我们要把齐夏带走,希望你不要阻拦。"

"哈?"乔家劲笑了一下,"那我们各退一步,你们不带他走,我就不阻拦你们,成交吗?"

此时的李警官也站起身,与乔家劲肩并肩站着。他从未见过这些穿着黑色皮衣的人,但从警这么多年,一眼就能看出这是个团伙。

"麻烦啊……"宋七看了看乔家劲,又看了看一旁身材健硕的李警官,开口说,"这俩应该都不太好对付。"

话音一落,宋七又看到了坐在角落中的韩一墨,此人同样让他印象深刻。上一次,韩一墨死亡时曾经发生过剧烈的爆炸,直接击杀了三名猫队的成员。宋七感觉他恐怕是除了自己之外,终焉之地第二个能引起燃爆的人。韩一墨也瞬间想起了什么,一股淡淡的恐惧感油然而生,只感觉耳畔嗡嗡作响。

"这个房间有够热闹的……"宋七的面色渐渐沉了下来。

齐夏、乔家劲、一个精通格斗的警官、极道者林檎,外加一个能引起燃爆的人。

他看向苏闪:"还有一个久违的智将……"还不等他说完下一句话,一把报纸折成的短剑横在了他的眼前。他一扭头,发现一个奇怪的少年正盯着自己,口中念念有词:"平民之间禁止自相残杀。"

"什么?"宋七皱着眉头疑惑道,"平民?"

齐夏缓缓站起身:"宋七,你说要带我走?"

"没错。"宋七回过神来,"猫所接到的任务必须要完成。"

"你们现在是一群残兵,准备要怎么完成?"

"我们死了也无所谓。"宋七摇摇头,"我们要么全部殒命于此,要么完成任务,除此之外绝无第三条路。"

"有点意思。"齐夏冷笑一声,"昨天我还把你当成兄弟,没想到今天就要刀剑相向了。"

"兄弟是兄弟,生意是生意。"宋七开口说,"这一次把你带走,不代表我们日后成不了兄弟。"

"也是。"齐夏点点头,随后又问,"你要把我带到哪里去?"

"我们老大钱五要见你。"宋七说,"别的我不敢说,但我可以保证你的人身安全。"

齐夏只感觉有些好笑:"你们十几个人都断了手,却声称能够保证我的安全?"

宋七听后慢慢走到齐夏眼前,然后低声说:"实话说……这次是有大人物想要见你,但是被五哥拦了下来,他要先见到你,然后再决定是否把你交给大人物。"

"大人物?"齐夏眉头一皱,那个老太太和小男孩儿忽然出现在了他的脑海中。难道那二人真的是天级吗?

"所以我们为了得到你的消息宁可断掉一只手,为的只是让五哥的计划顺利进行。"宋七看起来越来越虚弱了,"你应该能看出来,我们的时间不多,若你不跟我们走的话——"

"别说了。"齐夏摇摇头,"走吧。"

"你答应了?"宋七有些惊讶地问。

"嗯。"齐夏站起身,"我忽然对你说的那个老大很有兴趣,也想见见他。"

乔家劲和李警官互相看了一眼,感觉这件事不太对。

"骗人仔,你认真的吗?"乔家劲问,"能断了手来找你的,会是什么好人吗?"

"嗯……"齐夏思索了一下,回答道,"'拳头',他们砍断的是自己的右手,而不是我的手,所以我才会这么感兴趣。"

"那我陪你一起去。"乔家劲从桌子上抄起上衣搭在肩上,笑道,"对方来了十几个人请你,你怎么能只去一个人呢?"

李警官听后笑了一下站起身:"说得对啊,齐夏,我也跟你去。"

齐夏点点头,刚要出门时忽然又想起了什么,回过身走到韩一墨身边,低声开口说:"韩一墨,这次我一去凶多吉少,你接下来的日子就跟着苏闪吧。"

"什么?"韩一墨一顿,直接伸手扼住了齐夏的手腕,"不对吧?什么叫你这一去凶多吉少?你明明是我的救——"

"你都理解了,还要问我什么意思吗?"齐夏拉开韩一墨的手,转身又来到苏闪面前。他思索了一会儿,伸手将苏闪拉到了角落中。

"怎么?"苏闪问。

347

"苏闪,你是个聪明人。"齐夏说,"只是你现在对终焉之地的了解太少了,我没法百分之百地信任你。接下来的时间尽可能地去参与游戏吧,我收回之前的话,接下来无论是什么级别的游戏你都可以去尽情参与。"

"无论什么级别……"

"没错。"齐夏点点头,"让自己坠入绝望吧,就像我们第一次见面时一样。"

"坠入绝望?"苏闪似乎想起了什么,谨慎地点了点头。

"别压抑你自己的想法。"齐夏说,"畏首畏尾会让你暂时安全,但会让你永远危险。"

"原来是这样……"苏闪的眼神好像有些变了,"你是说关键时刻我应该和你一样,果断拼上自己和队友的性命?"

"就是这样,苏闪。"齐夏点点头,"想要逃离这里的话,正常人不行,疯子才行。你虽有头脑,但终究还是太理智了。"

"你点醒了我,齐夏。"苏闪微笑一声。

"你疯掉需要多久?"

"很快。"苏闪回道,"毕竟你的队友不是我的队友。"

"非常好。"齐夏点点头,"你要记得,只要获得了回响,任何人都死不足惜。"

"齐夏,我真想早点见到你。"苏闪笑道,"如果没猜错的话,我应该浪费了太多的时间。"

"种一棵树最好的时间是十年前,其次就是今天。"齐夏冲苏闪点了点头,随后转身来到了宋七身边。

"走吧。"

乔家劲穿上了上衣,跟李警官点头示意,二人跟着齐夏出了屋子。猫队众人纷纷将右胳膊举过胸口,也跟在三人身后走了。

角落中的英雄思索了一会儿,抄起自己的短剑,远远地跟在了他们后面。

苏闪环视了一圈屋内的几人,开口说:"赵医生、韩作家,你们二人有时间吗?"

"什么?"二人同时抬头看向她。

"我准备去参与游戏,想要带你们俩去,不知道方不方便?"苏闪问。

赵医生和韩一墨思索了几秒,同时开口说:"不方便。"

苏闪无论如何也没想到这二人会如此干脆，甚至连害死他们的机会都没有。

"那你们呢？"她又看向屋内的三个女生。

林檎、秦丁冬、章晨泽。

"我无所谓。"林檎说。

"小闪去哪儿我去哪儿。"秦丁冬说。

章律师环视了一下屋内几人，点头道："我同意大多数人的选择，如果你们三个去，我也会去。"

"关键时刻还是女孩儿靠得住。"苏闪笑着看向赵医生和韩一墨，"医生、大作家，你们二人在家洗衣扫地吧，等我们把道拿回来给你们买吃的。"

"噗……"秦丁冬掩嘴一笑，"小闪，你还是老样子。"

林檎和章晨泽沉默地看了看苏闪，她们感觉这姑娘的气场有些变了，她似乎在向齐夏的方向靠拢，在极度的理智当中带着一丝不可捉摸的意味。

"我们走吧。"苏闪整了整自己干净利索的短发，用一双明眸看向三人，"接下来我们互帮互助。"

三个女生跟着她站起身，先后出了门。

韩一墨愣了一会儿，扭头问："她刚才是不是骂人呢？"

"没……没吧？"赵医生回道。

END ON THE TENTH DAY

尾声

地蛇·
少数与多数

陈俊南和云瑶等了两个多小时,稀稀拉拉的参与者才聚了过来。放眼一望,陈俊南只感觉这些人当中有几个眼熟的面孔,可实在太多年没有见过了,一个名字都叫不出来。

云瑶算了算在场人数,足足十一人了,现在只差一个就可以开始游戏,可往往越是这个时候越让人觉得漫长。

陈俊南暗骂一声:"早知道我把老齐那小子带过来了。"

云瑶听后好奇地看了看陈俊南:"你跟齐夏认识很久了吗?"

"是啊。"陈俊南点点头,"跟那小子认识起来很费劲,每次都要自我介绍。"

"什么?"云瑶微微一怔,"你……你意思是说他——"

"我什么都没说。"陈俊南敏锐地捕捉到了云瑶的微表情,"大明星,你好像知道些什么?"

云瑶并不确定眼前的陈俊南到底是什么立场,也不知道该不该把当天晚上见到的那句"我看到了'生生不息'的激荡"告诉陈俊南,只能思索了一会儿之后摇摇头。

最后一个人是个穿西装的男人,云瑶见到此人微微皱了下眉头。这是个熟悉的队友,和李香玲来自同一个房间,名叫钟震。钟震跟云瑶点头示意,随后走到地蛇面前上交了道。

"钟震……你怎么来这里了?"云瑶问。

"我还想问你呢,云瑶。"钟震笑了笑,"我感觉只有蛇的游戏适合我,所以一直都在寻找蛇。"

"哦……原来是这样……"云瑶苦笑了一下,"那还真是巧呢……"

钟震也跟着笑了笑:"是啊是啊,真的是太巧了,云瑶,你回响了吗?"

"我……还没。"云瑶回答。

"那可怎么办?"钟震为难地笑了一下,"你还未能回响,若是这个游戏有互相坑害的规则……我怕我会下不去手。"

"呵……"云瑶笑了一下,"下不去手?这可不像你。"

"也是啊,哈哈。"钟震皮笑肉不笑地咧了咧嘴。

陈俊南发现云瑶的表情好像有点不自然,在身后小声问:"没事吧大明星?"

"我没事。"云瑶回过头来小声说,"我不知道你有什么本事,但你要小心那个男人。"

"嗯?那个穿西装的?"陈俊南轻蔑地看了他一眼,"那哥们怎么了?"

"他很冷血。"云瑶直言不讳道,"为了赢下游戏,他会毫不犹豫地杀死任何人,无论是队友还是朋友。"

"这不挺好的吗?"陈俊南笑道,"说明这个人比较好懂。"

"是吗?"云瑶有些失神地笑了笑,她只能祈祷自己在这个游戏中尽快获得回响,否则情况会比较危险。

陈俊南看了看,发现自己对其毫无印象,只能站起身走向地蛇:"老头儿,人齐了啊,趁早开始吧。"

地蛇看了看参与者的男女比例,发现男人要更多一些,失落的表情压抑不住地流露了出来。

但好在这次有个姑娘看起来格外漂亮,地蛇又鼓足了精神,开口说:"行吧,跟我走。"

十二个人跟着地蛇进到了他身后巨大的建筑物里。建筑物里是个圆形场地,中央摆着一张类似讲桌的东西,讲桌上还放着一台老式电脑。而围绕着圆形场地的是一整面圆形的墙,每隔几米就有一扇木门,似乎在墙壁的后面有着十二个房间。

"各位,我的游戏叫少数与多数,是一个很简单的问答游戏。"地蛇背着双手跟众人说,"每个人都会有一个房间,游戏进行时我会锁住房间门,众人在房间内进行答题。"

见到众人似乎没听明白,他便来到了一扇房间门前,伸手打开了房门。这是一个很小的正方形房间,中央有着一把椅子和一个小型的显示屏设备,而在墙角的位置还挂着一个非常老旧的电话。为了能让老式电话顺利地放在墙角,建造这里的人甚至还贴心地给它建造了一个小小的置物架。

地蛇带众人走进房间,陈俊南和云瑶走上前去查看了一下房间中央的显示屏,这个显示屏好像是专门定做的,由一根铁管支撑,立在了椅子前方。显示屏上左右两侧各有一个按钮,一绿一红。

"这场游戏中的问答非常简单,只有'是'和'否'两个答案。"地蛇说,"你们只需要按照实际情况按下按钮即可,绿色按钮代表'是',红色按钮代表'否'。为了公平起见,本场游戏中的答案采用少数服从多数的原则,答案将采用更多人选取的一项。"

地蛇说完之后又走到了墙角，拿起了老式电话。

"另外，这是一个特制电话。"地蛇说，"你们十二个人的房间呈环形排列，首尾相连，无论何时，你们的电话除了可接听之外，只能连通左侧的下一个房间。"

他思索了一会儿，又说道："倘若有人在房间中被淘汰，则电话铃声响过十次之后会按照顺位往下走，连接到下一个活着的人的房间。"

钟震听后微微思索一下，然后问："你这个游戏怎么被淘汰？"

"你们在游戏进行时自然会知道。"地蛇笑着说，"如果预感到自己快要死了，女性参与者可以直接向我求救，只要表现得让我满意，我有可能会救你们一命。"

"男性参与者呢？"钟震又问。

"男性请直接去死。"地蛇冷言道。

"老头儿……"陈俊南开口问，"这电话是干什么用的？什么叫连通左侧的下一个房间？问答的时候还可以场外求助吗？"

地蛇摇了摇头："并不是场外求助，而是我每回合都会将问题告诉其中一个参与者，此人在自己作答之后，再将问题通过打电话的方式传递给左手边的下一个人，等到十二个人全部收到问题并且作答结束，视为一个回合结束。"

陈俊南听后看了看地蛇手中的电话，隐隐感觉不太妙。这是一个问答游戏，可众人所听到的问题并不一定是来自裁判，反而有可能来自其他的参与者。而蛇的游戏通常只有两种，一种是问答，一种则充满狡诈，恐怕这个游戏会结合两种风格，产生难以预料的局面。

"我总共有四十八个问题，也就是四十八个回合。"地蛇说，"四十八个问题全部结束后，幸存者可以平分四十八颗道。"

"不觉得有点奇怪吗？"云瑶小声问身边的陈俊南。

"有何高见？"

"我如果没听错……这地蛇出的都是判断题吧？"云瑶思索道，"明明是一个极其容易分清每个人对与错的游戏，却偏偏要用少数服从多数的答案……"

"那还不简单吗？"陈俊南满不在乎地说，"说明地蛇这个老淫贼出的并不是判断题，而是答案不固定的问题。"

"答案不固定？"

"这老贼说了半天规则,从未提过对和错的问题,所以最后能不能活下来,跟问题的对错无关。"陈俊南笑着看向云瑶,"大明星,每人一个房间,我可不一定能保住你了。"

云瑶点了点头,看起来并不在意:"你保护好自己吧,如果有可能的话,尽量不要在开始阶段杀死我。"

"开始阶段杀死你……这说的什么屁话?"陈俊南有些不悦地看了看云瑶,"你以为咱俩有多大仇?"

"我……"云瑶小心翼翼地说,"我只是不能完全相信你。"

"各位若是明白规则了,请随意选择自己的房间。"地蛇想了想又补充道,"对了,我更鼓励互相认识的人成为邻居。"

云瑶听后微微一怔,随即对陈俊南说:"那我们尽量不要待在一起了,我去对面找个房间。"

"你怕他干什么?"陈俊南笑道,"安心当我的邻居吧。"

"可是——"

"没什么可是,你可能不了解我。"陈俊南伸手整了整发型,"一切套路在我这儿都不管用,那老色鬼爱说什么说什么,今儿个你可把小爷的飒爽英姿看好了,回去正好给老齐讲讲。"

"飒爽英姿?"云瑶有些疑惑地看向他,"你确定吗?"

"确了个大定。"陈俊南点点头,伸手就打开了眼前的房门,"大明星,您就住我东边儿吧。"

陈俊南进入房间之后在座位上坐好,又认真地看了看眼前的屏幕,它如同一个平板电脑,屏幕的左右两侧各有一个按钮。左侧为绿色按钮,代表"是";右侧为红色按钮,代表"否"。

云瑶思索了一会儿,走进了陈俊南右手边的房间,而其他人也陆续选择了自己的房间。

陈俊南抬头看了看,由于房门还未关闭,他的正对面是那个穿白色连衣裙的女子,而其他房间由于角度问题很难看清坐的到底是谁。

地蛇点点头,随后拉下了讲桌旁边的把手,十二扇门都在此时关闭了。

"请大家熟悉场地内的各种设施,游戏将在五分钟后开始。"

陈俊南伸手推了推房门,发现不知是什么机关原理,这扇门被完全被卡住了。他感觉自己冲动的老毛病还是没改。早知道应该最后一个进入房间,现在除了云瑶和那个白衣女子的位置之外,其他人的位置一律不了解。

"唉，走一步看一步吧。"陈俊南在房间里坐了一会儿，"小爷奉行的人生哲理就是车到山前必有路。"

几分钟之后，陈俊南只见眼前的屏幕上缓缓亮起了四个字：游戏开始。

"这就开始了？"

屋内非常安静，陈俊南站起身敲了敲身边的墙壁，发现这里的墙壁似乎都专门加厚过。不知是为了隔音还是为了防止参与者逃跑，墙身仿佛是用纯铁打造，然后又在外面刷了粉。他踩了踩地面，发现地面的建造更是简单粗暴，几乎全部都是纯铁铸造，踩在上面格外坚硬。

正在陈俊南望着地板出神时，墙角的电话忽然响了起来。

丁零零——

电话声音极大，陈俊南被吓了一大跳，在这么安静的房间里忽然响起电话铃声实在是有点吓人。他深呼了一口气，接起了电话。

那头是云瑶："陈俊南？"

"啊，小爷我是，什么指教？"

云瑶听后松了口气，说："这电话上一共就一个按键，能打给你真的好神奇。"

"哈哈，是啊。"陈俊南笑着看了看自己的电话，发现上面确实只有一个按键，"所以咱俩聊点什么？需要先互报年龄吗？"

"你正经一点。"云瑶说道，"刚才我的屏幕上显示出了问题。"

"哦？"陈俊南饶有兴趣地点点头，"是什么问题？"

"问题：你是女性吗？"

"啊？"陈俊南听后微微一愣，"这……这算是问答？"

"我也不知道，但我照实回答了。"云瑶说，"接下来由你答题，然后将问题传给下一个人吧。"

云瑶说完便挂上了电话。陈俊南来到屏幕前，发现屏幕上的字体变成了"已接电话，请答题"。

"我是不是女性？"陈俊南思索了一会儿，将手放在了红色按钮上，但思索了几秒钟，果断按下了左侧的"是"。

小爷答错了，可这又能怎样？

"今儿个小爷就是女的了，这样说不定可以跟地蛇那个老淫贼求救。"

屏幕渐渐亮起：已作答完毕。

陈俊南起身走到墙角，伸手拿起了电话，按下了上面唯一的按钮。没一会儿，一个男人接电话了。

"喂？"

"听好了啊……"陈俊南说，"问题是：你是女性吗？"

"啊？"男人一愣，"这……这问题……"

"好了，问题送到了，挂了。"陈俊南挂了电话，坐在椅子上思索了一下。

今天的参与者共有十二人，其中男性七人，女性五人，若所有的人都按正常答案回答，采用少数服从多数的原则，这道题的最终答案应该是"否"。

可事实真的如此吗？

等待了几分钟，似乎所有人都答完题了，屏幕也跟着一阵闪烁，上面的字也让陈俊南露出了笑容。

"本次题目的最终答案——是。"

"搞什么？"陈俊南笑道，"变态的这么多吗？"

话音一落，众人的头顶忽然响起了铿然的链条声。

陈俊南猛然抬头一看，头顶是黑漆漆的天花板，但在天花板上方似乎有什么巨大的东西在活动。

咔嗒咔嗒——

到目前为止，可以公开的设定：

　　为了激发出齐夏的回响，楚天秋不惜付出巨大的代价，成功让齐夏获得了回响"生生不息"。"生生不息"的强大足以让终焉之地的上层大人物忌惮，于是派出了天马和天虎寻找"生生不息"的拥有者。

　　从各种蛛丝马迹中，齐夏几乎确定了他曾经当过一段时间的生肖，并且在即将成为天羊的时候遭遇了不测飞升失败，重新沦为了参与者。

　　肖冉从面试房间消失后，陈俊南得以正常活动，他不仅保留了多年的记忆，对过去的齐夏等人了如指掌，甚至对天堂口和猫队的成员也相当熟悉。

　　天堂口的新成员郑英雄，虽然是一个充满童真的小孩子，但似乎可以闻到回响的气味，他的身份和具体能力，目前还是一个谜……

《十日终焉·乐园》正在加载中,敬请期待……

"这座城市跟我之前待的地方很不一样,你们这里居然有显示屏,它可以给你们展示觉醒者的力量,而我们之前叫作'清香'的能力,在你们这里叫作'回响'。"

"你……你等一下。我刚才没有听错吗?你是说显示屏只在我们这里才有?"

"我不知道别的城市有没有。总之我在我的城市里从来没有见过。"